Natalie Elin
Catching Hope – Leighton und Kaleb

W0311452

Natalie Elin

Catching Hope – Leighton und Kaleb

Roman

PIPER

Mehr über unsere Autoren und Bücher:
www.piper.de

Wenn Ihnen dieser Roman gefallen hat, schreiben Sie uns
unter Nennung des Titels »Catching Hope«
an empfehlungen@piper.de, und wir empfehlen Ihnen
gerne vergleichbare Bücher.

ISBN 978-3-492-50296-2
© 2020 Piper Verlag GmbH, München
Redaktion: Cornelia Franke
Covergestaltung: Traumstoff Buchdesign traumstoff.at
Covermotiv: Bilder unter Lizenzierung von Shutterstock.com genutzt
Printed in Germany

Für Paul

Playlist

Panic! At The Disco – High Hopes
Rachel Platten – Fight Song
P!nk – Beautiful Trauma
Imagine Dragons – Natural
Calvin Harris & Dua Lipa – One Kiss
The Chainsmokers – Sick Boy
Kygo & Imagine Dragons – Born To Be Yours
Ed Sheeran – Perfect
Tim Bendzko – Keine Maschine
The Chainsmokers & Coldplay – Something Just Like This
Eminem – Without Me
Taylor Swift – Look what you made me do
X Ambassadors – Unsteady
Craig David – 7 Days
AJR – Weak
Selena Gomez – Hands to myself
Mariah Carey – We belong together
Alicia Keys – If I Ain't Got You
Alicia Keys – Fallin'
Jessie J – Masterpiece
Jojo – Leave (Get Out)
Nelly ft. Kelly Rowland – Dilemma
Ciara ft. Missy Elliott – 1,2 Step
Sarah Connor – Wenn Du da bist
Anthony Hamilton – Comin' From Where I'm From

Kapitel 1

Leighton

Es war einmal… Ich starrte auf den Papierstapel vor mir und tippte mit meinem Kugelschreiber auf dem Schreibtisch herum.

»So wird das nichts«, seufzte ich und schob meinen Stuhl zurück. Gleichzeitig griff ich nach dem obersten Blatt und zerknüllte es, visierte meinen Papierkorb an und … warf daneben.

Seit wann begann man einen Artikel mit *Es war einmal…*? Kaum hatte ich einen Platz als Reporterin bei der *The Chicago Maroon*, der unabhängigen Studentenzeitung der *University of Chicago*, ergattert, fegte eine eisige Leere durch meinen Kopf. Dabei war es so einfach: Ich bekam ein Ressort zugeteilt, betrieb Recherche und fasste meine Notizen zusammen. *Simpel.* Ich hatte schon hunderte Artikel verfasst. Warum es mir plötzlich so schwerfiel? Weil ich mit meinen Gedanken woanders war.

Mürrisch ließ ich den Stift auf den Tisch fallen und verstaute meine Notizen in der Schreibtischschublade. Morgen war auch noch ein Tag und jeder wusste, dass es nichts half, sich zum Schreiben zu zwingen.

Der Blick aus dem Fenster verriet mir, dass ich vorsichtshalber eine Jacke mitnehmen sollte. Alles war Grau in Grau und das seit Tagen. Ich band mir meine hellbraunen Locken zu einem hohen Dutt zusammen, schlüpfte in meine schwarzen Sneakers und verließ mein Zimmer, ehe ich es mir anders überlegen und mich womöglich in meinem Bett verkriechen konnte. Ich hielt an unserer Garderobe an, die aus fünf wild zusammengewürfelten Türknäufen bestand, die Madelyn und ich in die Wand geschraubt hatten, und zog mir meine liebste Strickjacke über. Sie war pechschwarz und hatte viele kleine schwarze Perlen am Bund. Ich konnte es nicht leugnen: Schwarz war meine Farbe.

Madelyn war meine Mitbewohnerin und mittlerweile engste Freundin. Sie studierte ebenfalls an der *UChicago* und arbeitete nebenbei in einer Tierauffangstation. Zu gern brachte sie einen neuen Vierbeiner mit nach Hause, da sie Angst hatte, dass dieser von den anderen Tieren gemobbt wurde. Wirklich! Genau *so* hatte sie es formuliert. Mittlerweile hatte ich mich daran gewöhnt, unsere Wohnung abwechselnd mit Katzen, Hunden, Nagetieren und einmal sogar Diana, einem Minischwein, zu teilen. Madelyns Herz war einfach viel zu groß für diese Welt. Und unsere Wohnung zu klein, aber ich würde es um ihretwillen niemals übers Herz bringen, eins ihrer Sorgenkinder wegzuschicken.

»Hey, Leigh.« Madelyn hatte ihre Tür geöffnet und steckte lediglich ihren Kopf durch den Spalt. Ich ging davon aus, dass sie entweder nackt oder nur mit Unterwäsche bekleidet war, mit mehr Kleidung könne sie nämlich nicht einschlafen – zumindest behauptete sie das. »Hast du was vor?«

»Guten *Morgen,* Mads.« Ich schielte unauffällig zur Wanduhr und verkniff mir ein Grinsen. Es war bereits zwölf Uhr mittags und ich war mir sicher, dass sie gerade erst aufgestanden war. »Nein, ich wollte nur mal um den Block laufen. Den Kopf frei kriegen.« Ich zupfte an meiner Jacke und zeigte auf meine Schuhe.

Sie biss sich auf die Unterlippe. »Allein?«

Ich verdrehte lachend die Augen. »Fünf Minuten! Keine Schminke!«

»Krieg ich hin«, japste sie und schlug ihre Tür zu. Ich hörte ein Poltern, einen unschönen Fluch und das Knallen ihrer Schranktür. Wenige Augenblicke später stand sie in einer löchrigen, hellen Jeans, kakifarbenen Chucks und einem viel zu großen dunkelroten Pullover im Flur. Im Gegensatz zu mir glich sie einem bunten Kanarienvogel.

Ich zog eine Augenbraue hoch und zeigte auf ihr Oberteil, das bestimmt der Person gehörte, die ich am liebsten aus ihrem Leben streichen wollte. »Von wem?«

»Ähm.« Madelyn schluckte und senkte verlegen den Blick. »Kennst du nicht?«

»Mads.« Fordernd zog ich an ihrem Ärmel.

»Wir sind echt nur Freunde«, beharrte sie und griff an mir vorbei zur Türklinke. »Los jetzt!«

Ich stöhnte aus Verzweiflung extra laut und schenkte ihr einen mitleidigen Blick. »Du weißt, dass das nicht gut enden wird, oder?«

Trotzig zuckte sie mit den Schultern. »Na und?«

»Ach, Maddie«, seufzte ich und folgte ihr in den Hausflur.

»Nenn mich nicht so«, grummelte sie und lief die Treppen herunter, als würde sie vor mir flüchten wollen.

Im stillen Einvernehmen spazierten wir zu unserem liebsten Diner, dem *Betty's*. Mir war klar, dass sie reden wollte und ich kannte sie inzwischen gut genug, um zu wissen, dass sie von allein beginnen würde. Im *Betty's* ließen wir uns in unserer Stammnische nieder und winkten Betty zu, die uns bald darauf zwei Vanille Milkshakes und einen großen Teller Pommes servierte.

»Danke dir. Woher wusstest du das nur?« Schmunzelnd zwinkerte ich ihr zu.

»Immer gern. Euch zu bedienen, ist so einfach«, zwitscherte sie und wischte noch einmal mit einem Lappen, den sie sich aus einer Tasche ihrer Schürze gezogen hatte, über unseren Tisch. Er war zwar schon blitzblank gewesen, allerdings war das eine von ihren Macken. Noch nie hatte ich hier einen ominösen Fleck auf dem Tisch oder der Theke gesehen, wie es in allen anderen Diners Amerikas mit Sicherheit der Fall war.

Ich griff als Erste nach einer Fritte und tunkte sie in meinen Milkshake. Ich liebte diesen Geschmack und würde auch in fünfzig Jahren noch Pommes in meinen Vanilleshake tunken.

»Ich kann halt nicht aufhören«, murmelte Mads. Es ging also los. Hatte gar nicht so lange gedauert. Ich atmete einmal tief ein und entspannte meine Schultern.

»Womit?«

»Ich weiß nicht.« Sie fuhr sich durch ihre schulterlangen, hellblonden Haare, die wirklich erstaunlich gut mit dem weinroten Pullover harmonierten. »Eben mit … ihm.«

»Aber –« begann ich, doch sie unterbrach mich unwirsch.

»Kein *Aber,* Leigh.« Sie klang verletzt und sprach plötzlich leise. »Ich passe schon auf mich auf, okay?« Nein. Sie passte eben *nicht* auf sich auf. Sie tat das genaue Gegenteil und verstrickte sich mit jedem Treffen, mit jedem Kuss immer mehr in ihr Netz aus unerwiderter Liebe.

Ich schluckte meine Widerworte herunter. Wie gern würde ich ihr den Kopf waschen, stattdessen konnte ich genauso gut mit einer tauben Schildkröte reden. Madelyn würde sich das Herz brechen lassen und ich konnte nur für sie da sein, um die Scherben aufzusammeln. »Okay«, murmelte ich.

Sie griff zögerlich nach einer Fritte und tunkte diese ebenfalls in ihren Shake. »Und bei dir? Immer noch keine Rückmeldung?«

Und da war er: der eigentliche Grund für meine Schreibblockade.

Kaleb

Schweißgebadet schreckte ich aus meinem unruhigen Schlaf hoch und setzte mich zittrig auf. Ich spürte, wie ich die Kraft in meinen Armen verlor und ließ meinen Kopf stöhnend gegen das Rückenteil meines Betts fallen.

»Scheiße«, zischte ich und zwang mich dazu, ruhig zu atmen, während ich langsam bis zwanzig zählte. Ich konnte mich nicht daran erinnern, wann ich das letzte Mal durchgeschlafen hatte. Wann ich das letzte Mal von diesem immer wiederkehrenden Traum verschont worden war. Der Unfall lief jede Nacht aufs Neue wie ein undeutlicher Film in meinem Unterbewusstsein ab. Das einzige, das mir im Gedächtnis geblieben war, waren ein Aufprall und ein lauter Knall, ehe alles um mich herum schwarz wurde. Es waren mittlerweile mehr als drei Monate vergangen, in denen Aufgeben an keinem Tag zur Debatte stand. Wenn ich mir die letzte klitzekleine Tür zu meinem Ziel offenhalten wollte, durfte ich mich nicht von meinen Träumen jagen und zerstören lassen.

In meinem Schlafzimmer war es stockfinster, es musste noch tiefste Nacht sein, also tastete ich blind nach meinem Smartphone und schaltete das Display ein: *03:54 Uhr.* »Wow.« Meine Stimmlage triefte vor Sarkasmus. »Ich scheine Fortschritte zu machen.« Immerhin hatte ich beinahe vier Stunden am Stück geschlafen, ehe die Erinnerung an den Schmerz mich wieder weckte.

Verletzt zu sein, war in der NBA nichts Besonderes. Es gab kaum einen Spieler, der keine Sportverletzungen davongetragen hatte. Seien es Derrick Rose, Gilbert Arenas oder Grant Hill, die sich alle das Knie zerdeppert hatten. Stephen Curry mit seinen kaputten Knöcheln oder auch Rajon Rondo mit seiner gebrochenen Hand. Jeder einzelne von ihnen hatte sich wieder nach oben gekämpft. Wenn ich an Paul Georges Schienbeinbruch dachte, wurde mir immer noch ganz anders. Knochenstücke, die senkrecht aus dem Bein ragten, waren kein schöner Anblick. Vielleicht war es gar nicht so schlecht, dass ich mich an meinen eigenen Unfall nicht vollständig erinnern konnte. Selbst Chris Bosh hatte seinen hyperkoagulierbaren Zuständen getrotzt und nicht nur eine Comeback-Season versucht, nachdem ein Blutgerinnsel in seinen Beinen und später auch in seiner Lungenarterie festgestellt wurde. Er hatte erst dann aufgegeben, als sein Leben *wirklich* auf dem Spiel gestanden hatte.

Nicht, dass ich mich mit diesen grandiosen Spielern vergleichen wollte. Die NBA war etwas, das nur die besten Sportler erreichten, doch mit meinem Vertrag der *G-League* hatte ich so kurz davorgestanden. Auch in den Medien hatte man über meinen *10-Day-Contract* gemunkelt.

»Nein!«, ich schlug mit meiner Faust hart auf meine Matratze. Ich *hatte* nicht davorgestanden, sondern stand immer noch davor. Mein Traum war *nicht* geplatzt, ich konnte es immer noch schaffen. Ich war nur ein Stückchen zurückgeworfen worden und dadurch gezwungen, wieder aufzuholen. Doch mussten diese Albträume endlich aufhören. Ich war erschöpft und erwischte mich ständig dabei, dass ich meine Karriere als abgeschlossen betrachtete. Dabei steckte ich mittendrin. Diese innere Zerrissenheit würde mich noch um meinen Verstand bringen.

Ich checkte noch einmal, ob ich meinen Wecker wirklich gestellt hatte, und ließ mich dann wieder auf mein Kissen sinken. Die Angst vor den Albträumen durfte mich nicht wachhalten. Ich musste nur meinen Schlaf finden und festhalten. Immer wieder aufs Neue festhalten.

Leighton

»Leigh?«

Ich spürte Madelyns zögerlichen Stupser an meiner Schulter, und trotzdem wandte ich meinen Blick nicht vom geöffneten Briefkasten ab. Seit Wochen jagten mir Briefe eine Heidenangst ein. Ungewissheit war eines der schlimmsten Gefühle, die man sich vorstellen konnte, direkt auf Verlust folgend. Und dennoch fürchtete ich mich vor dem Augenblick, der meine Ungewissheit in Luft auflösen würde. Was, wenn es dieser Brief war, den ich seit Wochen erwartete? Den ich gleichermaßen fürchtete, wie ihn herbeisehnte?

»Soll ich?« Mads tippelte neben mir nervös von einen auf den anderen Fuß.

Ich nickte. »Okay. Sorry. Das ist echt albern, ich weiß«, entschuldigte ich mich bei ihr und trat beiseite.

Sie sog scharf die Luft ein. »Er … ist es. Dass die immer noch keine Mails für so etwas schreiben«, murmelte sie beiläufig und betrachtete den Absender. »Soll ich ihn öffnen?«

Ein Schauder rieselte meine Wirbelsäule herab und ich drohte, vor Schwindel den Boden unter meinen Füßen zu verlieren. Ich räusperte mich. »Nein. Da-das mache ich gleich selbst.«

»Na okay.« Sie hielt mir den Brief hin, welchen ich mit vor

Nervosität klitschnassen Händen entgegennahm. »Leighton.« Ihre Stimme war ungewohnt fest. Es kam nicht oft vor, dass sie mich mit meinen Vornamen ansprach. »Du weißt, dass dieser Brief nicht das Ende bedeutet, oder?«

Beinahe hätte ich bei dieser Aussage geschnaubt, hielt mich aber zurück. Ich gehörte nicht zu den Menschen, denen der Erfolg bereits in die Wiege gelegt wurde, auch wenn meine Eltern vermutlich etwas anderes behaupteten. Wahre Anerkennung erreichte man nur durch harte Arbeit und ich hatte mir nicht umsonst seit Jahren die Nächte um die Ohren geschlagen. Aber manchmal erreichte man dadurch gar nichts und davor fürchtete ich mich. Denn dieser Studentenjob wäre die Eintrittskarte für meinen Traum!

Ich wich ihrem Blick aus und schloss die Briefkastentür eine Spur zu grob. »Ja, ich weiß.« Insgeheim gab es für mich keine andere Option. Ich wog den Brief in meiner Hand ab und verkrampfte meine Finger um ihn, als könnte er sich jeden Augenblick in Luft auflösen. *Zu- oder Absage.* Es war so simpel und doch hing für mich so viel davon ab.

Madelyn legte ihre Hände von hinten auf meine Schultern und bewegte mich in Richtung Treppe. »Leigh«, hörte ich sie schmunzeln. »Du bist manchmal echt ein bisschen gruselig. Und das liegt nicht an deiner Kleidung oder dem dunklen Lippenstift.«

Den Brief noch immer fest in meiner Hand, ließ ich mich von Madelyn die Treppe zu unserem Apartment hochschieben. »Ich weiß«, nuschelte ich, obwohl ich kaum wahrnahm, was sie gesagt hatte. Sie überholte mich und schloss die Tür auf. Wie in Trance folgte ich ihr hinein und spürte meine Gliedmaßen vor Aufregung kribbeln. Plötzlich fühlte es sich in meiner Kehle an, als hätte ich einen Tennisball verschluckt, der mir die Luftzufuhr abschnürte. Erlitt ich gerade einen Schock?

»Okay …« Ich spürte Madelyns Hände um meine Handgelenke. »Los, gib mir den Brief!«

Ihre Forderung befreite mich aus meiner Schockstarre. »Nein«, versuchte ich zu protestieren.

»Doch Leighton, du siehst aus wie ein Gespenst. Wehe, du kippst gleich aus den Latschen, ich kann Erste Hilfe nämlich nur bei Tieren leisten, wie du weißt.«

Wie in Zeitlupe reichte ich ihr den Brief. Es war, als wäre mein Gehirn wie ausgelöscht, ich konnte nicht denken und fühlte nichts als die Versagensangst, die mir schon mein gesamtes Leben lang auflauerte.

»Jacke aus und anhängen!« Sie zeigte erst auf meine dicke Strickjacke, dann auf einen freien Türknauf an der Wand. Mechanisch kam ich der Forderung nach. »Und um Himmels Willen, atme bitte.«

Ich schlüpfte aus meinen Sneakers und atmete. Einmal tief ein und wieder aus. Der Sauerstoff, den ich meinem Körper unbeabsichtigt vorenthalten hatte, ließ mich wieder klarer denken.

»Komm.« Mads griff nach meinem Handgelenk, um mich in unsere Küche zu ziehen. Erschöpft ließ ich mich auf einen unserer Stühle am Esstisch fallen.

Madelyn, die meinen Brief noch immer sicher in ihrer Hand hielt, holte mit der anderen erst eins, dann ein zweites Glas aus dem Küchenschrank und stellte beide auf dem Tisch ab. »Eistee oder Limonade?«

Das war jetzt hoffentlich nicht ihr Ernst? Wie konnte sie so locker mit dieser Situation umgehen, die mein weiteres Leben bestimmen würde? Mürrisch zog ich die Augenbrauen zusammen und meine Angst wandelte sich in Wut, warum hielt Mads mich absichtlich hin? Wenn man so kurz vor einer der wichtigsten Entscheidungen des Lebens stand, gewann die Emotionalität die Oberhand, so wirr diese auch ausfallen mochte.

Madelyn räusperte sich und ich sah zu ihr auf. Sie stand am geöffneten Kühlschrank und erwartete meine Antwort.

»Eistee«, hauchte ich. Sie füllte mein Glas und setzte sich mir gegenüber auf den Stuhl.

»Trink einen Schluck«, befahl sie mir mit einer Autorität, die ich bei ihr nur selten erlebt hatte. Also setzte ich das Glas an meinen Mund an und genoss das Gefühl der kalten Flüssigkeit, die meine heiße Kehle hinabrann. Gerade noch war mir eiskalt gewesen, jetzt spürte ich, wie mich eine Hitzewelle übermannte. Das letzte Mal, dass ich mich so gefühlt hatte, war, als ich mich nicht getraut hatte, das Schreiben der *University of Chicago* zu öffnen. Man konnte also sagen: Ich hasste Briefe. Der Brief damals enthielt eine Zusage. Würde das Universum mir zwei Mal hintereinander eine Zusage schenken? Oder würde das alles aus dem Gleichgewicht bringen? Ich schüttelte den Kopf, um diese wirren Gedanken zu vertreiben. Ich erkannte mich ja selbst kaum wieder.

»Bereit?« Madelyn hielt den Brief zwischen Zeige- und Mittelfinger hoch und ich nickte.

Sie wollte ihn mir gerade über den Tisch zuschieben, als ich mich abrupt nach hinten gegen die Stuhllehne fallen ließ. »Nein, du. Bitte.« Vielleicht war es nicht so schlimm, wenn ich die Absage nicht selbst lesen musste.

»Bist du dir sicher?«

Wieder nickte ich. »Nein. Ja. Also. Ja, los, mach ihn auf.«

»Okay.« Sie blickte mir noch kurz in die Augen und machte sich dann ans Werk. Das Geräusch des raschelnden Papiers ging mir durch Mark und Bein, ich zitterte und wollte es nur noch hinter mich bringen. Ich starrte in Mads Pokerface, als sie das Blatt aus dem Umschlag zog und es schließlich auseinanderfaltete.

Ich beobachtete, wie ihre Augen immer wieder von rechts nach links wanderten. Und plötzlich, ganz plötzlich zuckten ihre Mundwinkel. Erst stahl sich ein zurückhaltendes Lächeln auf ihr Gesicht, ehe sie sich auf die Unterlippe biss und schließlich breit grinste. Ich wusste, dass ich es geschafft hatte, dennoch wartete ich ab. »Sehr geehrte Ms. Baker, wir freuen uns, Ihnen mitteilen zu kön–«, weiter kam sie nicht. Vor lauter Erleichterung begann ich erst zu kreischen, dann zu weinen, und versteckte schließlich mein Gesicht in meinen Händen.

»Wirklich?«

»Leighton. Hast du wirklich daran gezweifelt?« Sie stand auf und kam zu mir, zog mich auf die Beine und schenkte mir eine dicke, fette Umarmung. »Ich wusste, dass du es schaffen würdest, du bist einfach die Beste. Wen hätten sie sonst nehmen sollen?«

Mads konnte nicht ahnen, wie sehr mich meine Selbstzweifel mein Leben lang auffraßen. Ich hatte ihr nie erzählt, wie stark meine Versagensängste waren, geschweige denn, welchen Part meine Eltern dazu beigetragen hatten. Ich hatte immer mit Zweifeln zu kämpfen gehabt, weil es damals niemanden gab, der mir Mut machte und mir sagte, dass ich es schaffen könnte. Ganz im Gegenteil. Der heutige Tag war der zweite Triumph in meinem Leben und er bedeutete mir die Welt.

Kapitel 2

Kaleb

Windy City Bulls.

Ich drehte und wendete mein Trikot, prägte es mir genau ein. Nummer 4. Kaleb Young. Ich erinnerte mich noch genau an den Tag, an dem ich mein Set ausgehändigt bekommen hatte. *Unfassbar* war das einzige Wort gewesen, das mir dazu einfiel. Doch war es auch unglaublich, unwirklich und einfach grandios. Selbst das Unterzeichnen des Vertrages hatte mir nicht das endgültige Gefühl gegeben, diesen großen Schritt weitergekommen zu sein. Erst, als meine Finger den roten Stoff berührten, realisierte ich, dass ich dazugehörte. Ich war so glücklich, dass ich das Trikot beim Abendessen mit meiner Familie trug. In einem Restaurant. Mom ließ mir das nur durchgehen, weil sie ebenfalls stolz auf mich war. Auf ihre *beiden* Söhne, die schon immer gemeinsam ihrem Ziel nachjagten und es zusammen geschafft hatten. Meinen großen Bruder Karter und mich trennte nur ein Jahr, als Kinder wurden wir sogar oft für Zwillinge gehalten. Dad schenkte uns, als ich vier Jahre alt war, zu Weihnachten jeweils einen Basketball und von da an begann unser Traum. Wie groß war die Chance, dass zwei Brüder es in ein- und dieselbe Mannschaft schafften? Gleich null. Dennoch wurde erst ich und ein paar Tage später auch Karter in das Team geholt. Ich war mir bis heute nicht sicher, ob es ihn verletzt hatte, nach mir gewählt worden zu sein.

Ich seufzte und schüttelte den Kopf, um mich aufs Hier und Jetzt zu konzentrieren.

»Kaleb?« Die Stimme meines Trainers Mr. Hill ließ mich zusammenzucken und ich stöhnte auf.

»Hey Coach Hill«, grüßte ich ihn und zog mir schnell das Trikot über den Kopf. Den Schmerz in meiner linken Schulter ignorierte ich dabei geflissentlich.

»Komm, es geht gleich los«, tadelte er mich mit strengem Ton. Er durfte mir gegenüber kein Mitgefühl zeigen, das wusste ich. Und es war auch besser so, denn Mitleid war wirklich das Letzte, das ich gebrauchen konnte.

Heute stand ein Spiel an, bei dem ich wieder nicht teilnehmen konnte und stattdessen auf der Bank saß. Es waren mittlerweile 42 Spiele gewesen, denen ich von dem billigen Platz aus beigewohnt hatte. Es war ein Gefühl von Machtlosigkeit, sich sein Trikot anzuziehen und dann doch nichts ausrichten zu können. Hätten wir das eine oder andere Match gewinnen können, wenn ich, der Point Guard, mitgespielt hätte? Hätte ich die Freiwürfe getroffen? Mit Sicherheit. Ich liebte Freiwürfe. Die Spannung, die plötzliche Ruhe, die mich ergriff, wenn ich den Jubel sowie die Buhrufe aus dem Publikum aus meiner Wahrnehmung ausschloss. Ich liebte, wie sich die Anspannung in mir aufbaute, die ich durch ein zweifaches Dribbeln bändigte, ehe ich blitzschnell die Arme hob und den Basketball mithilfe meines rechten Armes durch den Ring beförderte. Es war immer die gleiche Fußstellung, immer der gleiche Winkel zum Korb und immer das gleiche Tempo. Es gab keinen schöneren Anblick, als das flatternde Netz und das Wissen, einen Punkt für die Mannschaft geholt zu haben.

Mir ging es beim Spielen nie nur um mich. Seit der Junior High gab ich alles für meine Teams. Überall waren mein Bruder und ich Stammspieler und kämpften als Einheit. Kein Gefühl war besser, als einen Sieg nach Hause zu tragen. Ich vermisste das Adrenalin, wenn wir gewonnen und sogar die Enttäuschung und die Wut, wenn wir verloren hatten. Doch gehörten Niederlagen dazu. Ohne diese vergaß man, die Siege zu schätzen, immer sein Bestes und noch mehr zu geben. Zumindest dachte *ich* so darüber.

Ich bückte mich zu meinen Schuhen, um die Schnürsenkel zu binden, und fluchte leise. »Verdammt!« Der Schmerz in meiner Hüfte war der, der sich am langsamsten zurückbildete. Ich biss die Zähne zusammen und richtete mich langsam und bedacht auf, rollte mich Wirbel für Wirbel hoch, bis ich wieder aufrecht stand. Ich besah mich in dem großen Spiegel, der in der Gemeinschaftsumkleide prangte. Noch vor wenigen Wochen lief ich auf einer Krücke gestützt hinter den anderen Jungs hinterher. Zwar wurde mir bei jedem Schritt beinahe schwarz vor Augen, weil meine Schulterverletzung gegen die Krücke demonstrierte, allerdings biss ich einfach die Zähne zusammen. Mittlerweile konnte ich ohne Hilfe laufen und spürte kaum noch Schmerzen im Bein. Es war ein glatter Beinbruch gewesen, der mithilfe von Monster-Tabletten, die die Wundheilung förderten, schnell wieder zusammengewachsen war.

Wenn ich denjenigen, der mir das angetan hatte, irgendwann erwischte ... Es war besser, diesen Gedanken nicht zu Ende zu bringen.

Ich griff nach meiner Trainingsjacke und warf sie mir über, ehe ich aus der Umkleide durch die Gänge zur Halle lief. Ein Tumult aus Pfiffen, Klatschen und Jubeln, gemischt mit lauter Popmusik drang an meine Ohren. Die Cheerleader waren im vollen Gange, als ich mich am Rand entlang schlängelte und mich schließlich auf meinen neuen Stammplatz, die Ersatzbank, setzte. Die *Starting Five*, die von Beginn an spielen würde, besprachen mit unserem Trainer mögliche Spielzüge. Ich konnte nichts dagegen tun, mich ausgeschlossen zu fühlen, und das Gefühl machte mich wütend. Diese Wut schürte wiederum meinen Groll gegen die unbekannte Person, der ich meine derzeitige Lage verdankte.

Ich ließ meinen Blick über das Publikum schweifen, das größtenteils rot trug – klar, es war ein Heimspiel. Ich drückte unserem Team die Daumen, dass sie den *Long Island Nets* zeigen würden, wer hier das Sagen hatte. Dass sie sie mit einer gepfefferten Niederlage nach Hause schickten.

Als sich die Formation aus Spielern und Coach Hill auflöste, trafen sich die Blicke von Karter und mir. Er schenkte mir ein breites Grinsen und ich hob den Daumen an. Nur war mein Lächeln nicht echt. Ich machte gute Miene zum bösen Spiel. Lange würde ich es nicht mehr ertragen, nur daneben zu sitzen.

Leighton

»Shit«, fluchte ich laut und schaute mich sofort in der Büroküche um, ob mich jemand gehört hatte. Ich hatte einen typischen ›Es geht einfach alles schief, was schief gehen kann‹-Tag. Heute war mein erster Arbeitstag bei der *Chicago Tribune.* Ein ganz normaler Freitag, der sich für mich so anfühlte wie eine geballte Ladung Montage. Ich verschlief nie, wirklich nie! Das letzte Mal, als mir das passiert war, ging ich noch in den Kindergarten. Obwohl ich extra zeitig ins Bett gegangen war, konnte ich einfach keinen Schlaf finden. Immer und immer wieder zählte ich Schafe und irgendwann auch Eichhörnchen, Flamingos, Wale und Pinguine und ließ eine Playlist mit klassischer Musik und Wellenrauschen laufen. Nichts half mir, einfach überhaupt nichts. Diese Aufregung, die mich nun seit einer Woche begleitete, hatte letzte Nacht ihren Höhepunkt erreicht. Irgendwann musste ich doch weggedöst sein, vermutlich vor lauter Erschöpfung. Und dann geschah heute Morgen, was niemals geschehen durfte: Ich verwechselte die Snooze-Taste mit der ›Wecker ausstellen‹-Funktion.

Als ich viel zu spät aus dem Schlaf hochschreckte, griff ich blind in meine Unterwäscheschublade und zog ausgerechnet den kaputten BH daraus hervor.

Zuerst war mir gar nichts aufgefallen, aber irgendwann bemerkte ich Blicke. Sowohl Männer als auch Frauen starrten mir in mein Dekolleté, einige tuschelten sogar hinter vorgehaltener Hand. Aber warum? An meinem Busen konnte es nämlich nicht liegen, ich hatte keinen nennenswerten. Doch zwischen den Körbchen, dort, wo die Stütze eingenäht war, hatte sich ein Loch gebildet, und der Bügel hatte sich im Laufe des Morgens daraus hervorgeschoben. Kurz gesagt: Mir lugte ein gebogenes Stück Metall aus dem Brustbereich hervor. Ich hätte mich selbst ganz genauso angestarrt.

Da ich nicht der Typ dafür war, mir meine Kleidung bereits am Abend hinzulegen, griff ich nach einer schwarzen Bluse und einer Jeans, die sich leider als Trainingstight entpuppte. Das merkte ich natürlich erst, nachdem ich die Tür hinter mir ins Schloss gezogen und meinen Schlüssel – wie konnte es auch anders sein – vergessen hatte. Panisch hatte ich in meinem Rucksack nach diesem gewühlt, denn so konnte ich auf keinen Fall bei der Zeitung aufkreuzen. Mads hatte mein verzweifeltes Klingeln nicht gehört, ihr Handy schaltete sie nachts immer lautlos. Es war noch nicht ihre Uhrzeit.

Ich sah einfach grauenhaft aus. Anders konnte man meinen Aufzug nicht beschreiben. Zeit, mir meine Locken zu einem adretten Zopf zu flechten, wie ich es eigentlich vorgehabt hatte, blieb mir nicht, also ließ ich sie einfach, wie sie waren. Was man bei Locken nämlich nicht tun sollte, war, diese zu kämmen. Außer man wollte aussehen wie ein explodierter Cocker Spaniel. Auf Make-up verzichtete ich zwar fast immer, an besonderen Tagen legte ich es aber auf, um mich selbstsicherer zu fühlen. Dafür war ebenfalls keine Zeit gewesen. Ich war nicht duschen gewesen, hatte mein Notizbuch mit meinem liebsten Kugelschreiber auf meinem Nachttisch liegen lassen, hatte nichts gefrühstückt, keinen Kaffee getrunken und auf dem Weg zum Bus meine Fahrkarte verloren.

»Alles okay?« Eine freundliche Stimme holte mich aus meinen Gedanken und ich drehte mich in ihre Richtung. In der Tür stand eine Frau, ich schätzte sie auf Mitte Zwanzig. Sie trug eine schwarze Skinny Jeans und einen beigen Oversized Pullover. Ihre Füße steckten in Halbschuhen aus Lack.

»Ja.« Ich versuchte mich an einem Lächeln. »Alles … okay.«

»Ist wohl dein erster Tag heute?«

Ich nickte und zeigte verlegen auf den Kaffeeautomaten, auf dessen Display fröhlich das Wort *Error* blinkte.

»Ich glaube, ich habe ihn kaputt gemacht.«

»Oh nein.« Sie riss die Augen in Empörung auf und hielt sich eine Hand vor den Mund. »Tja. Dann wird das wohl nicht nur dein erster, sondern auch dein letzter Tag hier gewesen sein.«

Unsicher biss ich mir auf die Unterlippe. »Das meinst du doch nicht ernst, oder?«

Plötzlich begann sie zu lachen und entblößte eine Reihe gerader, weißer Zähne. Auf ihrem linken Schneidezahn prangte sogar ein Glitzerstein. Das letzte Mal hatte ich so einen während der Junior High gesehen.

»Natürlich nicht. Dieses blöde Ding streikt immer.« Sie lief zur Filtermaschine und nahm sich eine Tasse aus dem Schrank darüber. »Möchtest du auch einen? Glaub mir, das, was aus dem Automaten da kommt, willst du sowieso nicht trinken.«

Angewidert blickte ich den Kaffeeautomaten an. »Gern. Ich bin übrigens Leighton.« Ich hielt ihr meine Hand hin, die sie kurz drückte. Dabei fielen mir die vielen Ringe auf, die sie an ihren Fingern trug. »Sardi, angenehm.«

Sie verdrehte die Augen, als sie meinen verwunderten Blick bemerkte.

»Ich heiße Sardina. Und nein: Ich weiß nicht, was sich meine Eltern dabei gedacht haben.«

»So schlimm ist der Name gar nicht«, schmunzelte ich in dem Versuch, nicht zu lachen.

»Ach, ist okay. Der Name ist scheiße«, sie grinste nun ebenfalls und reichte mir die Kaffeetasse. »Interessantes Outfit«, bemerkte sie und ich wusste nicht, ob sie mich damit verletzen wollte, oder ob sie einfach so ein direkter Typ Mensch war. Wir verließen beide die Küche und liefen durch das Großraumbüro, in dem ich mich allein so völlig verloren fühlte.

»Das Outfit war ein Versehen, glaub mir«, seufzte ich.

Sie lachte. »Gott sei Dank. Ich arbeite größtenteils im Lifestyle-Ressort und hätte mich sonst nicht mit dir zeigen dürfen.«

»Vielen Dank auch.«

»Was machst du hier?«

»Naja … ich bin als studentische Hilfskraft angestellt. Nur für zehn Stunden die Woche. Und ich weiß noch nicht, was meine Aufgaben sind. Bisher sollte ich nur kopieren.« Ich schluckte meine Enttäuschung herunter. »Vermutlich müssen da alle durch.«

»Richtig. Davon bleibt keiner verschont. Ich war auch mal als Studentin hier und bin jetzt seit ein paar Monaten fest angestellt. Glaub mir, es wird besser.« Sie zeigte auf eine Reihe leerer Stühle hinter einem Tresen. Auf einem von ihnen stand mein Rucksack. »Anscheinend bist du heute die einzige Hilfskraft. Hast du dir schon einen Presseausweis geben lassen?«

Ich nickte eifrig und versuchte, möglichst cool zu bleiben, obwohl ich ihn ihr am liebsten stolz gezeigt hätte.

»Super. Dann … such' dir eine Aufgabe. Selbstinitiative, Baby«. Sie zwinkerte mir zum Abschied zu und wanderte noch ein bisschen weiter durch das Büro.

Ich sollte mir eine Aufgabe suchen? Oh Mann, wo war ich hier nur gelandet? Warum nahm mich niemand an die Hand? Ich stand wie ein begossener Pudel im schlimmsten Erster-Tag-Outfit der Welt inmitten eines Großraumbüros und wollte mich gerade in Selbstmitleid suhlen, da hörte ich von irgendwoher meinen Namen.

»Leighton. Ja, hallo.« Ein untersetzter Typ mit kreisrundem Haarausfall kam auf mich zugestürmt. »Stell die Tasse weg, du hast zu tun. Kopiere diese Mappen hier sieben Mal und bring sie in zehn Minuten zu Meetingraum B3.«

Er wartete gar nicht erst ab, ob ich etwas sagte. Und wieder sollte ich kopieren. Hatte es sich bereits herumgesprochen, dass es eine neue Dumme gab, die die Drecksarbeiten erledigte? Prima. Auf geht's.

Wenige Minuten später stand ich vor besagtem, verglasten Meetingraum und schlüpfte leise hinein. Es saßen bereits fünf Personen um einen ovalen Tisch herum und unterhielten sich. Keiner schenkte mir Beachtung und so teilte ich die kopierten Mappen aus.

»Hi, sorry Leute.« Ein Mann um die Vierzig kam zur Tür

herein und warf sie hinter sich zu, sodass die Scheiben in ihren Fassungen wackelten. »Setz dich«, herrschte er mich mit einem genervten Handwink an.

»Was? Oh nein. Ich bin –«

»Du sollst dich setzen, wir haben nicht viel Zeit.«

Ohne zu diskutieren, zog ich leise einen Stuhl hervor und lächelte verlegen in die Runde. Bereits nach wenigen Sekunden verstand ich, dass es sich hierbei um ein Meeting zwischen Chefredakteur – dem herrischen Typen mit Halbglatze – und seinen Reportern handelte, da er zu schreibende Artikel unter ihnen verteilte. Es wäre unglaublich aufregend für mich gewesen, einfach nur dabei zu sitzen, wenn es nicht gerade das Sport-Ressort gewesen wäre. Ich saß hier inmitten von Sportredakteuren und musste aufpassen, nicht vor Müdigkeit zu gähnen. Sport war wirklich das Langweiligste, worüber man berichten konnte.

»Wo ist Matt?« Der Chefredakteur, dessen Namen ich immer noch nicht wusste, blickte sich im Raum um.

»Krank?« Eine Frau verdrehte genervt die Augen. Man sah ihr an, dass sie dieses Treffen schnell hinter sich bringen wollte.

»Ich brauche ihn aber«, beharrte er. »Heute ist eins der Trainings der *Windy City Bulls*, bei denen die Presse erlaubt ist.« Sein Gesichtsausdruck erinnerte mich an Dudley Dursley, wie er hinter der Glasscheibe im Zoo gefangen war.

Plötzlich blieb sein Blick an mir haften. *Oh oh.* Was auch immer jetzt kam, war gar nicht gut.

»Du. Wer bist du? «

»Leighton –«, ich kam gar nicht dazu, mich weiter vorzustellen.

»Aha, Leighton, willkommen im Team. Du übernimmst heute Matts Artikel. Bis morgen, 600 Wörter. Versuch am besten, an Karter Young heranzukommen, und versau es nicht.«

»Karter – wen?« WAS? In mir wuchs eine Panik heran, die ich nicht kontrollieren konnte. »Nein, Sie verstehen nicht. Ich bin –«

»Leighton. Du bist Leighton. Und ich bin Doug, Chefredakteur des Sport-Ressorts. Hast du schon einmal einen Artikel geschrieben?«

Ich nickte stumm und schluckte den dicken Kloß in meinem Hals herunter.

»Prima. Morgen, vier Uhr. Nachmittag. 600 Wörter. Windy City Bulls. Karter Young.«

Das war ein Scherz, oder? Ein riesengroßer Scherz. Ich wusste nicht, was er von mir wollte. Ich wusste noch nicht einmal, wer die *Windy City Bulls* waren. Baseball? American Football? Ja, ich mochte Herausforderungen und ja, mein Ziel war es, Artikel zu schreiben. Aber doch nicht *so*.

Das Meeting war beendet und ich stand vor einer fast unlösbaren Aufgabe. Ich sprintete zu meinem Platz und informierte mich online, über was für einen Sport ich berichten sollte, wer Karter Young war und wo das Training stattfand. Ich schickte mir ein paar Links auf mein Handy, damit ich diese auf dem Weg dahin querlesen konnte. Außerdem sendete ich mir selbst ein Foto von dem Basketballer, damit ich mir sein Gesicht einprägen konnte. Wie peinlich wäre es, wenn ich ihn nicht erkennen würde? Allerdings hatte er die markantesten Gesichtszüge, die ich je bei einem Mann gesehen hatte. Sein Kiefer glich einem Kasten und seine Lippen waren erstaunlich voll und leicht rosa. Er blickte ernst aus dunkelgrünen Augen, die von einem dichten Wimpernkranz umrandet wurden, in die Kamera. Natürlich konnte das Foto auch nachbearbeitet sein, aber er war wirklich sehr attraktiv und ich spürte, wie es in meinem Magen zu kribbeln begann. Ich wusste nicht, ob ich wegen des Artikels so aufgeregt war oder weil ich gleich diesen hübschen Mann interviewen sollte. Wie auch immer ich das bewerkstelligen würde.

Kaleb

Endlich war das Training vorbei. Das hieß, dass es für mich an der Zeit war, vorsichtig selbst ein paar Körbe zu werfen. Mein Arzt verbot mir noch immer, zusammen mit dem Team zu trainieren. Klar, es ging nicht immer wie beim Blümchenpflücken auf einer

Wiese zu. Aber es war nicht so, als würde mich eine Horde Elefanten niedertrampeln.

Coach Hill verstand nicht, warum ich mir das jeden Tag aufs Neue antat. Jeden Tag beobachtete ich meine Kollegen dabei, wie sie ihre Pässe trainierten und ihre Freiwürfe perfektionierten. Der Grund war einfach, dass ich trotz meiner Verletzungen den Anschluss nicht verlieren wollte. Bis auf den Umstand, dass ich mich aufgrund des Schädelhirntraumas an den Unfall nicht erinnern konnte, war mein Kopf wieder in Ordnung. Selbstverständlich wollte ich wissen, welche neuen Taktiken Mr. Hill ausprobieren wollte, wenn auch nur theoretisch. Früher hatte ich mir auch erst Bewegungen in Fachbüchern und -filmen angeschaut, ehe ich sie nachmachte.

»Hey Kaleb.« Mein Bruder Karter war bereits frisch geduscht und umgezogen. Wie es schien, hatte er die Interviews mit den nervigen Reportern hinter sich gebracht. Ich hätte niemals geglaubt, sogar diesen Part zu vermissen. Der Medienrummel um meinen Unfall hatte sich schnell abgekühlt. Durch den Umstand, dass der Täter noch immer unbekannt war, hatte mein Anwalt erwirkt, dass sämtliche, den Unfall betreffende Artikel gelöscht wurden. Es war fast so, als hätte es mich und meinen Erfolg niemals gegeben. Kaleb Young wurde gelöscht, von der Bildfläche verbannt. Zwar wurde ich noch als verletzter Spieler der Windy City Bulls geführt, doch bewirkte das Wort ›verletzt‹, dass man unsichtbar wurde.

»Hey.« Ich dribbelte einen Basketball auf und ab, als er auf mich zukam.

»Trainierst du noch eine Weile? Ich würde sonst schon fahren. Nimmst du dir wieder ein Taxi?«

Ich nickte. »Klar, kein Ding. Bis später.«

»Okay, bis später.« Er klopfte mir vorsichtig auf die Schulter und verließ die Halle.

Es war ein seltsames Gefühl, so allein hier zu stehen. Normalerweise war das Betreten der *Sears Centre Arena* außerhalb der Trainingszeiten untersagt, jedoch hatte Coach Hill eine Ausnahmegenehmigung für mich erwirkt. Wenn er wüsste, wie dankbar ich war, dass man mich nicht einfach aus der *G-League* werfen konnte. Ein Glück war ich auf dem besten Weg der vollsten Genesung, da ich, mit meinen 23 Jahren, in der wichtigsten Phase auf meinem Weg zum Profi-Basketballer steckte.

Ich stellte mich an die Freiwurflinie, dribbelte zwei Mal, hob den Arm und warf den Ball direkt durch das Netz. Ein fieser Schmerz durchfuhr mich, doch ich biss die Zähne zusammen und nahm mir bereits den nächsten Basketball. Sobald ich meinen Arm hob, spürte ich diesen Druck in der Schulter und das Ziehen in der Hüfte. Ich sollte mich nicht überschätzen, sagte mir mein Physiotherapeut. Doch durfte ich mich auch nicht von dem Schmerz daran hindern lassen, das Spiel zu spielen.

»Entschuldigung.« Eine weibliche, atemlose Stimme erschreckte mich, sodass ich den Ball fallen ließ. »Oh, das wollte ich nicht.« Sie zeigte auf das Wurfgeschoss, das langsam auf sie zurollte. »Sorry, echt.«

Verwundert zog ich die Augenbrauen zusammen und musterte sie. Seltsamer Aufzug. Warum trug sie eine Bluse und dazu eine enge Tights? War das das neue ›Ich gehe nach der Arbeit noch Laufen‹-Outfit?

»Kein Problem.« Ich wandte mich von ihr ab und nahm mir einen neuen Ball.

Sie räusperte sich. »Entschuldigung, sind Sie Mr. Young?«

Ich schluckte und hielt kurz inne. »Ja. Die Zeit für die Presse ist schon längst vorbei.«

»Ich weiß«, murmelte sie. »Hören Sie. Es ist mein erster Tag als Reporterin und eigentlich wollte ich das auch gar nicht machen. Also doch – Artikel schreiben wollte ich, aber ich habe keine Ahnung von Basketball. Oder allgemein Sport, aber ich muss morgen –« Sie verstummte, straffte ihre Schultern und strich ihre lockigen Haare hinter ihre Ohren, wo diese allerdings keine Sekunde hielten. »Darf ich Ihnen bitte ein paar Fragen stellen?«

Ich nickte lediglich. Irgendetwas an ihr lähmte mein Sprechvermögen. Ich konnte mir nicht erklären, was plötzlich mit mir los war. Vielleicht waren es ihre Augen. Ich wusste, dass es Menschen mit solchen Augen gibt, aber ich hatte es noch nie gesehen. Eine Iris war blau, die andere grün. Beide Farben harmonierten so perfekt mit ihrer hellbraunen Haarfarbe. Vielleicht war es ihr seltsames Auftreten, das allen Regeln der Mode zu trotzen schien. Vielleicht waren es ihr zierlicher Körperbau oder ihre zarte, aber irgendwie stolze Stimme.

»Okay.« Sie nahm ihr Handy zur Hand und las mir die erste Frage vor. »Ähm … Wie … war das Training?« Sie errötete und wich meinem Blick aus. Scheiße, sie war echt hübsch. *Gott Kaleb, konzentriere dich!,* dachte ich nur. »Es war … gut?« Mir schwante, dass sie eigentlich mit meinem Bruder sprechen wollte.

Das Vernünftigste wäre gewesen, die Situation hier und jetzt aufzulösen. Ihr mitzuteilen, dass sie mich mit meinem Bruder verwechselte. Ich war nicht Karter Young. Sondern Kaleb Young, der verletzte, unsichtbare Bruder, der sich nicht erklären konnte, warum diese Unbekannte plötzlich ein Gefühl in ihm bewirkte, das er schon lange Zeit nicht mehr zugelassen hatte.

Kapitel 3

Leighton

»Wie war das Training?« Ich lief aufgebracht zwischen dem Kühlschrank und dem Esstisch hin und her. Madelyn versuchte krampfhaft, nicht vor Lachen zusammenzubrechen.

»Leigh«, presste sie hervor und hielt sich gackernd den Bauch. Es fehlte nicht mehr viel und sie würde vom Küchenstuhl fallen. »Das kann doch mal passieren!«

Ich strafte sie mit einem bösen Blick, der die Hölle gefrieren lassen könnte. »Nein!« Ich schlug die Hände über meinem Kopf zusammen und stöhnte laut auf, wie ein wild gewordener Affe.

»Lass alles raus, Baby«, stichelte Madelyn weiter.

Ihr Versuch, mich durch blöde Sprüche zu beruhigen, fruchtete langsam. Den ganzen Weg von der Trainingsstätte bis nach Hause hatte ich dieses peinliche Interview rekapituliert. Noch niemals zuvor war ich so unvorbereitet gewesen. Es war wie eine niemals endende Spirale aus *Oh-bitte-Erdboden-tu-dich-auf* gewesen. Schon, als die erste Frage meinen Mund verlassen hatte, wusste ich, dass ich meine Würde und Autorität verloren hatte und das Interview nicht mehr retten konnte. *Wie war das Training?* Wenn Karter Young mich jetzt nicht für völlig plemplem hielt, war ihm auch nicht mehr zu helfen.

»Weißt du, was das Schlimme an der ganzen Sache ist?« Ich ließ mich erschöpft auf den Stuhl sinken und starrte auf die paar losen, beschriebenen Blätter, die auf dem Esstisch verstreut lagen.

»Dass unser Essen jeden Moment kommt und ich erst einmal den Tisch unter all deinen Notizen suchen muss?«, stichelte sie und legte den Kopf schief. Sie griff nach den Spitzen ihrer hellblonden Haare und fuhr sich immer wieder mit den Fingern hindurch.

Ich verdrehte die Augen. »Nein.«

»Sondern?«

»Bis morgen muss ich versuchen, aus diesem Kackhaufen eine Torte zu backen.«

Madelyn lachte erneut auf. »Ich glaube, du bist gerade auf der Höhe deiner Eloquenz.« Sie warf mir einen herausfordernden Blick zu und griff nach allen Papieren, legte sie neben sich auf dem freien Stuhl ab.

»Was soll das, Mads?«, brummte ich. »Gib mir bitte meine Notizen wieder, ich brauche sie.«

Gerade, als Madelyn etwas erwidern wollte, klingelte es an der Tür. »Ich gehe schon.« Sie sprang auf. »Und die Notizen bleiben, wo sie sind!«, tadelte sie mich mit erhobenem Zeigefinger.

»Jaja«, murrte ich ergeben und suchte Besteck und Gläser zusammen.

Mit zwei Schachteln Pizza und einer Assiette Salat beladen kam sie zurück in die Küche. Mir entging nicht, dass ihr erster Blick prüfend zum Stuhl huschte.

»So«, sie stellte die Pizzakartons auf dem Tisch ab. »Und jetzt möchte ich gern zusammenhängend erfahren, was heute bei dir passiert ist.«

»Hab ich doch erzählt«, jammerte ich und ließ mein Kinn wieder in meine Hände sinken.

»Hast du gar nicht«, grinste sie und ich realisierte, dass sie recht hatte. Sobald mich eine Sache belastete, bemerkte ich oft nicht, dass ich wirr durcheinanderredete. Ich konnte von Glück sagen, dass Mads so geduldig mit mir war.

»Also«, ich griff nach einem Stück Käsepizza, biss herzhaft hinein und weihte meine beste Freundin ein. »Ich bin heute irgendwie in dem täglichen Meeting zwischen Reportern und Chefredakteur gelandet.«

»Wow, daf if riftif cool«, schmatzte sie ganz ungeniert mit vollem Mund.

»Vom Sport Ressort.«

»Upff«, sie schluckte ihren Bissen herunter. »Verstehe.«

»Der Chefredakteur hat mich gefragt, ob ich schon einmal einen Artikel geschrieben hab. Aber eigentlich hat er mir keine Sekunde gegeben, überhaupt etwas zu erwidern.«

»Klingt sympathisch.« Sie verdrehte die Augen.

»Ja, er ist ein komischer Typ«, pflichtete ich ihr bei. »Jedenfalls war einer der Reporter krank, also soll ich seinen Artikel übernehmen.«

»Du.«

»Ich.«

»Du hast keine Ahnung von Sport.«

Ich zog eine Augenbraue hoch. »Das weiß ich auch, Mads«, zischte ich verzweifelt. »Jedenfalls bin ich schnell zur *Sears Centre Arena* gefahren, aber das Training war vorbei und die offizielle Pressezeit ebenso.«

»Und wie bist du dann an den Typen herangekommen?«

Ich biss mir auf die Unterlippe. »Der war halt noch da, hat ein paar Körbe geschmissen und ich habe ihn einfach angesprochen.«

»Geworfen«, verbesserte sie mich.

»Was?«

»Körbe *geworfen* heißt das.« Sie zog entschuldigend die Schultern hoch und biss ein großes Stück ihrer Pizza ab.

Ich versteckte mein Gesicht hinter meinem Pizzastück und jaulte laut auf. »Oh Gott, siehst du? Ich weiß ja nicht einmal, wie man den Ball korrekt nennt.«

Madelyn schenkte mir einen Blick, als hätte ich von ihr verlangt, ihren Namen zu tanzen. »Basketball?«

»Oh«, ich grinste. »Doch so einfach?«

»Das war ein Scherz, oder?«

»Ich wünschte, ja.« Ich spürte, wie sich der Knoten in meinem Magen löste und fing an, aus vollem Halse zu lachen. »Ich habe wirklich absolut keine Ahnung davon.«

»Dann wird das wohl eine lange Nacht.« Sie griff nach den Notizen. »Ich helfe dir.«

»Wirklich?« Gerührt lächelte ich.

Madelyn nickte energisch. »Japp, ich habe morgen eh frei und meine Vorlesung ist … nicht so wichtig.«

»Sicher?«

»Wenn ich es doch sage.« Sie wich meinem Blick aus.

»Mads?«

Verlegen strich sie sich die Haare hinter die Ohren. »Ich will ihn morgen nicht sehen, okay?«

»Ach Süße«, flüsterte ich, entschied aber, das Thema wie immer fallen zu lassen. Wenn sie für heute dichtmachte, hätte ich mir ins eigene Fleisch geschnitten.

»Also.« Euphorisch schob sie die halb leeren Kartons zur Seite und pfefferte die Papiere in unsere Mitte. »Bring erst einmal Ordnung in diesen Haufen hier.« Sie kreiste mit ihren Fingern über den Papieren herum, als wollte sie diese verzaubern.

Ich griff nach den ersten Zetteln und versuchte, mich an die Reihenfolge zu erinnern, in der ich Karter Young die Fragen gestellt hatte. Vor lauter Aufregung hatte ich mich nicht an die gehalten, die ich in meinem Handy notiert hatte. Das war gar nicht so einfach, denn das einzige, woran ich mich ganz genau erinnern konnte, waren die Farben seiner Augen und seiner Haare.

»So«, wenige Minuten später hatte ich eine, hoffentlich sinnvolle, Abfolge gestaltet und reichte Madelyn alles herüber. Sie legte ihr Handy beiseite, auf dem sie herumgetippt hatte. Ihr Gesichtsausdruck hatte sich währenddessen verfinstert und es versetzte mir immer wieder einen Stich, sie so unglücklich zu sehen und nichts daran ändern zu können.

»Na zeig mal her.« Sie nahm mir die Zettel ab und kniff die Augen zusammen.

»Mads?«

»Mhm?«

»Deine Brille.«

Sie fasste sich mit ihrer freien Hand ertappt ins Gesicht und lachte. »Ich kann mich an das Ding einfach nicht gewöhnen.«

Ich lachte. »Das liegt vermutlich daran, dass du sie nie trägst. Los, hol sie.«

»Du hast wohl recht, warte. Ich gehe mal eben schauen, wo sie überhaupt ist.« Währenddessen goss ich uns erst Eistee nach und ging dann in mein Schlafzimmer, um mein Notebook zu holen.

Ich tippte *Windy City Bulls* in den Browser ein und sofort wurde ein Foto von Karter Young angezeigt. Da war es plötzlich wieder. Dieses Kribbeln in meinem Bauch und das warme Gefühl in meinen Eingeweiden. Ich klickte das Bild von ihm an, das ich mir heute Vormittag schon auf mein Handy gesendet hatte. Seine Augen strahlten Stärke und Selbstsicherheit aus und irgendwie zog mich das an. Trotz seiner Größe wirkte er auf mich nicht einschüchternd, obwohl er mich um mindestens zwei Köpfe überragte und auch bestimmt doppelt so breit war wie ich. *Sicherheit.* Mir wurde schlagartig warm. Warum hatte ich dieses Wort, seit ich ihn vorhin gesprochen hatte, immer wieder im Kopf? Was war nur los mit mir? Ich interessierte mich nicht für irgendwelche Sportler und abgesehen davon, war für einen Mann aktuell kein Platz in meinem Leben. Ich hatte Ziele und würde mich von denen nicht durch irgendjemanden abbringen lassen.

Selbst wenn ich nur einmalig für Doug schreiben würde, hieß das nicht, dass ich den Artikel auf die leichte Schulter nehmen konnte. Mein eigener Ehrgeiz an mich selbst verlangte von mir, einen zu hundert Prozent perfekten Text abzuliefern. Immerhin war es mein allererster Artikel, der die Chance hatte, in einer renommierten Tageszeitung gedruckt zu werden. Oder wenigstens im Online-Portal geschaltet wurde. Letzteres wäre auch nicht so schlecht, denn das Internet vergaß bekanntlich nicht. Was in diesem Fall gut für mich war.

»So, gefunden.« Mads hatte sich in einen kuscheligen Jumpsuit geworfen, trug ihre Brille und band sich gerade ihre kurzen Haare zu einem Knäuel auf dem Kopf zusammen, wobei die Hälfte wieder herausfiel. Ertappt klappte ich blitzschnell mein Notebook zu und bereute es eine Sekunde darauf schon. »Äh, alles okay?«, prustete sie los.

»Ja?«, quietschte ich atemlos und strich mir meine Locken aus dem Gesicht. »Klar, alles okay.«

Madelyn hob eine Augenbraue und grinste mich schelmisch an. »Was hast du dir da angeguckt?«

»Nichts.« Ich zuckte mit den Achseln und räusperte mich, zeigte auf das Papier. »Also, Karter ist Shooling Star.«

»Das heißt Shooting Guard, kannst du deine eigene Handschrift nicht lesen?«

»Doch, kann ich sehr wohl«, erwiderte ich augenrollend. »Meistens.«

»Leigh? Du bist knallrot. Das können nicht einmal deine süßen Sommersprossen verdecken.«

»Können wir uns bitte auf meinen Artikel konzentrieren?«

»Ja, können wir.« Sie schnappte sich mein Notebook, öffnete es und tippte mein Passwort ein. Ich hatte noch nie so sehr bereut, jemandem mein Passwort gegeben zu haben. »Aber erst einmal möchte ich wissen, was dir die Röte ins Gesicht steigen lässt.« Sie klickte auf Enter und ich beobachtete sie, hoffte, dass sich das Bild vielleicht von allein wieder geschlossen hatte. Leider Fehlanzeige.

»Ui.« Madelyn schnalzte mit der Zunge. »Der sieht aber gut aus.«

»Aha.«

»Findest du nicht, dass der gut aussieht?« Sie drehte den Bildschirm zu mir.

»Ich weiß, wie er aussieht, Mads.« Genervt zog ich den Laptop zu mir heran. »Können wir jetzt bitte endlich –«

»– den Artikel über diesen schnuckeligen Typen schreiben?«, unterbrach sie mich trällernd. »Aber sehr, sehr gern!«

»Du bist eine Plage!«

»Ich hab dich auch echt lieb, Leigh.« Sie zwinkerte mir zu.

Während sie sich durch meine Notizen arbeitete, huschte mein Blick immer wieder zu Karters Foto. Irgendetwas daran war anders als vorhin. Und es waren nicht seine Haare. Ein seltsames Bauchgefühl beschlich mich, beinahe so, als wäre irgendetwas an der ganzen Sache faul.

Vielleicht lag es einfach daran, dass ich einen so furchtbar ereignisreichen Tag gehabt hatte. Genau. Das war der Grund. Anders konnte ich mir dieses wackelige Gefühl in meinen Knien nicht erklären. Und das in meinem Bauch waren bestimmt keine Schmetterlinge, sondern die Angst, einen schlechten Artikel abzugeben und auf gerader Linie zu versagen.

Kaleb

»Idiot«, murmelte ich immer wieder vor mich hin.

Ich war nicht Karter. War es nie gewesen. Und würde es niemals sein. Warum um Himmels Willen hatte ich meine Klappe nicht aufbekommen, um der Reporterin, die sich mir als Leighton Baker vorgestellt hatte, zu erklären, dass sie mit dem falschen Bruder sprach?

Ich stellte die Dusche ab und trat tropfnass aus der Kabine, griff nach meinem Handtuch und band es mir um die Hüften. Barfuß tapste ich zu meinem Spind und warf mein getragenes Trikot, die Hose und die Socken in den großen Wäschebehälter, aus dem schon ein grausiger Geruch emporstieg.

Ächzend setzte ich mich auf die Bank und stemmte meinen Kopf in meine Handflächen. Durch das Training zog eine Schmerzwelle durch meinen Körper und konzentrierte sich in meiner Hüfte. Ich wusste zwar, dass ich allein war, drehte aber trotzdem kurz den Kopf in alle Richtungen, um sicherzugehen. Ich öffnete den Knoten des Handtuchs und legte meine Hüfte frei, um meine Narben zu begutachten. Sie waren hässlich. Und sie erinnerten mich immer wieder daran, was ich hätte verlieren können. Nicht nur mein Traum drohte zu zerplatzen wie eine Seifenblase, auch mein Leben hätte vorbei sein können.

Seit dem Unfall hatte ich realisiert, dass mein Leben aus Basketball bestand. Ich stand morgens dafür auf, trainierte den ganzen Tag und erholte mich in der Nacht, um eines Tages die NBA zu erreichen. Für viele mochte das vielleicht traurig klingen, für mich allerdings nicht. Ich hatte wenigstens einen Grund, morgens aufzustehen und die Zähne zusammenzubeißen. Wenn man mir das nehmen würde, wüsste ich nicht, was ich mit meinem Leben anstellen sollte. Es gab für mich keinen Plan B, den hatte es niemals gegeben.

Vorsichtig fuhr ich mit meinem Zeigefinger am Rand des Narbengewebes entlang. Es war immer noch schmerzempfindlich, dick und wulstig. Mit Bedauern hatten mir die Ärzte mitgeteilt, dass es sich nur schwer zurückbilden würde. Ich schnaubte und zog die Augenbrauen zusammen. Es gab auch hübsche, ansehnliche Narben. Was jedoch an meiner Hüfte prangte, glich einem vollgefressenen Regenwurm. »Was soll's.« Ich stützte mich mit beiden Armen ab und stemmte meinen erschöpften Körper hoch, das Handtuch ließ ich dabei achtlos zu Boden gleiten. Ich hatte mich heute zu sehr verausgabt. Ich spürte die Überanstrengung und presste vor Schmerz meine Kiefer aufeinander, als ich erst in meine Boxershorts und dann in mein T-Shirt schlüpfte. Es folgten Jeans und Pullover, ehe ich meinen Sneakers böse Blicke zuwarf. Schuhe anziehen war immer noch das Schmerzvollste für mich, weil die gebeugte Haltung einfach überall zog. Da ich allerdings schlecht ohne Socken und Schuhe nach Hause laufen konnte, blieb mir nichts anderes übrig. Wie predigte mir mein Physiotherapeut jetzt seit Monaten? *Kein Schmerz – kein Fortschritt.*

Ich holte meinen Rucksack aus dem Spind und schmiss die Tür zu, begab mich zum Ausgang. Es war bereits dunkel geworden und von allen Seiten blendeten mich die Scheinwerfer der vorbeifahrenden Autos. Ich würde mir kein Taxi rufen. Ich hatte es Karter nicht erzählt, dass der Taxifahrer mir beim letzten Mal aus dem Auto helfen musste, da es meine Verletzungen mir nicht erlaubten, aus eigener Kraft aufzustehen. Diese Erniedrigung würde ich freiwillig kein zweites Mal über mich ergehen lassen, auch wenn seitdem einige Wochen vergangen waren.

Bis zu dem Haus, das ich mir mit Karter teilte, war es zum Glück nicht weit, also würde ich in Ruhe laufen. Wir entschieden uns damals für dieses Haus, auch wenn es, wie die *Sears Centre*

Arena, in einem Vorort lag. Der relativ kurze Weg zum und vom Training war mir allerdings wichtiger gewesen, als mitten in der City zu wohnen. Ich atmete die frische Abendluft tief ein und hoffte, dass sie mir ein wenig das vernebelte Hirn reinigte. Stattdessen sah ich Leighton Baker vor meinem geistigen Auge. Sie verschwand einfach nicht aus meinen Gedanken und mit ihr hatte sich auch mein schlechtes Gewissen manifestiert.

»Sie ist doch nur eine verdammte Reporterin«, schalt ich mich selbst und zog den Blick einer mich überholenden Passantin auf mich. Es konnte mir eigentlich völlig egal sein. Dann hatte ich mich eben versehentlich für Karter ausgegeben. Er hasste es, mit Journalisten zu sprechen, und ich war doch beim Training dabei gewesen. Ich hatte ihn die ganze Zeit beobachtet und wusste, was er auf ihre Fragen geantwortet hätte. Niemand kannte Karter besser als ich. Eigentlich hatte ich ihm einen Gefallen getan. Oder?

Und doch verschwand der hübsche Lockenkopf mit den verschiedenfarbigen Augen einfach nicht aus meinem Kopf. Ihre leise Stimme hallte immer wieder in mir nach und ließ mich nicht los. Irgendetwas an ihr zog mich magisch an. Ich schüttelte den Kopf. Vielleicht war ich einfach nur zu lange nicht mehr mit einer Frau zusammen gewesen. Basketball hatte mir, und auch Karter, nie viel Zeit für ein Leben abseits des Spiels gelassen. Ich wollte mir nicht vorstellen, wie mein Leben ohne meinen großen Bruder verlaufen wäre.

Eine gefährliche Unruhe breitete sich in mir aus und ich wusste auch genau, woran das lag. Gleich würde ich an der Unfallstelle vorbeikommen. Die ersten Wochen hatte ich sie gemieden, hatte Karter sogar einen anderen Weg fahren lassen. Nur, damit mich die Wut nicht von innen auffressen konnte. Bei den Schmerzen wusste ich, dass sie früher oder später verschwunden sein würden oder ich lernen konnte, mit ihnen zu leben. Allerdings konnte mir kein Arzt versichern, ob meine Erinnerungen an den verhängnisvollen Abend zurückkehren würden und das war das schlimmste Gefühl. Ein dämlicher Schutzmechanismus des Gehirns, den ich wirklich nicht gebrauchen konnte.

Ein paar Straßen weiter ertönte eine Hupe und sofort erstarrte ich. Das Geräusch ging mir durch Mark und Bein und wieder sah ich einen kurzen Erinnerungsfetzen aufblitzen.

»Verdammte Scheiße«, fluchte ich. Ich hatte ihn wieder nicht greifen und festhalten können. Es war demütigend, seinem eigenen Gehirn so machtlos ausgeliefert zu sein.

Plötzlich vibrierte mein Handy in meiner Hosentasche und ich fischte es daraus hervor. Der Anruf kam von meinem Bruder, was nicht weiter überraschend war. Seit ich in die G-League aufgenommen wurde, bestanden meine sozialen Kontakte neben dem Team fast nur noch aus meiner Familie. Aber das war okay. Erfolgsstreben isolierte einen nun mal.

»Hey, was ist los?«, fragte ich meinen Bruder.

»Wo bleibst du denn, Mann?«

Ich seufzte und verdrehte die Augen. Seit meinem Unfall wollte er ständig wissen, wo ich war, mit wem ich mich traf und warum. So langsam ging mir seine Fürsorglichkeit auf die Nerven.

»Ich laufe nach Hause, Karter.« Ich war mir sicher, dass er mir meine Anspannung anhören konnte.

Nach einer kurzen Stille zwischen uns räusperte er sich. »Na okay, ich fahr gleich noch mit den anderen –« Er verstummte.

»Komm auf den Punkt«, fuhr ich ihn an. Einerseits hasste ich mich für mein Verhalten, andererseits ging es mir nur noch gegen den Strich, dass er mich mit Samthandschuhen anfasste.

»Wir gehen noch irgendwo tanzen. Du kommst allein klar?«

Da war er wieder. Der böse Stich aus Eifersucht, der sich geradewegs durch mein Innerstes bohrte. Ich konnte nicht großartig weggehen. Sollte noch eine ganze Weile nicht das Tanzbein schwingen. Wäre es wirklich zu viel von ihm und den anderen verlangt gewesen, mich zumindest zu fragen, ob ich Interesse hatte, einfach mitzukommen? Mit ihm und den Jungs zu quatschen? Es war, als hätte mich der Unfall nicht nur beim Basketball ins Aus katapultiert.

»Klar, ich bin schon groß, weißt du?« Meine Stimme triefte vor Sarkasmus.

»Bist du –«, er räusperte sich. »Heute wieder allein?«

Was sollte diese ständige Fragerei? Es machte mich rasend. »Ja verdammt, Karter. Ich bin wieder allein. Was soll denn das immer?« Es war beinahe so, als hätte er Angst, dass ich jemanden kennenlernte. Dass ich mit jemandem sprach, den oder die er nicht auch kannte. Dieses ewige Kontrollieren ging mir langsam, aber sicher an die Substanz.

»Beruhige dich, Kleiner.«

Ich konnte förmlich vor mir sehen, wie er die Augenbrauen hob und die Augen verdrehte. Oh, wie ich diesen selbstgefälligen Gesichtsausdruck von ihm hasste. Wir waren Brüder und ich liebte ihn, aber die Menschen, die einem am meisten bedeuteten, konnten einen auch am schnellsten auf die Palme bringen. Ich atmete einmal tief durch, um mich zu beruhigen. Karter konnte nichts dafür und seit meinem Unfall war ich unfair zu ihm gewesen. Es war nur eine Frage der Zeit, bis er die Samthandschuhe auszog und mich damit verprügelte.

Wie nach jedem unserer Gespräche nahm ich mir auch dieses Mal vor, mich wieder wie früher zu verhalten. Wie vor dem Unfall, der nicht nur meinen Traum, sondern auch mich zerrissen hatte. Wortwörtlich.

Leighton

Ich war so unglaublich müde.

Nachdem Madelyn und ich in meinen Mitschriften vom Interview endlich einen Sinn gefunden hatten und sie aufhörte, mich wegen Karter aufzuziehen, hatten wir tatsächlich einen Artikel zustande gebracht, mit dem ich zufrieden war. Mads hatte die endgültige Version noch gar nicht gelesen, denn gegen zwei Uhr nachts war sie einfach am Küchentisch eingeschlafen und ließ sich nicht mehr wecken.

Da sie nicht mehr am Tisch saß, als ich die Wohnung verließ, musste sie es irgendwann ins Bett geschafft haben.

Der heutige Tag begann um einiges besser als der gestrige. Ich war so erschöpft, dass ich sofort eingeschlafen war, auch wenn vier Stunden Schlaf eindeutig zu wenig waren. Aber immer noch besser als gar nichts. Auf dem Weg zum Bus fand ich meine Fahrkarte wieder, was an ein enormes Wunder grenzte. Wir waren hier in Chicago. Hier trugen die Menschen keine Hüte, da der Wind diese mit hoher Wahrscheinlichkeit sowieso davontrug. Dass meine Fahrkarte also nicht ans andere Ende der Stadt geweht wurde, würde mir niemand glauben.

Ich blickte kurz an mir herunter, ehe ich die Tür zum Großraumbüro öffnete. Heute trug ich eine Jeans und einen Pullover ohne Kapuze, selbstverständlich beides in Schwarz. Sehr casual, aber nach meinem gestrigen Outfit konnte ich eh nichts verschlimmern. Außerdem trugen die meisten Mitarbeiter einfach das, was sie wollten, daher fiel meine Wahl heute Morgen auf meine geliebten Schnürboots. Meine Haare hatte ich zu einem Zopf geflochten, wie ich es eigentlich schon für gestern geplant hatte.

Als ich den ersten Schritt ins Büro setzte, überkam mich eine plötzliche Übelkeit. Mein Magen rebellierte und meine Fingerspitzen kribbelten. Nachdem ich meinen Rucksack wieder am Aushilfstresen abgestellt hatte, lief ich geradewegs zum Kopierraum, um meinen Artikel auszudrucken. Während der Drucker das Papier einzog, tippelte ich nervös von einem Fuß auf den anderen und pfriemelte am Saum meines Pullovers herum.

Mit den ausgedruckten Seiten, die entweder in der Zeitung oder auf direktem Wege im Papierkorb landen würden, begab ich mich zu Dougs Büro. Selbst an einem Samstag tummelten sich einige Kollegen in den Räumen der *Tribune*. Eine Redaktion schlief niemals. Nicht am Wochenende, noch nicht einmal nachts. Eine Welle voll Aufregung und Vorfreude durchfuhr mich. Wie oft hatte ich mir schon vorgestellt, bis in die Nacht mit meinen Kollegen in der Redaktion zu sitzen, um in letzter Sekunde die Druckerei mit den aktuellsten Neuigkeiten aus der Welt zu versorgen? Ich freute mich schon jetzt darauf, etwas Bedeutendes geschafft zu haben. Immer und immer wieder.

»Leighton?«, holte mich Dougs Stimme aus meinen Zukunftsvisionen.

Ich stöhnte leise auf. Ich Idiot war so in meine Gedanken vertieft gewesen, dass ich schnurstracks an seinem Büro vorbeigelaufen war. Diese blöden Glaskomplexe. Wenn hier nicht alles aus Glas bestünde, wäre es ihm überhaupt nicht aufgefallen.

»Guten Morgen«, nuschelte ich.

»Artikel?« Doug blickte gar nicht erst von seinem Bildschirm auf, hielt mir aber fordernd die Hand hin. Was für ein blasierter Hornochse.

Ich räusperte mich, straffte die Schultern und atmete tief durch, denn ich hatte mir fest vorgenommen, souverän und selbstbewusst aufzutreten. Wenn ich das inmitten meiner Kommilitonen konnte, würde ich es auch hier schaffen. Und jeder wusste, dass das Auftreten wichtig war. Kleinen, piepsigen Mädchen hörte niemand zu. Man musste sich Gehör verschaffen. Auch wenn es mich jedes Mal Überwindung kostete, fühlte ich mich immer besser, wenn ich über meinen schüchternen, zurückhaltenden Schatten gesprungen war.

»Hier, bitte.« Mit fester Stimme legte ich ihm die drei Blätter in die Hand. Innerlich triumphierte ich, dass meine Stimme nicht gezittert hatte oder sie mir gänzlich versagt war.

Doug legte den Artikel neben seinem Bildschirm ab und warf einen flüchtigen Blick darauf. Sein Mundwinkel zuckte und er hob eine Augenbraue an. *Nicht verunsichern lassen, Leighton. Bitte, lass dich bloß nicht verunsichern.* Sprach ich stumm zu mir selbst.

»Sind das etwa Normseiten?« Doug verkniff sich ein Lachen.

»Ja, natürlich sind das Normseiten«, antwortete ich selbstsicher. Ich würde mich nicht einschüchtern lassen. Sollte er doch grinsen. Ich arbeitete sauber und ordentlich. Außerdem konnte ich mich besser auf den Artikel konzentrieren, wenn ich meine Texte direkt in meiner Normseiten-Vorlage verfasste.

»Das wäre nicht nötig«, informierte er mich herablassend, während er sich in seinem Bürostuhl zurücklehnte und meinen Artikel in die Hand nahm.

»Ich studiere Journalistik an der *University of Chicago*«, erklärte ich mit einem Hauch Arroganz, die mich selbst erschreckte. »Und einer der ersten Grundsätze, die man dort lernt, lautet: Wir haben in Normseiten zu schreiben. Also mache ich das auch.«

Er schenkte meiner Ausführung keinerlei Beachtung und prompt fühlte ich mich in meine Kindheit zurückversetzt. Ich konnte reden, doch hörte mir sowieso niemand zu. Ich konnte gut sein, sogar die Beste, es würde niemanden interessieren.

Wie ich so vor ihm stand, während er meinen Artikel las und ihn vermutlich schon nach den ersten zwei Sätzen bewertet hatte, sank mein Selbstbewusstsein Stufe für Stufe in den Keller. Meine Hände wurden feucht, meine Knie zittrig und in meiner Kehle breitete sich wieder der dicke Kloß aus, der mir das Atmen erschwerte. Mein Vorsatz, selbstbewusst und stark zu sein, hatte ja lang angehalten.

»Okay.« Doug las den Artikel nicht zu Ende, was mir einen Stich versetzte. Wäre ich doch einfach aus seinem Büro gegangen, als es noch nicht peinlich gewesen wäre. Warum musste ich auch vor seinem Schreibtisch stehen bleiben wie eine verdammte Eisskulptur?

Ich schluckte den Kloß herunter und räusperte mich. »Okay?«, wiederholte ich, was er gesagt hatte.

Er nickte. »Wir nehmen den Artikel.«

Was? Hatte ich ihn richtig verstanden? »Wirklich?« Ich hasste, wie sich meine Stimme vor Verwirrung und Freude überschlug.

Da war es wieder: Das freudige Knistern in meinen Gliedmaßen, wenn ich Erfolg hatte. Es war das gleiche Gefühl, wie eine Prüfung mit einem A bestanden zu haben. Ich liebte es so sehr.

»Ja, sicher.« Er nickte. »Schick mir bitte die Datei zu, der Artikel erscheint morgen im Sportteil. Er liest sich zwar scheiße, aber was Anderes haben wir schließlich nicht.«

»D-danke«, stotterte ich verunsichert und wollte mich gerade zum Gehen umdrehen, als Doug mich aufhielt.

»Moment, Leighton. Ich brauche Matt für eine andere Berichterstattung.«

Ich drehte mich zu ihm um und zog grübelnd die Augenbrauen zusammen. Irgendetwas an der Art, wie er versuchte, sein überlegenes Grinsen zu verdecken, jagte mir eine eiskalte Welle durch den Körper. War jetzt der Moment für mich, etwas zu erwidern? Was sollte ich mit dieser Information anfangen? Gerade da er mir soeben an den Kopf geworfen hatte, dass mein Artikel anscheinend nicht seinem Standard entsprach.

»Ähm. Okay?« Nervös griff ich nach meinem Zopf, der mir über der Brust lag.

»Montag ist das nächste Heimspiel der *Windy City Bulls*.« Er sah mir direkt in die Augen.

Was wollte er von mir? »Ja, okay?« Innerlich trat ich mir in den Hintern. Konnte ich etwa nichts anderes mehr sagen?

»Prima. Dienstag, wieder 600 Wörter, aber gib dir gefälligst Mühe, dass der Artikel nicht klingt, wie von einem kleinen Gör geschrieben. Schönes Wochenende.«

»Wie?« Ich schnappte nach Luft und versuchte, seine abschätzigen Worte zu ignorieren. Ich sollte … nein. Das konnte doch nicht sein Ernst sein?

»Willst du etwa nicht?«

Wollte ich? Ich hasste Sport. Ich wollte Reporterin werden. Aber ich hasste Sport. Aber Reporterin zu werden, war mein Traum.

Ohne Vorwarnung schob sich plötzlich das Foto von Karter in mein Gedächtnis. Ich erinnerte mich daran, wie sich seine Lippen bewegten, als er mit mir sprach und wie er sich durch seine dunkelbraunen, wuscheligen Haare fuhr. Ich erinnerte mich an seine dunklen, grünen Augen, in denen so viel Stärke, aber auch Verletzlichkeit lag. In meinem Magen explodierte etwas und es kribbelte überall. Meine Kopfhaut, meine Fingerspitzen, meine Oberschenkel – alles wurde taub. Ich würde Karter Young wiedersehen, wenn auch nur vom Spielfeldrand aus.

»Doch«, entschied ich laut. »Natürlich möchte ich.« Ich lächelte ihn an und spürte, wie die Hitze in mir hochstieg. Ich musste ganz schnell raus aus diesem Büro und mich mental auf Montag vorbereiten.

Kapitel 4

Kaleb

»… hört ihr?«

Ich nahm Coach Hills Motivationsrede nur am Rande wahr. Wie jedes Mal vor einem großen Spiel, saßen wir gemeinsam in der Umkleide und ließen dieses ewige Bla Bla über uns ergehen. Es war nicht so, dass ich es nicht ernst nahm oder es nicht zu schätzen wusste. Das Problem war einfach, dass ich mich kurz vor einem Match auf mein Innerstes konzentrieren musste. Denn jedes Spiel konnte das eine sein, das dich auf geradem Wege in die NBA beförderte. Man wusste nie, welcher Scout im Publikum saß und dir gerade seine Aufmerksamkeit schenkte. Manchmal waren es ein *Steal*, ein *Trap* oder ein *Dunk*, die dein direkter Weg zum Olymp waren.

Ich hob den Blick und ließ ihn über mein Team schweifen. Wir alle verfolgten den gleichen Traum. Und obwohl nicht für jeden von uns Platz war, spielten wir als Team, zogen an einem Strang. Denn anders konnte man nicht gewinnen.

Die meisten saßen auf den Bänken, hatten ihre Köpfe in ihre Hände gelegt und versuchten, ruhig ein- und auszuatmen. Karter hingegen war anders. Als einziger Spieler stand er bereits bei der Tür, bereit, direkt nach unserem Maskottchen in die Halle zu stürmen. Karter war immer ganz vorn mit dabei. Seit meinem Unfall gehörte er immer zur *Starting Five* und stand von Beginn an auf dem *Court*.

Ich schüttelte lächelnd den Kopf. Mein großer Bruder Karter, die Rampensau. Er war, genau wie ich, für *das hier* geboren.

Die Musik aus der Halle drang in abgehackten Stücken immer wieder durch die Wände. Immer, wenn die großen Türen zu den Hallen geöffnet wurden, bahnte sie sich ihren Weg durch alle noch so verwinkelten Gänge.

Sobald die Musik durchgängig in den Wänden vibrierte, blieben nur noch wenige Minuten. Die großen Türen wurden nun geöffnet, damit erst unsere Cheerleader, danach unser Maskottchen *Benny the Bull* und schließlich auch wir das Spielfeld betreten konnten. Es hatte eine Zeit gegeben, in der ich neben Karter als erste in die Halle gestürmt war. Die Young-Brüder waren immer gemeinsam auf das Spielfeld gelaufen. Mittlerweile war ich der Letzte und begab mich unbeachtet zur Ersatzbank, während die anderen sich noch einmal warm machten, indem sie Kurzsprints einlegten und ein paar Körbe warfen. Man geriet viel zu schnell in Vergessenheit, doch umso besser würde mein Comeback werden.

»Also.« Mr. Hill ergriff wieder das Wort und seine laute, dominante Stimme drang direkt in mich ein. »Es ist nicht das erste Mal, dass wir gegen die *Delaware Blue Coats* spielen.« Während er sprach, drehte er einen Basketball auf seinem Zeigefinger und lief auf und ab.

»SCHAUT MICH JETZT ENDLICH AN!«, fuhr er plötzlich aus seiner Haut und holte alle aus ihrer Starre. »Na endlich. Ich *erwarte* von euch, dass ihr gewinnt. Die *Blue Coats* haben euch das letzte Mal den Arsch aufgerissen. Ich möchte diese Schmach nicht noch einmal erleben müssen.« Er ließ den Ball fallen, welcher noch ein Stück auf- und abhüpfte und schließlich direkt auf mich zurollte. Er stieß gegen meine Füße und seufzend nahm ich ihn mit einer Hand hoch. »HABT IHR MICH VERSTANDEN?«, brüllte der Coach noch einmal und ein lautes *JA!* schallte ihm entgegen. »Gut. Denn wenn ihr es nicht schafft, werde ich höchstpersönlich *jedem einzelnen* von euch den Arsch aufreißen.«

Ich senkte den Blick wieder auf den Ball in meiner Hand, begann ihn zu balancieren, und verkniff mir ein Lachen. Wenn Coach Hill Angst hatte, begann auch er, derb zu werden. Normalerweise wurde er nie laut, aber in Momenten wie jetzt lag ihm die Anspannung direkt auf der Zunge.

»Los!« Er öffnete die Tür, Karter lief wie erwartet als Erster hindurch und alle anderen folgten ihm. Er hatte mir nicht einmal mehr einen Blick zugeworfen, so euphorisch war er. Ich setzte mich schließlich ebenfalls in Bewegung und drückte Mr. Hill den Ball in die Hand, als ich an ihm vorbeilief.

»Hey, Kaleb«, hielt er mich zurück.

»Ja, Coach?« Ich drehte mich zu ihm um und war selbst erschrocken über den traurigen Ton in meiner Stimme.

Er musterte mich von oben bis unten, schüttelte den Kopf und lief an mir vorbei. »Bewahre Haltung, Junge.«

Bewahre Haltung, Junge? Was sollte das bedeuten? Sollten mich diese drei Worte tadeln? Aufbauen? Motivieren?

»Bewahre Haltung, Junge«, flüsterte ich und hob den Kopf an. Die Tür zur Garderobe war gerade zugefallen und ich konnte mein schemenhaftes Spiegelbild im Metall erkennen. Und plötzlich wusste ich, was er meinte. Ich begann, mich hängen zu lassen. Tief einatmend straffte ich die Schultern und reckte das Kinn in die Höhe, wie ich es früher immer getan hatte. Die Zeiten, in denen ich stolz auf mich selbst sein konnte, schienen in weite Ferne gerückt zu sein. Auf sich selbst stolz zu sein, war ein wunderbares Gefühl, das man dennoch niemals ausarten lassen sollte. Dann wirkte man nach außen nur eingebildet und arrogant und ehe man sich versah, wurde man zu dem, was *andere* in einem sahen.

»KALEB!« Coach Hill rief vom anderen Ende des Ganges nach mir. »Brauchst du eine Extraeinladung, oder was?«

Ich stieß einen großen Schwall Luft aus und streckte den Rücken durch. »Bin schon da«, rief ich und löste meinen Blick von meiner schemenhaft gespiegelten Gestalt.

Als ich durch die Tür trat, warfen sich die Cheerleader gerade gegenseitig durch die Gegend und zeigten ihr schönstes Einhundert-Watt-Lächeln. Karter lief dribbelnd in die Mitte des Spielfelds, wo er seine Handfläche küsste und sie auf das Logo des

Bullen im Hallenboden legte. Das war schon immer unser Ritual gewesen und ich konnte nichts gegen das erneute Gefühl tun, ausgeschlossen zu sein. Es war *unser* Ritual gewesen, doch es schien fast so, als würde es Karter nicht das Gleiche bedeuten. Als hätte er vergessen, dass es eigentlich mal *unser Ding* gewesen war.

Kaum, dass ich mich auf der Bank niedergelassen hatte, ertönte die Ansage aus den Lautsprechern. Wenige Augenblicke später warf der Schiedsrichter den Ball in die Höhe und das Spiel begann.

»Nicht mehr lange«, sagte ich zu mir selbst und ballte die Hände zu Fäusten. Ich sah mich bereits wieder nach dem *tip-off*, dem ersten Ball, springen und eine Welle Adrenalin durchströmte mich. Ein kleines Lächeln stahl sich auf meine Lippen. Für das Gefühl, dem Gegner den Ball vor der Nase wegzuschnappen und ihn durch einen simplen *Bounce Pass* weiterzugeben, würde ich wirklich alles tun.

Ich verfolgte jeden von Karters Schritten und plötzlich gefror mir das Blut in den Adern. Mir wurde gleichzeitig heiß und kalt, ich versuchte, die Gänsehaut, die sich über meinen gesamten Körper legte, zu ignorieren.

Auf der anderen Seite, ziemlich genau auf der gleichen Höhe wie ich, saß die Frau, die sich seit drei Tagen in meinem Kopf eingenistet hatte. Leighton Baker. Blitzschnell zog ich die Kapuze meiner Trainingsjacke über den Kopf und senkte den Blick. Sie durfte mich auf keinen Fall entdecken. Ich beobachtete sie mit schnellem Atem und sie wiederum ließ Karter keine einzige Sekunde aus den Augen. Währenddessen hielt sie sich ein Gerät an den Mund, in das sie hineinsprach.

Mir gefiel es nicht, dass sie ihren Blick nicht von Karter nahm. Andererseits hatte ich so freie Bahn, mir ihr Aussehen und ihre Gestik einzuprägen. Heute trug sie ihre Locken zu zwei Dutten gedreht, was ihrem Aussehen einen frechen Schliff gab. War es doch neben ihren Augen ihr Haar gewesen, das mir in Erinnerung geblieben war. Selten hatte ich eine Frau mit so wirren und gleichzeitig wunderschönen Haaren kennengelernt. Wie schon am Freitag war sie komplett in Schwarz gekleidet, was mich auf unerklärliche Weise anzog. Ich konnte sogar über die Entfernung hinweg erkennen, dass sie wieder dunklen Lippenstift trug. War *das* ihr Stil? Verdammt, vielleicht gehörte sie zu der Sorte Frauen, die gar nicht wussten, wie sexy sie eigentlich waren.

Ihre Körperhaltung verriet sie. Ich erkannte genau, dass sie überfordert war. Mit ihrer freien Hand strich sie sich verzweifelt über den Kopf und alle paar Minuten wechselte sie ihre Beinposition. Mal saß sie im Schneidersitz, mal stellte sie ein Bein auf oder zog beide Beine an. Was sagte es über sie aus, dass sie freiwillig auf dem harten Boden saß, statt auf dem freien Platz hinter ihr? Ihr Atem ging schnell, als würde sie höchstpersönlich über das Spielfeld rennen. Warum war sie hier, wenn sie es allem Anschein nach gar nicht wollte?

Bei dem Interview hatte ich ihr schon angemerkt, dass sie nicht die leiseste Ahnung von Basketball hatte, und trotzdem versuchte, mir die vermeintlich richtigen Fragen zu stellen. Es gab viele Journalisten, die nicht wussten, wovon sie sprachen. Anders als bei denen strahlte Leighton dennoch Autorität aus. So dumm es klang: Genau das war es, was mich so an ihr anzog.

Leighton

»Oh … jetzt … was? Ach man, ey«, stöhnte ich in mein Aufnahmegerät. »Karter Young fängt den Ball, dribbelt und –« Ich verrenkte mich, um wieder freie Sicht auf Karter zu haben. »Wo ist der Ball denn jetzt?«, murmelte ich dem Gerät in meiner Hand frustriert zu.

Das Spiel war fast vorbei und ich fühlte mich, als hätte ich selbst auf dem Spielfeld gestanden. Meine Kleidung klebte mir überall am Körper, sogar meine Knie schwitzten. Ich wusste bis eben gar nicht, dass das möglich war. Wie sollte ich nur einen vernünftigen Satz schreiben, wenn ich einfach nichts verstand? Ich wusste bereits jetzt, dass ich mich später in Grund und Boden schämen würde, wenn ich mir die Aufnahme anhörte. Ich ging davon aus, dass sie komplett unbrauchbar war.

Ich war mir so oft über meinen Kopf gefahren, dass sich einzelne Strähnen aus meinen Dutten gelöst hatten und mir neben dem Gesicht herumsprangen. Immer wieder versuchte ich, diese aus lauter Nervosität hinter meine Ohren zu klemmen, gewiss sollte ich es langsam besser wissen. Meine Haare machten, was sie wollten.

Mein Blick wanderte zur Anzeige mit dem aktuellen Score, die in Zehntelsekunden die Zeit herunter zählte. Die *Delaware Blue Coats* lagen gleichauf mit den *Windy City Bulls* und es waren nur noch wenige Sekunden zu spielen. Allerdings dachte ich das auch schon vor fünf Minuten. Mir war nicht bewusst, wie lang sich fünfzig Sekunden ziehen konnten, wenn alle paar Sekunden das Spiel unterbrochen und die Zeit angehalten wurde.

Erschöpft beendete ich meine Aufnahme und legte das Aufnahmegerät neben mir ab, setzte mich mit geradem Rücken in den Schneidersitz. Ich war erledigt und würde jetzt nur noch das Endergebnis abwarten. Bereits in den ersten Minuten war ich verzweifelt. Angespannt hatte ich versucht, Karter Young mit den Augen zu verfolgen, allerdings gab es kaum eine Sekunde, in der er mal so freistand, dass ich seine ganze Gestalt sehen konnte. Zehn so große Männer waren eindeutig zu viel für so ein kleines Feld.

Ich erhaschte einen kurzen Blick auf sein Gesicht und erschrak. Es war von eiskalter Wut dominiert und passte nicht zu dem Mann, den ich noch vor wenigen Tagen beim Training interviewt hatte. In meiner Erinnerung war er zwar angespannt, aber nicht so zornig wie jetzt auf dem Court.

Er stand unter dem Korb, vor dem ein gegnerischer Spieler blitzschnell hochsprang, sich im Sprung drehte und den Ball mehr oder weniger durch den Ring drückte. Dafür gab es bestimmt eine korrekte Bezeichnung, die ich nur nicht kannte.

Gleichzeitig ertönte die Schlusssirene, die so laut war, dass mir der Schreck in die Knochen fuhr. Mein Blick glitt zur Anzeige und ein Kloß breitete sich in meinem Hals aus. *Windy City Bulls* 120, *Delaware Blue Coats* 121 Punkte. Ups.

»Scheiße«, murmelte ich. »Er hat verloren.« Aus dem Publikum hörte ich Buhrufe und Pfiffe, die Tribünen leerten sich bereits. Ich vernahm gerade noch die Wörter *Buzzer Beater* durch die Lautsprecher, griff nach dem Kugelschreiber sowie dem kleinen Block in meiner Gesäßtasche und notierte es. Ich würde nachher googeln, was dies zu bedeuten hatte – vermutlich war es nichts Gutes für die *Windy City Bulls.*

Einige der Journalisten um mich herum waren bereits aufgesprungen, um den Coach und die Spieler zu interviewen. Kurz überlegte ich, ob ich das auch tun sollte, entschied mich aber dagegen. Ich wusste überhaupt nicht, was ich fragen sollte. Ein peinliches Interview reichte mir erst einmal.

Ich blickte auf meine Armbanduhr, es war Gott sei Dank noch nicht allzu spät, zog meinen Rucksack zu mir heran und kramte mein Smartphone daraus hervor. Dabei schob ich meine Uni-Unterlagen hin und her. Ich hatte keine Zeit mehr gehabt, nach meiner letzten Vorlesung nach Hause zu fahren, um meine Sachen abzulegen, sondern musste direkt hierherkommen, denn mit den öffentlichen Verkehrsmitteln dauerte die Fahrt gute zwei Stunden. Auf dem Rückweg würde ich die Zeit einfach dafür nutzen, meine wirren Aufzeichnungen zu ordnen und einen ersten Abriss zu formulieren. Ich sah mich schon wieder die halbe Nacht an diesem Artikel sitzen. Was tat man nicht alles für seine Karriere?

Ich runzelte die Stirn, Madelyn hatte drei Mal versucht, mich anzurufen. Sie wusste doch, dass ich heute hier war? Die Pfiffe und Buhrufe waren nur noch vereinzelt zu hören und aus den Lautsprechern drang leise Pop-Musik. Ich wählte ihren Namen an und rief sie zurück.

»Hey … Leigh.« Atemlos begrüßte sie mich.

»Hey, was ist los? Warum klingst du so außer Puste?«

Sie stöhnte. »Ich bin … gerade … laufen.«

Meine Alarmglocken schrillten. Madelyn warf sich nur in ihre Joggingklamotten und rannte los, wenn es ihr nicht gut ging.

»Was ist passiert?«

»Nichts!« Sie klang aufgesetzt fröhlich, aber mir konnte sie nichts vormachen.

»Erzähl mir jetzt, was los ist. Warum hast du mich drei Mal angerufen?«

Sie atmete einmal laut aus. »Das? Ach so. Ich wollte dich nur fragen, ob es okay ist, wenn ich –«, sie druckste herum. »Na ja, also wenn ich –«

»Mads! Komm auf den Punkt«, unterbrach ich sie.

»Diana geht es nicht so gut.«

Ich stöhnte laut auf und fing an zu lachen. »Oh bitte nicht schon wieder.«

»Sie ist dieses Mal auch ganz lieb, wirklich!« Ich konnte ihr schmollendes Gesicht förmlich vor mir sehen.

»Okay. Aber wehe, sie frisst wieder mein Abendessen.«

»Wird sie nicht, versprochen!«

»Madelyn?« Ich sprach sie absichtlich mit vollem Namen an.

Sie seufzte. »Ich möchte immer noch nicht darüber reden, Leighton. Okay?«

Ich nickte und senkte den Kopf, obwohl sie es nicht sehen konnte. »Okay, bis nachher. Bestellst du mir eine Pizza? Ich bin am anderen Ende der Stadt.«

»Oh Gott. Na klar, mach ich. Bis dann und danke!«

Schmunzelnd steckte ich das Handy wieder in meinen Rucksack und stemmte mich hoch. Meine Gliedmaßen waren steif geworden. Kein Wunder, ich hatte zwei Stunden auf dem Boden gesessen, dagegen wäre die Bank hinter mir noch ungemütlicher gewesen. Ich legte meine Hände in den unteren Rücken und dehnte mich vorsichtig, drehte mein Becken erst zur einen, dann zur anderen Seite. Ich hob die Arme in die Höhe und streckte mich, wobei ein angenehmes Knacken durch meine Wirbelsäule fuhr.

»Wird Zeit, dass ich meine Yogamatte mal wieder aus ihrem Versteck hole«, murmelte ich mir selbst zu, als ich nach meinem Rucksack griff und ihn mir über die Schulter warf. Ich blickte auf meine Armbanduhr und stieß einen leisen Fluch aus, da ich meine Bahn nicht mehr bekommen würde und die nächste erst wieder in vierzig Minuten fuhr. Da ich nicht auf dem kalten Bahnsteig warten wollte, lief ich die Stufen zur Tribüne hoch, um mich umzusehen. Vielleicht würde mir das bei meinem Artikel helfen. Die Gänge waren bereits so gut wie leer gefegt, in den Ecken und an den Seiten lag Müll herum und ich schnaubte wütend. Menschen waren Schweine. Ich folgte dem Schild, das zu den Toiletten leitete und stellte mich an. Vor mir standen noch schätzungsweise fünfzehn Frauen, also würde es wohl ein ganzes Weilchen dauern. Ich stöpselte meine Kopfhörer an mein Aufnahmegerät und begann, mir meine Aufzeichnung anzuhören, formte in Gedanken ein paar mögliche Sätze für den Artikel vor.

Gut zwanzig Minuten später lief ich zurück zur Halle. Es war bis auf die Stewards keine Menschenseele mehr hier. An jeder Tür stellten sie sich mir erst in den Weg und ich konnte es nicht leugnen: Es war ein richtig gutes Gefühl, wenn man einen Presseausweis sein Eigen nannte.

Ich folgte den Schildern zum Presseausgang und gerade, als ich durch diesen nach draußen treten wollte, prallte ich hart gegen eine andere Person, die vermutlich genauso in ihren Gedanken verloren gewesen war.

»Oh nein, sorry!«, entschuldigte ich mich und ging einen winzigen Schritt zur Seite, um der anderen Person den Vortritt zu lassen.

»Nein, geh du zuerst.« *Karter.* Mein Herz stolperte aus dem Takt. Ich hatte seine Stimme nicht vergessen können. Dieses Tiefe, Raue und die langsam mit Bedacht gewählten Worte. Schüchtern blickte ich zu ihm auf und sah direkt in seine dunkelgrünen Augen. Sie strahlten genau so viel Stärke aus wie beim ersten Mal. Und auch jetzt konnte ich noch etwas anderes erkennen: War es Furcht?

»D-danke«, murmelte ich und entfernte mich noch einen Schritt, denn diese unmittelbare Nähe bescherte mir einen Schweißausbruch und sorgte dafür, dass meine Fußsohlen zu kribbeln begannen. Ich spürte, wie meine Knie ganz weich wie Butter wurden.

Ich bemerkte, dass ich aufgehört hatte zu atmen und sog einmal tief Luft ein. Dabei wehte mir sein Duft in die Nase. Frisch geduscht mit einer Mischung aus Minze und Rosmarin. Ich verspürte das tief in mir weggesperrte Bedürfnis, mich von ihm in die Arme nehmen zu lassen und meine Nase in seiner Halsbeuge zu vergraben. *Stopp, Leighton Baker.* Verlegen senkte ich den Blick, denn augenblicklich glühten meine Wangen und meine Ohren.

Warum sagte er denn nichts? Warum lief er nicht einfach los? Ich spürte, dass er mich musterte. Verlegen ließ ich meinen Rucksack von der Schulter vor meinen Bauch rutschen und tat so, als würde ich etwas Wichtiges darin suchen.

»Hast du etwas verloren?«, durchbrach seine Stimme die unangenehme Stille zwischen uns.

Ich kniff die Augen ertappt zusammen. »Nein. Ich denke nicht«, gab ich zu.

Mein Blick fiel auf meinen kleinen Notizblock mit dem Stift. Eigentlich war das jetzt die perfekte Situation, um ihm Fragen zum Spiel zu stellen, oder? Warum fiel es mir so schwer, mich zu überwinden? Ich versuchte krampfhaft, eine halbwegs neutrale Frage zu formulieren, doch wollte mir nichts einfallen.

»Alles okay?« Er räusperte sich. »Leighton?«

Meine Eingeweide zogen sich beinahe schmerzhaft zusammen und in mir wütete eine Brausepulverparty. Er wusste noch, wer ich war, hatte sich sogar meinen Namen gemerkt. Das war ich nicht gewohnt, war ich meist das unsichtbare Mädchen gewesen. Immer gut, oft die Beste, aber unsichtbar. Ich durfte mir nichts darauf einbilden, dass er sich an mich erinnerte, auf keinen Fall. Sportler waren nicht dumm. Das war nur ein blödes Vorurteil, dem ich selbst zugegebenermaßen nie etwas entgegengesetzt hatte.

»Du kennst meinen Namen?«, murmelte ich mit belegter Stimme, strich mir nervös über den Nacken und verdrehte heimlich die Augen. Jetzt hielt er mich für ein schüchternes, kleines Mädchen. Na super.

»Klar, du hast dich mir doch vorgestellt!« Ich hörte seiner Stimmlage an, dass er grinste, und hob mutig den Kopf, um ihn noch einmal ins Gesicht zu schauen.

Ich musste meinen Kopf in den Nacken legen, weil er so riesig war. In seinem Blick lag nichts mehr von dem Zorn, der mich während der letzten Spielsekunden so erschrocken hatte. Ich wäre eher davon ausgegangen, dass er wütend aus der Arena stürmen und mit niemandem reden wollte. Es war, als würde eine andere Person hier vor mir stehen. Karter Young überraschte mich und die Reaktion meines Körpers auf ihn überraschte mich noch viel mehr.

Mutig griff ich in meinen Rucksack und beförderte den Block mit dem Stift daraus hervor, straffte die Schultern und sah ihm fest ins Gesicht.

»Wie fühlst du dich?« Ich hielt meinen Stift startklar in der Hand und ließ ihn nicht aus den Augen, was mich enorme Überwindung kostete.

»Was?« Er blickte auf meinen Block hinab, begann zu lachen und ließ seine Hände in den Taschen seiner Jacke verschwinden. »Ist das hier jetzt eine Therapiestunde?« Er zwinkerte mir zu und ich fühlte mich dumm. So so dumm. Was war ich nur für eine lausige Sportreporterin?

Ich schluckte. »Sorry, ich –«

»Du hast keine Ahnung von Basketball«, beendete er meinen Satz trocken. Ich zuckte die Achseln und lächelte verlegen.

»Richtig.«

Karter fuhr sich mit der Hand durch seine noch leicht feuchten Haare und über das Gesicht. »Er … Wir … haben verloren, wie soll ich mich da fühlen?«

»Nun ja«, räusperte ich mich. »Fühlst du dich wütend? Zornig oder traurig? Bist du enttäuscht, sauer, resigniert? Was möchtest du in diesem Augenblick gern mit den *Blue Coats* anstellen?«

Er warf den Kopf in den Nacken und lachte. »Bis bald, Leighton.«

Mit diesen Worten ließ er mich eiskalt stehen. Das hatte ich mir irgendwie anders vorgestellt. Na warte, Karter Young.

Kaleb

Ich lag rücklings auf meinem Bett, warf einen Mini-Basketball hoch und fing ihn wieder auf. Immer und immer wieder. Dabei schaute ich alle paar Sekunden auf mein Handy und kontrollierte mindestens einmal in der Minute, ob ich wirklich den Klingelton und die Vibration eingestellt hatte. Ich benahm mich wie ein liebeskranker Teenager, dabei wusste ich noch nicht einmal, ob sie nicht sogar einen Freund hatte. Vermutlich würde sie den Zettel niemals finden. Oder sie zerriss ihn einfach und warf ihn weg. Bestimmt lachte sie nur und wunderte sich, dass ein 1,95 Meter großer Mann nicht genug Eier in der Hose hatte, um ihr seine Nummer direkt zu geben. Falls sie überhaupt verstand, von wem der Zettel stammte.

»Fuck«, fluchte ich, als ich den Ball verfehlte und er mir direkt ins Gesicht klatschte.

»Oh Gott, ich werde irre«, realisierte ich laut und setzte mich in meinem Bett auf, strich mir mit den Handflächen über das Gesicht und blickte mich in meinem Zimmer um, ohne nach etwas Bestimmten Ausschau zu halten. Das erste Mal seit meinem Unfall dachte ich nicht an Basketball oder meine Genesung. Stattdessen ließen meine Gedanken und meine Gefühle etwas anderes zu. Und ich wusste nicht, ob das gut oder schlecht war.

Kurzentschlossen stand ich vom Bett auf und ignorierte das Ziehen in meiner Hüfte und meiner linken Schulter. Durch meine nach vorn gebeugte Haltung beim Spiel heute, schmerzten mein Nacken und meine Schultergelenke. Aber bei dem Gedanken daran, was hätte passieren können, wenn sie mich dort auf der Bank gesehen hätte, war die Verspannung das geringere Übel.

Ich hasste diese Situation. Warum hatte ich Leighton nicht einfach beim Einkaufen über den Weg laufen können? Dann hätte ich sie als Kaleb Young ansprechen können und nichts würde auf einer Lüge beruhen. Ob sie enttäuscht wäre, nicht an den aktuellen Starspieler der *Windy City Bulls*, sondern an den verletzten und von der Bildfläche gelöschten Bruder geraten zu sein? Ich stöhnte auf und schüttelte den Kopf. »Blödsinn«, murmelte ich. Basketball war ihr egal. Und somit hoffentlich auch Karter. Der echte Karter.

Meine Kehle war trocken, also verließ ich das Zimmer und ging hinunter in unsere große Wohnküche, um mir ein Wasser zu holen.

»Na kleiner Bruder«, rief Karter mir beiläufig vom Sofa aus zu. Ich blickte zum Fernseher, auf dem das aktuelle NBA*2k* für die Playstation lief und schmunzelte.

»Gönnst du dir niemals Feierabend?«, stichelte ich und bewarf ihn mit einem Sofakissen.

»Ey!« Er strafte mich mit einem bösen Blick. »Lass das!«

»Ach komm schon.« Ich ließ mich neben ihm aufs Sofa sinken und starrte ihn so lange an, bis er das Spiel pausierte und den Controller sinken ließ.

»Ich hasse es, wenn du das machst.« Er grinste mich an und verdrehte die Augen.

»Ich weiß. Gib mal her!« Fordernd hielt ich ihm meine Hand hin und widerwillig legte er den Controller hinein.

»Wehe, du versaust es mir«, drohte er mir spielerisch.

»Das würde ich niemals wagen, Bruderherz.«

Ich startete das Spiel, checkte kurz ab, welche Mannschaft Karter sich ausgesucht hatte und beendete die Runde mit einem Sieg. Es fühlte sich gut an, auch wenn es nur ein Konsolenspiel war. Als Teenager hatten wir jedes Jahr auf das Erscheinen des neusten NBA-Spiels hin gefiebert und uns um die besten Spieler gekabbelt.

Karter stand auf und ging in die Küche. »Wie … geht es dir?«, fragte er betont beiläufig. »Machst du Fortschritte?«

Ich stöhnte auf und ließ meinen Kopf nach hinten auf die Sofalehne fallen. »Siehst du mich auf dem Feld stehen, Karter?«, erwiderte ich angepisst.

»Nein«, entgegnete er. »Aber du trainierst.«

»Richtig. Ich möchte irgendwann wieder durchstarten, das weißt du doch.«

Er stieß die Kühlschranktür etwas zu stark zu, sodass der Knall durch die Küche hallte. »Ich weiß.«

»Alles okay mit dir?« Ich drehte mich zu ihm um. Er stützte sich mit seinen Händen auf der Kücheninsel ab und presste die Kiefer aufeinander, als hätte er Schmerzen. Karter war schon immer etwas größer und kräftiger gewesen als ich. Wir ähnelten uns dennoch wie Zwillinge. Die gleiche braune Haut, die gleichen grünen Augen, die wir von Mom geerbt hatten, und die gleichen krausen Locken, die wir dank Dad unser Eigen nannten. Je älter wir wurden, desto markanter wurden unsere Gesichtszüge und desto breiter unser Kreuz. Karter anzusehen, war, wie in einen Spiegel zu blicken.

Als er meinen Blick bemerkte, begann er zu lächeln. Er hatte meine Frage nicht gehört oder ignorierte sie.

»Du packst das!« Er atmete durch und kam zurück zum Sofa.

»Ja«, pflichtete ich ihm verwirrt bei. »Ich weiß.«

Was war denn in ihn gefahren? Beinahe fühlte es sich für mich so an, als würde er gar nicht wollen, dass wir wieder gemeinsam unser Ziel verfolgten. In letzter Zeit hatte er mir immer seltener Blicke zugeworfen und genoss seinen sicheren Platz in der *Starting Five,* das konnte jeder sehen. Ich wollte diesen Gedanken nicht zulassen, aber mein Unfall schien für ihn die Chance zu sein, mich zu überholen.

»Ich bin oben«, informierte ich ihn knapp.

»Alles klar, Kal«, nannte er mich bei meinem Spitznamen und boxte mir mitfühlend gegen den Oberarm. Während ich Stufe für Stufe die Treppe hochstieg, schüttelte ich den Kopf. Ich war ein Arschloch, so etwas zu denken. Karter würde mich niemals auf der Strecke lassen. Wir waren Brüder und gemeinsam immer am stärksten gewesen. Er sollte nicht seinen eigenen Erfolg hintanstellen, nur weil ich aktuell nicht mithalten konnte. Wäre er der verletzte Bruder auf der Bank, wäre die Situation genau die gleiche. Immerhin war es Karter gewesen, der mich jeden Tag im Krankenhaus besucht hatte. Jeden einzelnen, verdammten Tag.

Genau in dem Moment, in dem ich mein Schlafzimmer betrat, vibrierte mein Smartphone auf meinem Nachttisch. Den Schmerzen zum Trotz sprintete ich darauf zu und nahm es in die Hand.

Meine Finger waren plötzlich so schwitzig und eiskalt, dass der Fingerabdruck-Sensor mich nicht erkannte.

»Verdammtes Scheißteil!« Ich warf es auf mein Kopfkissen und raufte mir die Haare über mein eigenes Verhalten. »Beruhige dich, Mann«, flüsterte ich mir selbst zu und atmete einmal langsam ein und wieder aus. Das Kribbeln in meinem Bauch wurde nicht weniger, im Gegenteil. Mit jeder Sekunde, die verstrich, wuchs meine Vorfreude auf die Nachricht an. Meine eben noch schwarzen Gedankenwolken waren vorbeigezogen.

Ich war eindeutig verrückt geworden. Verrückt nach einem Mädchen, das ich nicht kannte.

Ich knetete meine Hände und startete einen neuen Versuch, mein Handy zu entsperren, wählte das Nachrichten-Icon an und stöhnte enttäuscht auf.

»Das kann doch nicht wahr sein.«

Kapitel 5

Leighton

»Nein!« Madelyns Stimme drang durch die Wände in mein Zimmer, als würde sie direkt neben mir stehen. »Diana! Aus! Nein, lass das!«

Ich hörte etwas Großes über den Küchenboden schaben und schließlich das Geräusch von zersplitterndem Geschirr. Warum genau hatte ich ihr gestern noch erlaubt, Diana zu uns zu holen? Ich hatte nicht wirklich geglaubt, dass dieses Mal nichts zu Bruch ging.

»Na, wenigstens hat sie dieses Mal nicht meine Pizza gegessen.« Ich warf einen Blick auf mein Handy, es war erst halb acht Uhr morgens. Wie ärgerlich!

Normalerweise war heute der einzige Tag in der Woche, an dem ich erst gegen ein Uhr in der ersten Vorlesung sitzen musste und es mir tatsächlich mal gönnte, nicht zu arbeiten oder zu lernen. Dienstagvormittag war für mich wie Sonntag.

Stöhnend deckte ich mich auf, an Schlaf war sowieso nicht mehr zu denken. Ich schwang meine Beine aus dem Bett und zog mir eine Jogginghose und einen Pullover über, ehe ich mein Fenster öffnete.

Auf das Fensterbrett gelehnt schloss ich die Augen und atmete tief die frische Morgenluft ein. Ich hatte Madelyn den Vortritt gelassen, als es um die Zimmerwahl ging. Das war der Grund, weshalb mein Zimmer zur Straße hinaus lag, allerdings war der *St. Luther King Drive* nie wirklich stark befahrenen. Was mir eher die Nerven raubte, waren die eifrigen Tennisspieler auf dem gegenüberliegenden Court. Das ständige Aufprallen des Balles, das sogar durch die Häuserwände drang, war dabei nicht einmal das Nervigste. Am schlimmsten war das Gestöhne der Spieler. War es wirklich so anstrengend, dass man mit jedem Schlag klingen musste, als durchlebe man gerade die beste Nacht seines Lebens?

Im Grunde war ich aber super zufrieden. Da Madelyn und ich uns dieses kleine Zweizimmer-Apartment teilten, war es für uns beide erschwinglich. Als ich nach Chicago gekommen war, um hier zu studieren, hatte ich das erste Semester so weit von der Uni entfernt gewohnt, dass ich jeden Tag über eine Stunde hatte pendeln müssen.

Ich hatte Glück, dass meine Vorlesungen alle im *Reva and David Logan Center for the Arts* stattfanden, denn innerhalb eines zwanzigminütigen Spaziergangs durch den *Washington Park*, der unmittelbar vor unserer Haustür lag, war ich dort.

Ich streckte mich ausgiebig und pfriemelte angestrengt das Haargummi aus meinen Locken. Die Sonne, die sich eben noch hinter dünnen Wolken versteckt hatte, kitzelte mich jetzt an der Nasenspitze und ich fühlte, wie mein Gemüt auftankte. Es war heute schon viel wärmer als gestern, also griff ich nach meinem Laptop, um mich mit diesem auf unseren kleinen Balkon zu setzen.

Kaum, dass ich meine Tür geöffnet hatte, begrüßte mich Diana.

»Guten Morgen, Sau.« Ich beugte mich zu dem süßesten, kleinen Schwein herunter, um mir von ihr meine Hand ablecken zu lassen.

»Diana!«, ertönte Madelyns genervte Stimme aus der Küche. »Wo, verdammt, bist du jetzt schon wieder?«

Ich kicherte. Sie war selbst schuld. Wenn sie das Minischwein unbedingt zu uns bringen musste, hatte *sie* auch den Stress mit ihr. »Mads?«, rief ich. »Deine rosa Freundin ist hier. Lag vor meiner Zimmertür und isst eine Waffel. Vermutlich deine?«

Mads kam um die Ecke gefegt und ihr Aufzug entlockte mir ein schallendes Lachen.

»Wie siehst du denn aus?« Prustend hielt ich mir die Hand, die Diana noch nicht abgeschlabbert hatte, vor den Mund.

Madelyn standen die Haare senkrecht vom Kopf, sie hatte nur eine Socke an, ihre Leggings war auf einer Seite hochgerutscht, ihr Shirt legte eine Seite ihres BHs frei und sie hielt in einer Hand einen Besen, in der anderen den Henkel einer zerbrochenen Tasse.

»Oh bitte«, flehte sie. »Hör bitte auf zu lachen.« Noch während sie mich darum bat, zuckten ihre Mundwinkel und aus einem Lächeln wurde ein lautes Lachen. Sie ließ den Besen fallen und krümmte sich vornüber, hielt sich den Bauch, ehe sie sich im Schneidersitz auf den Boden fallen ließ.

Ich stimmte in ihren Lachanfall mit ein und ließ mich ebenfalls auf den Flurboden nieder. Diana schaute verwirrt zwischen Mads und mir hin und her und grunzte fröhlich.

»Diana.« Madelyn robbte auf allen vieren zu mir und dem Schwein. »Du bist wirklich ein hoffnungsloser Fall.«

Als Antwort grunzte Diana nur und stupste mit ihrer Schweinchennase gegen Mads Wange, legte danach den Kopf schief. »Nein, ich bin dir nicht böse«, seufzte meine beste Freundin und tätschelte dem Minischwein den Bauch.

»Ich habe dich geweckt, oder?« Sie schenkte mir ein entschuldigendes Lächeln.

Ich schüttelte den Kopf. »Nö«, log ich und zwinkerte ihr zu.

»Sorry!«

»Passiert, das ist der Ausgleich dafür, dass du dir wegen meines Artikels letztens die halbe Nacht um die Ohren geschlagen hast.«

»Aber heute ist Dienstag. Besser bekannt als *dein Sonntag.*« Sie versteckte ihr Gesicht hinter ihren Händen.

»Es ist wirklich nicht so schlimm, Mads.« Ich stemmte mich hoch und griff nach meinem Laptop. »Ich werde mir jetzt einen Kaffee machen, mich auf den Balkon setzen und noch einmal meinen Artikel von gestern überfliegen, ehe ich ihn an Doug sende.«

Madelyn rümpfte die Nase. »Ich mag Doug nicht.«

Schmunzelnd tätschelte ich ihr den Kopf. »Du kennst ihn doch gar nicht.«

»Muss ich auch nicht«, rief sie mir hinterher, als ich schon in der Küche verschwunden war.

Während die kleine Espressomaschine auf dem Herd meinen Kaffee zubereitete, fuhr ich mein Notebook hoch und lief zur Balkontür, um die frische Luft und die Sonnenstrahlen hineinzulassen. »Du machst das noch sauber, oder?«, rief ich Mads mit hochgezogener Augenbraue zu. Die Küche sah aus wie ein Schlachtfeld.

»Jaha«, trällerte sie von irgendwo her und ich ahnte schon, dass alles unverändert wäre, wenn ich heute Abend von der Uni heimkam. Ich seufzte und stieg über eine zerfledderte Zeitung, nahm mir eine Tasse aus unserem Regal, füllte einen Schluck Milch hinein und goss schließlich das braune Gold oben drauf.

Provisorisch stellte ich Laptop und Kaffee auf einem Stuhl ab und ließ mich in den zweiten sinken, zog die Ärmel von meinem Pullover herunter und setzte mir die Kapuze auf. Dabei musste ich meine Haare regelrecht zwingen, sich in die Kapuze zu quetschen. Es war vielleicht noch etwas frisch, aber es gab einfach keinen schöneren Moment, als morgens mit einem heißen Kaffee auf dem Balkon zu sitzen und zu spüren, wie einem eine leichte Brise um die Nase wehte.

Ich öffnete den Artikel, den ich gestern Abend noch geschrieben hatte und überflog ihn. Es fiel mir unheimlich schwer, mich auf den Text zu konzentrieren, denn sobald ich den Namen Karter Young las, schweiften meine Gedanken ab und in meinem Magen kribbelte es.

War es Zufall gewesen, dass wir uns gestern wieder begegnet waren? Eigentlich glaubte ich nicht an Zufälle, alles passierte aus irgendeinem Grund. Als ich beim letzten Absatz angekommen war, biss ich mir nervös auf die Unterlippe. Konnte ich das so schreiben? Ich ließ den Blick schweifen und fixierte in der Ferne meine Hochschule. Karter Young war ein Sportler der *G-League* und ich eine Reporterin für den Sportteil der *Chicago Tribune.* Es war mein *Job,* über ihn zu schreiben. Ich konnte den Blick nicht von den alten Gebäuden der *University of Chicago* lösen. Mein Weg bis hierhin sollte nicht umsonst gewesen sein, ich würde den Artikel so abliefern, wie Doug ihn von mir erwartete, auch wenn mir mulmig dabei war.

Mein Finger kreiste eine gefühlte Ewigkeit über dem Touchpad und in dem Moment, in dem ich die Mail absendete, stiegen in mir prompt eine Übelkeit und eine Erinnerung an früher hoch. *Nur weil die anderen schlecht sind, heißt das nicht, dass du gut bist.* Dieser Satz, Moms Worte, hatten die Macht, mich immer wieder ein Stückchen mehr zerbrechen zu lassen.

Kaleb

»Was bildet die sich eigentlich ein?«, hörte ich meinen Bruder am nächsten Morgen schimpfen, kaum, dass ich aufgewacht war. Ich fühlte mich wie durch eine Schiffsschraube gedreht. Nachdem ich mein Handy enttäuscht zurück auf mein Bett geworfen hatte, ging meine Laune nur noch bergab. Es beunruhigte mich, wie sehr ich mich danach sehnte, Leighton nahe zu sein, und wenn auch nur durch eine einfache, blöde SMS.

Die Nachricht gestern Abend war nicht von Leighton gekommen. Genau genommen hatte mir nicht einmal ein echter Mensch geschrieben. Es hatte sich lediglich um eine SMS von meinem Netzwerkanbieter gehandelt. Es war so bescheuert und traurig, dass es schon wieder komisch war. Ich konnte mich nicht erinnern, jemals so enttäuscht gewesen zu sein, weil sich ein Mädchen nicht bei mir meldete. Ich hatte nie viel davon gehalten, erst ein paar Tage abzuwarten und irgendwelche bescheuerten Regeln zu befolgen, wenn es darum ging, jemandem zu schreiben, den man gern hatte.

Vielleicht war sie aber der Typ für solche Spielchen? Ließ sie mich absichtlich zappeln? Oder hatte mein Abgang sie womöglich verletzt? Eventuell hätte ich doch auf ihre Frage antworten sollen, aber ich wollte nicht so offensichtlich lügen. Genau genommen hatte sie mich nie mit meinem oder Karters vollem Namen angesprochen. Sie hatte gefragt, ob ich Mr. Young sei. Und das war ich. Es wäre durchaus denkbar, dass sie absichtlich mit mir und nicht mit Karter hätte reden wollen … Ach Blödsinn. Natürlich hielt sie mich für Karter. Die Anwälte hatten gute Arbeit geleistet und einfach alles um meine bloße Existenz entfernen lassen. Erstaunlicherweise war bis dato nichts mehr auf der Bildfläche erschienen, was in Zeiten von Social Media an ein Wunder grenzte.

Es ging mir enorm auf die Nerven, dass sich meine Gedanken so eng um dieses Thema sponnen. Diese dämliche Verwechselung belastete mich, es wurde höchste Zeit, dass ich es auflöste, doch dafür musste sie mir schreiben.

»Das kann nicht ihr beschissener Ernst sein!« Noch immer hörte ich Karter aufgebracht brüllen, was mich sehr wunderte. Er war allein, was bitte machte ihn so rasend?

Ächzend richtete ich mich auf und verschränkte meine Arme in meinem Nacken, dehnte mich vorsichtig und verzog das Gesicht zu einer Grimasse aus Schmerz. Aufstehen war jeden Morgen aufs Gleiche schwer. Als müsste ich meinen Körper darum bitten. Sämtliche Gliedmaßen waren steif und ich spürte jeden einzelnen meiner Muskeln brennen. Niemand hatte gesagt, dass es einfach werden würde.

Ich blinzelte zu meinem Wecker und rechnete stumm nach, wie viel Zeit mir noch blieb, ehe Karter zum Training aufbrechen würde und ich bei meinem wöchentlichen Kontrolltermin sein musste. Noch drei Stunden, in denen ich irgendwie auf andere Gedanken kommen musste. Ich könnte heiß duschen gehen, um meinem geschundenen Körper etwas Gutes zu tun, allerdings hatte ich das schon in der Nacht getan, in der vergeblichen Hoffnung, danach besser zu schlafen.

Ich war durstig, griff nach meiner Wasserflasche und warf sie schnurgerade in den Mülleimer. Sie war leer, was bedeutete, dass ich nach unten gehen und Karters Tirade über mich ergehen lassen musste. Das oder verdursten.

Schon während ich die Stufen zur Wohnküche herunterlief, entdeckte ich ihn, wie er wie ein wütender Löwe im Käfig auf und ab lief.

»Hey, was ist denn los?«, fragte ich, während ich mir eine neue Wasserflasche aus dem Schrank nahm.

»Dieser dämliche Artikel!« Er schob sein Tablet so hin, dass ich das Display sehen konnte. Darauf leuchtete ein Artikel über das gestrige Spiel.

»Was ist damit?« Eine unheimliche Angst beschlich mich. Von welcher Zeitung war Leighton noch gleich? Ich kniff die Augen zusammen und versuchte unauffällig, den Zeitungsnamen zu erkennen. *Chicago Tribune.* Es lief mir eiskalt den Rücken hinab, als ich mich an ihre Vorstellung erinnerte. Leighton Baker von der … Fuck.

»Was damit ist?« Wütend boxte er auf das Tablet. Ich ging an seine Seite und schob es weg, damit er es nicht kaputtmachte. »Pass doch bitte auf, Mann«, kommentierte ich seinen Wutausbruch und schenkte ihm einen tadelnden Blick.

»Mach mich nicht noch wütender, Kaleb.« Er raufte sich die Haare und stampfte mit dem Fuß auf den Boden auf, als wäre er immer noch fünf Jahre alt.

Ich seufzte und entschied, nichts weiter zu erwidern. So war Karter schon immer gewesen. Wenn Wut, egal, ob berechtigt oder unberechtigt, ihn übermannte, wurde er emotional und handelte instinktiv. Dabei konnte schon mal der eine oder andere Gegenstand zu Bruch gehen. Allerdings hatte er seine Wut noch nie an einem Menschen ausgelassen.

»Okay, was ist mit dem Artikel? Lass mich mal lesen, vielleicht ist es ja gar nicht so schlimm.« Ich öffnete die Wasserflasche und holte zwei Gläser aus einem Schrank, füllte beide auf und hielt ihm eins davon hin. »Hier, trink erst mal einen Schluck«, bat ich ihn und nachdem er mich ein paar Sekunden wütend anfunkelte, atmete er langsam ein und aus und nahm mir schließlich das Glas aus der Hand.

Er nickte mir zu und zeigte mit einer abfälligen Handbewegung auf das Tablet. »Lies.«

Ich scrollte nach oben, um ihn von Anfang an zu lesen. *Niederlage gegen die Delaware Blue Coats* – der Titel fühlte sich auch für mich wie ein Gesteinsbrocken an, der mir gegen die Magenwand klopfte.

Ich las den ersten Absatz und konnte meine Mundwinkel nicht davon abhalten, sich zu einem Lächeln zu verziehen. Arme Leighton. Ich merkte diesem Text an, dass er von einem Laien verfasst wurde. Er klang super, allerdings fehlten die korrekten Begriffe.

Bis zum letzten Absatz wusste ich nicht, was Karter so wütend gemacht hatte, sollte es aber schnell herausfinden.

War Karter Young einfach nicht bei der Sache? Ich traf ihn nach dem Spiel zu einem kurzen Interview, bei dem er den Fragen auswich. Hoffentlich wird er beim nächsten Spiel wieder alles geben.

»Autsch.« Ich atmete tief ein und senkte das Tablet.

»Autsch?«, wiederholte Karter zynisch. »Das ist nicht *Autsch*, sondern Betrug!«

»Was?« Ich schluckte den Kloß in meinem Hals herunter. Auf keinen Fall durfte er mir anmerken, dass etwas nicht stimmte.

»Ich habe gestern kein einziges Interview gegeben«, echauffierte er sich. »*Hoffentlich wird er beim nächsten Mal wieder alles geben*«, äffte er den Artikel nach.

»Das ist echt scheiße, Mann.« Ich verstand seine Wut. Wäre ich an seiner Stelle, würde ich mir auch die Haare raufen.

»Was, wenn das Scouts lesen?« Er wirkte jetzt beinahe verletzlich und es brach mir das Herz, ihn so zu sehen.

»Gegen die Presse ist man machtlos«, säuselte ich und verdrehte innerlich die Augen über diesen lahmen Spruch. Es gab in diesem Moment einfach keine richtigen Worte.

»Diese unfaire Scheiße«, wütete er. »Ich gebe *immer* alles!«

»Das weiß ich, Karter«, versuchte ich ihn aufzubauen. »Und die Scouts wissen das auch.« Ich drehte meinen Kopf, um die Uhrzeit an der Ofentür lesen zu können. »Wann musst du eigentlich los?«

Karter folgte meinem Blick zur Uhr und schnaubte, noch immer wütend. »Gleich. Ich hole mal meine Sachen, die Jungs holen mich ab.«

»Okay.« Da war er schon wieder: dieser verdammte Stich. Sie würden heute nach Oklahoma fliegen und dort trainieren, denn morgen stand das Spiel gegen die *Oklahoma City Blues* an. Hoffentlich konnten sie gegen das Team etwas ausrichten, ich wünschte es Karter und seinem Stolz.

Seit meinem Unfall war ich bei keinem Auswärtsspiel dabei gewesen. Vielleicht würde mein Arzt bei unserem Termin heute seine Meinung ändern. Im Vergleich zur letzten Woche fühlte ich mich schon viel fitter.

Kapitel 6

Leighton

Ich war so lange auf dem Balkon versackt, bis mir die Zehen halb abgefroren waren. Ich wollte es nicht, wirklich, aber irgendwie tippten meine Finger von ganz allein Karter Young in die Suchleiste ein. Es war das erste Mal, dass ich jemanden, den ich interessant fand, googeln konnte. Aus Versehen landete ich dann in der Bildergalerie und warum auch immer: Ich konnte nicht wegschauen.

Was mich aber wirklich verwunderte, war, dass er einer der Menschen war, die auf Fotos anders aussahen. Klar erkannte ich ihn. Es war die gleiche Augenfarbe, die gleiche Form der Nase und des Kinns. Seine markanten Wangenknochen machten mich ganz wuschig und trotzdem lag in seinem realen Blick etwas Weicheres. Auf sämtlichen, gestellten Fotos sagten seine Blicke aus, dass man ihn in Ruhe lassen sollte. Er wirkte bedrohlich.

Während ich duschte und meine Haare pflegte, verging die Zeit wie im Flug und ein kurzer Schwindelanfall erinnerte mich daran, dass ich noch nichts gefrühstückt hatte. Also griff ich flink eine schwarze Leggings und ein langes Pulloverkleid aus meinem Kleiderschrank und bändigte meine Locken zu einem hohen Pferdeschwanz. Wenn meine Haare frisch gewaschen waren, benötigte ich mindestens drei Haargummis und eine Menge Geduld. Auf dem Weg nach draußen griff ich noch nach schwarzen Mini-Creolen und schlüpfte schließlich in meine Schnürboots. An der Garderobe hing ein lockerer Wollschal, den ich mir vorsichtshalber in meinen Rucksack stopfte. Ganz so vertrauenswürdig war die Sonne hier in Chicago nämlich nicht.

Obwohl der Weg ein bisschen länger war und mir der Magen fast in den Kniekehlen hing, wählte ich die Route durch den Park. Mein Ziel war das *Greenline Coffee*, das Café, das ich neben dem *Betty's* am häufigsten betrat. Ich hatte schon einige Cafés in und um den Campus ausprobiert, das *Greenline Coffee* hatte mit Abstand gewonnen.

Von außen wirkte es beinahe heruntergekommen mit seinen weißen, schmutzigen Kacheln, die sogar die Wände im Innern überdeckten. Damals war mein erster Gedanke gewesen, dass ich mich in einer Metzgerei befand und stellte mir alles blutbesprenkelt vor. Meine Vorstellungskraft und Kreativität waren nicht immer von Vorteil.

Jedoch wurde ich herzlich empfangen und auf dem zweiten Blick fiel mir auch auf, wie hübsch es war. Schwarze handbeschriebene Tafeln mit Preisen und Angeboten hingen an den Wänden und es gab viele grüne Pflanzen, die perfekt mit den weißen Wänden und dem schwarzen Fußboden harmonierten. Die Möbel waren alle aus Holz und ich fühlte mich wohl, nachdem ich den Metzgerei-Gedanken verbannt hatte.

»Hey Leigh«, begrüßte mich Zack, einer der Barista.

»Hi Zack, einen Vanilla Mocha, bitte.« Ich lief direkt zur Anrichte und suchte mir ein Sandwich mit Käse und Rucola sowie einen Blaubeer-Cupcake aus.

»Ich bring es dir gleich«, informierte er mich und ich drehte lächelnd auf dem Absatz um, setzte mich an meinen liebsten Platz ans Fenster.

»Kann ich direkt zahlen?«, rief ich Zack zu, der meine Bestellung gerade auf ein Tablett stellte.

»Na klar.« Er rechnete kurz. »Acht Dollar Zwanzig.«

»Moment«, ich griff nach meinem Rucksack und holte meine Geldbörse heraus. Dabei zog ich ein kleines Stück Papier mit heraus, das auf dem Boden landete. »Hier, neun Dollar!« Ich hielt ihm das Geld hin und er nahm es dankend entgegen.

Stirnrunzelnd bückte ich mich zu dem Stück Papier, von dem ich mich nicht erinnern konnte, es jemals zuvor schon einmal gesehen zu haben. Mein Rucksack war super ordentlich, ich wusste ganz genau, was sich wo befand und dieser Zettel war neu. Ich faltete ihn auf und zog die Nase kraus. Darauf standen ein paar Zahlen und plötzlich fiel der Groschen. Es war eine Handynummer.

Mir wurde eiskalt und meine Finger begannen zu zittern. Ich warf den Zettel auf den Tisch, als hätte ich mich daran verbrannt. Ich spürte, wie sich eine Gänsehaut ihren Weg über meinen Rücken bahnte. Mein Hunger und mein Appetit waren gestorben.

»Wer? Wann?«, murmelte ich mir zu. Ich selbst war schon immer super vorsichtig gewesen. Meine Handynummer hatten nur ein paar ausgewählte Personen. Mein Instagram-Profil hatte ich auf privat gestellt und auf Facebook hatte ich nie etwas Persönliches geteilt.

»K-Karter?«, flüsterte ich aufgeregt. Er war der Einzige, den ich in letzter Zeit kennengelernt hatte. Aber warum steckte er mir seine Handynummer zu? Zweifel und Misstrauen wuchsen blitzschnell heran. Und ganz heimlich, ganz still und leise gesellte sich ein anderes Gefühl hinzu: Freude. Meine Angst wandelte sich in ein aufgeregtes Kribbeln. Ein Glück saß ich auf einem Stuhl, meine Beine hätten sonst vielleicht nachgegeben.

Ich wusste nicht, wohin das führen sollte. Allerdings würde ich das niemals erfahren, wenn ich den Weg, den er für uns eingeschlagen hatte, nicht weiterging. Meinem Impuls folgend griff ich in meinen Rucksack, um mein Handy herauszuholen und seine Nummer einzuspeichern. Ich tippte gerade die Zahlen ab, als sich Unsicherheit in mir ausbreitete.

Genau genommen wusste ich gar nicht, ob es sich bei der Nummer wirklich um Karters handelte. Vielleicht war es auch ein dummer Streich. Klar, wir waren nicht mehr auf der High School, aber manche Menschen wurden nie erwachsen.

Ich tippte die Nummer ein und überlegte, was ich dem noch Unbekannten für einen Namen geben sollte. Ich schwenkte den Kopf von links nach rechts auf der Suche nach einer Idee. Schließlich blieb er an meinem Kaffee hängen und ich tippte *Vanilla Mocha* ein.

Mit einem nächsten Handgriff beförderte ich meinen Terminplaner aus meinem Rucksack hervor. Auf der letzten Seite hatte dieser eine kleine Tasche, in der ich Notizen aufbewahrte. Als meine Finger das Stück Papier mit der Nummer berührten, durchzuckte mich ein erregender Blitz. Mir blieb der Atem weg und ich wünschte mir so sehr, dass dies die Nummer von ihm war. Von Karter. Seufzend verstaute ich den Zettel.

»Alles okay bei dir?« Zack räumte gerade ein paar Tische ab und blieb an meinem stehen, zeigte auf mein Essen.

»J-ja«, meine Stimme versagte mir und ich musste mich räuspern. Nervös wollte ich mir eine Haarsträhne hinter die Ohren streichen, aber ich trug ja einen Pferdeschwanz. »Ja, alles okay.«

»Dein Kaffee ist bestimmt schon kalt.« Er grinste mich an und zog eine Augenbraue hoch, griff nach meiner Tasse.

»Halt, was –«

»Was auch immer gerade in deinen Gedanken abgeht, Leigh, kalten Kaffee brauchst du hier nicht zu trinken. Ich mach ihn mir später einfach wieder warm und dir jetzt einen neuen.«

Ich lächelte und errötete. »Sorry und danke.«

»Kein Problem. Aber iss!«

Ich schaute auf meinen Teller und beim Anblick des Sandwichs und des Cupcakes kam mein Hunger zurück. »Jaja, *Daddy*«, zog ich ihn auf und nahm das Sandwich in die Hand.

»Brav«, kommentierte er lachend und hantierte an der Siebträgermaschine herum, um mir eine zweite Tasse Kaffee zuzubereiten. Ich liebte diesen Laden!

Kaleb

Ich stand vor dem Gebäude, in dem sich die Praxis meines Arztes befand und haderte wie jedes Mal mit mir, durch die Eingangstür zu gehen, den Fahrstuhl in den zweiten Stock zu nehmen und schließlich das Wartezimmer zu betreten.

Allerdings musste ich zugeben, dass mir der Weg noch vor

einiger Zeit deutlich schwerer gefallen war. Mittlerweile hatte ich mich damit abgefunden, dass ich einmal die Woche hoffnungsvoll durch diese Tür schritt und enttäuscht den Nachhauseweg antrat.

Doch irgendwie war es heute anders. Ich konnte mir nicht erklären, warum, aber vielleicht schätzte er meinen Gesundheitszustand endlich so ein, dass ich wieder am normalen Training mit dem Team teilnehmen durfte. Mehr verlangte ich gar nicht. Mir war selbst klar, dass ich noch nicht so weit war, um wieder zu spielen. Ich war nicht dumm. Selbstverständlich wusste ich, dass dies alles noch viel schlimmer machen konnte. Ein Foul, eine falsche Bewegung konnte mich um Wochen zurückwerfen.

»Los geht's«, nuschelte ich mir selbst aufmunternd zu und trat durch die automatischen Schiebetüren aus Glas.

»Guten Morgen, Mr. Young«, begrüßte mich die Sprechstundenhilfe freundlich und schenkte mir ein breites Lächeln. Seit meinem ersten Besuch hier hatte es keinen Moment gegeben, in dem sie mich nicht angestrahlt hatte. Sie war mir suspekt. Niemand konnte immer so glücklich sein.

»Hallo, Miss Bennings«, begrüßte ich sie ebenso freundlich und schaute auf meine Armbanduhr. »Ich bin ein bisschen früh dran, sorry.«

»Dr. Fuller ist leider noch in der Mittagspause«, informierte sie mich, ohne ihr Lächeln verblassen zu lassen. »Setzen Sie sich gern erst einmal in den Warteraum.«

Ich nickte ihr zu und begab mich in den sterilen Warteraum. Die Wände waren, bis auf eine hellgrüne, alle in weiß gestrichen. In jeder Ecke stand eine Grünpflanze und auch zwischen den Stühlen grünte es. Ich fühlte mich fast wie im Botanischen Garten. Im sterilen Botanischen Garten.

Mit einem leisen Stöhnen ließ ich mich auf einem der schwarzen Stühle nieder. Wegen dieser verdammten Hüfte fühlte ich mich wie ein alter Mann. Gott sei Dank hatte ich die Schmerzen fast nur noch beim Aufstehen und Hinsetzen.

Mein Handy in der Jackentasche vibrierte, den Ton hatte ich wieder ausgeschaltet, sonst wäre ich noch verrückt geworden. Ich hatte sämtliche Geräuschkulissen umgangen, hatte weder Musik gehört, den Fernseher eingeschaltet oder die Playstation angeworfen. Ich war nicht nach draußen gegangen, sondern hockte still in unserem Haus und wartete darauf, dass mein Smartphone einen Ton von sich gab. Wartete vergeblich darauf, dass Leighton mir schrieb.

Natürlich hatte ich die Hoffnung noch nicht aufgegeben, es konnte durchaus sein, dass sie den Zettel noch nicht entdeckt hatte oder zu misstrauisch war. Das konnte ich ihr nicht verübeln. Wie hätte ich reagiert, wenn ich eine Nummer ohne weitere Informationen in meiner Tasche gefunden hätte? Vermutlich hätte ich diese weggeworfen.

Ich erwischte mich jetzt dabei, wie meine Finger schlagartig eiskalt wurden und sich mein Puls beschleunigte.

»Leighton«, flüsterte ich hoffnungsvoll und atmete einmal tief ein, wappnete mich innerlich bereits dagegen, dass es sich wieder um eine Werbenachricht oder Ähnliches handelte. Vielleicht schrieb mir ja auch Karter. Oder Mom oder Dad.

Ich zog es langsam aus der Tasche und schaltete das Display ein. Es war nur ein einziger, kurzer Blick, der meinen Magen aufgeregt hüpfen ließ. Ein Glücksgefühl breitete sich in meinem Inneren aus, das fast vergleichbar war mit dem Moment, in dem ich den Korb warf, der uns den Sieg schenkte.

Ich öffnete aufgeregt das Nachrichtenprogramm und wusste, dass es sich um Leighton handelte. Ihr Profilbild verriet dies sofort. Darauf war sie zu sehen, wie sie auf einem Sessel saß, die Beine angezogen und die Nase in einem Buch versteckt. Ihre wilde Mähne fiel ihr über die Schultern und augenblicklich wünschte ich mir, sie berühren zu dürfen.

Unbekannte Nummer: Hi Unbekannte/r, wer bist du und warum habe ich deine Handynummer in meinem Rucksack gefunden?

Ich konnte nicht anders, als leise zu lachen. Diese Nachricht verriet schon so viel über sie. Vermutlich wusste sie das nicht einmal. Sie wollte niemanden vor den Kopf stoßen, daher schrieb sie Unbekannte/r. Sie war tolerant, was mich in meiner positiven Meinung über sie nur bestärkte. Auf der anderen Seite wollte sie ohne lange Umschweife wissen, wer ich war und warum ich ihr den Zettel zugesteckt hatte. Das gefiel mir. Langes um den heißen Brei reden konnte ich nicht leiden. Sie war ungeduldig. Genau wie ich.

Sollte ich ihr sofort antworten? Ich biss nervös auf meiner Wange herum. Vermutlich wäre das besser, wenn sie genauso ungeduldig war, wie ich. Vielleicht verlor sie ja schnell das Interesse? Das wollte ich natürlich nicht riskieren, also tippte ich auf das Antwortfeld und die Tastatur erschien. Meine Finger schwebten darüber und plötzlich wurde mir ganz heiß. Was war nur in mich gefahren? Meine Finger begannen zu zittern und ich spürte meinen Körper beben.

»Okay. Wow.« Ich stieß angestrengt die Luft aus meinen Wangen und legte das Handy auf dem Stuhl neben mir ab, um mich aus meiner Jacke zu pellen.

»Ich brauche unbedingt frische Luft.« Meine Finger legten sich um den eisernen Fenstergriff und die Berührung des kühlen Materials ging mir wie ein Blitz durch den Körper. Ich kippte es an und stellte mich direkt an den Fensterspalt, um gierig die Luft einzuatmen. Das konnte ja gleich was werden, wenn Dr. Fuller meinen Blutdruck maß. Wie sollte ich ihm nur plausibel erklären, warum mein Puls heute mit sich selbst um die Wette rannte?

Ein erneuter Blick auf meine Armbanduhr verriet mir, dass ich noch eine Viertelstunde Zeit hatte, um mich zu beruhigen. Leighton zu antworten und eine womöglich sofortige Rückmeldung von ihr zu riskieren, die meinen Puls erneut in die Höhe schießen ließ, war vielleicht nicht gerade schlau. Also entschied ich, ihr erst nach meinem Kontrolltermin zu schreiben.

Entschlossen stellte ich auch noch den Vibrationsmodus aus und verstaute das Handy sicher in der Jackentasche. Es grenzte an Folter und ich benötigte einiges an Selbstbeherrschung, ihre Nachricht nicht erneut durchzulesen.

Ich schluckte einmal und spürte, dass meine Kehle staubtrocken war. Was eine einzige kleine Nachricht nur mit einem anstellen konnte.

»Könnte ich vielleicht einen Schluck Wasser haben?« Ich ging auf den Tresen zu, hinter dem Miss Bennings saß und irgendwelche Akten sortierte.

»Aber natürlich.« Sie hob den Blick und verschwand dann mit einem Lächeln durch eine Tür, hinter der sich bestimmt die Küche befand. Bisher war mir diese nie aufgefallen.

»Hier bitte.« Sie stellte mir ein Glas mit Wasser auf den Tresen und ich nickte lächelnd, wobei mein Blick an der Uhr hängenblieb, die hinter ihr an der Wand hing. Noch zehn Minuten bis zu meinem Termin, der voraussichtlich zwanzig Minuten dauern würde. Das waren dreißig ewig lange Minuten bis zu dem Moment, in dem ich Leighton antworten konnte.

Leighton

»Oh nein, oh nein, oh nein.« Ich schmiss mein Handy regelrecht zurück auf den Bistrotisch. Mir war schlagartig übel und fast bereute ich, das Sandwich und den Cupcake gegessen zu haben, denn beides wirbelte schwer durch meinen Magen.

Was hatte ich mir nur bei dieser Nachricht gedacht? Ich klang wie die größte Oberzicke, die ein Aggressionsproblem hatte. Oder? Oh Gott! Ich hätte ja wenigstens einen Smiley benutzen können. Sollte ich jetzt noch einen hinterherschieben? Nein, das wäre irgendwie blöd. Ach Mist.

Ich stemmte meine Ellenbogen auf dem Tisch auf und versteckte mein Gesicht in meinen Händen. Man sollte meinen, dass ich als Jahrgangsbeste in Journalismus bessere Nachrichten schreiben sollte. Ich wünschte mir so sehr, die Mitteilung einfach zurückziehen zu können. Bestimmt hatte er es schon gelesen und mein Zug war abgefahren.

Widerwillig griff ich nach meinem Handy, auf dem noch immer meine Nachricht an *Vanilla Mocha* angezeigt wurde.

Ich: Hi Unbekannte/r, wer bist du und warum habe ich deine Handynummer in meinem Rucksack gefunden?

Die Lesebestätigung verriet mir, dass er es schon gelesen hatte. Verdammt. Er hatte mir nicht geantwortet. Ich versuchte, mir einzureden, dass es nicht Karter war, mein gesunder Menschenverstand war indes anderer Meinung.

Wer sonst hätte mir den Zettel in meinen Rucksack schmuggeln können? Hatte er mich etwa mit purer Absicht am Presseausgang angerempelt? Hatte er es etwa geplant? Aber er hatte doch gar nicht gewusst, dass ich dort gewesen war. Während des Spiels war sein Blick nie ins Publikum oder zu uns Presseleuten gehuscht. Er war die ganze Zeit vertieft ins Spiel gewesen, wie konnte er wissen, dass ich dort war?

Eine unheimliche Gänsehaut überzog meinen Rücken und kroch bis in meinen Nacken hoch. Es fühlte sich für mich beinahe so an, als hätte er mich beobachtet, ohne, dass ich es gemerkt hatte.

»Uff, gruselig«, flüsterte ich und wischte mir mit meinen Händen über das Gesicht. Ich sah eindeutig Gespenster. Mein Verstand musste aus etwas eigentlich ganz Süßem mal wieder die reinste Horrorgeschichte machen. Warum sonst kam mir plötzlich das Wort *Stalker* in den Sinn?

Ich übertrieb maßlos und brauchte dringend Bewegung, um meine Gedanken wieder zu ordnen. Ich wurde das Gefühl nicht los, dass irgendetwas nicht ganz richtig war. Irgendetwas war faul an der ganzen Sache mit Karter, nur konnte ich es mir einfach nicht erklären. Es war eher ein Bauchgefühl, das weder warnend noch fordernd war, sondern mir eher sagte, dass ich etwas Wichtiges übersah.

Schnell griff ich nach meinem Rucksack und meinem Handy und verließ das *Greenline Coffee*, allerdings nicht, ohne Zack zum

Abschied schnell zuzuwinken. »Ciao«, rief ich ihm zu, während ich zur Tür raus verschwand. Er hatte nicht einmal mehr Zeit gehabt, meine Verabschiedung zu erwidern.

Ich lief und lief und lief und landete nach einer gefühlten Ewigkeit auf dem alten Campus. An der *Harper Memorial Library* musste ich schon vorbeigekommen sein, was mir nur aufzeigte, wie sehr ich in meinem Gedankenkarussell gefangen war. Denn normalerweise trugen meine Beine mich wie durch ein unsichtbares Band gezogen in das Gebäude hinein. Es war einfach die wunderschönste und beeindruckendste Bibliothek, die ich in meinem gesamten Leben betreten hatte.

Ich blieb kurz vor einem der alten Gebäude stehen, die für mich irgendwie immer an Hogwarts erinnerten, und atmete tief ein und aus. Kurzerhand nahm ich meinen Rucksack von meinen Schultern und warf mein Handy hinein, damit ich nicht in Versuchung geriet, meine Nachricht an Karter alias *Vanilla Mocha* noch einmal zu lesen. In meinen Fingerspitzen kribbelte es, was ich meiner Nervosität zuschrieb. Er würde mir jetzt nicht antworten, sonst hätte er es direkt getan. Entweder hatte er keine Zeit, oder meine Nachricht hatte ihn wirklich abgeschreckt.

In dem Moment, in dem ich den Rucksack wieder schultern wollte, spürte ich mein Smartphone vibrieren.

»Oh was?« Atemlos setzte ich die Tasche wieder ab, und versicherte mich kurz, dass niemand sah, wie seltsam ich mich benahm.

Ich entsperrte das Display und lachte enttäuscht auf, was mir erneut ein schlechtes Gewissen bescherte. Es war Madelyn und die leise Enttäuschung in mir verriet mir, dass ich auf eine Nachricht von einer anderen Person gehofft hatte.

Madelyn: Heute Abendessen im Betty's?

Ich hielt kurz die Luft an, ehe ich sie angestrengt wieder aus meinen Lungen entweichen ließ. Es war erst Vormittag und da Mads nicht dafür bekannt war, im Voraus zu planen, musste etwas vorgefallen sein.

»Oh bitte lass es nicht mit Parker zu tun haben.« Ich fummelte nervös an meinen Creolen herum und war kurz davor, sie einfach direkt anzurufen. Lange hielt ich das nicht mehr aus. Sie musste mir endlich erzählen, was das mit diesem Parker war. Aber wahrscheinlich musste sie es selbst herausfinden.

Seufzend ließ ich meine Finger über das Display gleiten und tippte meine Antwort: *Na klar, ist alles okay bei dir?*

»Wehe, du machst jetzt schon dicht«, murmelte ich zu mir selbst und wartete.

Madelyn: Ich weiß es nicht

»Ach Mads«, hauchte ich meinem Smartphone entgegen und konnte nur hoffen, dass sie ihre Meinung, mit mir darüber zu reden, bis heute Abend nicht ändern würde.

Wenigstens lenkte mich Madelyns Problem von meinem ab und das seltsame Drücken in meiner Magengegend flaute etwas ab. Der Blick auf meine Armbanduhr verriet mir, dass ich mich so langsam auf den Weg zu meinen Vorlesungen machen sollte. Hoffentlich würde ich dort genug Ablenkung finden, denn wenn ich auch nur eine Sekunde an Karter dachte, begann mein Herz wie wild zu schlagen. Ich wusste nicht, ob mir das gefiel, ob es so schlau war, dieses Spiel mit ihm zu spielen.

Kaleb

»Ihr Puls ist höher als das letzte Mal.« Dr. Fuller blickte mich streng über seine Brillengläser hinweg an, als er seine Fingerspitzen von meinem Handgelenk nahm. Ich wich seinem Blick aus, denn ihm zu erklären, was mein Herz höherschlagen ließ, war gerade das Letzte, das ich wollte. Immerhin war er nicht mein Freund, sondern mein behandelnder Arzt. »Haben Sie sich in der letzten Woche vielleicht überanstrengt?«

Ich räusperte mich und hob den Kopf wieder an. »Nein.«

»Schmerzt Ihre Narbe an der Hüfte noch immer stark?«

Wie lange würde er mich noch mit den immer gleichen Fragen löchern? Wie gern würde ich dies verneinen, allerdings würde ich damit nur mich selbst belügen und mir selbst schaden.

»Ja«, gab ich zu und seufzte. »Ja, sie schmerzt.« Er brauchte mich nicht darum zu bitten, die Boxershorts an der Hüfte etwas herunter zu ziehen. Ich kannte die Prozedur mittlerweile in- und auswendig. Was schmerzte, wurde kontrolliert. Zwar konnte ich nicht hellsehen, andererseits wusste ich bereits, dass auch dieser Arztbesuch wieder negativ für mich ausfallen würde. Meine Hoffnung, endlich wieder ausgiebiger trainieren zu dürfen, war dahingeschwunden, als er mit gerunzelter Stirn die Anzeige des Blutdruckmessgeräts betrachtet hatte.

»Haben Sie sich übermäßig gedehnt?«

»Vielleicht«, antwortete ich achselzuckend.

»Mr. Young«, begann Dr. Fuller und klang für mich wie ein Oberlehrer. »Warum verstehen Sie nicht, dass Sie Ihre Genesung durch derartiges Benehmen nur in die Länge ziehen?«

Okay. Wow. Er klang nicht nur wie ein Oberlehrer, die Worte, die er benutzte, unterstützten meinen Eindruck noch.

»Ich verstehe es ja, aber –« Kleinlaut senkte ich die Schultern und stellte ihm die eine Frage, die er mir seit Monaten nicht beantworten konnte. »Wie lange wird es noch dauern?«

Seufzend ließ er sich in seinen Arztstuhl fallen und zeigte auf meine Kleidung. »Sie können sich wieder anziehen.«

Ich ließ mich von der Behandlungsliege gleiten und schlüpfte erst in meine Hose, wobei ich versuchte, keine Miene zu verziehen. Als ich mich zu meinem T-Shirt beugte, sah ich aus dem Augenwinkel, wie Dr. Fuller sich mit den Händen über das Gesicht fuhr. Diese Geste ließ ein kleines Feuer aus Wut in mir auflodern. Wenn hier jemand verzweifelt sein durfte, dann ja wohl ich!

»Ich kann es Ihnen leider nicht sagen. Ihr Narbengewebe ist sehr empfindlich und auch wenn Ihre Beine nicht mehr bei jeder kleinsten Belastung schmerzen, heißt es nicht, dass Sie nicht mehr verletzt sind. Das Gleiche gilt für Ihre Schulter.«

»Können Sie mir denn überhaupt keinen Richtwert geben?« Missmutig lehnte ich mich gegen die Liege und verschränkte die Arme abwehrend vor der Brust.

»Können Sie mir denn versprechen, das Training endlich ruhiger angehen zu lassen?«

Ich schnaubte. Noch ruhiger? Nicht mehr lange und ich würde den Anschluss komplett verlieren. »Nein.«

Dr. Fullers resigniertes, ruhiges Nicken zeigte mir auf, wie daneben ich mich benahm und doch konnte ich nicht aus meiner Haut. Ich hasste diese Arzttermine, weil sie mir immer wieder auf die Nase banden, dass ich womöglich Alles verlieren könnte.

»Dann kann ich Ihnen auch keine Tendenz geben.«

Ich begann, mit meinen Fingerspitzen auf meinen Oberschenkeln zu trommeln. Die Nervosität gewann wieder die Oberhand und ich musste mich ablenken.

»Hören Sie«, sprach er weiter, nachdem die Stille uns zu erdrücken drohte. »Geben Sie sich eine Woche Ruhe. Kein Training. Kein Dehnen, kein zu langes Laufen, kein Ballkontakt.«

Finster blickte ich ihn mit zusammengezogenen Augenbrauen an. »Ist das Ihr Ernst?«

Ein Lächeln stahl sich auf sein Gesicht. »Ja, ist es. Vertrauen Sie mir bitte endlich.«

Diese Aussage ließ mich perplex schlucken. Ich öffnete den Mund, um etwas zu erwidern, und schloss ihn wieder, da ich nicht wusste, was ich darauf hätte sagen können. Hatte er recht? Normalerweise bekam ich diesen Stein im Magen, wenn man mir etwas unterstellte, das nicht stimmte. Jedoch war von diesem Stein gerade weit und breit nichts zu spüren. Er hatte einen Nerv getroffen. Vertrauen. Es war mir seit dem Unfall schwergefallen, jemandem Vertrauen zu schenken. Vielleicht wäre es ein guter Anfang, wenn ich damit bei Dr. Fuller beginnen würde. Er war einer der renommiertesten Unfallchirurgen in Chicago, warum sollte ich ihm also keinen Glauben schenken?

»Okay. Eine Woche«, murmelte ich und konnte kaum glauben, dass ich ihm gerade mein Wort gab, eine Woche nicht zu trainieren. Mich freiwillig um eine gesamte Woche zurück zu werfen und dass ohne Aussicht auf eine Erfolgschance. Es passte nicht zu mir, aber in letzter Zeit tat ich sowieso Einiges, in dem ich mich nicht wiedererkannte.

»Prima. Lassen Sie sich einen Termin für nächsten Mittwoch von Miss Bennings geben und schonen Sie sich.«

Ich lächelte ihn an. So in etwa beendete er jeden unserer Termine, nichtsdestotrotz würde ich zum ersten Mal auf ihn hören und mich wirklich schonen. Auf dem Weg nach draußen griff ich meine Jacke und nickte ihm zu. »Bis nächste Woche.«

Seit Verlassen der Praxis hatte ich keinen einzigen Blick auf mein Handy geworfen. Darauf würde mich nur Leightons Nachricht erwarten, auf die ich noch nicht geantwortet hatte. Ich war gerade viel zu aufgewühlt, um mir zu überlegen, was ich ihr schreiben könnte. Dazu kam auch noch, dass sie mich höchstwahrscheinlich für Karter hielt und ich gerade einfach keinen Nerv dafür hatte, diese Lüge aufrecht zu erhalten, geschweige denn, das Missverständnis aufzuklären. Im Moment war es wie mit Schrödingers Katze. Solange ich ihr nicht schrieb, wusste sie nicht, wer ich war und würde vorerst nichts von der Lüge erfahren.

War es denn überhaupt wichtig, ihr direkt zu schreiben, wer ich war? Beziehungsweise, dass ich nicht der Mensch war, für den sie mich hielt? Genau genommen hatte ich sie bisher nicht angelogen. Ich war nur ihren Fragen ausgewichen oder hatte allgemein geantwortet.

»Idiot«, flüsterte ich und kickte einen Kieselstein vom Gehweg auf die Straße. Diese Angst in mir, nicht gut genug zu sein, kannte ich erst seit meinem Unfall und sie nahm immer mehr Raum in meinem Leben ein. Basketball war alles, das mich ausmachte. Es war alles, das ich gewollt und worauf ich hingearbeitet hatte. Und ganz plötzlich gab es da noch etwas, das ich mir wünschte. Ich wollte die kleine Frau mit den springenden Locken und den leuchtenden Augen kennenlernen, die so gar keine Ahnung von

Basketball hatte. Vielleicht war gerade Letzteres der Grund dafür. Mein Unterbewusstsein suggerierte mir, Abstand zum Basketball zu gewinnen. Wenn auch nur vorübergehend. Und vor allem hatte ich einfach keinen Bock mehr, mich selbst zu bemitleiden. Die letzten Monate hatten mich zu einer Person geformt, die ich nicht leiden konnte. So langsam verstand ich erst, wie wichtig es war, mit sich selbst im Reinen zu sein. Wie sollte ich Leighton von mir, Kaleb, überzeugen, wenn ich mich selbst nicht ertragen konnte? Es war höchste Zeit, mein altes Ich zu stärken und erhobenen Hauptes aus dem Aschehaufen aufzustehen, den der Unfall in meinem Leben hinterlassen hatte.

Allein diese Gedanken versetzten mich beinahe in einen beflügelnden Zustand. Die letzte Zeit war vielleicht unfair gewesen, sie war schwer und schmerzvoll. Doch musste meine Zukunft nicht genauso aussehen. Es war noch nicht zu spät. Eine Woche würde mich nicht ruinieren. Sie würde mich zwar zurückwerfen, aber wie sollte ich jemals aufholen, wenn ich nicht auch mal Kraft tankte?

Kapitel 7

Leighton

Drei Mal, zehn Mal, zwanzig Mal oder auch zweihundert Mal. Ich konnte mir unzählige Male einreden, dass es mir egal war. Dass es mir völlig wurst war, keine Antwort erhalten zu haben. Wenn ich wenigstens wüsste, auf wessen Antwort ich hier so sehnsüchtig wartete, wie ein Kleinkind auf den Weihnachtsmann.

Verbissen kickte ich meine Sneakers von den Füßen und ließ die Tür ins Schloss fallen. Mads war noch nicht zuhause und Diana auch nicht – Gott sei Dank. Zwar hatte Madelyn mir versprochen, das Schwein niemals wieder allein in unserer Wohnung zu lassen, allerdings konnte man bei ihr nie wissen. *Sag niemals nie* war auf jeden Fall ein Spruch, der zu Madelyn passte.

Seufzend lief ich zum Schreibtisch, um meinen Rucksack auf dem Stuhl abzustellen. Geistesabwesend öffnete ich den Reißverschluss und beförderte sämtliche Utensilien auf den Schreibtisch. Das war mittlerweile zur Routine geworden, sodass meine Hände von ganz allein agierten. Mein Blick blieb an meinem Notizordner hängen, den ich zu allen Vorlesungen schleppte. Er war wie meine kleine Mitschriftenbibel und beinhaltete alles Wichtige.

Hatte ich mir heute überhaupt Notizen gemacht? Ich konnte mich bei bestem Willen nicht daran erinnern. Das Einzige, das ich wusste, war, dass *Vanilla Mocha* es nicht für nötig hielt, sich in einem angemessenen Zeitraum bei mir zurückzumelden. Waren wir hier im Kindergarten? War dieser *Ich-melde-mich-erst-nach-so-und-so-viel-Tagen-Scheiß* etwa immer noch aktuell? Ich würde lügen, wenn ich als verliebter Teenager nicht auch so gehandelt hatte.

Ich seufzte. Natürlich konnte es auch einfach daran liegen, dass er keine Zeit hatte, mir zu antworten. Vermutlich war er beim Training. Ich errötete vor mir selbst. Es war eindeutig, dass ich mir wünschte, wer sich hinter *Vanilla Mocha* verbergen sollte. Daran waren bestimmt nur sein markanter Kiefer und seine bernsteinfarbenen Augen schuld!

Ich griff nach meinem Notizenordner und schlug die letzte beschriebene Seite auf. »Fuck«, fluchte ich und klappte ihn direkt wieder zu. Bis auf das Datum hatte ich kein einziges Wort geschrieben. Und es war jetzt nicht so, dass ich irgendeinen meiner Kommilitonen um Hilfe bitten konnte. Die hielten mich sowieso alle für Miss Perfect und würden sich ins Fäustchen lachen, wenn sie von meinem mentalen Aussetzer erfuhren. So etwas durfte mir nicht noch einmal passieren. Kerl hin oder her! Mein oberstes Ziel war es, Jahrgangsbeste zu bleiben.

»Raus aus meinem Kopf, du Penner«, befahl ich *Vanilla Mocha* und erschrak vor meinen eigenen Worten.

Ich drehte mich zu meinem Kleiderschrank um und hatte das plötzliche Bedürfnis, mich umzuziehen. Als würden die, für meine Verhältnisse, vulgären Worte in meinem Pulloverkleid festhängen. Mein Meer aus schwarzer Kleidung begrüßte mich und entlockte mir ein kleines Lächeln. Schwarze Kleidung war einfach die Beste, solange man keine Haustiere besaß. Ich würde nie vergessen, wie Mads mal einen weißen Perserkater namens Grumpy mit nach Hause gebracht und er sich, wie auch immer, Zugang zu meinem Kleiderschrank verschafft hatte. Es hatte mich einen ganzen Tag gekostet, meine Kleidung von seinen Haaren zu befreien. Und meine Liebe zu Katzen hatte an diesem Tag einen gewaltigen Dämpfer bekommen.

Ich griff nach einer Jeans und einem simplen Shirt. Gerade, als ich mit einem Bein in der Hose stand, vibrierte mein Handy auf dem Schreibtisch und ein Mix aus Vorfreude und Panik ergriff mich.

»Karter«, japste ich, stapfte unbeholfen, mit halbangezogener Jeans auf meinen Schreibtisch zu und griff nach dem Handy. Bereits auf dem Sperrbildschirm wurde mir eine Nachricht von Mads angezeigt.

Madelyn: Hab heute früher Feierabend, schaffst du es, in zwanzig Minuten im Betty's zu sein? Sonst komm ich vorher noch mal kurz nach Hause.

Eigentlich wollte ich im Vorlesungsverzeichnis prüfen, ob ich etwas zum Stoff finden konnte, den ich heute an Mangel aus Selbstdisziplin verpasst hatte. Aber so durch den Wind wie ich war, würde ich vermutlich nur seinen Namen googeln, als wäre ich seine verrückte Stalkerin.

Ich: Klar, das schaffe ich, bin gerade zuhause rein. Brauchst du noch was?

Ich warf das Handy zurück auf den Schreibtisch und zog mich fertig an, während ich sah, dass Mads tippte.

Madelyn: Ja, noch einen Pulli oder eine Jacke. Die Sonne heute Morgen hat mich wohl ein bisschen verarscht 😛

Lachend warf ich den Kopf in den Nacken. Madelyn würde es niemals lernen, nicht auf zwei Sonnenstrahlen zu vertrauen.

Ich: hahaha, ich bring dir was mit. 😘
Madelyn: Bist ein Schatz 😘

Ohne, dass ich es wollte, navigierten meine Finger zur Nachrichtenübersicht. Direkt unter Madelyns war der Sprachverlauf von ihm und mir, wenn man es überhaupt als Verlauf betiteln durfte. Ich beherrschte mich und widerstand dem Drang, seinen vorübergehenden Namen anzutippen, und griff stattdessen zu meiner kleinen Handtasche. Kurzerhand legte ich mein Smartphone zurück auf den Tisch, griff nach meinem Paar Schnürboots und verließ den Raum. Ohne Handy.

Ehe ich mich auf den Weg machte, huschte ich noch schnell in Mads Zimmer, in dem mich fast der Schlag traf. Sie konnte mit Diana einen Wettbewerb starten, wer von ihnen das größere Schweinchen war. Wie konnte man nur so unordentlich sein? Ich schnappte mir den erstbesten Pullover.

»Hey«, begrüßte ich Madelyn, die bereits in unserer Nische saß. »Wie lange bist du schon hier?«

»Hey du«, begrüßte sie mich und versuchte sich an einem Lächeln. »Bin auch gerade erst rein«, winkte sie ab.

»Man habe ich einen Kohldampf!« Eifrig griff ich nach der Speisekarte, obwohl ich genau wusste, worauf ich Appetit hatte.

»Oh ja, ich auch«, pflichtete sie mir bei. »Irgendwie hab ich heute mal Lust, etwas Neues auszuprobieren!«

Ich zog eine Augenbraue hoch. »Wo hast du Mads versteckt?«

Sie kicherte. »Die ist weg!«

Meine Alarmglocken schrillten und gleichzeitig sah ich rote Warnlichter vor meinen Augen blinken. »Wie äh – wie kommt's?«

»Wenn Parker das kann, kann ich das auch.«

Sie versuchte, stark zu bleiben, allerdings bebte bereits ihre Unterlippe. Meine beste Freundin war nah am Wasser gebaut, weshalb sie es oft vorzog, nicht über ihre privaten Angelegenheiten zu sprechen.

»Was ist los?«

»Nichts?« Eine einsame Träne kullerte ihre Wange herab und sie wischte sie schnell weg.

Ich seufzte. »Mads, komm schon.«

»Nicht hier, okay?«

»Wo denn sonst?«

»Zu Hause?«

»Du meinst da, wo du plötzlich so müde bist und in deinem

Saustall – äh Zimmer – verschwindest? Nein, Mads, jetzt rück' mit der Sprache heraus und speise mich nicht ab.«

Erschrocken blickte sie mich an. Ich wusste ja selbst nicht, wo das plötzlich herkam. Ich war keine dieser Personen, die andere zur Rede stellten. Denn ich wollte andersherum auch nicht, dass man das mit mir tat. Erst recht nicht in aller Öffentlichkeit. Dennoch war nicht ich es gewesen, die um dieses Abendessen gebeten hatte und ich war es leid, immer und immer wieder vertröstet zu werden. Wie konnte ich meiner besten Freundin helfen, wenn sie mir nie verriet, was eigentlich los war?

»Es geht um Parker«, erklärte sie kleinlaut. »Und ich habe keinen Saustall.«

Ich atmete einmal tief ein und stieß die Luft langsam wieder aus, ignorierte dabei ihre Aussage über ihren Saustall. »Das habe ich mir gedacht. Bitte erzähl mir jetzt endlich, was dieser Typ mit dir macht.«

Madelyn nickte. »Okay, aber –«

»Kein Aber«, unterbrach ich sie unwirsch und entlockte ihr ein Lächeln. »Was? Warum grinst du plötzlich?«

»Ich wollte nur vorschlagen, dass wir erst einmal unser Abendessen bestellen. Ich komme vor Hunger gleich um.«

»Oh … okay.« Ich biss mir auf die Unterlippe und winkte die Kellnerin zu uns heran, die unsere Bestellung aufnahm und uns wenige Minuten später Pasta vor die Nasen stellte.

»Also«, nuschelte ich zwischen zwei großen Happen. »Parker.«

»Ja, Parker«, ging sie auf meine Bemühung ein, das Gespräch endlich in Gang zu bringen. »Du weißt ja, dass –« Sie schluckte und atmete einmal tief durch. »– dass ich ihn in einer meiner Vorlesungen kennengelernt habe, richtig?«

Ich nickte zustimmend.

»Was du noch nicht weißt …« Madelyn stoppte und sie biss sich auf die Unterlippe.

Ungeduldig starrte ich sie an. »Was? Was weiß ich noch nicht? Dass er dich immer versetzt und dich immer nur traurig macht?«

»Nein!« Sie verdrehte die Augen. »Du weißt noch nicht, dass er eventuell letztes Jahr mein Dozent war.«

Ein Klirren ertönte und ich realisierte, dass das Geräusch von meiner Gabel kam, die auf meinen Teller geknallt war. Damit hatte ich im Leben nicht gerechnet und plötzlich verstand ich, warum die beiden es einfach nicht gebacken bekamen. Warum Mads immer meinte, dass es kompliziert wäre und dass sie nicht so recht wusste, was sie tun sollte. Dieser eine Satz hatte so vieles erklärt und ich freute mich auf seltsame Art und Weise, dass sie ihn endlich hervorgebracht hatte. Andererseits wünschte ich mir, es niemals erfahren zu haben, denn nun, als Mitwissende nahm alles ein ganz anderes Ausmaß an. Wir waren hier doch nicht bei *Pretty Little Liars*. Madelyn war nicht Aria und Parker war ganz bestimmt nicht Ezra.

»Scheiße«, fluchte ich beinahe lautlos und legte auch meinen Löffel auf meinem Teller ab.

»Wow, das ist seltsam«, bemerkte Madelyn und pfriemelte nervös an ihren Nagelbetten herum. »Ich hatte so Angst, dir das zu sagen, aber irgendwie war es gar nicht so schlimm.«

Ich nickte, immer noch unfähig, etwas zu erwidern.

»Leigh?« Mads Stimme drohte zu brechen. »Bitte sag was, irgendwas. Bitte lass mich nicht bereuen, es dir erzählt zu haben.«

Ihre zerbrechliche Stimme, die zitternden Hände und die Tränen, die sich in ihren Augenwinkeln bildeten, brachten mich zur Besinnung. »Ja, nein. Also wow. Ich weiß gar nicht … Uff. Ich bin platt, Mads.«

»Es ist gar nicht so schlimm, wie es sich gerade anhört«, versuchte sie zu erklären.

»Nicht?«

Sie schüttelte den Kopf. »Nein. Er ist kein alter Sack oder so.«

Ich grinste bei dieser Formulierung und musste zugeben, dass mir diese Frage sofort auf der Zunge gebrannt hatte. »Wie alt ist er denn?«

»28. Er hat gerade erst angefangen, zu unterrichten. Er ist kein Prof oder so, sondern nur ein einfacher, junger Dozent.«

Ich nickte und ein Lächeln stahl sich auf mein Gesicht. »Das ist doch gar nicht schlimm, Mads. Warum hast du es mir nicht erzählt? Das ist völlig legal, oder nicht?«

Sie nickte traurig. »Ja, aber legal heißt nicht, dass es auch gesellschaftsfähig ist.«

»Da hast du wohl leider recht«, pflichtete ich ihr traurig bei. »Ich würde lügen, wenn ich sagen würde, dass ich es im ersten Moment nicht auch als unkonventionell eingestuft hätte.«

Traurig senkte sie den Blick. »Siehst du?«

»Aber wovor hast du denn Angst?«

»Vor gar nichts. Ich bin nicht diejenige, die daraus so ein Geheimnis machen möchte«, erklärte sie und der Groschen fiel.

»Parker möchte es geheim halten. Deswegen trefft ihr euch immer nur bei ihm. Ihr geht nie aus. Und wenn du mal wieder super traurig warst –«

»– dann hatten wir uns genau deswegen gestritten, ja.«

»Oh Mads, es tut mir echt leid.«

Sie grinste und nahm ihr Besteck wieder zur Hand. »Du kannst nichts dafür.«

»Stimmt«, lachte ich und griff ebenfalls wieder nach meiner Gabel und meinem Löffel. »Aber was ist denn heute Morgen vorgefallen?« Immerhin hatte sie mir geschrieben und ausweichend reagiert.

»Er hat mir gesagt, dass es vielleicht das Beste wäre, wenn er an einer anderen Universität unterrichtet.«

»Und was wäre daran so schlimm?«

Sie seufzte. »Ich möchte nicht, dass er seine Stelle an der *UChicago* nur wegen mir aufgibt. Es ist für Studierende schon nicht einfach, hier einen Platz zu bekommen. Jetzt stell dir das mal für einen Jungdozenten vor.«

Ich nickte. »Ich verstehe. Aber ist das nicht eigentlich schön?«

»Nein. Ja. Vielleicht. Aber es muss nicht sein. Jeder halbwegs normal denkende Mensch würde sehen, dass unsere Beziehung völlig normal ist. Er hat solche Angst, nicht mehr ernst genommen zu werden.«

»Kannst du das nicht auch verstehen?« Ich legte den Kopf schief und lächelte vorsichtig.

»Doch natürlich kann ich das.«

»Oh Mann, das ist ja echt –«

»– kompliziert?« Fiel sie mir lachend ins Wort und ich nickte.

»Ja. Einfach nur kompliziert.«

»Leigh?«

»Hm?«

»Ich hab dich lieb!«

Eine Welle aus Glücksgefühlen überschwemmte mich. Madelyn gehörte zu der Sorte Menschen, denen es nichts ausmachte, ihre Liebe zu verkünden. Ich hingegen war das nicht gewöhnt. Man hatte mir nie gesagt, dass man mich liebte. Egal, wie sehr ich mich immer angestrengt hatte, die beste zu sein in allem, was ich tat.

»Ich dich auch«, murmelte ich leise zu meinen Nudeln und hörte Mads kichern.

Kaleb

Manchmal übermannten mich meine Gefühle und ich brauchte ein paar Sekunden, um mich der Realität zu stellen. In den letzten Jahren war so einiges an mir vorbeigeflogen, dem ich viel mehr Bedeutung hätte schenken sollen.

Ich stand vor dem weißen Haus, das Karter und ich uns vor ziemlich genau einem Jahr gemietet hatten. Es war keine riesige Villa, allerdings traf kleines Stadthaus auch nicht mehr zu. Mit meiner Handfläche fuhr ich die kalte Metallstrebe des Zauns entlang, legte sie schließlich auf die Klinke und betrat unser kleines Grundstück. Ein schmaler, gepflasterter Weg, der ab und zu durch wenige Stufen unterbrochen wurde, führte direkt auf die Haustür aus dunklem Holz zu. Wir hatten keine Blumen pflanzen lassen, lediglich ein paar Büsche und ein großer Baum standen in unserem Vorgarten. Mir hatte der Gedanke nicht gefallen, einen Gärtner zu engagieren. Ich legte einfach keinen Wert darauf, was die Nachbarn oder die Passanten über uns redeten. Demnach musste ich mich auch nicht um einen perfekten Vorgarten bemühen. Ein kleines Lächeln umspielte meine Mundwinkel, als ich daran dachte, wie ich Karter nur mit Mühe davon abbringen konnte, einen der Büsche in die Form von Basketball und Korb stutzen zu lassen.

Ich steckte den Schlüssel ins Schloss, drehte zweimal herum und betrat unseren kühlen Vorraum, in dem Schuhschränke und eine kleine Garderobe standen. Keins dieser Möbel hatten wir uns ausgesucht, alles war bereits vorhanden gewesen, als wir das Haus gemietet hatten, sogar unsere Schlafzimmer.

Während ich durch den Flur zu unserem großen Wohn- und Essbereich ging, ließ ich meinen Blick über unsere Einrichtung schweifen und fragte mich, ob mir überhaupt gefiel, was ich sah. Wir hatten uns einfach in ein gemachtes Nest gesetzt und plötzlich störte mich das. Gehörte es nicht zum Erwachsenwerden dazu, durch Einrichtungshäuser zu laufen und sich seine erste eigene Wohnung zusammenzustellen? Diesen Schritt hatte ich anscheinend übersprungen und es gefiel mir nicht. Was hatte ich noch alles verpasst?

Ich ging zum Kühlschrank, nahm mir ein Wasser und griff nach dem Tablet, das auf der Kücheninsel lag. Mit einem Stöhnen ließ ich mich erschöpft aufs Sofa fallen und holte mein Handy aus der Hosentasche.

Der Blick aufs Display verriet mir, dass keine neue Nachricht eingegangen war. Weder Mom, Dad, noch Karter hatten mir geschrieben, was mich verwunderte. Normalerweise riefen sie nach meinen Arztterminen immer an und wollten wissen, wie der aktuelle Stand war. Stirnrunzelnd legte ich das Handy neben mir ab und entsperrte das Tablet, rief die heutigen News aus der NBA auf, las und schaute mir Videos von Zusammenfassungen an. Coach Hill bestand darauf, dass wir immer genau wussten, was in der Profiliga passierte, also konnte man beinahe sagen, dass ich Hausaufgaben machte.

Ich hatte gar nicht bemerkt, wie es um mich herum dunkel wurde. Ächzend richtete ich mich auf, um zum Lichtschalter zu laufen und ihn umzulegen. Es war bereits spät und ich hatte Leighton noch nicht geantwortet. Konnte es sein, dass es immer schwieriger wurde, etwas zu tun, je länger man es hinauszögerte? Bei den Gedanken an sie zogen sich meine Eingeweide zusammen. Aufregung und Nervosität vermischten sich mit der Angst, etwas Falsches zu schreiben. Etwas, das mich verraten könnte. Wie sollte ich es nur anstellen, sie ohne lautes Tamtam darauf hinzuweisen, dass ich nicht Karter war?

»Augen zu und durch«, murmelte ich, als ich das Smartphone entsperrte und zu Leightons Nachricht wechselte.

Leighton: Hi Unbekannte/r, wer bist du und warum habe ich deine Handynummer in meinem Rucksack gefunden?

Ich hatte mir ihre Nummer natürlich sofort eingespeichert. Nervös biss ich mir auf der Unterlippe herum und verspürte plötzlich eine unangenehme Hitze. Seit wann war es so heiß im Wohnzimmer? Ehe ich ihr schrieb, lief ich herüber zum Fenster, um es zu öffnen und nahm einen großen Schluck aus meiner Wasserflasche.

Ich: Hey, rate doch mal!

»Scheiße, nein«, fluchte ich und warf das Handy auf das Sofa, vor dem ich stand. Wie hirnlos war diese Antwort? Was, wenn sie jetzt fragte, ob ich Karter war?

Noch während ich auf- und ablief und mir nervös über den Kopf fuhr, vibrierte mein Handy.

Leighton: Na endlich eine Antwort von Mister Unbekannt 😛
Lass mich mal überlegen …
Ich: … gibt es denn so viele Männer, die die Möglichkeit hatten, dir einen Zettel zuzustecken?

Ich. Bin. Ein. Totaler. Idiot. In diese Frage konnte man so viel Falsches hineininterpretieren.

Leighton: Nicht, dass ich wüsste. Ich gehe mal nicht davon aus, dass du Zack bist?
Ich: Nope. Bin ich nicht.

Wenige Sekunden später vibrierte mein Handy erneut.

Leighton: Okay, beginnt dein Name mit K-A-?

Wenn ich jetzt mit Ja antwortete, wäre es keine Lüge. Ich wusste, dass es falsch war, dennoch tippte ich die Antwort ein, die sie hören wollte und die mich immer weiter in etwas verstrickte, das ich längst hätte aufklären sollen.

Ich: Jackpot!
Leighton: Wusste ich's doch 🙂
Ich: Und trotzdem hast du mir geschrieben. Gutes Zeichen 😛
Leighton: Spinner!

Ein erleichtertes Lachen drang aus meiner Kehle. Meine Sorge, nicht mit ihr kommunizieren zu können, löste sich binnen weniger Sekunden in Luft auf. Vielleicht lag es auch einfach daran, dass wir uns nicht gegenüberstanden. Auch wenn ich nicht leugnen konnte, dass ich mir gerade nichts mehr wünschte. Mir gingen ihre besonderen Augen einfach nicht aus dem Kopf. Doch für den Moment wollte ich einfach nur genießen, mit ihr zu schreiben. Auf ganz privater Ebene und ohne das Wissen, dass sie die Reporterin war, die sich eigentlich für meinen Bruder interessierte.

Leighton

»Oh Gott, oh Gott, oh Gott, oh Gott!« Völlig überfordert mit der Situation lief ich zwischen Bett und Schreibtisch hin und her. Karter. Karter Young. Ein Basketballspieler der Entwicklungsliga der NBA hatte mir einen Zettel zugesteckt. Mir! Einer kleinen, unbedeutenden Reporterin, die sich offiziell noch nicht einmal als Journalistin betiteln durfte. Warum, um Himmels Willen, hatte er sich mich ausgesucht? Das war für ihn bestimmt nur ein Witz.

Unsicherheit brodelte in meinem Magen. Ich spürte, dass irgendetwas faul an der ganzen Sache war und trotzdem war es, als würde mich eine unsichtbare Kraft dazu zwingen, mich auf das Spiel mit ihm einzulassen. Wenn man es genau betrachtete, hatte ich nichts zu verlieren. Und nur, weil wir ein paar Zeilen miteinander ausgetauscht hatten, hieß es noch lange nicht, dass er mir mein Herz brechen würde. Warum fiel es mir auch so schwer, wenn es darum ging, jemand Neues in mein Leben zu lassen? Wie sollte ich jemals ein intaktes Sozialleben aufbauen, wenn ich alles und jeden sofort misstrauisch beäugte? Selbst wenn Karter sich nichts weiter bei der ganzen Sache dachte, würde mir nichts passieren.

Eigentlich war es ganz einfach: Ich durfte mein Herz nicht verschenken. Erst recht nicht an eine Person, die ich noch gar nicht kannte. Auf gar keinen Fall würde ich mich verstellen. Ich würde ganz einfach Leighton Baker sein und hoffen, dass er mich vielleicht ein bisschen mochte.

Vanilla Mocha: Da ist aber jemand frech!

Ich starrte perplex das Display an und versuchte, nicht vor Freude loszuquieken. Irgendwie konnte ich noch nicht so ganz realisieren, dass niemand Geringeres als Karter Young mir schrieb.

Ich: DAS nennst du frech? Mir so lange eine Antwort schuldig zu bleiben, finde ich viel frecher.

So. Gleich mal den Standpunkt zu vertreten, konnte nicht schaden. Oder?

Vanilla Mocha: Hast du etwa sehnsüchtig auf meine Nachricht gewartet? 😛

Ich kicherte dümmlich und ging zu meinem Bett. Ehe ich ihm antwortete, schälte ich mich aus meiner Kleidung und zog meinen Pyjama an. Bäuchlings kuschelte ich mich in meine Kissen und stützte mich auf meinen Ellenbogen ab, während ich tippte.

Ich: Geduld ist eine Tugend. Aber nicht meine!
Vanilla Mocha: Weise Worte einer kleinen Frau.
Ich: Klein? Na hör mal, es kann ja nicht jeder so ein Riese sein, wie du.
Vanilla Mocha: Wenn du wüsstest! Ich gehöre sogar noch zu den kleinen! Immerhin habe ich die Zwei-Meter-Marke nicht geknackt.

»Was? Niemals«, murmelte ich und bemerkte, dass ich mit mir selbst sprach. Ich war es nicht mehr gewohnt, Textnachrichten auszutauschen, auch wenn es mir sehr entgegenkam, da ich besser schreiben als reden konnte. Zwar überlegte ich nicht lange, gönnte mir aber noch ein paar Zehntelsekunden, um in Gedanken meine Sätze zu formulieren.

Ich: Das kann ich mir kaum vorstellen, wirklich! In meiner Erinnerung bist du so groß wie Hagrid.

Kaum hatte ich das abgesendet, wurde mir angezeigt, dass Karter tippte.

Vanilla Mocha: Wie wer?
Ich: DAS IST NICHT DEIN ERNST?!
Vanilla Mocha: Glaubst du echt, ich kenne Hagrid nicht? 😀

Ich: Ja. Es gibt sehr seltsame Menschen da draußen. Woher soll ich wissen, dass du nicht zu denen gehörst?

»Stopp.« Ich legte das Handy neben mir ab und vergrub das Gesicht in meinem Kissen. Was tat ich da? Flirtete ich? Galt das schon als Flirt? Warum kribbelte es plötzlich so in meinem Unterleib?

Vanilla Mocha: Da musst du wohl einfach drauf vertrauen.
Ich: Natürlich. Ich soll einem großen, aber irgendwie auch doch nicht ganz so großen Mann einfach so vertrauen?
Vanilla Mocha: Anders wird das nichts.

Mir blieb beinahe die Luft weg. Karter ging direkt aufs Ganze. Woher sollte ich überhaupt wissen, ob da wirklich Karter am anderen Ende saß? Jeder hätte mir diesen Zettel zustecken können.

Ich: Genau genommen weiß ich ja noch nicht einmal, dass du es bist.

Mein Blick heftete sich auf die Anzeige, dass Karter tippte. Er tippte und hörte ganz plötzlich auf. Es vergingen einige Sekunden, in denen nichts geschah, ehe er wieder tippte. Wie gebannt starrte ich auf das Display und meine Aufregung stieg ins Unermessliche. Entweder verfasste er da gerade einen Roman, oder er wusste nicht, was er schreiben sollte. Och nö, bitte nicht! Bitte lass mich ihn nicht in eine Sackgasse gelabert haben. Oder war das zu forsch von mir? Ich strich mir mit meiner Handfläche über das Gesicht. Blödsinn. Zu forsch gab es nicht, wenn man sich kennenlernen wollte.

Plötzlich hörte er wieder auf zu tippen und nach einigen Sekunden war er sogar offline, was mir einen Stich versetzte. Ein bisschen fühlte es sich so an, als hätte er einfach den Raum verlassen, in dem wir uns gerade unterhalten hatten. Als hätte er mich einfach sitzen gelassen, weil ich uninteressant für ihn war.

So wie meine Eltern es getan hatten. Gerade, als ich das Handy enttäuscht ausschalten wollte, lud ein Foto in unserem Chat.

Ich lachte kurz auf, als ich erkannte, was darauf zu sehen war. »Wie süß.« Karter hatte sich das Stofftier vom Maskottchen der Windy City Bulls vor das Gesicht gehalten und ein Selfie gemacht.

Ich: Okay. Kein verrückter Unbekannter, der seine Nummer ganz ungeniert in meinem Rucksack versteckt hat.
Vanilla Mocha: Wäre ich ungeniert, hätte ich sie dir direkt gegeben.
Ich: Warum hast du das nicht getan?

Er würde wohl kaum Angst davor haben, einen Korb zu kassieren, oder? Ich ging davon aus, dass er selbst wusste, was für eine Erscheinung von Mann er war. Attraktiv stand auf jeden Fall in der Top-5-Liste an Worten, die Karter Young beschrieben.

Vanilla Mocha: Die Erklärung hebe ich mir für ein anderes Mal auf 😉 😉
Ich: Warum?
Vanilla Mocha: Weil man nicht alles schreiben kann.

Er machte mich fertig. Was meinte er damit? Warum schrieb er so etwas Geheimnisvolles? Wie machte er es nur, dass er mit jedem Satz interessanter für mich wurde? Und warum hörten die Ponys in meinem Magen nicht auf, wie wild umherzuspringen? Ich holte einmal tief Luft und schüttelte den Kopf, wobei mir meine Locken ins Gesicht fielen.

Ich: Alles klar, Mister Geheimnisvoll 😉 *Ich werde darauf zurückkommen!*
Vanilla Mocha: Wie soll ich mir eigentlich sicher sein, dass du Leighton bist? Vielleicht ist Leighton ja auch ein Biest und hat dir meine Handynummer einfach weitergegeben?

War das sein Ernst? Er nannte mich Biest? »Na warte!« Kurzerhand öffnete ich die Frontkamera und machte ein Selfie von mir, auf dem ich wütend die Augenbrauen zusammenzog und in die Kamera funkelte. Ohne lange darüber nachzudenken, sendete ich das Foto ab und wartete auf seine Reaktion. Je mehr Sekunden vergingen, desto nervöser wurde ich. War das schon wieder zu aufdringlich?

Vanilla Mocha: …

Drei Punkte? Was hatten drei Punkte zu bedeuten? Überlegte er es sich gerade anders? Plötzlich war er nicht mehr online.

»Was für ein Arsch«, murmelte ich verletzt und schloss das Nachrichtenprogramm. Was war nur los mit mir? Normalerweise gab ich meine Handynummer nicht einfach so raus. Und erst recht versendete ich keine Selfies von mir, wer weiß, wo diese irgendwann mal landen würden. Kurzerhand ging ich wieder zurück zu unserem Gespräch und entfernte das Foto aus unserem Verlauf – für uns beide. Wenigstens war dies mittlerweile möglich. Ich ließ mein Smartphone fallen und drehte mich auf die Seite, den Blick zur Wand. Gerade noch schwebte ich auf Wolke Sieben und jetzt plötzlich fühlte ich mich wie ein hässliches Entlein. Was hatte ich denn für eine Reaktion erwartet von jemandem, den ich gar nicht kannte? Ich dumme Kuh.

Gerade, als ich mich so richtig in Selbstmitleid suhlen wollte, vibrierte mein Handy und ließ mich voller Vorfreude zusammenzucken. Ich verdrehte die Augen über mein eigenes Verhalten.

Vanilla Mocha: Warum hast du das Foto gelöscht, Leighton?
Ich: Keine Reaktion sagt eben manchmal mehr aus als eine Reaktion.

Na großartig. Jetzt klang ich wie ein trotziger Teenager ohne Selbstwertgefühl. Dabei brauchte ich eigentlich keinen Kerl, der mir sagte, dass ich hübsch war. Ich war nicht perfekt, aber ich mochte mich. Umso erschreckender war es für mich, dass ich anscheinend nur so dachte, bis man mich nicht bestätigte.

Vanilla Mocha: Na ein Glück, dass ich mir das Foto schnell abgespeichert habe 😉
Ich: Was? Lösch es!
Vanilla Mocha: Nö 😀
Ich: Das ist nicht rechtens!
Vanilla Mocha: Na und? Verklag mich 🙂
Ich: Das mache ich vielleicht!
Vanilla Mocha: Wirklich?

Ein Lächeln stahl sich auf mein Gesicht, obwohl ich ihm eigentlich viel lieber eins mit einem Paddel überbraten würde, weil er so dreist war, einfach mein Selfie zu speichern.

Ich: Ja? 😛
Vanilla Mocha: Ich wette, du lächelst gerade!

Ertappt biss ich mir auf die Unterlippe.

Ich: Du bist aber ganz schön von dir überzeugt!
Vanilla Mocha: Wenn du mich scheiße finden würdest, hättest du das Gespräch sicherlich längst beendet.
Ich: Könnte sein …
Vanilla Mocha: …
Ich: …
Vanilla Mocha: …
Ich: LASS DAS!
Vanilla Mocha: …
Ich: Arsch.
Vanilla Mocha: hahaha, scheiße, bist du süß …

Ich riss die Augen auf und warf das Handy aus dem Bett, wodurch es dumpf auf meinem kleinen Teppich aufkam. Hatte ich mir das gerade nur eingebildet oder hatte er mich wirklich als süß betitelt? Wenn man mal davon absah, dass ich eigentlich nicht süß sein wollte, entfalteten sich plötzlich mindestens fünftausend Schmetterlinge in meinem Bauch und entfachten einen Wirbelsturm. Die Härchen auf meinem Arm stellten sich auf und ich merkte, dass ich unbeabsichtigt die Luft angehalten hatte.

Kapitel 8

Kaleb

Mein schrill klingelnder Wecker riss mich aus meinem Schlaf. Keine Ahnung, warum ich den Ton nicht schon längst umgestellt hatte. Es gab sicherlich Millionen angenehmerer Töne. Was mir erst im zweiten Augenblick auffiel, war: Mein Schlaf war ununterbrochen gewesen. Seit Monaten hatte ich das allererste Mal wieder durchgeschlafen und fühlte mich seltsam energiegeladen. Und ausgerechnet heute durfte ich diese Energie nicht nutzen, das hatte ich Dr. Fuller versprochen. Kein Training, keine Dehnung, kein Ballkontakt. Sieben verdammt lange Tage, die sich wie ein Jahrhundert anfühlen würden. Und auch meine beiden Physiotherapie-Termine würden daran nichts ändern, übte ich dabei nur sanfte Bewegungsabläufe.

»Verdammt«, jammerte ich, während ich die Decke zurückschlug und mich aufsetzte, um den Wecker zum Schweigen zu bringen. Kaum, dass sich meine Hände um das kühle Edelstahlgehäuse legten, durchfuhr mich eine wohlige Wärme, was in einem seltsamen Kontrast zueinanderstand. Stundenlang hatte ich letzte Nacht mit Leighton getextet und war mir sicher, sie am Haken zu haben. Ich grinste und schüttelte den Kopf über meine Gedanken. Vielmehr hatte Leighton mich an ihrer Angel. Wann war denn das passiert? Wann war ich in der Situation gelandet, in der eine Frau nur mit den Fingern schnipsen musste, damit ich wie ein treudoofer Hund angerannt kam? Nun ja, was sollte ich sagen: Es machte mir nichts aus. Für Leighton würde ich der treudoofste Dackel sein, den es jemals geben wird.

Meine Glücksgefühle wurden prompt von meinem immer größer werdenden schlechten Gewissen überschattet und schließlich fast verdrängt. Für sie war ich immer noch Karter Young und ich hatte mir das Übelkeit erregende Gefühl, das deswegen Besitz von mir ergriff, selbst zuzuschreiben. Noch nie in meinem Leben hatte ich betrogen. Warum musste ich gerade jetzt, wo mir so viel an einer Sache lag, meine Prinzipien über Bord werfen wie Ballast von einem sinkenden Kahn?

Vorsichtig schwang ich meine Beine aus dem Bett, um in den Tag zu starten. Zwar wusste ich noch nicht, was ich heute anstellen würde, aber vielleicht war das gar nicht so verkehrt. Wenn das Leben seit Jahren in seinen geregelten Bahnen verlief, würde eine einzige Abzweigung schon nicht dafür sorgen, dass ich mich verlor.

Wie automatisch legte ich meinen Zeigefinger auf den Fingerabdrucksensor meines Smartphones, wodurch es sich sofort entsperrte. Es war, als hätte ich keine Gewalt mehr darüber, was meine Hände taten. Zwei Sekunden später fand ich mich schon in meiner Galerie wieder, in der ich den Screenshots-Ordner auswählte und Leighton anblickte.

»Ich benehme mich wie ein liebeskranker Teenager«, seufzte ich und fuhr mir mit der flachen Hand grob über das Gesicht. Es war Jahre her, dass ich beim Anschauen eines schlichten Fotos solch eine Wärme verspürte. Es wurde höchste Zeit für eine kalte Dusche, also stemmte ich mich hoch, und drehte meinen Oberkörper erst vorsichtig nach links, dann nach rechts.

»Uff«, keuchte ich wenige Minuten später, als der kalte Wasserstrahl auf meine Haut traf und ich meine Konzentration wieder auf meinen Körper richtete. Ein lautes Knallen, das ich spontan der Haustür zuordnete, holte mich wenige Sekunden später vollends ins Hier und Jetzt zurück. Karter war zurück und würde mir gleich vom gestrigen Spiel berichten. Von dem Wettkampf, von dem ich noch nicht einmal wusste, ob wir ihn gewonnen oder verloren hatten. Erschrocken stellte ich fest, dass es mich das erste Mal nicht interessiert hatte. Ich hatte es weder auf Twitter, Instagram oder über Coach Hill verfolgt. Frustriert stellte ich das Wasser ab und trat aus der Dusche. Es hatte mich nicht interessiert, weil ich eh nicht dabei sein konnte. Ich hätte sowieso nichts am Ergebnis ausrichten können. Meine Mannschaft gewann ohne mich und verlor ohne mich und es scherte niemanden einen feuchten Kehricht, dass ich in einer Mischung aus Niedergeschlagenheit und Wut zuschauen musste.

»Kal?« Karters Rufen schallte nach oben. Ich verdrehte die Augen, während ich nach meinem Handtuch griff und es mir um die Hüften wickelte. Unglaublich, dass er keine zwei Minuten warten konnte.

»Gleich da«, rief ich angespannt durch die geöffnete Badezimmertür und tupfte meine Narben trocken. Sie durften nicht zu lange nass sein. Baden und Schwimmen war mir verboten, normalerweise hätte ich beim Training sogar Pflaster tragen müssen, damit mir der Schweiß nicht auf die Narben rann. Allerdings störten sie mich in meinen Bewegungen, sodass ich diese nach den ersten Trainingseinheiten einfach nicht mehr verwendete. Vielleicht war ich doch nicht immer ehrlich zu Dr. Fuller und mir gewesen.

»Hey«, begrüßte ich meinen Bruder und zwang mich zu einem lockeren Lächeln, das er mir hoffentlich abkaufte. Es fehlte mir gerade noch, dass er mir Fragen stellte, die ich nicht beantworten wollen würde.

»Wir haben gewonnen«, strahlte Karter mich an und der Knoten aus Neid und Wut schwoll erneut in mir an.

»Echt? Klasse!« Ich legte all meinen Enthusiasmus in meine Stimme, obwohl mir eigentlich eher danach war, irgendetwas klein zu hacken.

»113 zu 82, wir haben sie richtig fertig gemacht. Kannst du das glauben?« Karters Augen funkelten und sein Grinsen konnte breiter nicht werden. Er erinnerte mich an sein zehnjähriges Ich. Damals schenkte er mir dieses Lächeln nach jedem Spiel.

Ob ich das Ergebnis glauben konnte? Natürlich. Was ich hingegen gerade nicht glauben konnte, war, wie unsensibel Karter sich benahm. Die ersten Wochen war er noch zurückhaltend gewesen, hatte mir zuliebe nicht zu viel erzählt, war nicht so voller Elan und

Stolz. Er wollte nicht, dass ich mich schlecht fühlte, wollte nicht, dass ich traurig war. Seit kurzer Zeit war er aber wie ausgewechselt. Plötzlich gab es für ihn kein anderes Thema mehr als das Training und die Spiele. All die Reden, die Mr. Hill im Flugzeug schwang, oder Partys, die er mit den Jungs besuchte. Sein Leben drehte sich weiter, als hätten wir niemals das gleiche Ziel gehabt. Er war der größere von uns und so langsam realisierte ich, dass es ihm nichts ausmachte, mich auf der Strecke zurückzulassen. Konnte ich es ihm verübeln? Würde ich nicht genau so handeln? Wer von uns beiden war hier eigentlich das egoistische Schwein? Würde ich mir nicht auch wünschen, dass Karter sich für mich freute? Nur weil ich es nicht mehr konnte, musste er nicht zurückstecken. Immer und immer wieder versuchte ich, mir diese Sichtweise einzureden. Jedes Mal pochte jedoch diese Wut und Enttäuschung in mir, ich konnte einfach nichts dagegen tun. Ich realisierte, dass das hässlichste aller Gefühle in mir wucherte: Neid. Ich war neidisch auf meinen eigenen Bruder, der mal mein Vorbild gewesen war. Dieser Neid ging so weit, dass ich mich für ihn ausgegeben hatte.

»Das muss ein Ende haben«, flüsterte ich in Gedanken.

»Was?« Karter legte den Kopf schief und zog eine Augenbraue hoch. Sein Lächeln war nur ein wenig verrutscht.

»Nichts, nichts«, winkte ich ab und wandte ihm den Rücken zu.

Karter lachte leise, kam zur mir gelaufen und drückte mir ein Glas mit Orangensaft in die Hand. »Werd' mal erst einmal wach, kleiner Bruder!«

Leighton

»Das ist jetzt nicht dein Ernst?« Vor lauter Unglauben konzentrierte Mads sich nicht mehr auf die Tasse in ihrer Hand. Sie hielt sie so schräg, dass der Kaffee herauslief und sich auf unseren Küchenboden ergoss, aber auch das schien sie nicht zu bemerken.

»Mads?« Ich zeigte grinsend auf die Lache zu unseren Füßen.

»Shit!« Madelyn realisierte, welche Sauerei sie angestellt hatte und sprang einen Schritt zurück, bei dem sie den restlichen Kaffee über sich ergoss. »Shit«, echote sie noch lauter und fing im gleichen Atemzug an, gequält zu lachen.

Ich hatte Madelyn gerade erzählt, womit ich mir die halbe Nacht um die Ohren geschlagen hatte und warum ich so müde aussah. Mir fielen beinahe die Augen zu und selbst der zweite Becher Kaffee konnte meinen Geist heute nicht wecken. Zugegeben: Kurz hatte ich gezögert, ob ich es Mads schon erzählen sollte. Immerhin war es noch so frisch, dass ich selbst nicht genau wusste, wie ich die Sache mit Karter einordnen sollte. Leider war es unmöglich, mein Lächeln zu verstecken, und wenn man in aller Herrgottsfrühe in der Küche stand und dümmlich vor sich hin grinste, schrie es geradezu nach Neuigkeiten. Ich war einfach nicht gut darin, meinen Gemütszustand zu verbergen, schon gar nicht vor meiner besten Freundin.

»Uuuund –« Sie dehnte das Wort ausgiebig. »– was schreibt er so?« Neugierig blickte Mads mich von unten an, während sie blind mit einem Lappen über den Boden wischte.

Ich konnte nicht anders, als in Lachen zu verfallen. Mads war wirklich schlecht darin, uninteressiert oder gleichgültig zu wirken. »Konzentrier du dich erst mal auf den See aus Kaffee, du wischst nämlich die ganze Zeit um ihn herum!« Mit ausgestrecktem Finger zeigte ich auf die entsprechende Stelle und erntete dafür ein genervtes Stöhnen.

»Yes, Sir«, maulte Mads neckend, spitzte die Lippen und warf mir einen Luftkuss zu. »Du kommst trotzdem nicht dran vorbei. Erzähl schon.«

»Also«, begann ich und atmete einmal tief ein, um künstlich Spannung aufzubauen. »Es fing damit an, dass er mir seine Handynummer zugesteckt hat.«

»Nicht ernsthaft?« Mads zog eine Augenbraue hoch und verkniff sich ein Lächeln.

»Doch«, erwiderte ich und biss mir auf die Unterlippe, damit mein Grinsen nicht noch breiter wurde. »Ich weiß auch nicht, warum er sie mir nicht einfach gegeben hat«, entgegnete ich schulterzuckend.

»Viele Körbe wird er bestimmt nicht bekommen, daran kann das nicht liegen«, überlegte Madelyn laut. »Man, was für ein passender Wortwitz«, lobte sie sich selbst und tätschelte sich ihre eigene Schulter.

Ich verdrehte die Augen. »Passend ja, aber nicht gerade deine Meisterleistung«, witzelte ich. Mads versuchte sich immer wieder an Wortwitzen, dabei traf auf sie eher das Sprichwort mit dem blinden Huhn und dem Korn zu.

»Das liegt an der Uhrzeit«, versuchte sie sich herauszureden. »Hast du mal geschaut, wie früh es ist? Ich hasse diese Uhrzeit. Es sollte verboten werden, so früh aufzustehen.«

»In der Zeit, in der du morgens schläfst, erleben andere einen ganzen Tag.«

»Das sagt Parker auch immer«, murmelte sie und ich spitzte meine Ohren. Parker war bei uns nie ein alltägliches Thema gewesen. Von selbst sprach sie selten von ihm und ich war mir bis dato nie sicher gewesen, inwieweit ich dieses Thema zur Sprache bringen durfte. Würde sich das jetzt ändern, da ich wusste, wie es um die beiden stand? Ich hasste es, wenn Gespräche gefährlicher waren als ein Hindernislauf über ein Minenfeld.

»Gefällt mir, dein Parker«, grinste ich und sah, wie Mads errötete und sich ihre angespannten Schultern ein Stück absenkten.

Verlegen wandte sie den Blick ab und fixierte einen Punkt vor sich auf dem Fußboden. »Vielleicht kann ich euch ja mal vorstellen«, nuschelte sie so leise, dass ich sie kaum verstand.

Ich knuffte ihr mit der Faust gegen den Oberarm. »Klar, gern!«

»Wirklich?«

Erleichtert blickte sie mich an und ein kleiner Knoten bildete sich in meinem Magen. »Natürlich! Warum denn nicht?«

Sie zuckte geknickt mit den Schultern »Ich weiß nicht.«

Ich nahm einen großen Schluck aus meinem Becher und versuchte, meine Enttäuschung herunter zu schlucken. »Mads.

Denkst du wirklich, ich würde deinen Freund nicht kennenlernen wollen, bloß, weil eure Beziehung«, ich suchte nach dem passenden Wort, »unkonventionell ist?«

»Eigentlich nicht«, gab sie kleinlaut zu und mir entging nicht, dass sie bei meiner Wortwahl leicht zusammenzuckte. Scheiße, es war wirklich nicht einfach, die richtigen Worte zu finden, wenn jemand so empfindlich reagierte. Wir waren Freundinnen und ich war einfach nicht der Typ, der jeden immer mit Samthandschuhen anfasste, aus Angst, ihn eventuell auf dem falschen Fuß zu erwischen.

»Siehst du.« Streng schaute ich ihr in die Augen. »Denk nicht so viel darüber nach, was andere von dir und Parker denken.«

»Leigh?« Madelyn grinste mich schief an.

»Was?«

»Du weißt schon, dass ich genau das gleiche auch zu dir sagen könnte, oder?«

Damit hatte sie mich. Plötzlich lief es mir eiskalt die Wirbelsäule herunter. Ich versuchte immer, so tough zu sein und mir nicht anmerken zu lassen, wenn mich Worte anderer trafen. »Vielleicht«, gab ich daher halbherzig zu und seufzte. »Aber um mich geht es hier jetzt nicht.«

Madelyn lachte laut auf. »Äh, doch? Wir sprachen gerade über deinen neuen, heißen Basketball-Freund und nicht über meinen Parker.«

»Er ist nicht mein Freund!« Die Worte kamen aus meinem Mund geschossen und ich war so geschockt, dass ich sie noch nicht einmal mit der Formulierung *mein Parker* aufziehen konnte.

»Noch nicht«, trällerte meine beste Freundin plötzlich wie ausgewechselt und verließ den Raum, um das Gespräch somit zu beenden.

»Du Biest«, rief ich ihr noch hinterher. Meine Mundwinkel verzogen sich zu einem breiten Lächeln. Ich konnte einfach nicht anders: Allein beim Gedanken an Karter begannen meine Gliedmaßen zu kribbeln und meine Eingeweide sich zusammen zu ziehen. »Verdammt«, flüsterte ich zu mir selbst. Es hatte mich erwischt. Karter hatte mich kalt erwischt und seltsamerweise verspürte ich keine Angst vor dem Ungewissen.

Nachrichtenverlauf

Kaleb: hahaha, scheiße bist du süß.
Leighton: du verwendest das Wort aber ganz schön oft!
Kaleb: Welches?
Leighton: Scheiße.
Kaleb: Was ist scheiße?
Leighton: Willst du mich verkohlen?
Kaleb: Scheiße, nein.
Kaleb: Nicht witzig? 😛
Kaleb: Leighton?
Kaleb: Ist okay, ich verstehe. War nicht witzig.
Kaleb: Ich bin Basketballer und kein Comedian.
Leighton: Dem Himmel sei Dank!

🏀 🏀 🏀

Kaleb: Da bist du ja wieder.
Leighton: Ich war gar nicht weg 😀
Kaleb: Wegen dir hab ich 10 Minuten lang mein Handy angestarrt.
Leighton: Wegen mir? Was, wenn ich schnell unter die Dusche gesprungen wäre?
Kaleb: Dann würde ich vermutlich immer noch aufs Handy starren.
Leighton: Schmeichelhaft, aber hast du nichts anderes zu tun?
Kaleb: Du meinst an einem Dienstag fast elf Uhr nachts?
Leighton: Bist du etwa keine Partymaus?
Kaleb: Du vergleichst mich jetzt nicht wirklich mit einer Maus?
Leighton: Was hast du gegen Mäuse?
Kaleb: Wenn sie aus Papier sind, nichts.

Kaleb: Sorry.
Kaleb: Keine Witze mehr heute.
Kaleb: Versprochen!

🏀 🏀 🏀

Kaleb: Bist du duschen?
Leighton: Nö, aber ich quäle gern 😀
Kaleb: Was hab ich mir da nur eingebrockt?
Leighton: Was soll das denn heißen? 😀
Leighton: Hallo?
Leighton: Du bist ja mutig.
Kaleb: Was meinst du damit?
Leighton: Niemand wird gern mit seinen eigenen Waffeln geschlagen.
Kaleb: Ich schlage wahlweise auch mit Pancakes.
Leighton: hahaha oh nein 😀
Kaleb: Was magst du lieber? Waffeln oder Pancakes?
Leighton: Paffels?
Kaleb: Bist wohl keine entscheidungsfreudige Person?
Leighton: Doch, klar. Aber nicht beim Frühstück. Da nehme ich gern alles.
Kaleb: Gut zu wissen 😉
Leighton: Pizza oder Burger?
Kaleb: Kommt drauf an …
Leighton: Worauf?
Kaleb: Darauf, ob ich beim Essen in Boxershorts auf meiner Couch oder in einem Restaurant sitze.
Leighton: Interessante Ansicht
Leighton: Lass mich raten …
Leighton: Zuhause Burger, Restaurant Pizza?
Kaleb: Jepp, das war ja auch einfach. Kaffee oder Tee?
Leighton: KAFFEE FOR PRESIDENT
Kaleb: hahaha, das hab ich mir schon gedacht 😀
Leighton: Warum?
Kaleb: Ich kann mir dich gut mit einem Becher Kaffee in der

Hand in der Morgenstunde auf einem Balkon sitzend vorstellen.
Kaleb: Leighton? Nicht schon wieder!

🏀 🏀 🏀

Leighton: Das ist gruselig!
Kaleb: Was meinst du?
Leighton: Als hättest du mich beobachtet!
Kaleb: Hatte ich recht?
Leighton: Du solltest Lotto spielen!
Kaleb: Gleich morgen früh ziehe ich los und tippe die Gewinnerzahlen!
Leighton: Vergiss mich nicht, wenn du reich bist ;D
Kaleb: Ich glaube, dich kann man so schnell nicht vergessen, Leighton.
Kaleb: Sorry. Bin manchmal etwas direkt.
Leighton: Ich merk schon 🙂
Leighton: Das gefällt mir.
Kaleb: Ach echt?
Leighton: Ja. Heutzutage wird viel zu viel um den heißen Brei herum geredet.
Kaleb: Da sprichst du ein wahres Wort.
Leighton: Du kannst das Handy für die nächsten 15 Minuten weglegen.
Kaleb: Was? 😛
Leighton: Ich gehe mich jetzt bettfertig machen.
Leighton: Du brauchst also nicht das Handy anzustarren ;D
Kaleb: Bei dir muss man ja echt aufpassen, was man preisgibt!
Leighton: Berufskrankheit. Bis gleich.
Kaleb: Bis gleich

🏀 🏀 🏀

Leighton: Wieder da
Kaleb: Ich auch
Leighton: Wie lang hast du das Handy jetzt angestarrt?

Kaleb: Verrate ich dir nicht!
Leighton: Du hast es also echt angestarrt! Ich fühle mich geehrt 😃
Kaleb: Ich würde dich gerade gern lächeln sehen.
Leighton: Woher willst du wissen, dass ich lächele?
Kaleb: Lächelst du?
Leighton: Ja 🙂
Kaleb: Siehst du!
Leighton: Das ist auch nicht schwer, du Charmeur!
Kaleb: Ich dachte, du magst es direkt?
Leighton: Ja, tu ich.
Kaleb: Aber?
Leighton: Du überraschst mich und ich weiß nicht, wie ich reagieren soll.
Kaleb: Das ist süß!
Leighton: Stopp! 😃
Kaleb: Nööö! Ich finde dich süß. Das darfst du ruhig wissen, Leighton!
Leighton: Leigh. Nenn' mich ruhig Leigh.
Kaleb: Okay, Leigh.
Leighton: Bist du schon müde?
Kaleb: Nein, du?
Leighton: Kein bisschen.
Leighton: Du bist schuld daran!
Kaleb: Findest du es schlimm?
Leighton: Nein. Im Gegenteil.
Kaleb: Ich schreibe auch gern mit dir.
Leighton: Oh, wir haben schon Geisterstunde!
Kaleb: Gleich kommt Casper um die Ecke!
Leighton: Solange es nur Casper ist und nicht seine ekelhaften Onkel.
Kaleb: hahaha, habe ich es hier mit einem Kenner zu tun?
Leighton: Schuldig!
Leighton: Na toll, jetzt hab ich Lust, Casper trifft Wendy zu schauen.

Kaleb: Das ist der beste Film!
Kaleb: Da sprach mein sechsjähriges Ich aus mir.
Leighton: Du warst bestimmt in Wendy verknallt!
Kaleb: Hilary ist zwar hübsch, aber nicht mein Typ!
Leighton: Hilary Duff ist die Beste! Sie ist Jedermanns Typ!
Kaleb: Du bist eher mein Typ 😃
Leighton: Okay. Ich nehme alles zurück. Deine Direktheit macht mich fertig 😃
Kaleb: Zu spät, ich nehme gerade erst Fahrt auf!
Leighton: oh oh.
Kaleb: oh oh?

Kaleb

Ich würde lügen, wenn ich behaupten würde, dass es mir überhaupt nichts ausmachte, dass Leighton während unseres Gesprächs eingeschlafen war. Zumindest hatte sie mir das heute Morgen versichert. Wie ein Depp hatte ich für weitere fünfzehn Minuten das Handy angestarrt und bestimmt zehn Mal unseren Verlauf gelesen. Und genau das hätte ich lassen sollen. Plötzlich hinterfragte ich jedes einzelne meiner geschriebenen Worte und wünschte mir, teilweise anders reagiert zu haben. Auf einmal besah ich jeden Satz aus allen möglichen Perspektiven und wusste irgendwann selbst nicht mehr, was ich eigentlich hatte sagen wollen.

Leightons letzte Nachricht der gestrigen Nacht machte mich irre. Was wollte sie mir mit »oh oh« sagen? Oh oh – es gefiel ihr nicht? Oh oh – vielleicht sollte ich einen Gang zurückschalten? Oh oh – sie flirtete mit mir? So sehr ich mir wünschte, Leigh lesen zu können wie ein offenes Buch, so weit entfernt war das Erreichen dieses Wunsches.

Den ganzen Tag schon fühlte ich mich wie gerädert und hatte sogar überlegt, heute nicht zum Spiel zu gehen. Allerdings würde das nur einen Rattenschwanz von Fragen hinter sich herziehen, also brachte ich den Tag irgendwie hinter mich und fuhr am frühen Abend zusammen mit Karter zur *Sears Centre Arena.*

»Das wird heute echt ein hartes Game«, plapperte Karter auf dem Fahrersitz neben mir. »Die *South Bay Lakers* sind mittlerweile verdammt eingespielt und holen sich Sieg um Sieg. Das wird hoffentlich heute ein Ende haben.«

»Hmhm«, erwiderte ich, den Kloß im Hals herunterschluckend. Ich wendete den Kopf ab und ließ meinen Blick durch die Gegend schweifen, die wie im Zeitraffer an mir vorbeizog.

»Was ist mit dir los, Kal?«

Aus dem Augenwinkel nahm ich wahr, wie er mir immer wieder kurze Blicke zuwarf, ehe er sich wieder auf die Straße vor sich konzentrierte.

»Nichts«, blockte ich ab.

»Du hast dich verändert.«

Schnaubend wandte ich mich ihm zu und starrte sein Profil an. »Natürlich hab ich das.«

»Sorry.« Karter biss sich auf die Unterlippe. »Ich meinte –« Er haderte mit sich.

»Was meinst du, Karter? Sag's schon.« Ich musste aufpassen, dass die Wut mich nicht übermannte. *Karter kann nichts dafür. Karter kann nichts dafür. Karter kann nichts dafür.* Sprach ich wieder einmal zu mir selbst. Warum nur musste ich mich immer wieder daran erinnern?

»Bro, seit ein paar Wochen wird es echt immer schwieriger, mit dir zu reden.«

»Wie kommst du darauf?«

»Ich habe das Gefühl, dass du jedes Wort, das ich sage, in den falschen Hals bekommen könntest.« Er zuckte mit den Schultern und atmete einmal tief ein und wieder aus. »Ich komme nicht mehr an dich heran und weiß nicht, wie es um dich steht. Du teilst mir keine Neuigkeiten mehr mit und wenn ich dich nach deinem Arztbesuch frage, machst du sofort dicht.«

Die Luft im Auto wurde dünn und ich fuhr das Beifahrerfenster herunter. Am liebsten wäre ich sofort aus dem Wagen geflüchtet. Dieser Konfrontation war ich noch nicht gewachsen, das bemerkte ich jetzt.

»Ich habe einfach Angst, Mann«, sprach ich resigniert.

»Wovor?«

War das sein Ernst? »Wovor? Karter, ich verliere den Anschluss!«

Er stockte. »Das glaube ich nicht«, erwiderte er kleinlaut.

»Ach nein?«

Als Antwort schüttelte er den Kopf. »Du wirst irgendwann bestimmt wie neu sein«, versicherte er mir, woraufhin ich nur aufstöhnte.

»Irgendwann ist zu spät Karter. Ich bin 23 Jahre alt und verletzt. Das ist nicht nur im NBA-Leben erwachsen, das weiß keiner besser als du. Nur noch wenige Jahre und ich bin ein Grandpa, den niemand mehr haben möchte und der nie die Chance gehabt hatte. Wer weiß, wie lange ich noch auf der Bank sitze.«

»Du hast noch ein ganzes Jahr mehr als ich! Außerdem weißt du selbst, dass du Quatsch redest. Du stehst gerade erst am Anfang deiner Karriere!« Er zog seine Augenbrauen zusammen und presste die Kiefer aufeinander. Augenblicklich ließ ich meine soeben gesagten Worte Revue passieren. Hatte ich ihn verletzt? Karter tat immer so stark und sorgenfrei. Konnte es womöglich sein, dass auch er seine Felle davonschwimmen sah?

»Kart«, seufzte ich. »Wir wissen beide, dass du nur noch wenige Spiele davon entfernt bist, in die NBA gedraftet zu werden. Dein 10-Day-Contract ist zum Greifen nahe.«

»Er hätte schon längst da sein sollen«, presste er durch zusammengebissene Zähne hervor.

»Gib einfach weiterhin alles, Bro«, murmelte ich und richtete meinen Blick wieder auf die Umgebung. »Du hast immerhin die Chance dazu.« Ich bemerkte erst jetzt, dass ich meine eiskalten Hände vor Wut und Verzweiflung zu Fäusten geballt hatte und zwang mich dazu, diese zu entspannen.

Nachdem wir das Auto geparkt und Karter sich seine Trainingstasche geschnappt hatte, betraten wir die heiligen Hallen wie immer durch den Presseeingang. Wir liefen wie ferngesteuert die

Gänge entlang, die zur Teamumkleide führten. Diese Arena war mittlerweile wie ein zweites Zuhause geworden. Hier würde ich sogar im Dunkeln sofort die Lichtschalter finden, so vertraut war mir jeder Winkel.

Karter stieß die Tür zur Umkleide auf und bedeutete mir mit einem versöhnlichen Kopfnicken einzutreten. Wir waren beide nie Freunde der großen Worte gewesen, sehr selten hatten wir uns mit solchen entschuldigt. Selbst als kleine Jungs hatten wir schon alles mit entschuldigenden Blicken oder Gesten geregelt. Das war einfach so zwischen uns. Wenn Mom und Dad von uns verlangten, dass wir uns bei dem jeweils anderen entschuldigten, zog das nur noch mehr Streit nach sich. Karter und ich waren uns einfach viel zu ähnlich gewesen als Kinder und manchmal wünschte ich mir, wir wären es noch immer. Leider hatte ich der Wahrheit schon vor einer ganzen Weile ins Gesicht blicken müssen. Karter und ich hatten uns entwickelt, jeder in eine andere Richtung. Irgendwann hatten wir unbewusst die Schwelle zum Erwachsensein übertreten und aus dem starken Wir wurde immer mehr ein Du und Ich.

Wir wohnten zusammen, hatten das gleiche Ziel und die gleiche Vergangenheit, und trotzdem war zwischen uns irgendwann diese Distanz entstanden, die das Bruderband zwar nicht zerriss, es jedoch dehnte.

»Danke«, murmelte ich und lief auf geradem Wege zu der Bank, hinter der sich mein Spind befand. Frustriert öffnete ich ihn, um lediglich ein paar Handtücher, Bandagen und Schweißbänder vorzufinden. Dinge, die ich heute wieder nicht brauchen würde.

»IST DENN DAS EUER ERNST?« Coach Hill war außer sich und sprang am Spielfeldrand auf und ab wie ein Eichhörnchen auf Speed. Wenn er sich nicht langsam zügelte, riskierte er noch ein *technical foul*. Er selbst hatte es gar nicht bemerkt, mir war aber aufgefallen, wie der Schiedsrichter genervte Blicke auf unseren Trainer warf.

Das Spiel war nervenaufreibend, dabei befanden wir uns im

ersten Viertel. Die Dynamik und die Geschwindigkeit waren bereits jetzt auf einem enorm hohen Level und die Fans außer Rand und Band. Sie jubelten, grölten, klatschten und sangen im Chor. Wie Karter vorhin im Auto schon vorausgesagt hatte, waren die *South Bay Lakers* ein ernst zu nehmender Gegner. Sie verschafften sich ständig den Ballbesitz und knockten Seth, einen unserer *Starting Five*, aus, ohne dafür ein Foul zu kassieren. Ich konnte nachvollziehen, dass Coach Hill auf Einhundertachtzig war und verstand auch, warum Karters Gesichtsausdruck von Aggressivität dominiert wurde.

Wie würde ich reagieren, wenn ich mich in solch einem Spiel behaupten musste? Das allererste Mal seit meinem Unfall verspürte ich etwas wie Erleichterung, dass ich auf der Bank saß. Selbst hier schlug mir mein Herz stark und schnell gegen den Brustkorb und mein Blick heftete sich auf den Würfel, an dem die Angriffszeiten herunterliefen. Vierundzwanzig Sekunden konnten sowohl eine unendlich lange, aber auch eine sehr kurze Zeit sein.

Mitten im Angriff der gegnerischen Mannschaft ertönte die Sirene, um das Ende des ersten Viertels zu verkünden. 19:24 für die Gegner. Das war nicht gut und ich stellte mich darauf ein, gleich eine Schimpftirade von Mr. Hill zu hören.

In dem Moment, in dem unsere Cheerleader auf das Feld rannten, um der Menge einzuheizen und ihre Choreografie zu präsentieren, entdeckte ich Leighton auf der anderen Seite des Spielfelds. Sie hielt sich wieder etwas ans Gesicht, das ich für ein Aufnahmegerät hielt, und wirkte überfordert. Schnell warf ich mir meine Kapuze über und positionierte mich so hinter den anderen Spielern, dass sie mich auf keinen Fall entdecken konnte. Meine Kehle war plötzlich wie ausgetrocknet.

»Kaleb, komm!« Ich vernahm Coach Hills Befehlston und wandte mich zu meinen Kollegen um, die mich allesamt anstarrten. Mr. Hill duldete es nicht, wenn jemand nicht zuhörte. Auch wenn dieser jemand verletzt oder raus aus dem Spiel war. Einer für alle und so.

Ich schenkte meinem Trainer zwar meinen Blick, doch nicht meine Aufmerksamkeit. Eigentlich hatte ich gehofft, dass Leigh heute nicht über das Spiel berichtete. Denn ich hatte mir letzte Nacht etwas versprochen: Wenn ich sie das nächste Mal sah, würde ich reinen Tisch machen. Es ging einfach nicht mehr, dass sie mich für jemanden hielt, der ich nicht war. Dass der Tag der Auflösung ausgerechnet schon heute sein musste … Nein, ich konnte nicht schon wieder den Schwanz einziehen. Heute, nach dem Spiel, würde ich mich ihr ein zweites Mal vorstellen. Als Kaleb Young. Es lag nicht in meiner Macht, über ihre Reaktion zu entscheiden. So sehr ich mir auch wünschte, dass es ihr nichts ausmachen würde, ich hatte es nicht in der Hand. Und ja: Ich war verdammt noch mal selbst schuld an der ganzen Misere.

Kapitel 9

Leighton

»Oh bitte«, murmelte ich zu mir selbst, als ich im Zug zur *Sears Centre Arena* stand und verzweifelt Ausschau nach einem Sitzplatz hielt. Konnte dieser blöde Tag nicht endlich vorbei sein?

Nachdem mich der Wecker aus meinem viel zu kurzem Schlaf gerissen hatte, schnitt ich mich unter der Dusche beim Rasieren ins Bein. Danach war meine Zahnpasta-Tube geplatzt, ich konnte mir immer noch nicht erklären, wie das überhaupt passiert war. Und als ich eh schon spät dran war, riss ich mir auch noch eine Laufmasche in meine schwarze Feinstrumpfhose. Ich trug sie mit Würde zur Schau, als wäre es der letzte Schrei, auch wenn ich lieber mein Bein versteckt hätte. Doch hatte ich erstens: keine Zeit mehr gehabt, mich umzuziehen, und zweitens: so lang keine Wäsche mehr gewaschen, dass ich sowieso *out-of-strumpfhose* war.

Im *Greenline Coffee* hatte ich mir mein Frühstück bestellt und dann in der Eile meinen Kaffee stehen gelassen. Also war ich gezwungen, in meiner ersten Pause einen Kaffee in einem der Campus-Cafés zu kaufen, was zwar günstiger, aber auch weniger befriedigend war.

Verlagsrecht in der ersten Stunde, und das auch noch ohne Koffein, war der Inbegriff von Horror. Selten fiel es mir so schwer, dem Stoff zu folgen, und meine Mitschriften glichen einem großen, gekritzelten Wirrwarr.

Auf eine anstrengende Vorlesung folgten noch zwei weitere und schließlich ein Seminar, bei dem ich zu spät war, weil die Toilettentür geklemmt hatte. Das Eingesperrtsein war auf jeden Fall eine ganz neue Form von Panik. Natürlich blieb mir im Seminar nur der eine Platz übrig, an dem der Stuhl nicht nur kippelte, sondern auch bei jeder kleinsten Bewegung quietschte. Ich hatte so stocksteif gesessen, dass mir jetzt sämtliche Muskeln schmerzten. Wer hätte gedacht, dass Stillsitzen effektiver war, als eine Runde um den Block zu joggen?

Nach der Uni hatte ich mich dann auf direktem Weg zur Redaktion der *Chicago Tribune* gemacht, nur um dort das Kopiermädchen für irgendjemanden zu spielen, den ich noch nie zuvor gesehen hatte. Leider war ich noch lange nicht in der Position, in der ich etwas Schnippisches hätte erwidern dürfen, also hieß es für mich: Augen zu und durch, einfach nett lächeln, nicken und den Batzen an Papier brav kopieren.

Schließlich lieferte ich meinen letzten Artikel bei Doug ab, der mich nicht eines freundlichen Blickes würdigte, im Gegenteil. Ganz ungeniert starrte er meine Beine an und scheuchte mich dann mit einem Handwink aus seinem Büro, als wäre ich ihm lästig. Doug war unfassbar unsympathisch und garantiert einer dieser Menschen, denen die Macht zu Kopf stieg. Das hatte sich in den wenigen Treffen bereits herauskristallisiert.

Der einzige Lichtblick war, dass ich Karter am Abend wiedersehen würde. Er wusste davon noch nichts, denn ich hatte es ihm nicht verraten. Irgendwie wollte ich seine Reaktion sehen, wenn ich einfach vor ihm stehen würde. Und bei dem Gedanken an unser Wiedersehen begannen mein Magen und meine Gliedmaßen zu kribbeln und ich konnte mir ein dümmliches Grinsen nicht verkneifen.

Erst einmal musste ich jedoch die Fahrt zur Arena hinter mich bringen. In einem vollen Zug. Ohne Sitzplatz. Eigentlich wollte ich die Zeit nutzen, um meine heutigen Vorlesungen nachzubereiten, dabei hätte ich mir fast denken können, dass das Schicksal es nicht gut mit mir meinte.

Ich zog meinen Rucksack vom Rücken auf meinen Bauch und kramte nach meinem Handy. Den ganzen Tag hatte ich mir selbst verboten, es einzuschalten, denn Ablenkung konnte ich wirklich nicht gebrauchen. Ich wollte die Schmetterlinge und Ponys in meinen Inneren nur zulassen, wenn ich auch Zeit dafür hatte. Zugegeben: Selbstbeherrschung war nicht leicht. Ständig waren meine Gedanken zu Karter abgeschweift und ich wünschte mir, dass er mir geschrieben hatte. Solange ich das Handy nicht zur Hand nahm, konnte ich mir einbilden, dass er mir geantwortet hatte. Das war viel besser als die eventuelle Enttäuschung. Mir wäre sogar egal gewesen, was er schrieb, ich wollte einfach nur, dass er an mich dachte. War das seltsam? Vermutlich. Aber keine Nachricht von ihm war nichtsdestotrotz gleichzusetzen mit Desinteresse, oder? Und so gern ich mich belügen wollte, ich konnte es nicht. Karter hatte mich so weit, dass ich mich wirklich auf unser Ding, wie auch immer es aussehen würde, einlassen wollte. Er sollte mich genau so wenig aus seinem Kopf bekommen wie ich ihn aus meinem.

Sobald ich das Smartphone einschaltete, vibrierte es mehrmals in meiner Hand. Was für ein schönes Gefühl! Neben einer Nachricht von Mads waren da auch zwei weitere von *Vanilla Mocha* und mein Herz machte einen freudigen Hüpfer, denn nun wusste ich, dass er an mich gedacht hatte.

Vanilla Mocha: Viel Spaß dir heute, Leigh.
Vanilla Mocha: Und ja, das mit dem Einschlafen nehme ich dir übel 😉

Ich schmunzelte in mich hinein und lehnte mich an eine freie Wand in der Bahn. Kurz überlegte ich, ihm zu antworten, doch entschied ich mich dagegen. Vermutlich wärmte er sich auf oder hörte sich eine Rede seines Trainers an oder so. Was weiß ich, was die Spieler kurz vorm Spiel machten. War es irgendwie blöd von mir, ihn heute zu überraschen? Obwohl es eigentlich keine richtige Überraschung war. Immerhin wusste er, dass ich als Reporterin auf die *Windy City Bulls* angesetzt war, da war es nur logisch, dass ich bei den Heimspielen anwesend war.

Dessen ungeachtet braute sich in mir ein seltsam undefinierbares Gefühl zusammen. Zum Kribbeln gesellte sich eine Übelkeit und meine Arme überzog eine Gänsehaut, als würde mich gerade eine böse Vorahnung heimsuchen.

»Verdammt, wie strange«, nuschelte ich und steckte das Handy wieder zurück an seinen Platz in meiner Tasche. Ich stellte sie zwischen meine Beine auf dem Boden ab und holte ein Buch daraus hervor, das ich mir heute in der Pause schnell in der *Harper Memorial Library* ausgeliehen hatte. Für den Blick, den mir die studentische Aushilfe am Ausleihtresen zuwarf, hätte ich ihn am liebsten geohrfeigt. Meiner Meinung nach durfte da kein Mensch sitzen, der sich über die Personen lustig machte.

Ich zog den Reißverschluss meines Rucksacks zu, warf die zwei französischen Zöpfe, die ich mir heute Morgen geflochten hatte, über die Schultern und strich mit der flachen Hand über das Buchcover. *Basketball für Dummies.* Ich verdrehte die Augen und grinste. Okay, vielleicht hatte ich zugegeben überreagiert. Wenn ich der Typ am Bibliothekstresen gewesen wäre, hätte ich auch gelacht. Irgendwie war es echt witzig, dass solch eine hoch angesehene Bibliothek, die zu den zehn schönsten der Welt gehörte, Bücher wie dieses führte. Obwohl es eindeutig noch fragwürdigere Titel in der für Dummies Abteilung gab. *Wie überlebe ich in der Wildnis für Dummies, Scheidung für Dummies* oder *Elternsein für Dummies.* Letzteres hätte ich den Menschen, die sich meine Eltern nannten, vielleicht schenken sollen, als es noch nicht zu spät gewesen war. So vielleicht mit zwei Jahren?

Ich schlug das erste Kapitel auf und seufzte. »Dann mal los.« Es wurde Zeit, dass ich mich näher mit den Spielregeln und Begrifflichkeiten befasste. Doug machte auf mich nicht den Eindruck, dass er mich demnächst ziehen lassen würde. Ich war für ihn das gefundene Fressen. Eine junge Studentin, die den schlecht bezahlten Job nötig hatte und die man mit einem arroganten Handwink wegscheuchen konnte. Ich konnte mir nicht erklären, warum es mich so dermaßen störte, aber Dougs ungehobeltes Benehmen mir gegenüber verursachte Wut in meinem Bauch.

»Oh Fuck«, fluchte einer meiner *Teammates* auf der Bank neben mir, als ein Spieler der *South Bay Lakers* einen glatten Korb von der Drei-Meter-Linie warf. Unsere *Defense* war ein Graus und ähnelte einem Schweizer Käse. Immer wieder fanden die Gegner ein Schlupfloch, das sie nutzten. *Jedes. Verdammte. Mal.* Wir befanden uns im vierten Viertel, die Zeit raste herunter und die Atmosphäre wurde immer angespannter.

Karter triefte bereits vor Schweiß. Er hatte die Kiefer aufeinandergepresst, seine Nasenflügel bebten und er bewegte sich wie eine Dampfwalze über den Court. Wenn er sich nicht langsam beruhigte, würde Coach Hill ihn aus dem Spiel nehmen, dessen war ich mir sicher. Er war mittlerweile der einzige Spieler der *Starting Five*, der noch immer auf dem Spielfeld stand und sein eigener Ehrgeiz würde ihm nicht erlauben aufzugeben.

Seinen Kampf zu beobachten, erinnerte mich an früher. Bis zum letzten Wurf hatte ich auf dem Feld gestanden und einfach alles für den Sieg gegeben. Wenn es sein musste, foulte ich, wenn es erwartet wurde, gab ich ab, wenn ich die Chance sah, warf ich den Ball durch den Ring. Dieses atemberaubende Gefühl, wenn man den Ball so aalglatt durch den Korb fliegen sah, war unbeschreiblich und machte süchtig.

Ich spürte in jeder Faser meines Daseins, dass ich dieses Gefühl vermisste. Einerseits war ich heute froh, meine Kraft auftanken und sie nicht gegen einen harten Gegner zu verlieren, andererseits gab es nichts Besseres, als solch ein auswegloses Spiel herumzureißen.

Kurz riss ich meinen Blick vom Ball los, um auf den Spielstand und die herunterlaufende Zeit zu schauen. 99:124 für die *South Bay Lakers* und nur noch knappe zwei Minuten Spielzeit. Wir würden das Ruder nie und nimmer herumreißen können. Die *Windy City Bulls* waren geschwächt und außer Puste.

Mittlerweile hatten sich die Ränge schon gelichtet, denn wie es so üblich war, verabschiedeten sich Zuschauer oft, bevor das

Spiel überhaupt vorbei war. Sie glaubten nicht mehr an unseren Sieg und wollten ihre Zeit besser investieren. Gewiss gab es auch die Fans, die bis zum bitteren Ende blieben. Die Menschen, die nicht nur hier waren, um sich mit anderen zu betrinken und einen Sieg zu feiern. Die, die das Spiel an sich liebten, die Spannung, die Spielzüge und für die es mehr war als nur ein simples Ballspiel.

Ich schenkte Leighton wieder meine Aufmerksamkeit, die konzentriert mit einem Notizbuch, einem Stift sowie dem Aufnahmegerät auf dem Schoß das Spiel verfolgte. Es gefiel mir, wie sie versuchte, das Match zu verstehen und immer wieder abwechselnd etwas vor sich hinmurmelte oder aufschrieb. Ihrem Gesichtsausdruck nach zu urteilen, war sie komplett gefangen von der Sache.

Mit wachen Augen verfolgte sie den Ball und schielte immer wieder auf den Punktestand und die Zeit. Ein bisschen tat sie mir schon leid. Immerhin war Basketball bis vor wenigen Tagen noch totales Neuland für sie gewesen und nun sollte sie eine ganze Artikelserie darüber verfassen? Als sie mir das mit einem augenrollenden Smiley geschrieben hatte, hatte sich aus meinem Brustkorb ein Lachen befreit. Nur durch das Schreiben mit ihr lernte ich, wieder zu lachen. Gleichwohl stahl sich in mein Lachen immer wieder dieses beklemmende Gefühl. Es war, als würde sich ein Schraubstock um mein Herz legen und fest zudrehen, sobald mein Puls in die Höhe schnellte. Dieses Gefühl, gepaart mit der unnachgiebigen Angst, niemals wieder in der G-League spielen zu können, machte mich verrückt.

Der Spielstand war jetzt 108:126. Allerdings brauchte keiner von uns sich etwas vormachen: Das Spiel war verloren. In diesen letzten 27 Sekunden war es nicht möglich, aufzuholen. Obwohl sich 27 Sekunden beim Basketball auf mehrere Minuten in Echtzeit ausdehnen konnten, wusste ich, dass heute keine überraschende Wende eintreten würde. Diese Niederlage war scheiße, da musste sich keiner von uns etwas anderes einreden. Trotz allem war sie nicht unser Untergang.

Ich sah Karter an und für eine Sekunde trafen sich unsere Blicke. Die Angst in seinen Augen zog mir sämtliche Luft aus meinen Lungen. So einen schmerzerfüllten Ausdruck kannte ich nicht von ihm, er musste wirklich mit den Nerven völlig am Ende sein. Es wurde von Spiel zu Spiel schlimmer. Wie lange würde er es noch verkraften, keinen *10-Day-Contract* von einer Mannschaft aus der *NBA* angeboten zu bekommen? Und selbst wenn er es schaffte: Was, wenn er es dann nicht packte?

Vor meinen Augen lief plötzlich ein kurzer Film aus Erinnerungsfetzen ab. Karter und ich als Kinder mit unseren Basketbällen. Wir beide auf der High School in unseren Schultrikots und schließlich wir beide bei den *Windy City Bulls*. Auf einmal realisierte ich, dass ich nicht allein war. Dass es noch eine Person gab, die mein Leben gelebt hatte. Unsere Vergangenheit unterschied sich nicht im Geringsten voneinander. Karter und ich hatten die gleichen Träume, die gleichen Ziele, die gleichen Mannschaften, die gleichen Freunde und die gleiche Angst, es nicht zu schaffen. Für uns beide gab es einfach keinen Plan B. Wie dumm wir doch die letzten Monate gewesen waren. Statt uns gegenseitig diese schwarze Gewitterwolke aus dem Kopf zu ziehen, verbissen wir uns in unsere eigenen Probleme, die ja irgendwie ein- und dieselben waren. Dieses eine Jahr, das ich vermutlich insgesamt aussetzen musste, hatte er mir längst voraus.

Die Sorge, die sich in seinen Augen spiegelte, gab mir auf eine seltsame Art und Weise Mut und Zuversicht. In einem Jahr konnte so viel passieren. Ich würde in einem Jahr genesen sein, würde regulär reisen und spielen können. Würde meine Mannschaft erneut zum Sieg führen und mit ihnen gemeinsam feiern. Und wenn Karter es nicht schaffen sollte, würde ich es wenigstens schaffen. Für unseren gemeinsamen Traum.

Der Buzzer ertönte und riss mich aus meiner Trance. Ich starrte auf meine Hände hinab, die ich zu Fäusten geballt hatte, und bemerkte, dass ich die Luft angehalten hatte. Mit meinen Handflächen fuhr ich mir über mein Gesicht und hätte dadurch beinahe meine Kapuze vom Kopf geschoben. Erschrocken griff ich danach und checkte mit einem kurzen Blick auf Leighton ab, dass sie nicht in meine Richtung sah. Das Spiel war vorbei. Leighton saß da drüben. Karter war auf dem Spielfeld. Sie hielt mich für Karter. Gleich würde der Moment kommen, in dem ich ihr beibrachte, was sie schon längst hätte erfahren sollen. Urplötzlich ergriff mich eine seltsame Panik. Ich spürte, wie es mir eiskalt den Rücken herunterlief und sich ein Schmerz in meinem Nacken festsetzte. Meine Hände begannen zu zittern, als wäre ich auf Entzug, und mir traten Schweißperlen auf die Stirn.

»Das darf doch nicht wahr sein«, zischte ich mir selbst zu und zwang mich, langsam aufzustehen. Aus Erfahrung wusste ich, dass noch ein paar Minuten vergehen würden, ehe die Reporter sich auf die Spieler warfen, also lief ich auf geradem Wege aus der Halle zur Umkleide.

Ich stieß die Tür auf und verschwand direkt im Waschraum, um mir kaltes Wasser ins Gesicht zu spritzen.

»Fuck, fuck, fuck«, fluchte ich laut und schlug mit den Handflächen auf die Ränder des Waschbeckens ein. Je länger man eine Lüge aufrechterhielt, desto schwerer wurde es, die Wahrheit zu erzählen. Das war eine Tatsache, die eigentlich jeder kannte. Dessen ungeachtet logen so viele Menschen immer und immer wieder. Einige, um sich selbst zu schützen, andere, um geliebte Menschen zu schützen, und wieder andere, weil sie sich selbst hassten.

Zu welcher Sorte ich selbst gehörte, wusste ich nicht. Vermutlich war ich irgendetwas dazwischen. Ich kniff die Augen zusammen, hob den Kopf an und öffnete sie wieder. Vor mir, über dem Waschbecken, hing ein Spiegel und ich erschrak bei meinem Anblick. Meine Augen waren gerötet, meine Nasenflügel bebten und ich hatte meine Brauen so zusammengezogen, dass mein Gesicht eher einer bösen Fratze glich. So konnte ich Leighton unmöglich gegenübertreten. Also versuchte ich, was Mom mir immer geraten hatte: Ich lächelte mein eigenes Spiegelbild an. Aus einem künstlichen Lächeln wurde nach und nach ein echtes. Ich war wieder einmal erstaunt darüber, dass es tatsächlich funktionierte.

»Los jetzt, das wird schon«, sprach ich mir selbst Mut zu, atmete noch einmal tief ein und wieder aus und machte mich auf den Weg zurück zur Halle.

Gerade, als ich einen Fuß auf das Parkett setzte, das mir alles bedeutete, heftete sich mein Blick auf zwei Menschen, die nicht miteinander reden sollten. Wie in Zeitlupe sah ich, wie Leighton auf Karter zulief, der sich gerade mit einem Handtuch über das Gesicht wischte und einen anderen Reporter verscheucht hatte. Ich sah, wie sich ihre Mundwinkel zu einem breiten Lächeln verzogen und wie Karter die Augenbrauen zusammenkniff, als er sie bemerkte. Leighton blieb vor ihm stehen und er bedeutete ihr mit einem Winken, zu verschwinden. Man konnte Leightons Mut förmlich zerspringen sehen.

Ich war zu spät gewesen.

Leighton

Wow, was für ein Tumult!

Kaum, dass die Sirene, nein, der *Buzzer*, ertönte, brach noch lauteres Gejohle und Gebrüll in den Rängen aus. Also ehrlich, als hätte man nicht seit dem dritten Viertel geahnt, dass wir es nicht packen würden.

Ich pustete die Luft aus meinen aufgeblähten Wangen, legte Notizbuch, Stift und Aufnahmegerät in meinen Schoß und griff aus Gewohnheit nach meinen beiden Zöpfen. Ich hätte nicht gedacht, dass mich ein Basketballspiel dermaßen mitreißen konnte. Aber vermutlich war ich plötzlich voreingenommen. Ich konnte mir einreden, was ich wollte, es lag an Karter. Auch wenn ich ihn irgendwie nicht wiedererkannte.

Auf dem Spielfeld wirkte er auf mich so anders als sein schreibendes Ich. Verbissener, aggressiver, stärker. Als er einem der Gegenspieler die Schulter in den Solarplexus gehauen hatte, war mir die Luft weggeblieben. Er hatte absichtlich gefoult, das hatte ich genau gesehen und auch der Schiedsrichter ließ ihm das nicht durchgehen. Fast hatte ich befürchtet, dass das Spiel nun für ihn gelaufen wäre, doch kickte ihn niemand vom Platz. Weder der Trainer noch der Schiedsrichter, der das Foul gepfiffen hatte.

Als wäre der Buzzer ein Startschuss gewesen, sprangen sämtliche Reporter von ihren Sitzen auf, um bevorzugt die *South Bay Lakers* zu ihrem Sieg zu interviewen. Vereinzelte Journalisten liefen auf den Trainer der *Windy City Bulls*, Mr. Hill, zu, der mit finsterer Miene Rede und Antwort stand.

Langsam zog ich meinen Rucksack unter meinen Beinen hervor und warf das Aufnahmegerät hinein. Ich streckte meinen Rücken durch, warf meine Zöpfe wieder nach hinten, damit ich nicht aus Nervosität mit ihnen spielte, schulterte meine Tasche und stand auf. Ich konnte gerade noch sehen, wie Karter einen Reporter abwimmelte. War gerade der falsche Zeitpunkt? Sein finsterer Blick pflanzte einen Stein aus Angst in meinem Magen. Würde er bei mir anders reagieren? Ich spürte einfach, dass er mich mochte. Ich spürte es nicht nur, er hatte es mir doch sogar geschrieben. Wenn er kein völlig hirnloses Arschloch war, würde er mich freundlich empfangen, seiner Niederlage zum Trotz.

Von meinem Platz auf der Reporterbank aus sah die Entfernung riesig aus, doch mit jedem weiteren Schritt, schwoll die Vorfreude in mir an. Mir kribbelte der Kiefer und ich spürte, dass sich sämtliche meiner Gehirnzellen ausschalteten. Verdammt! Ich hatte kein Problem damit, vor dem gesamten Kurs eine Präsentation zu halten, aber wenn ich mein Gegenüber mochte, hatte ich ein fettes Brett vor der Stirn. Was sollte ich sagen? *Oh Gott, oh Gott, oh Gott.* Jetzt stand ich direkt neben ihm, konnte beinahe seine Körperwärme spüren, trotzdem hatte er mich noch nicht bemerkt.

Vorsichtig piekte ich ihm in den Oberarm. »Hi Karter«, nuschelte ich und versuchte mich an einem Lächeln. Bei seinem eiskalten Blick, den ich beinahe als hasserfüllt bezeichnet hätte, erstickte es im Keim und es stellten sich mir die Härchen auf den Armen auf. Vor diesem Moment hatte ich mich gefürchtet: Er würde mich knallhart abweisen.

»Ich gebe heute kein Interview«, blaffte er mich an, als wüsste er nicht, wer ich bin, und wandte sich sofort wieder ab.

»O-o-kay«, stotterte ich verwirrt zu seinem Rücken, steckte unauffällig meinen Block und meinen Stift in meine Rocktasche und überlegte fieberhaft, was ich erwidern konnte. »W-wir können ja auch einfach nur … reden?«

Ich hörte Karter schnauben und er drehte sich zu mir um. »Warum bitte sollte ich mit *dir* reden?«

Das saß. Er betonte das Wort, als wäre ich der größte Abschaum, der ihm jemals begegnet wäre. Urplötzlich fühlte ich mich so, als wäre ich Dreck unter seinem Fingernagel. Das konnte doch nicht sein? Zu meiner Enttäuschung gesellte sich nun eine Wut, die mich mutig machte. Ohne groß darüber nachzudenken, griff ich an seinen Unterarm und drehte ihn zu mir um. »Ist das dein Ernst, Karter?«

In seinen Augen blitzten Unverständnis und Ärger auf. Oh mein Gott, er wusste wirklich nicht, dass ich Leighton war. Ich verstand die Welt nicht mehr – er hatte doch mein Selfie gesehen? Er musste eigentlich wissen, wer ich war. Ich verstand einfach nicht, was für eine Show er hier abzog.

»Was soll der Scheiß?«, erwiderte er wütend und entzog sich grob meinem Griff. »Verschwinde, sonst lasse ich dich raustragen.«

»Arschloch«, feuerte ich ihm entgegen und mein Herz bekam einen kleinen Riss. Er lachte nur überheblich und drehte mir wieder den Rücken zu. Ich hätte es niemals für möglich gehalten, aber es tat mir weh, so von ihm behandelt zu werden. Als wäre ich ein verdammter Pickel an seinem Arsch. Das konnte nur heißen, dass mir in dieser kurzen Zeit schon etwas an ihm lag. Die paar Nachrichten, die wir gewechselt hatten, und die zufälligen, kurzen Aufeinandertreffen hatten ausgereicht, dass nicht nur meine Gedanken, sondern auch mein Herz sich zu ihm hingezogen fühlten. Nun musste dieser arrogante, aggressive Typ aus meinem Kopf verschwinden. Nein, ich würde ihm nach dieser Aktion auf keinen Fall eine zweite Chance geben.

Gerade, als ich mich zum Gehen wenden wollte, rief jemand meinen Namen. Karter konnte es nicht sein, dafür stand er noch zu nah bei mir. Verwirrt hielt ich inne, kniff die Augen zusammen und suchte die Halle nach der Quelle der Rufe ab.

»Leighton, warte«, hörte ich wieder eine mir sehr bekannte Stimme rufen und da erblickte ich ihn.

Mir fiel die Kinnlade herunter und ein Schwindelanfall ergriff mich. Ich musste mich dringend setzen, denn anscheinend halluzinierte ich. Das konnte doch nicht sein? Gab es ihn etwa zwei Mal? Nun war es soweit: Ich war verrückt geworden.

»Leighton, hi«, sprach Karter 2, als er neben Karter 1 stehen blieb. Dieser drehte sich mindestens genau so verwundert wieder zu mir um.

»Was soll das, Kal?« Karter 1 zog die Augenbrauen zusammen und zeigte abwertend mit dem Daumen auf mich.

»Ich kann es erklären.« Die Stimme von Karter 2 klang flehend.

»Da bin ich ja mal gespannt!« Mit vor der Brust verschränkten Armen erwartete er eine Erklärung.

Karter 2 zeigte auf mich. »Das ist Leighton.«

»Aha«, war das einzige, das aus seinem Mund kam. Was für ein Idiot.

Nun zeigte er auf Karter 1. »Das ist Karter.«

»Ich weiß«, erwiderte ich mit Piepsstimme.

Zu guter Letzt zeigte er auf sich selbst. »Und ich … bin Kaleb. Hi, Leighton.«

Ich verstand nur Bahnhof. Karter war gar nicht Karter? Karter war jemand anderes? Oder war eher jemand anderes Karter? Mir schwirrte der Kopf und mein Blick huschte von einem zum anderen.

»Karter ist mein Bruder.«

Endlich setzte er das Puzzle so weit zusammen, dass man das große Ganze schon erahnen konnte.

»Okay.« Ich atmete einmal tief ein und wieder aus. »Was soll das hier? Wer bist du?«

»Kaleb.«

Ich verdrehte die Augen. »Ich bin nicht senil, ich weiß, was du gerade gesagt hast.«

»Es tut mir leid, Leigh«, entschuldigte er sich und fast hätte ich es ihm abgekauft.

»Nenn' mich nicht so«, fauchte ich ihn an. Ich bereute bereits, ihm meinen Spitznamen genannt zu haben. Menschen, die mich so nannten, hatten eine ganz andere Macht über mich und meine Gefühle. Und diese Macht wollte ich Karter oder Kaleb oder wer auch immer er war, nicht mehr zusprechen.

»Ich wiederhole«, meldete sich der vermeintlich echte Karter wieder zu Wort. »Was soll der Scheiß, Kal?«

»Es fing mit einem Missverständnis an und irgendwie entwickelte sich daraus ein ganz großes Durcheinander«, versuchte Kaleb, sich zu erklären. Seitens seines Bruders stieß er auf Unverständnis.

Dieser schüttelte den Kopf. »Ich gehe jetzt duschen und dann fahren wir nach Hause.« Sein Befehlston ließ keine Widerrede zu. Ich hasste diesen Typen schon jetzt und wünschte mir gerade, ihn mit meinen Blicken zu erdolchen. Er wandte sich von uns ab, allerdings nicht, ohne Kaleb einen düsteren Blick zuzuwerfen.

»Ja gut, ich –«, begann ich, wurde aber von ihm unterbrochen.

»Verdammt, so wollte ich das echt nicht.«

»Wer bist du?« Ich war es satt, an der Nase herumgeführt zu werden.

»Ich bin Kaleb, Karters Bruder.«

»Das hab ich schon verstanden«, zischte ich. »Weißt du was? Mir ist die ganze Sache hier wirklich zu dumm.« Ich sah ihm direkt in die Augen und bereute es sofort. Selten hatte ich so emotionsgeladene Augen gesehen. Auch wenn es ihm wirklich leidtat, so hatte er mich trotzdem angelogen. Und das war etwas, womit ich nicht zurechtkam.

»Leighton, bitte warte.« Er griff nach meinem Handgelenk, doch zog ich meinen Arm sofort zurück.

»Fass mich bloß nicht an«, blaffte ich ihn an und lief in die entgegengesetzte Richtung davon. Was auch immer er mir für eine Erklärung auftischen würde: Hier und Jetzt war weder der richtige Ort noch der richtige Zeitpunkt dafür. Ich schluckte den Kloß herunter, der sich in meinem Hals gebildet hatte und lief auf geradem Wege aus der Arena heraus.

»Was für ein beschissener Dreckstag«, murmelte ich zu mir selbst.

Kapitel 10

Leighton

»Stopp«, rief Mads in meinen Monolog hinein. »Ich kann dir echt nicht mehr folgen, Leigh!« Grinsend drückte sie ihre Hände auf meine Schultern, damit ich aufhörte, herum zu zappeln.

Ich stöhnte genervt auf. »Sorry. Ich bin ja selbst total verwirrt.«

»Das merkt man überhaupt nicht«, lachte meine beste Freundin und zeigte auf einen unserer Küchenstühle. »Setz dich hin, ich brauche erst einmal Kaffee.«

»Mach schnell«, ungeduldig tippelte ich mit den Fingerspitzen auf die Tischplatte. Ich selbst hatte schon drei Kaffees getrunken und wie ein Puma vor Madelyns Tür gelauert. Mehr oder weniger bereit zum Angriff. Als ich gestern Abend endlich nach Hause gekommen war, hatte sie bereits geschlafen, oder war noch nicht zuhause gewesen. Sie hatte jedenfalls nicht auf das Klopfen an ihrer Tür reagiert.

Die ganze Nacht hatte ich wach gelegen und das vereinzelte Vibrieren meines Handys gekonnt ignoriert. Natürlich hoffte ein kleiner Teil von mir immer noch, dass Karter, Kaleb oder wer auch immer, mir schrieb. Dass er sich erklärte und dieses ganze Durcheinander aufräumte. Ein anderer, viel größerer Teil von mir war einfach stinkwütend. Mich tagelang anzulügen und sich für jemand anderes auszugeben, war etwas, das ich nicht verstehen wollte. Was hatte ihn nur geritten? Es ergab für mich keinen Sinn.

»Oh nein«, jammerte Mads und drehte sich mit einem vorwurfsvollen Blick zu mir um. »Die Milch ist leer!«

»Schuldig.« Ich hob meine Tasse in die Höhe und zuckte lächelnd mit den Achseln.

»Na gut«, Mads kam mit ihrer Tasse zum Tisch. »Dann eben heute schwarz.«

»Schwarz wie Kalebs Seele«, murmelte ich.

»Was?« Verständnislos starrte sie mich an. »Wer zur Hölle ist Kaleb und warum hassen wir Karter jetzt?«

»Weil Karter Kaleb ist bzw. Karter gar nicht Karter. Karter ist zwar Karter, aber Karter war eigentlich Kaleb«, ratterte ich das Wirrwarr in meinem Kopf herunter.

»O-kay. Zu viel Kaffee für dich plus zu wenig Kaffee für mich ergibt *no entiendo*.« Mads zog eine Augenbraue hoch.

Ihr verdatterter Blick entlockte mir ein Grinsen und ich versteckte mein Gesicht hinter meinen Händen. »Das ergibt keinen Sinn, oder?«

Sie schüttelte den Kopf, dass ihr die Haare um die Nase flogen. »Nope. Nicht im Geringsten. Klappe die Dritte, aber diesmal bitte langsamer und in der richtigen Reihenfolge.«

»Okay, gut.« Ich holte einmal tief Luft und überlegte, wo ich beginnen sollte. Den Fakt, dass mein gesamter gestriger Tag schon der pure Horror war, ließ ich außen vor und begann ab dem Punkt, als ich zu Karter hinlief.

»Ich hab ihn also angesprochen.«

»Und?«

»Er hat mich abgewiesen und gesagt, er gebe heute kein Interview und mich zornig angeblickt. Es war, als wüsste er überhaupt nicht, wer ich bin. Was irgendwie auch stimmte.«

»Wirklich? Was? Wie jetzt? Hä?« Geschockt riss meine beste Freundin die Augen auf. »Was für ein dämlicher Hohl–«

»Warte«, unterbrach ich sie, ehe sie sich hineinsteigerte. »Es war nicht Karter. Also es war schon Karter, aber nicht mein Karter.« Beim Wort *mein* zeichnete ich Gänsefüßchen in die Luft und verdrehte schnaubend die Augen.

Madelyn zog einen Flunsch. »Wie kann er Karter sein, und dann doch nicht?«

Ich überging ihre Frage und redete einfach weiter. »Gerade, als ich ihm an den Kopf geworfen hatte, dass er ein Arschloch sei und gehen wollte, rief irgendjemand meinen Namen.«

»Ui, jetzt wird es spannend.« Mads rieb ihre Handflächen aneinander.

»Ich dachte erst, zu halluzinieren, aber plötzlich kam da ein zweiter Karter auf uns zu.«

»Ähm. Hast du irgendwas eingeschmissen?«

Ich verdrehte die Augen. »Genau, Mads. Nein, natürlich nicht!«

»Gut, das könnte ich nämlich nicht gutheißen«, mit erhobenem Zeigefinger und ernster Miene blickte sie mich streng an. Ich schüttelte den Kopf darüber, dass sie mir das wirklich zugetraut hätte.

»Er stellte sich als Kaleb vor. Karters Bruder.« Das Wort *Bruder* spie ich dabei aus, als wäre es eine Krankheit.

»Nicht dein Ernst!« Sie hielt sich eine Hand vor den Mund.

»Du lachst nicht wirklich darüber, oder?« Empört griff ich nach ihrer Hand und zog sie von ihrem grinsenden Gesicht weg. »Das ist überhaupt nicht lustig.« Leider fiel es mir plötzlich schwer, nicht auch über diese bescheuerte Situation zu lachen.

Madelyn nahm einen Schluck aus ihrem Becher. »Und dann?«

»Dann wollten Karter-Karter und ich wissen, was zur Hölle das zu bedeuten hatte.«

Nach einer kurzen Stille jammerte Madelyn. »Jetzt lass dir bitte nicht alles aus der Nase ziehen. Was hat Nicht-Karter-Karter gesagt?«

»Kaleb-Karter«, berichtigte ich sie, wohl wissend, dass keiner der Namen auch nur irgendeinen Sinn ergab. Aber solang wir beide uns verstanden, war das egal.

»Dann eben so, wir können ihn auch Ferdinand nennen. Tut nichts zur Sache.«

Madelyns Ungeduld war immer wieder niedlich. Zu gern hätte ich mir jetzt einen Spaß aus der Situation gemacht, und das Gespräch beendet, einfach, um sie zu ärgern. Als Rache, dass sie gestern nicht erreichbar gewesen war. Andererseits wollte ich es ja loswerden.

»Kart– Kaleb meinte, dass er es erklären kann und dass es ihm leidtäte.«

Meine Freundin biss sich aufgeregt auf die Unterlippe. »Und?«

»Was und?«

Sie stöhnte auf. »Na wie lautet seine Erklärung?«

»Das weiß ich nicht«, gab ich schulterzuckend zu.

»Wie jetzt?« Die Enttäuschung stand ihr unmissverständlich ins Gesicht geschrieben. »Du weißt es nicht?«

»Karter-Karter hat Kaleb nicht ausreden lassen und sich wütend vom Acker gemacht. Der Typ ist wirklich total seltsam. Ich hätte schon längst merken müssen, dass da etwas faul war.«

»Wer ist seltsam?« Ich hatte es schon wieder geschafft, Mads zu verwirren.

»Karter-Karter.«

»Warum? Ist doch normal, dass er sauer war, oder nicht?«

»Naja, er ist super aggressiv abgedampft und hat Kaleb richtig sauer angeschaut, als wäre er sein Offizier oder so.«

Madelyn verzog das Gesicht. »Wärst du nicht auch wütend gewesen?«

Das war nicht ihr Ernst. »Darum geht es jetzt überhaupt nicht«, zischte ich.

»Sondern?«

Unglaublich, dass ich schon wieder in ihre Falle tapste. »Es geht darum, dass er mich angelogen hat.«

»Ja und weißt du auch warum? Nein. Tust du nicht.«

Ich verdrehte schnaubend die Augen. Manchmal hasste ich es, dass Madelyn so unvoreingenommen gegenüber anderen Menschen war. Eigentlich wollte ich nur, dass sie Kaleb gemeinsam mit mir hasste. Unser Gespräch hatte so gut begonnen und schon waren wir wieder die rationale Madelyn und die emotionale Leighton. Andersherum gefiel es mir besser. Die Zügel aus der Hand zu geben, war einfach nicht mein Ding. Erst recht nicht, wenn es mit meinen Gefühlen und Gedanken zusammenhing.

»Ist der Grund dafür nicht egal? Er hat es getan«, schmollend verschränkte ich meine Arme vor der Brust und ließ mich trotzig gegen meine Stuhllehne sinken.

»Süße«, seufzte Mads. »Du weißt, dass ich auf deiner Seite bin, ja?«

Ich nickte mit zusammengezogenen Augenbrauen. »Mmh.«

»Gib Ferdinand eine Chance, sich zu erklären«, bat sie mich mit ruhiger Stimme.

Ich räusperte einen Kloß im Hals fort und versuchte, nicht über *Ferdinand* zu lachen. »Warum sollte ich das tun?«

»Weil du ihn magst und nicht weißt, warum er das getan hat.«

»Du mit deinen doofen zweiten Chancen!«

Sie zuckte lachend mit den Schultern und fuhr sich durch ihre hellblonde Mähne, die vom Schlafen noch durcheinander war. »Die hat einfach jeder verdient, Leigh.«

»Ich glaube, er hat mir ein paar Mal geschrieben und sogar angerufen«, murmelte ich leise und wich ihrem Blick aus.

Euphorisch stand sie auf und legte mir ihre Hand auf die Schulter. »Dann los! Geh zu deinem Handy und sieh zu, dass ihr dieses Missverständnis klärt. Ich gehe erst einmal duschen und Milch kaufen.«

»Danke«, erwiderte ich lächelnd.

»Nicht dafür«, trällerte sie im Gehen und ich hörte, wie sie die Badtür hinter sich abschloss.

Das Gespräch war ganz anders verlaufen, als ich es mir vorgestellt hatte, dennoch war ich froh darüber. Was würde ich nur ohne Mads tun?

Kaleb

Langsam dämmerte es und ich konnte immer noch nicht schlafen. Was für ein Mist. Ich konnte einfach nicht fassen, dass mich meine Lüge auf diese Art und Weise eingeholt hatte. Nicht nur, dass ich mir selbst die Chance verbaut hatte, auf Leighton zuzugehen, indem ich kurz aus der Halle verschwand. Nein, dazu kam, dass mir keiner der beiden die Möglichkeit gegeben hatte, mich zu erklären. Doch egal, was ich gesagt hätte, ich konnte die Schuld nicht von mir weisen.

Dass Leighton mich partout ignorierte, hätte ich nicht erwartet und es machte mich sogar ein bisschen wütend. Natürlich verstand ich, dass sie verletzt war, aber sie erlaubte es mir nicht einmal, Kontakt aufzunehmen. Wie sollte ich alles geradebiegen, wenn sie komplett dichtmachte? Seit mehreren Stunden schrieb ich ihr und rief sie an – immer und immer wieder. Hätte ich ihre Adresse gekannt, wäre ich vor der Tür gestanden. Diese Situation weckte meinen Kampfgeist. So einfach würde ich nicht aufgeben, dafür steckte ich viel zu tief in der ganzen Sache mit ihr drin.

Die Nachhausefahrt war wortlos verlaufen. Karter war erschöpft vom Spiel gewesen, allerdings wusste ich, dass er das Donnerwetter lediglich aufschob. Aber so war es nun einmal, wenn man Scheiße baute, musste man dafür geradestehen. Das galt für mich und auch für alle anderen Menschen auf diesem Erdball. Normalerweise. Dennoch war die Atmosphäre im Auto super angespannt gewesen. Karters Hände hatten sich um das Lenkrad verkrampft und seine Lippen waren zu einer schmalen Linie zusammengepresst. Es brodelte in ihm, bloß schien ihn irgendetwas zurückzuhalten. Eventuell sorgte er sich, dass es meinen Gesundheitszustand beeinträchtigen konnte, wenn man mich derartigem Stress aussetzte. Das war natürlich Bullshit, aber ich würde einen Teufel tun, und das Gespräch beginnen. Meinetwegen mussten wir niemals darüber reden. Manche Dinge konnte man einfach unter den Teppich kehren, ohne, dass sie als dicke, fette Konsequenzen wieder hervorlugten.

Auch wenn Leighton im Moment nicht mit mir reden wollte, wusste ich, dass sie es früher oder später tun würde. Ich hatte es mir unmöglich nur eingebildet, dass wir auf derselben Wellenlänge waren. Und ich schätzte Leighton nicht so ein, dass sie einen Schlussstrich unter unser Ding zog und weitermachte. Viel eher wollte ich die Situation als meine zweite Chance sehen. Nun, da Leighton wusste, dass ich nicht Karter war, konnte sie mich richtig kennenlernen. Als Kaleb und als den Typen, dem sie in rasender Geschwindigkeit den Kopf verdreht hatte.

Ich konnte kaum glauben, was für ein Häufchen Elend ich die letzten Wochen gewesen war. Immer nur hatte ich rumgejammert und mich selbst bemitleidet. Es war kein Wunder, dass ich in diesen Strudel aus Lügen gezogen wurde, ich hatte einfach nicht den Schneid gehabt, mich gegen mich selbst zu wehren. Unbemerkt hatte sie mich wieder an die Oberfläche gezogen: meine Stärke, meine Selbstsicherheit. Ich war Kaleb Young und kein verlorener Junge auf der Suche nach dem Sinn des Lebens. Ich wusste, was für mich Sinn ergab und ich wusste auch, wie ich erreichen konnte, was ich wollte.

Ich griff erneut nach meinem Handy und schaltete das Display ein. 05:37 Uhr. Hatte ich wirklich die ganze Nacht wach gelegen? Manchmal waren es anscheinend die schlaflosen Nächte, die einen weckten. Die einem aufzeigten, was man alles verschlafen hatte und wofür es sich lohnte, wach zu bleiben. Wie von allein wanderten meine Finger zum Nachrichtenprogramm und ich las mir erneut die Nachrichten durch, die ich ihr geschrieben hatte, ehe ich irgendwann in einen unruhigen, kurzen Schlaf sank.

Ich: Hi Leighton. Ich verstehe wirklich, dass du verletzt bist. Gib mir die Chance, es zu erklären. Ich kann nichts weiter tun, als mich zu entschuldigen. Ganz ohne Ausrede! Bitte geh ran
Ich: Du bist richtig wütend, oder?
Ich: Leigh?
Ich: Du liest es zwar nicht und bestimmt schläfst du. Gute Nacht, Leighton.

Leighton

Seufzend griff ich nach meinem Handy, um Kalebs Nachrichten zum einhundertsten Mal zu lesen. Irgendwie hatte ich mehr erwartet als nur vier. Vielleicht so zehn? Was sagten vier Nachrichten aus? Dass er schon keine Lust mehr hatte, sich mein Gehör zu erbetteln? Dass er mich nicht nerven wollte? Oder dass er einfach nicht mehr wusste, was er sagen sollte?

»Was ist eigentlich los mit mir?« Genervt ließ ich mich auf mein Bett fallen und stöhnte in meine Kissen. Kaleb hatte aus mir einen verwirrten Teenager gemacht. Warum zerbrach ich mir plötzlich den Kopf über so bescheuerte Dinge, wie die Anzahl seiner Nachrichten? Typischer Fall von realitätsferner Masochistin. Oder vielleicht lenkte ich mich auch nur davon ab, ihm antworten zu müssen. Denn der Ball lag eindeutig auf meiner Seite des Spielfeldes. Ich war an der Reihe, diesen ihm zuzupassen. Ob er den Ball dann auffing oder nicht, lag nicht mehr bei mir. Oh Gott. Jetzt fing ich schon an, in sportlichen Metaphern zu denken.

Aber ich brauchte mir nichts vormachen, denn ich wusste ganz genau, was mit mir los war. Ich hatte Angst. Angst, dass sich alles wiederholen könnte und ich wieder zu diesem kleinen Häufchen Asche werden würde. Es hatte mich viele Jahre gekostet, wie ein Phönix daraus hervorzusteigen. Wie ein schmächtiger Phönix mit angeknacksten Flügeln, aber immerhin. Mein Selbstwertgefühl hatte sich erst in den letzten Jahren zu etwas entwickelt, das man beinahe beständig nennen konnte.

Sollte ich Kaleb wirklich Vertrauen schenken? Das Vertrauen, dass er mich stärken würde, statt mich schlussendlich zu brechen? Das Vertrauen, dass er mich unterstützen würde, statt mir Steine in den Weg zu legen? Und vor allem das Vertrauen, dass er mich wirklich sehen würde, statt nur durch mich hindurch zu blicken?

Von meiner Antwort hing so viel ab, dennoch musste ich einfach reagieren. Wenn ich ihn ignorierte, war ich nicht besser als die Menschen, wie die ich niemals werden wollte. Wie meine Eltern. Gefangen in meinem Gedankensog kämpfte ich mit den Tränen und schluckte sie tapfer herunter.

»Nein«, sagte ich bestimmt. »Ihr werdet es nicht schon wieder schaffen, meine Gedanken zu manipulieren.« Ich rappelte mich auf und lehnte mich mit dem Rücken an die Wand an, holte tief Luft und schloss für einen Moment die Augen. Manchmal half es, sich einfach vorzustellen, was das Schönste war, das passieren konnte.

Erschrocken riss ich die Augen auf, denn mir jagte eine Hitzewelle durch den Körper und verknotete meine Eingeweide. Ich stellte mir vor, wie Kaleb mich in seinen starken Armen hielt, wie ich seinen Duft inhalierte und er mir schließlich einen zärtlichen Kuss auf die Lippen drückte. Was für wunderbare Aussichten!

»Dann mal los«, nuschelte ich und griff mit zittrigen Händen nach meinem Smartphone. Ansonsten hatte das Bild in meinem Kopf nicht den Hauch einer Chance, wahr zu werden.

Ich: Hi. Ja, ich bin wütend und ja, ich hatte tatsächlich geschlafen – so mitten in der Nacht.

»Nein, nein, nein«, panisch ließ ich das Smartphone in meinen Schoß fallen, als hätte ich mich daran verbrannt. Als ich es wieder zur Hand nahm und auf das Display blickte, sah ich die Lesebestätigung. Er hatte es gelesen und war nicht mehr online. Was hatte das jetzt zu bedeuten?

Gerade, als ich mich entmutigt wieder in die Kissen sinken lassen wollte, vibrierte das Handy neben mir und mein Klingelton ertönte. Ich hatte ganz vergessen, dass ich die Töne wieder angestellt hatte.

Nervös nahm ich den Anruf entgegen. »Whallho?« Ich verdrehte die Augen. Vor lauter Nervosität schaffte ich es nicht, ein einziges vernünftiges Wort hervorzubringen.

»Leigh?« Kalebs Stimme klang alles andere als schüchtern.

»J-ja?«

»Hast du heute Zeit?« Er kam anscheinend ohne Umschweife auf den Punkt. Ein Umstand, der mir an ihm eigentlich gefiel, mich jetzt aber überforderte.

»Weiß ich nicht.«

Ich hörte ihn enttäuscht lachen. »Du weißt es nicht?«

Ich schüttelte den Kopf, auch wenn er es nicht sehen konnte. »Richtig. Kommt drauf an.«

»Worauf?«

»Auf den weiteren Verlauf dieses Telefonats«, erwiderte ich und freute mich gleichzeitig darüber, über keines der Worte gestolpert zu sein.

»Ich möchte dich zum Kaffee einladen, mich bei dir entschuldigen und –« Kaleb stockte und ich spürte, dass er mit sich rang.

»Und?«, hakte ich nach.

»– und versuchen, dir zu erklären, wie der ganze Scheiß zu so einem großen Ding werden konnte.«

Ich grinste plötzlich. »Du schreibst es also nicht nur oft, sondern sprichst es auch aus.«

»Was?«

»Scheiße.«

Es vergingen ein paar Sekunden, ehe er leise lachte. »Sorry. Ich sollte an meiner Ausdrucksweise arbeiten.«

»Allerdings«, pflichtete ich ihm grinsend bei.

»Ist das ein Ja?« Die Hoffnung in seiner Stimme war nicht zu überhören.

»Wann?«

»Um drei im *The Allis*? Kennst du das?«

»Japp, klar. Dann um drei.« Ich hatte keinen blassen Schimmer, welchen Coffeeshop er da meinte.

»Danke«, seufzte er.

»Japp, klar«, antwortete ich und legte schnell auf, ehe das Gespräch seltsam werden konnte. Drei Uhr also. Mir blieb demnach nicht mehr viel Zeit. Zu allererst musste ich aber herausfinden, wo sich das besagte Café befand, also googelte ich danach und speicherte mir die Adresse in meinem Routenplaner ein. Sicher war sicher, denn es konnte schon einmal vorkommen, dass man sich in Chicago verlief.

Ich hievte mich von meinem Bett hoch und ging zu meinem Kleiderschrank, zog die Türen auf und begutachtete den kargen Inhalt.

»Mist«, fluchte ich leise und warf einen Blick auf meinen überfüllten Wäschekorb. Wenn ich eins hasste, war es Wäsche zu waschen. Meistens zögerte ich es solang hinaus, bis ich kaum etwas Vernünftigen zum Anziehen hatte. Und heute war wieder einer dieser Tage, an denen ich es bereute, so faul gewesen zu sein. Ich würde mich mit Kaleb treffen und aussehen, wie frisch aus der Altkleidertonne geklettert.

Seufzend griff ich nach der letzten gewaschenen Jeans und einem schwarzen, simplen T-Shirt mit weißem Rundhalsausschnitt. Die Ärmelsäume waren ebenfalls weiß. Ich drehte und wendete es, froh darüber, auf dem ersten Blick keine Flecken, Risse oder Löcher vorzufinden. Langweilig, aber immerhin ordentlich.

Ich warf einen prüfenden Blick aus dem geöffneten Fenster, vor dem die Sonne strahlte und vernahm das vertraute Stöhnen der Tennisspieler. Alles war wie immer. Nur, dass ich mich heute ganz offiziell mit einem Mann treffen würde, der mir nicht nur den Kopf verdreht, sondern auch ein riesiges Durcheinander verursacht hatte.

Ich warf die Kleidungsstücke in hohem Bogen auf mein Bett, schleuderte einen frischen Slip, BH und ein paar Socken hinterher, ehe ich das Zimmer verließ.

»Mads?«, rief ich in die stille Wohnung.

Ich hörte ein Rumpeln und ein darauffolgendes Fluchen. »Jahaa?« Mads hellblonder Schopf erschien in der Küchentür, ehe sie langsam auf mich zulief. »Du hast mich erschreckt, du dumme Nuss«, meckerte sie.

Ich lachte lauthals auf. »Sorry. Es gibt Neuigkeiten.«

»Schon wieder?« Sie riss neugierig die Augen auf. »Sag schon!«

»Ich treffe mich heute mit Kaleb auf einen Kaffee«, nuschelte ich schnell und biss mir auf die Unterlippe, um so mein Grinsen zu verstecken.

»Uuuiiii«, quietsche Madelyn und hüpfte freudig auf, wobei sie mich mit dem Geschirrtuch schlug, das sie in einer Hand hielt. »Hast du überhaupt noch was zum Anziehen? Deine letzte Wäsche ist schon eine Weile her.« Sie zog eine Augenbraue hoch und ich streckte ihr die Zunge heraus.

»Kein Kommentar.«

»Oh Leigh. Soll ich dir was leihen?«

Ich grunzte. »Äh, nein?«

Bockig verschränkte Mads die Arme vor der Brust. »Was soll das denn heißen?«

»Einmal und nie wieder.«

»Ach komm schon!« Mads lief rot an und wich meinem Blick aus. »Das war wirklich keine Absicht gewesen damals.«

»Als ob«, lachte ich in Erinnerung an den einen Moment, in dem ich gezwungen gewesen war, einen Pullover von ihr zu leihen, weil ich wieder einmal nicht mit der Wäsche hinterhergekommen war.

»Ich hatte halt auch nichts anderes mehr«, versuchte sie sich herauszureden.

»Als ob«, wiederholte ich.

»Na gut. Aber er stand dir. Du sahst echt süß aus.«

»Madelyn?«

»Ja?«

»Nein.«

»Doch!«

Ich lief auf sie zu und stupste mit meinem Finger auf ihre Nasenspitze. »Nein. Ich sah nicht süß aus in deinem rosafarbenen *My little Pony*-Pullover, sondern wie eine Witzfigur.«

»Gar nicht«, erwiderte sie, musste sich allerdings ihr Grinsen verkneifen. »Na ja, okay, vielleicht ein bisschen.«

»Siehst du? Einmal und nie wieder!«

»Es war wirklich keine Absicht! Ich dachte, ich hätte nach dem einfarbigen, rosa Pullover gegriffen. Ehrlich!«

»Erzähl das deiner Oma!«

Sie lachte und knuffte mich gegen den Oberarm. »Hab ich schon. Sie sagt, du trägst zu viel Schwarz.«

Entrüstet fiel mir die Kinnlade herunter. »Deine Oma hat mich noch nie gesehen.«

»Das wird sich bestimmt bald ändern«, grinste sie und drehte mir den Rücken zu, um die Einkäufe, die sie gerade in die Wohnung getragen hatte, weiter zu verstauen.

»Vielleicht leih ich mir dann wieder deinen Pony-Pulli.«

»Sehr, sehr gern!« Sie zwinkerte mir zu und scheuchte mich mit einer Handbewegung aus der Küche. »Und jetzt ab unter die Dusche!«

»Ja ja«, lachte ich. »Bin ja schon auf dem Weg.«

»Leigh?«, hielt Mads mich auf.

»Ja?«

»Ich drücke euch die Daumen!«

Bei ihrem ehrlichen Lächeln breitete sich wieder diese seltsame Wärme in mir aus. Es war ein Gefühl, das ich erst durch sie kennengelernt hatte und irgendwie wusste ich es nicht so ganz einzuordnen.

»Danke«, nuschelte ich verlegen und ging.

Kapitel 11

Kaleb

»Hey«, sprach mich die Kellnerin an und schenkte mir einen mitleidigen Blick. »Willst du nicht langsam bestellen?«

»Nein, danke«, brummte ich und starrte weiter auf mein Handy. In völliger Aufregung war ich zu zeitig losgefahren und saß nun vierzig Minuten zu früh im *The Allis*. Anscheinend dachten hier alle, ich war versetzt worden, denn es blieb nicht nur bei einem mitleidigen Blick. Eine junge Frau vom Nachbartisch warf mir sogar immer wieder ein Lächeln zu, dem ich krampfhaft auszuweichen versuchte. Ich war kein verdammter Junggeselle auf Beutefang!

»Bist du dir sicher?« Hartnäckig tippte die Kellnerin mit einem Stift auf ihren Block.

»Ja, ich bin mir sicher. Noch einmal danke.« Genervt blickte ich ihr direkt in die Augen, um meiner Aussage Nachdruck zu verleihen. Immerhin blockierte ich keinen Tisch zur Sturmzeit. Im Gegenteil, es war kaum jemand hier, fehlten nur noch Staubflusen, die durch die Gegend wirbelten. Was mich angesichts der Lage eher verwirrte. Ich hatte nicht umsonst einen Coffeeshop ausgewählt, der sich Downtown befand, wollte ich doch in der Masse untertauchen.

Ein kurzes Vibrieren in meiner Hand lenkte meine Aufmerksamkeit auf mein Smartphone und als ich sah, dass Leigh mir geschrieben hatte, stellten sich mir die Haare am gesamten Körper auf.

Leighton: Sorry, bin ein paar Minuten später da. Es gab ein paar … Probleme.
Ich: Probleme?
Leighton: Sozusagen. Japp.
Ich: Was ist passiert?
Leighton: Eventuell ist die Bahn falsch herum gefahren.
Ich: Du bist in den falschen Zug gestiegen?
Leighton: So könnte man das auch sehen, ja.

Ein Lachen drang aus meiner Kehle. Anders als befürchtet gab sich Leighton wie zuvor. Sie war witzig und auf eine ganz eigene Art süß. So sehr ich Bammel davor hatte, ihr gleich zu begegnen, so sehr freute ich mich darauf, sie zu treffen. Die innere Hitze, die sich bis in meine Fingerspitzen ausbreitete, war Beweis genug.

Ich: Bis gleich, Leigh.
Leighton: Bis gleich, Wer-auch-immer-du-jetzt-bist.
Ich: Autsch.

Diese Spitze hatte ich verdient. Seit Stunden hatte ich überlegt, wie ich unser Gespräch beginnen konnte. Es lag auf der Hand, dass ich es mächtig verbockt hatte und mir etwas Gutes einfallen lassen musste, damit sie mir zuhören würde.

Ein paar Minuten später bemerkte ich Leightons unübersehbaren Lockenschopf durch das große Caféfenster und versuchte, die aufkeimende Nervosität zu ersticken.

»Alter, beruhige dich«, murmelte ich mir zu, als ich den Stuhl langsam zurückschob und aufstand. Worüber ich mir keine Gedanken gemacht hatte, war die Begrüßung. Noch bevor ich eine Entscheidung treffen konnte, stand sie schon neben mir und räusperte sich.

»Hi«, sichtlich nervös strich sie sich ihre Haare hinter die Ohren.

Los verdammt, sag doch was, Alter. »Leigh«, brachte ich kratzig hervor und ein paar peinliche, stille Sekunden später wandte sie sich dem freien Stuhl mir gegenüber zu.

Okay, Begrüßung hätten wir überstanden. Mehr schlecht als recht, aber es war vorbei.

»Hast du dir noch nichts bestellt?«

Ich schüttelte den Kopf und versuchte, meine Gedanken zu ordnen. Ihre pure Anwesenheit machte einen Neandertaler aus mir. Ich konnte keinen klaren Gedanken fassen, geschweige denn, diesen zu Worten formen.

Leighton winkte der Kellnerin zu, die uns mit Sicherheit die ganze Zeit beobachtet hatte. Wieso um Himmels Willen war Leighton so locker?

»Was darf es denn sein?« Das Lächeln der Kellnerin war so falsch, dass sich mir der Magen umdrehte. Widerlich!

»Ich nehme einen Cappuccino, und du?« Leighton blickte mich auffordernd an. »Oh, hast du dich noch nicht entschieden? Sorry.«

»Doch, ja also, ich einen Americano. Danke.«

Mit hochgezogener Augenbraue dampfte die Bedienung ab. Ich wüsste zu gern, was ihr verdammtes Problem war. Hatte sie etwa noch nie einen aufgeregten Mann hier sitzen gehabt?

»Also«, startete Leigh ohne Umschweife das Gespräch. »Ich bin hier. Leg los.«

Ich lächelte und traute mich das erste Mal, ihr in die Augen zu blicken und prompt explodierte etwas in mir. »Wow«, hauchte ich und wünschte sofort, den Gefühlsausbruch rückgängig machen zu können.

»W-was?« Sichtlich unbehaglich strich sich Leighton erneut die Haare hinter die Ohren, obwohl diese sich bereits dort befanden. Sie schien geübter darin, ihre Aufregung zu verstecken.

»Hab ich das gerade gesagt und nicht nur gedacht?« Ich senkte lächelnd den Kopf. »Sorry.«

»Was meintest du damit?«

Sie ließ wohl nicht locker. »Deine … Augen.«

»Was ist damit?« Ein gewinnendes Lächeln stahl sich auf ihre

Lippen. Das kleine Biest. Sie wusste ganz genau, wie besonders ihre Augen waren und genoss meine Nervosität. Eines war hellblau, das andere von einem satten Grün. Mir war schon vorher aufgefallen, dass sie aus irgendeinem Grund besonders war, aber erst jetzt, wo ich ihr gegenübersaß, raubte es mir den Atem. Ich könnte mich tief in ihren Augen verlieren und wünschte mir gerade nichts sehnlicher.

»Die Farbe ist … die Farben sind schön. Echt besonders. Das habe ich so noch nie gesehen«, stammelte ich schüchtern.

»Danke.« Sie lächelte mich ehrlich an und wich meinem Blick nicht aus. Ihre Selbstsicherheit raubte mir die Fähigkeit, mich ebenfalls stark und selbstbewusst zu zeigen. »Heterochromie.«

Ich runzelte die Stirn. »Hete-was?«

Leighton kicherte, wobei ihr die Haare in eine Gesichtshälfte fielen. »He-te-ro-chro-mie«, betonte sie jede Silbe ganz langsam. »Das ist der Name dafür, wenn man zwei verschiedene Augenfarben hat. Genau genommen habe ich eine vollständige Iris-Heterochromie. Das heißt, dass die Augen komplett andersfarbig sind und nicht nur zum Teil.«

»Du kleiner Glückspilz«, versuchte ich sie zu necken. »Es steht dir wirklich gut.«

»Ich mag sie tatsächlich auch sehr gern«, gab sie zu, allerdings auf eine Art, die einfach liebenswürdig und keineswegs eingebildet klang. *Fuck.* Sie war perfekt und ich war so kurz davor, alles zu verbocken. Es war, als balancierte ich auf einem dünnen Seidenfaden, der bei dem kleinsten Fehler riss.

»Warum hast du –«, begann Leighton, wurde jedoch von der Kellnerin unterbrochen, die ihr den Cappuccino und mir einen Americano hinstellte.

»Wollt ihr noch etwas? Cupcakes? Cheesecake?«

»Nein, danke«, knurrte ich in ihre Richtung und erntete einen verdutzten Blick von Leigh.

»Was war das denn?«, flüsterte sie mir belustigt zu, sobald die Kellnerin außer Hörweite war.

»Ach«, ich winkte beiläufig ab. »Seit ich hier auf dich gewartet habe, hat sie mich angestarrt und nur darauf gewartet, dass ich versetzt werde.«

Ein Lachen drang aus ihrer Kehle. »Wirklich?«

»Jepp«, nickend lächelte ich sie an und wurde erneut von ihrem Blick gefangen gehalten. »Also, was wolltest du eben fragen?« Ich nahm den Faden mutig wieder auf, obwohl ich genau wusste, wie ihre Frage lauten würde.

Leighton räusperte sich. »Richtig. Ich wollte wissen, warum du mich angelogen hattest. Gab es dazu überhaupt einen Grund?«

Ich stöhnte leise und stieß angestrengt die Luft aus. »Ehrlich gesagt kann ich mir selbst nicht erklären, warum ich das Missverständnis nicht sofort aufgeklärt hatte.«

»Missverständnis?« Leighton zog verurteilend eine Augenbraue hoch. »Als *Missverständnis* würde ich es jetzt nicht betiteln. Eher als vorsätzliche Lüge.«

»Als wir uns das erste Mal gesehen haben«, beförderte ich die Erinnerung zu Tage. »Da hast du mich gefragt, ob ich Mr. Young sei.«

»R-Richtig«, stimmte sie mir stirnrunzelnd zu und ich sah ihr an, wie es in ihrem Kopf ratterte.

»Na ja. Genau genommen bin ich Mr. Young«, erklärte ich achselzuckend.

»Das ist jetzt nicht dein Ernst«, zischte sie ruhig und so, dass es niemand hören konnte. »Das ist doch keine Ausrede. Du wusstest ganz genau, wen ich suchte, oder?«

»Ja«, gab ich zu und beendete unseren Blickkontakt, indem ich meinen Kaffee anstarrte. Scheiße, sie würde eine verdammt gute Lehrerin abgeben mit dieser natürlichen Autorität.

»Also: Warum?«

»Bitte lach nicht«, bat ich sie leise.

»Worüber sollte ich denn lachen?«

»Ich habe mich das erste Mal seit meinem Unfall wieder *wichtig* gefühlt. Es fühlte sich gut an, wieder auf dem Court von der Presse angesprochen zu werden.«

Leighton schluckte. »Okay.«

»Okay?«

»Ja. Okay.«

»Mehr nicht?« Enttäuscht verzog ich den Mund.

»Was erwartest du denn von mir?« Beschützend verschränkte sie die Arme vor der Brust.

Nein! Das Gespräch ging in eine falsche Richtung. Ich musste irgendwie das Ruder rumreißen.

»Entschuldige. Ich erwarte gar nichts.« Ich fuhr mir verzweifelt mit den Handflächen über das Gesicht und überlegte, was ich sagen sollte, als ihre leise Stimme zu mir drang.

»Was für ein Unfall, Kaleb?«

Wie sie meinen Namen sagte, jagte einen Schauer über meinen Rücken. Es war so ein schönes Gefühl, ihn aus ihrem Mund zu hören.

»Hast du darüber nichts gelesen?«

Sie schüttelte den Kopf. »Nein, sorry. Ehrlich gesagt habe ich nicht einmal gewusst, dass Karter einen Bruder hat. Vermutlich hätte ich nicht nur die neusten Artikel als Recherche lesen dürfen. Anfängerfehler.« Sie zuckte ertappt mit den Schultern.

Ich grinste sie an. »Oh wow. So schnell wird man also vergessen. Karter ist mein großer Bruder und wir wurden im gleichen Jahr in die G-League aufgenommen und dann auch noch in die gleiche Mannschaft. Wir gehörten beide zur *Starting Five* und …« Ich schluckte. »… ich stand kurz vor einem *10-Day-Contract.*«

»Mal davon abgesehen, dass ich keine Ahnung habe, was für ein *Contract* das sein soll: Was ist passiert?«, hakte Leighton vorsichtig nach. Anscheinend sah sie mir an, dass es wehtat, darüber nachzudenken und erst recht, darüber zu sprechen.

»Ich wurde eines Abends beim Joggen von einem Auto erfasst.«

Sie schlug erschrocken die Hand vor den Mund. »Fuck«, fluchte sie und entlockte mir dadurch ein Lächeln.

Ich fand den Mut, sie wieder anzusehen. Hatte sie gar kein Problem damit, einem fast fremden Menschen pausenlos in die Augen zu blicken? Sie erstaunte mich immer mehr und kurbelte das Kribbeln in meinem Inneren durch diese offene Art an. Ihr mitfühlender Blick gab mir die Stärke, ihr das komplette Ausmaß des Unfalls zu schildern.

»Okay«, murmelte ich. »Neben meinem behandelnden Arzt bist du jetzt die einzige Person, der ich das erzähle. Eigentlich bin ich nicht so der Jammer-Typ.«

»Oh«, gerührt legte sie den Kopf schief.

»Das Auto erfasste mich frontal. Das Letzte, woran ich mich erinnern kann, ist ein knackendes Geräusch, ein Schmerz in meinen Beinen und kurz darauf eine mich umhüllende Schwärze.«

Geschockt sog sie Luft ein, unterbrach mich allerdings nicht.

»Ich wachte ein paar Tage später im Krankenhaus auf, man hatte mich ins künstliche Koma versetzt. Eins meiner Beine war gebrochen, ein Knöchel verstaucht und meine Hüfte, meine Schulter und meine Hand haben ebenfalls etwas abbekommen. Allerdings nichts, was nicht wieder heilt. Ich hatte mehr Blutergüsse als normale Hautfarbe und fast überall Schnittwunden vom Blech des Autos.«

Ich sah, wie ihr Blick zu meiner Schläfe wanderte. »Ist die Narbe von dem Unfall?« Sie deutete mit dem Finger auf die Haut zwischen Auge und Haaransatz.

Ich nickte. »Ja, unter anderem. Ich trage so einige Narben von diesem Tag an meinem Körper«, flüsterte ich und konnte mir selbst nicht erklären, wieso ich mich ihr anvertraute. Ich legte mein Innerstes offen auf diesem Tisch zwischen uns dar und fühlte mich dabei auf eine gewisse Art erleichtert. Leighton gab mir nicht das Gefühl, mit diesen Informationen etwas Eigennütziges anfangen zu wollen.

»Es tut mir so leid«, hauchte Leigh und legte ihre Hand zaghaft auf meine. Es war unsere erste Berührung und auch wenn sie so unschuldig und zart war, schlug sie mit einer enormen Wucht bei mir ein. Ich hatte nie daran geglaubt, mich Hals über Kopf in jemanden verlieben zu können. Dass es ein Knistern zwischen zwei Menschen geben konnte, war für mich nur ein Märchen gewesen. Bis heute. Bis zu diesem Augenblick.

Ich erwiderte ihre Geste, indem ich vorsichtig meinen Daumen auf ihren Handrücken legte. Und so passierte es, dass wir mehr oder weniger händchenhaltend im Café saßen. Kurz nachdem ich dieser, für mich bildhübschen, Frau das Herz ausgeschüttet hatte. Auch Männer wurden manchmal zu kleinen Jungs, die nur getröstet werden müssen, damit alles wieder gut werden konnte.

»Es muss dir echt nicht leidtun. Ich bin es, der dich angelogen hatte.«

Sie schüttelte vehement den Kopf. »Vergiss es, wirklich. Alles gut.«

Ich runzelte die Stirn. Ich hätte nicht gedacht, dass das Thema so schnell vom Tisch wäre. »Wirklich?«

»Ja, ich verstehe es.«

»Danke«, lächelnd zeigte ich auf ihren Kaffee. »Trink, der wird kalt.«

»Was aber nicht heißt, dass ich nicht mehr wütend bin.«

Grinsend drückte ich ihre Hand. »Nachtragend?«

»Und wie!«, murmelte sie kichernd in ihren Kaffee.

»Das habe ich wohl verdient.«

»Oh ja.« Sie nahm einen Schluck und stellte die Tasse dann wieder auf dem Tisch ab. »Das hast du, Kaleb. Das hast du.«

Ich schüttelte lachend den Kopf. »Damit kann ich leben.«

»Und Kaleb?« Leigh legte den Kopf schief.

»Ja?«

»Das hat nichts mit Jammern zu tun.«

Leighton machte mich sprachlos.

Leighton

»Im *Soho.*«

»Ja!«

»Nicht dein Ernst.« Mads schenkte mir einen Blick, als würde ich mir das alles nur ausdenken.

»Doch«, beharrte ich lachend. »Das Café war wirklich unten im *Soho House Chicago*. Ich wäre da niemals von allein reingegangen.«

»Ich auch nicht«, pflichtete sie mir bei und zupfte nervös am Saum ihres Pullovers herum. »Ich fühle mich gerade, als käme ich straight aus einem Trailerpark.«

Ich kicherte. »Ach quatsch' kein dummes Zeug, *real slim shady*«, zog ich sie auf. In mir brodelte immer noch das Adrenalin. Mit Kaleb zu reden, ihm so nah zu sein, hatte alles in mir durcheinandergewirbelt.

»Wirklich, gehörst du jetzt zu den Reichen und Schönen, oder was?«

Verwundert verzog ich das Gesicht. »Mads, was ist denn plötzlich los?«

Sie zuckte nur abwehrend mit den Schultern. »Ach nichts.«

»Doch, irgendetwas hast du und du sagst mir jetzt auf der Stelle, was es ist.«

»Ich … finde es einfach wichtig, dass man nie vergisst, wo man herkommt«, nuschelte sie betreten.

Verärgert verschränkte ich die Arme vor der Brust. Was auch immer gerade in Madelyns Oberstübchen abging, ich musste dem ein Ende bereiten. »Küche. Jetzt«, forderte ich sie eindringlich auf. Gerade noch stand ich in ihrem Türrahmen, während sie im Schneidersitz auf ihrem Bett saß, einen Comic in ihrem Schoß. Aber immer, wenn wir etwas Ernstes zu bereden hatten, taten wir dies in Ermangelung eines Wohnzimmers an unserem Esstisch.

Sie keuchte und hievte sich hoch. »Na gut.«

In der Küche ließ sie sich widerwillig auf ihren Platz nieder und ich stellte Gläser sowie eine Karaffe Eistee zwischen uns auf den Tisch. »Also Mads. Ungesagte Worte sind scheiße. Ich möchte mir nicht überlegen müssen, was in deinem Köpfchen vorgeht, also rück' mit der Sprache raus. Von Missverständnissen hab ich nämlich erst einmal genug.«

Mein bitterernster Blick ließ sie hadern, doch begann sie schließlich, es mir zu erklären. »Guck mich bitte nicht so böse an«, bat sie mich und ich versuchte, etwas mehr Wärme in meinen Ausdruck zu legen. Das war allerdings gar nicht so einfach, denn ich war einfach nur verwirrt. Zuerst drängte sie mich, Kaleb zu treffen, um ihm eine zweite Chance zu geben, und jetzt hatte sie, warum auch immer, plötzlich ein Problem damit.

»Du hast mich an meine … an eine frühere Freundin erinnert.«

»Warum? Was war mit ihr?«

»Sie verliebte sich in einen Typen, der ihr jeden Wunsch von den Lippen ablas.« Madelyn verdrehte angewidert die Augen. »Ich habe ihn gehasst. Er war nichts außer Geld.«

»Das klingt hart, Süße«, ermahnte ich sie.

»Du weißt, dass ich Vorurteile hasse. Bei ihm hatten sie sich leider bewahrheitet.«

»Inwiefern?«

»Zuerst war ja noch alles okay. Ein Geschenk hier, eine Einladung dort.« Sie drehte an einem ihrer Ringe. »Aber irgendwann wurden aus den Aufmerksamkeiten Bestechungen«, knurrte sie.

»Bestechungen?«

Nickend fuhr sie fort. »Er betrog sie und beschwichtigte sie immer wieder mit materiellem Scheiß. Sie war nicht *reich* aufgewachsen und fühlte sich in den Kreisen der Upper Class plötzlich so wohl, also ließ sie sich so behandeln. Immer und immer wieder.«

Ich schluckte. »Tut sie es immer noch?«

Madelyn schüttelte traurig den Kopf. »Ich weiß es nicht. Wir … haben keinen Kontakt mehr zueinander.« Ihre Stimme wurde zittrig.

Erschrocken stand ich auf und ging zu ihr herüber, hockte mich vor sie hin. »Süße«, versuchte ich, sie zu beruhigen. Ohne Vorwarnung liefen ihr Tränen über die Wangen, was mich verunsicherte. Wieder einmal stellte ich fest, dass ich Mads immer noch nicht richtig kannte. Wie viele Facetten, wie viele Baustellen und Erinnerungen konnte ein einziger Mensch nur haben? Ich musste zugeben, dass nicht nur ich ein Buch mit sieben Siegeln war. Vermutlich respektierte Mads auch daher, dass ich selten von meiner Zeit vor Chicago erzählte. Aus Angst, sich ebenfalls entblößen zu müssen. Aber Augenblicke wie dieser zeigen, dass früher oder später alles ans Licht kommt.

»Vermisst du sie?« Meine Stimme glich einem leisen Flüstern.

Schniefend rieb sie sich mit dem Handrücken über die Augen. »Natürlich. Sie –« Mads verstummte kurz. »Sie ist immerhin meine Schwester.«

Es war, als hätte man einen Eimer mit eiskaltem Wasser über mir ausgeleert. »Du hast mir immer gesagt, du wärst ein Einzelkind?«

Entschuldigend blickte sie mich an. »Sorry. Ich rede da nicht gern drüber. Keine Ahnung, warum es gerade jetzt aus mir herauskommt.«

Die Erkenntnis traf mich wie ein Schlag, und diese ungewohnte Wärme, die in den letzten Jahren nur Madelyn mir schenken konnte, breitete sich erneut in mir aus. »Weil du mich lieb hast«, murmelte ich leise.

»Na das sowieso.« Sie knuffte mich sanft gegen die Schulter.

»Madsy.« Diesen Kosenamen verwendete ich nur sehr selten. »Ich weiß, wo ich herkomme, glaub mir. Aber glaub mir auch, dass ich dorthin sicherlich nicht zurück möchte.«

»Aber –«, fiel sie mir ins Wort, doch ich hob die Hand, um ihr wiederum das Wort abzuschneiden.

»Bitte glaub mir auch, dass ich auf mich aufpasse, ja? Meine Menschenkenntnis ist gar nicht mal so schlecht.«

»Okay«, schniefte sie. »Ich brauche ein Taschentuch«, näselte sie grinsend und ich sah, dass ihr bereits die Nase lief.

»Igitt.« Schnell zog ich meine Arme von ihren Knien weg und erntete einen entrüsteten Blick ihrerseits.

»Na hör' mal. Das ist nur Wasser.«

»Klar, Rotzi.«

»Pff, gib mir lieber die Küchenrolle.« Sie zeigte beleidigt hinter mich.

»Hier.« Ich warf ihr die Papierrolle aus sicherer Entfernung zu und streckte ihr dabei die Zunge heraus. »So, darf ich dir jetzt von meinem Treffen mit Kaleb erzählen?«

»Oh nein«, plötzlich schoss sie wie von der Tarantel gestochen hoch. »Wie spät ist es?«

Ich schaute mit gerunzelter Stirn auf meine Armbanduhr. »Gleich halb acht, wieso?«

Statt einer Antwort stürmte sie aus der Küche. »Nein, nein, nein, nein, nein, nein.«

»Äh, Mads?« Ich rief ihr verdattert hinterher und erhielt bloß Stille zur Antwort. »Prima«, grummelte ich beleidigt und schenkte mir ein Glas Eistee ein. Wenig später hörte ich ein Rumpeln, gefolgt von einem Knallen und einem Autsch. »Madelyn Summer wie sie leibt und lebt.«

»Leigh? LEIGH?« Wie ein Blitz schoss Madelyn durch die Wohnung. Ich fühlte mich wie ein Komparse ohne Anweisung in ihrem Film.

»Was ist denn los?« Ich versuchte vergebens, ein Lachen zu unterdrücken.

»Parker.«

»Dein Freund.«

»Ja.«

»Und?«

Mads hechtete an mir vorbei zum Küchenschrank und beförderte drei Teller auf unseren Tisch.

»Ähm.« Ich räusperte mich. »Madelyn?« Eine Warnung schwang in meinem Unterton mit. »Gibt es da etwas, in das ich vielleicht noch eingeweiht werden sollte?« Das Surren unserer Klingel hielt für einen Moment die Zeit an. Keine von uns regte sich. Madelyn war die erste, die sich aus der Schockstarre löste.

»Er ist … da.«

»Wer? Parker?« Panik kroch meine Glieder hoch.

»Kannst du Besteck für uns hinlegen?« Ohne meine Erwiderung abzuwarten, rannte sie aus der Küche.

»Besteck«, wiederholte ich verdattert und zählte eins und eins zusammen. Parker. Die Klingel. Die kleine Dummnuss hatte vergessen, mir zu erzählen, dass ich heute ihren Freund kennenlernen würde. In unserer Küche. Bei einem Abendessen. »Die Rache wird süß, meine Liebe«, flüsterte ich, als ich Besteck und Servietten auf den Tisch packte.

»Okay, das ist doch bescheuert«, lachte ich verlegen und brach so die Stille zwischen Parker und mir.

»Das kannst du laut sagen.« Parker ließ sich entspannt gegen die Rückenlehne sinken und musterte mich neugierig. »Du bist also die großartige Leighton.«

»Oh, in solch hohen Tönen spricht Mads also von mir?« Ich versuchte beiläufig, mithilfe von Essstäbchen ein Stück Ente in Erdnusssoße zu tunken, was mir nicht so recht gelang.

Er lächelte mich an. »Ausschließlich.«

»Und du fandest es nicht so cool, dass sie mir von euch erzählt hatte?«

»Wenn du das so sagst, klingt das etwas dämlich.«

Ich schenkte ihm einen erzieherischen Blick. »War es das denn nicht?«

»Touché!« Lachend streckte er die Hände hoch, als würde er sich ergeben. »Diese ganze Situation ist einfach kompliziert.«

Ich schluckte. »Nenn es bitte nicht so«, bat ich ihn vorsichtig.

»Was soll ich nicht wie nennen?«

»Betitele eure Beziehung nicht als *eine Situation* oder ist es nur *eine Situation*?« Ich forderte ihn heraus und wusste selbst nicht, woher das plötzlich kam. Wahrscheinlich war das der natürliche Beschützerinstinkt, den Madelyn mir gegenüber auch an den Tag legte.

Erschrocken holte er Luft. »Natürlich nicht«, zischte er und schaute zum Flur, um sich zu vergewissern, dass Madelyn unser Gespräch nicht hören konnte. »Madelyn bedeutet mir alles und noch mehr.«

»Gut«, schloss ich die Unterhaltung und winkte unauffällig mit einem Stäbchen zum Türrahmen. Parker verstand mich sofort.

»Sorry«, entschuldigte Madelyn sich. »Bin wieder da.«

Sie sah Parker mit einem so liebevollen Blick an, dass es mir den Atem verschlug. In ihren Augen konnte ich nichts als Liebe für ihn erkennen. Ob ich irgendwann jemanden so ansehen würde? Augenblicklich kam mir Kaleb in den Sinn und meine

Finger begannen aufgeregt zu zittern. Schnell legte ich diese in meinen Schoß, sodass Mads und Parker nichts bemerkten. Angestrengt versuchte ich, das Grinsen zu unterdrücken, das bereits verräterisch in meinen Wangen kribbelte.

»Ich bin pappsatt.« Madelyn legte sich die Hände auf ihren Bauch und lehnte ihren Kopf auf Parkers Schulter.

»Genau so bleiben«, befahl ich und stand schnell auf, um mein Handy von der Anrichte zu nehmen.

»Leigh«, kicherte Mads. »Was machst du da?«

»Man bereut nur die Fotos, die man nicht gemacht hat«, erklärte ich schulterzuckend. »Heute ist der Abend, an dem ich Parker unvorbereiteter Weise kennengelernt hab. Das schreit nach einem Erinnerungsfoto, oder nicht?«

»Gut gesagt«, lobte Parker mich.

»Das ist aus *Safe Haven*«, verriet Madelyn mich kichernd.

»Blöde Petze«, lachte ich und knipste ein Foto vom lachenden Paar. »Sehr schön«, entschied ich, als ich es begutachtet hatte. Niemand würde glauben, dass Mads eine gute Stunde vor Aufnahme dieses Fotos noch Rotz und Wasser geheult hatte.

»Zeig her«, verlangte Madelyn aufgeregt. »Das ist unser erstes gemeinsames Foto.«

»Wirklich?« Geschockt starrte ich die beiden an.

Parker wischte sich peinlich berührt über die Stirn. »Ich glaube schon.«

»Es sind nicht alle so verrückt nach Erinnerungsfotos wie du, Leigh.«

»Das kann ich absolut nicht nachvollziehen!« Ich zog einen Flunsch und brachte die beiden dadurch zum Lachen.

»Oh, eine Nachricht.« Madelyn reichte mir mein Smartphone.

Sardi: Hey Leighton, ich hab dich schon eine Weile nicht in der Redaktion gesehen, was hast du denn ausgefressen? 😃 Die Mädels und ich gehen heute tanzen, magst du mitkommen?

»Sardi fragt, ob ich mit ihr und den Mädels ausgehen möchte.«

Mads schob ihren Stuhl näher an Parkers heran und kuschelte sich an ihn. »Und? Möchtest du?«

Ab und zu ging ich gern mal aus. Ein bisschen Musik, tanzen, ein Drink, statt immer nur für meinen beruflichen Traum arbeiten, klang heute gar nicht so schlecht in meinen Ohren. »Ich denke schon«, grinste ich sie an. »Das war bestimmt genau das, was ihr hören wolltet.«

»Gar nicht!« Madelyn lief sofort knallrot an und wich meinem Blick aus, was nicht nur mir, sondern auch Parker einen Lachanfall bescherte.

»Ach nein, Mist«, fluchte ich.

»Was denn?«

»Mein leerer Kleiderschrank«, nuschelte ich bedrückt.

»Jippieh.« Laut jubelnd sprang Mads auf und lief auf ihr Zimmer zu. »Ich wusste, dass dieser Tag wiederkommen würde. Kommst du?«

»Nein?« Dennoch blieb mir keine andere Wahl, also ging ich ihr hinterher. »Aber ich suche mir was aus, Madelyn Summer!«

»Ähm, ich räume dann wohl ab?«, schaltete sich Parker dazwischen.

»Jaha«, kam es gleichzeitig aus unseren Mündern und wir kicherten.

Kapitel 12

Leighton

»Wow«, entfuhr es Sardi, als ich auf sie zuging. »Die Welt ist nicht gerecht.«

Ich lachte und fuhr mir durch meine Haare. »Wieso das?«

»Du sahst ja schon in deiner Sporttights und der Bluse ganz hübsch aus, aber wenn du dich richtig herausputzt, bist du eine Gefahr für alle verheirateten Männer!«

»Sardi, ich hoffe, das war ein Scherz«, tadelte ich sie verblüfft.

»Natürlich, Süße.« Ihrem Lächeln nach zu urteilen, war es nicht ernst gemeint. Ein Glück. »Die Mädels sind schon drin, komm.« Sie griff nach meiner Hand, als wären wir beste Freundinnen seit dem Kindergarten, und zog mich hinter sich her in den Club.

Ich bewunderte offene Menschen wie sie, die so absolut keine Scheu hatten, auf andere zuzugehen. Sardi war das beste Beispiel für eine extrovertierte Person. Und bekannterweise suchten Introvertierte keine Freunde, sondern wurden von Extrovertierten adoptiert. So ließ sich wohl sehr gut zusammenfassen, wie Sardina und ich in der kurzen Zeit so etwas wie Freundinnen geworden waren. In der Redaktion nahm sie mich zum Mittagessen mit oder lief zum Feierabend mit mir zusammen zur Bahn. Leider verpassten wir uns in letzter Zeit immer öfter. Aber es war gut und wichtig, dass unsere Welt Menschen wie Sardina beherbergte, denn sonst wären viele andere einsam.

Die Musik im Club umhüllte mich sofort. Von draußen würde man niemals denken, dass sich in dieser alten Lagerhalle ein Lichtermeer aus verschiedenen Spots und Scheinwerfern versteckte, die sich im schnellen Takt des Beats bewegten. Wir drängten uns durch die Menge, die Menschen tanzten dicht an dicht.

»Da ist sie, schaut sie euch an«, rief Sardi den Mädels zu und zeigte erst auf mich und tat dann so, als hätte sie sich die Finger an mir verbrannt.

»Du spinnst«, lachte ich und versteckte mich spielerisch hinter meinen Händen.

»Komm her.« Violet, eine weitere von meinen Kolleginnen, klopfte auf den freien Platz neben sich. »Du siehst echt heiß aus heute.«

»Wow, danke. Ich kann mit den ganzen Komplimenten gar nicht umgehen.«

»Sorry«, lachte Violet. »Berufskrankheit. Wir müssen Stil und Schönheit eben für die breite Masse kundtun.« Sie zwinkerte mir zu.

Als ich mich neben sie setzte, schaute ich an mir herunter und begutachtete noch einmal kurz mein Outfit. Ich trug eine *sehr* hautenge, schwarze Jeans von Mads. Darüber ein bauchfreies, schwarzes Crop-Top, ich fühlte mich wie frisch aus den 90ern entkommen. Meine Füße steckten in den einzigen Plateau High Heels, die ich besaß und in denen ich tatsächlich laufen konnte. Zur Feier des Tages hatte ich mir sogar Eyeliner verpasst. Es hatte mir wirklich Spaß gemacht, mich zurecht zu machen, und das Sahnehäubchen war, dass meine Locken perfekt saßen. Beinahe so, als wäre ich direkt vom Friseur gekommen. Das war der Ausgleich für den absolut grauenhaften Tag gestern.

»Leighton?« Eine Hand schnipste vor meinem Gesicht herum. »Wovon träumst du?« Sardi lachte mich an und zeigte auf den Kellner. »Was möchtest du trinken?«

»Äh«, überfordert ließ ich meinen Blick über die niedrigen Tische vor uns gleiten. »Was trinkt ihr denn?«

»Richtige Antwort«, grinste sie mich an und wandte sich dann dem Kellner zu. »Für meine wunderhübsche Freundin da drüben das Gleiche, *Süßer*!«

Ich zog eine Augenbraue hoch und wartete, bis der *Süße* wieder weg war. »Und was trinke ich heute?«

»Schau nicht so ängstlich, wir sind alle vernünftig und passen aufeinander auf!«, schrie sie mir über die laute Musik hinweg zu.

Das ließ ich als Antwort nicht gelten. »Was trinke ich?«

»Einen klassischen Mojito.« Sardi verdrehte gespielt die Augen. »Mehr als drei bekommt keine von uns, das ist unsere goldene Regel.«

Beeindruckt nickte ich ihr zu. Das hätte ich nicht erwartet. Da, wo ich herkam, dröhnten sich die Jugendlichen alle nur die Birne voll. Allerdings, und das durfte ich nicht vergessen, waren wir keine Teenager mehr. Jede von uns Frauen hier war erwachsen und an drei Händen konnte ich sogar Ringe sehen.

»Komm, wir tanzen«, Violet und Sardi hielten mir gleichzeitig ihre Hände hin, die ich lächelnd ergriff. Kaum berührten meine Füße die Tanzfläche durchströmte mich dieses wunderbare Gefühl von Freiheit und Glück, das ich beim Tanzen schon immer verspürt hatte. Früher war ich fast täglich durch mein kleines Zimmer getanzt und stellte jetzt mit Erschrecken fest, dass ich es unheimlich vermisst hatte, mich im Takt der Musik zu bewegen.

Es dauerte keine halbe Minute, bis ich wieder ganz im Reinen mit mir war und all meine Bedenken und Sorgen wegtanzte. Ich schwang meine Hüfte, klatschte in die Hände und schloss die Augen. Plötzlich spürte ich Hände, die sich von hinten um meine Hüften legten, und blieb abrupt stehen.

»Tanz weiter, Leigh«, lachte mir Sardi in die Ohren und ich realisierte, dass es ihre Hände waren und sich Violets Hände wiederum auf ihren Hüften befanden. Erleichtert genoss ich das Gefühl mit meinen neuen Freundinnen zu tanzen und einfach nur den Moment zu genießen.

»Ich hab Durst«, rief mir Sardi ein paar Songs später direkt ins Ohr und ich nickte ihr zu.

»Ja, ich auch.« Wir schlängelten uns zurück zu den Mädels und ließen uns auf das Ledersofa fallen, griffen nach unseren Gläsern und saugten gierig an den Strohhalmen aus Bambus. Sogleich spürte ich, wie mir der Alkohol ins Blut ging und ich war froh, zuvor vernünftig mit Mads und Parker gegessen zu haben.

»Woher kannst du so gut tanzen?« Violet formte mit ihren Händen ein Sprachrohr, damit ich sie verstand.

Ich zuckte verlegen mit den Schultern. »Ganz viele Ciara-Videos«, erklärte ich und erntete dafür ein Lachen. »Und du?«

Violet winkte grinsend ab. »Nett von dir, aber ich weiß, dass ich wie eine einflossige Robbe tanze.«

Empört riss ich den Mund auf. »Stimmt doch gar nicht!«

»Oh doch!« Sie nickte energisch. »Bist du vergeben?«

Huch, diese plötzliche Frage überrumpelte mich und das musste sie bemerkt haben.

»Keine Sorge, ich will dich nicht verkuppeln oder so«, grinste sie. »Ich bin nur verdammt neugierig!«

Ich schüttelte den Kopf. »Nein, derzeit nicht so richtig.«

»Uuuuh, nicht so richtig?« Sie zwinkerte mir zu.

»Frag mich in ein paar Wochen noch mal«, bat ich sie breit grinsend.

»Das werde ich, verlass dich drauf!«

»Ladies!« Sardinas Stimmorgan war echt eine Wucht, wir alle hörten sie und blickten zu ihr auf. »Nächster Club?«

»Was?« Meine Verständnislosigkeit stand mir ins Gesicht geschrieben, denn alle riefen im Chor: »Clubhopping!«.

Ich kramte schnell mein Handy aus meiner schmalen Handtasche und schaltete das Display ein. Es war bereits halb drei und ich runzelte die Stirn. »Ich würde lieber noch eine halbe Stunde hierbleiben und dann nach Hause«, informierte ich die Mädels und bereitete mich darauf vor, auf Widerspruch zu stoßen. Zu meinem Erstaunen willigten die Mädels lachend ein.

»Okay! Dann bringen wir dich noch zur Bahn!« Als Antwort hielt ich mein Glas zum Zuprosten in die Höhe und die Frauen taten es mir gleich. Kurz darauf verschwanden wir wieder auf der Tanzfläche und ich sog diesen Abend ganz tief in mir ein.

»Scheiße, ist das kalt«, murmelte ich zu mir selbst und verfluchte die dämliche Anzeige in der Bahnstation. Noch 23 Minuten musste ich warten. 23 Minuten, in denen mir vermutlich sämtliche Zehen und Finger abfroren. Der eigentlich sehr dicke Pullover, den ich an der Garderobe abgegeben hatte, reichte nicht bei den Temperaturen, und ich verfluchte Madelyns bauchfreies Top. Club? Ja. Bauchfrei? Nie. Wieder.

Da ich die Zeit irgendwie totschlagen musste, holte ich mein Handy aus der Tasche, ehe ich einen weiteren Blick auf die Anzeige warf. Noch 22 Minuten. Stöhnend warf ich den Kopf in den Nacken und erst jetzt fiel mir auf, wie ruhig und stockfinster es war. Durch die Kälte spürte ich, wie der Alkohol sich verflüchtigte und damit auch meine Angst vor der Dunkelheit wiederkam.

»Oh nein, verdammt«, nuschelte ich leise und versuchte, mich mit fröhlichen Gedanken abzulenken. Doch nichts konnte die Angst daran hindern, an die Oberfläche zu gelangen. Von Jetzt auf Gleich beschleunigte sich mein Puls und schlug mir bis zum Hals. Meine Kiefer schlugen unkontrolliert aufeinander und das Handy in meinen Händen bebte. Ich tat das Erste, das mir in den Sinn kam, ohne groß darüber nachzudenken. Ich wählte Kalebs Nummer.

Es tutete drei Mal, ehe das Gespräch entgegengenommen wurde, und ein verschlafener Kaleb sich meldete.

»Ja? Leigh?«

»Kaleb? Hi.« Ich versuchte, Unbekümmertheit in meine Stimme zu legen.

»Alles okay?« Ich konnte den alarmierten Ton in seiner Stimme hören und kniff ertappt die Augen zusammen.

»Ähm. Japp? Ich war mit Freundinnen aus und –«

»Geht es dir gut?«

Seine Besorgnis rührte mich, konnte jedoch die Angst nicht verscheuchen. »Ja. Ich warte auf meine Bahn und irgendwie ist mir jetzt gerade eingefallen, dass ich Angst im Dunkeln habe.«

»Du bist allein?«

»Ja.«

Ich hörte ihn zischend ausatmen. »Du verarschst mich, Leighton.«

Verwundert verschlug es mir die Sprache und ich musste schlucken, ehe ich das Wort wieder aufnahm.

»Wie bitte?«

»Du willst mir echt erzählen, du bist mitten in der Woche, mitten in der Nacht allein in *Chi-Raq* unterwegs?« In seinem ruhigen Tonfall schwang etwas mit, das ich mit Wut gleichsetzen würde. Er war wütend auf mich? Echt jetzt?

»Ja? Das ist ein freies Land und –«

»Wann kommt deine Bahn?« Kaleb schnitt mir das Wort ab und ich schaute zur Anzeige hoch.

»In achtzehn Minuten«, murmelte ich kleinlaut.

»Wie weit ist dein Nachhauseweg?«

»Ist das hier ein Verhör?« Trotz lag in meiner Erwiderung.

Er seufzte. »Nein, antworte.«

»Klingt aber nach einem.«

»Leigh!« Ich konnte ihn förmlich vor mir sehen, wie er die Zähne zusammenbiss.

Ich atmete ergeben aus. »Ich muss nur ein paar Stationen fahren und dann ein paar Minuten laufen.«

»Okay, solange telefonieren wir.«

Ich lachte. »Ist das ein Befehl?«

»Das kannst du dir aussuchen.«

»Klingt wie einer.«

»Du hast mich angerufen.«

Verdammt. »Stimmt. Okay, kein Befehl.«

Nach ein paar stillen Sekunden räusperte er sich. »Du warst also … aus?«

Ich spürte die Horde Schmetterlinge in meinem Bauch Zumba tanzen, weil er sich für mich interessierte. »Ja. Mit Kolleginnen, ich hatte einen wirklich großartigen Abend.«

»Das freut mich.«

»Was hast du heute gemacht?«

Er lachte und ich hörte ein Rascheln. Bestimmt hatte er sich in seinem Bett aufgesetzt.

»Was ist an der Frage so lustig?«

»Meine peinliche Antwort«, erwiderte er.

Ich grinste und vergaß glatt meine Angst vor der Dunkelheit. »Oh, die möchte ich gern hören.«

»Das glaube ich dir.«

Ich stöhnte frustriert auf. »Lass dir nicht alles aus der Nase ziehen, Kaleb.«

»Na gut. Ehrlich gesagt saß ich nach unserem Date nur zuhause rum und habe an dich gedacht.«

Bei diesem Geständnis wäre mir beinahe mein Handy heruntergefallen und ich war so unglaublich froh, dass er nicht sehen konnte, wie sehr seine Worte mich aus dem Takt brachten.

»Ich hab eventuell auch ab und zu an dich gedacht«, gab ich leise zu und riss sofort die Augen weit auf, nachdem die Worte meinen Mund verlassen hatten. War ich bekloppt? Seit wann ging ich mit solchen Bekundungen hausieren?

»Ach ja?« Ich hörte ihn schmunzeln. Mist, jetzt konnte ich keinen Rückzieher mehr machen.

»Bilde dir ja nichts darauf ein!«

Sein kehliges Lachen drang an mein Ohr und sofort zogen sich meine Eingeweide zusammen. »Und wenn doch?«

Er flirtete mit mir. Es war vier Uhr nachts, ich stand allein irgendwo in Chicago und schwebte auf Wolke Sieben. Verdammt, Kaleb hatte mir den Kopf verdreht, ich musste endlich aufhören, mich selbst vom Gegenteil überzeugen zu wollen.

»Dann kann ich dich nicht daran hindern«, flüsterte ich schüchtern.

»Leigh?« Kaleb sprach leise.

»Ja?«

»Gehst du mit mir aus?«

JA! OH GOTT! JA! »Ja.« Irgendwie schaffte ich es, meine Euphorie zu zügeln.

Er atmete hörbar aus. »Yes.«

»Hast du gerade die Faust in die Höhe gestreckt?«

»Das, hübsche Leighton, wirst du niemals erfahren.«

»Du hast es getan«, schloss ich grinsend.

»Grausam ist dein zweiter Vorname, oder?«

»Oh, es gibt so vieles, was du nicht von mir weißt«, flirtete ich zurück.

»Noch nicht.«

Sonntag

Kaleb: Guten Morgen Windy City Party Queen
Leighton: Nein.
Kaleb: Nein?
Leighton: zu früh …
Kaleb: Es ist 11 Uhr!
Leighton: Und Sonntag. Zwar ist mein Dienstag eigentlich mein Sonntag, aber ich muss ja erst heute Abend los. Ich schlafe noch!
Kaleb: Wohin?
Leighton: Äh. Ist heute kein Spiel?
Kaleb: Doch
Leighton: Ding Ding Ding, Hauptgewinn.
Kaleb: Dann sehen wir uns 😀
Leighton: Ich werde nur Augen für Karter haben 😉
Kaleb: …
Leighton: Ach komm, das war witzig.
Kaleb: zu früh …
Leighton: Schlag mich nicht mit meinen WAFFELN.
Kaleb: Würde ich niemals tun ♡
Kaleb: Was auch immer du da tippst und wieder löschst, schick es endlich ab
Leighton: nö.
Kaleb: Warum nicht?
Leighton: zu früh … 😉
Kaleb: Du machst mich fertig, Leigh

Montag

Kaleb: Du Biest.
Leighton: Ich hatte dir eindeutig gesagt, ich werde nur Augen für das Spiel haben
Kaleb: Du hast mich eiskalt ignoriert!
Leighton: Quatsch.
Kaleb: Ich hab dir gewunken.
Leighton: Und die Reporterin neben mir hat nett zurück gewunken oder nicht? 😀
Kaleb: DU BLÖDE … ARGH!
Leighton: Na na na wer wird denn hier unfreundlich?
Kaleb: Ich saß da wie ein Volldepp auf der Bank.
Leighton: Und fremden Frauen hast du auch noch zugewunken.
Kaleb: hahaha, ist das alles noch Part deines Nachtragens?
Leighton: Ich bin noch nicht einmal heiß gelaufen.
Kaleb: Du kannst echt noch heißer werden? 😉
Leighton: 😉
Kaleb: Ich glaub, ich muss duschen gehen
Leighton: Ferkel 😀

Mittwoch

Leighton: Wie war es beim Arzt?
Kaleb: Ich darf immer noch nicht trainieren
Leighton: sorry ☹
Kaleb: Alles okay. Vielleicht nächste Woche.
Leighton: Du brauchst jetzt nicht den harten Macker markieren.
Kaleb: Leigh …
Leighton: Ist doch wahr!
Kaleb: Es nervt mich, ja. Aber es bringt mir nichts, mich darüber aufzuregen, oder?
Leighton: Manchmal bringt aufregen schon was …

Kaleb: Ich hab mich monatelang aufgeregt – ich mag nicht mehr ☺
Leighton: Na gut
Kaleb: Wo bist du?
Leighton: Sitze in der Uni und muss jetzt eigentlich aufpassen 😉
Kaleb: Also keine Zeit zum Telefonieren?
Leighton: Nope. Außerdem tut mir mein Ohr immer noch weh von gestern du Brüllaffe.
Kaleb: Hör auf mich Affe zu nennen, das ist scheiße.
Leighton: BRÜLLaffe, nicht Affe.
Kaleb: Und das ist besser?
Leighton: Hast recht: Affe ist Affe.
Kaleb: Ich bin kein Affe!
Leighton: Aber du lachst wie einer.
Kaleb: Ich werde niemals wieder lachen.
Leighton: Wetten doch?
Kaleb: Pass lieber in deiner Vorlesung auf, du Stinktier.
Leighton: AFFE!
Kaleb: STINKTIER!

Donnerstag

Kaleb: Hast du dir eine Antwort auf meine Frage überlegt?
Leighton: Ja.
Kaleb: Und?
Leighton: Höhe.
Kaleb: Höhe?
Leighton: Ja, Höhe. Ich habe Angst vor der Höhe.
Kaleb: Dann habe ich eine Idee für unser Date am Samstag!
Leighton: Ich bringe dich um.
Kaleb: Du hast mir erst gestern Abend am Telefon gesagt, dass man sich seinen Ängsten stellen muss.
Leighton: Du bist fies.

Kaleb: Und du süß
Leighton: Hör auf damit, ich will sauer auf dich sein.
Kaleb: Und ich will sehen, wie süß du aussiehst, wenn du sauer auf mich bist 😃
Leighton: Also hau raus, was machen wir übermorgen?
Kaleb: Überraschung 😃
Leighton: Kaleb! Ich muss gleich in die Redaktion und hab keine Zeit, mir den Kopf darüber zu zermartern, was du am Samstag mit mir anstellen wirst.
Kaleb: Das tut mir jetzt aber wirklich leid.
Leighton: Das glaube ich dir aufs Wort.
Leighton: NICHT!
Kaleb: hahaha bis später, Stinktier
Leighton: Du Affe

Freitag

Leighton: Jetzt sag' schon!
Kaleb: Nope.

Kaleb

Ich war kurz davor, mir einen Beruhigungstee zu kochen, so dermaßen groß war meine Aufregung, Leighton zu treffen.

Und immer und immer wieder sah ich ihre wunderschönen Augen vor mir. Ich hatte Heterochromie gegoogelt und herausgefunden, dass es sich dabei um einen Gendefekt handelte. Meiner Meinung nach der schönste Fehler, den ein Gen nur haben konnte. Ihre sarkastischen Antworten und die Art, wie sie mich spielerisch auf Abstand hielt, jagten mir jedes Mal eine warme Welle durch den Körper. Und jetzt, so kurz vor unserem ersten offiziellen Date, stand ich in meiner Küche und starrte alle dreißig Sekunden auf die Wanduhr, als wäre ich ein Kind, das sehnsüchtig auf den

Weihnachtsmann oder die Zahnfee wartete. Allerdings zwang ich mich dieses Mal dazu, nicht schon so früh loszugehen. Lieber war ich zu Hause aufgeregt als an unserem Treffpunkt.

Ich vernahm das Geräusch des Haustürschlüssels und fluchte leise. »Fuck!« Karter sollte doch auf dem Weg zum Training sein? Was wollte er hier? »Hey«, begrüßte ich ihn so beiläufig wie nur möglich.

»Was machst du hier?« Karters Tonfall war barsch, als er an mir vorbei die Treppe hoch hechtete. Das fragte er mich? Ich war nicht gezwungen, jedes Training auf der Bank zu verbringen. Wenige Sekunden später kam er die Treppe wieder heruntergerannt, ein paar Sneakers in der Hand. Er blieb neben mir stehen und musterte mich argwöhnisch. »Kommst du gar nicht zum Training?«

Ich schüttelte den Kopf. »Heute nicht, nein.«

»Warum nicht?«

Was ging es ihn an? »Ich bin verabredet.«

Auf seiner Stirn bildete sich ein V, als er seine Augenbrauen grüblerisch zusammenzog. »Mit wem?«

»Ist das wichtig?« Ich zog beide Augenbrauen hoch und wandte mich von ihm ab, schlenderte zum Sofa.

»Nein«, gab er zu. »Hör zu, ich hab da gerade echt keine Zeit für.«

»Brauchst du auch nicht. Du sollst ja nicht mitkommen, Kart«, lachte ich. Erschrocken stellte ich fest, dass er mich noch immer mit einer Mischung aus Wut und Verunsicherung anstarrte. »Alles klar, Bro?«

»Triffst du dich mit der kleinen Reporterin?« Er spie das Wort Reporterin aus, als wäre sie eine ansteckende Krankheit mit tödlichem Verlauf.

»Ich wüsste nicht, warum es dich was angeht, wen ich treffe«, erwiderte ich wenig freundlich. Seine herrische Art ging mir mittlerweile gewaltig auf den Sack. »Du kannst langsam aufhören, mich zu bevormunden.«

»Bevormunden? Ich? Was redest du da? Ich … sorge mich lediglich. Immerhin bist du … mein Bruder.«

Mir entging nicht, wie stockend er nach Worten suchte. Ich wüsste zu gern, was seit ein paar Wochen in ihn gefahren war. Seine freie Hand war zur Faust geballt, mit der anderen krallte er sich regelrecht in seine Sneakers.

»Bis später, viel Spaß beim Training«, beendete ich unser Gespräch und zeigte auf die Tür.

»Übertreib es nicht«, zischte er. Als die Tür laut ins Schloss fiel, entspannte ich meine Schultern. Karters und meine Beziehung veränderte sich und so langsam war ich nicht mehr sicher, ob mein Unfall allein schuld daran war.

Ich stand bereits an der U-Bahn Haltestelle *Quincy* und wartete auf Leighton. Unsere täglichen Nachrichten und Gespräche hatten die Warterei gerade so erträglich gemacht. Leigh zog mich magisch an. Es war wie ein unsichtbares Band, das mich an sie fesselte, ganz fest. In jeder freien Minute, und von denen hatte ich aufgrund des Trainingsverbots derzeit so einige, wanderten meine Gedanken zu ihr. Ich dachte an ihr neckendes Lachen, ihre wippenden Locken und die dunkel gemalten Lippen, von denen ich mir so sehr wünschte, sie küssen zu dürfen.

Der Blick aufs Handydisplay verriet mir, dass ich es schon wieder geschafft hatte, ich war viel zu früh. Kurz entschlossen wählte ich Leighs Namen an und das Freizeichen ertönte.

»Wehe, du sagst jetzt ab«, begrüßte Leigh mich und ihr Lachen berührte mich bis ins Mark.

»Natürlich nicht«, beruhigte ich sie. »Ich bin nur schon da und möchte sichergehen, dass du in der richtigen Bahn landest.«

»Ganz sicher! Ich hab es doppelt überprüft. Ich bin gleich da.«

»Okay. Ich bin der große –«

Leighton fiel mir ins Wort. »Der große, attraktive Affe?«

»Du weißt schon, dass man das als rassistisch betiteln könnte?« Ich neckte sie grinsend.

»Heutzutage kann einem jedes Wort im Mund herumgedreht und als rassistisch eingestuft werden«, belehrte sie mich seufzend.

»Aber zugegeben: Eventuell sollte ich dich in der Öffentlichkeit nicht Affe nennen.«

»Endlich gibst du es zu.« Ich atmete theatralisch aus.

»Aber jetzt mal ehrlich: Warum sollte ich dich wegen deiner Hautfarbe beleidigen?« Ich hörte sie lachen. »Das wäre albern, immerhin bin ich selbst ein Viertel und du nur halb.«

»Du bist ein Viertel und ich bin halb?«, wiederholte ich verwirrt.

»Ein Viertel Afrikanerin?« Sie klang, als stünde das auf ihrer Stirn und wäre somit für jeden klar.

»Mir ist egal, was für Viertel du hast. Hauptsache, du bist in spätestens einer Viertelstunde hier.«

Ich hörte sie in den Hörer pfeifen. »Ui, guter Wortwitz.«

»Vielen Dank, ich verbeuge mich später.«

Plötzlich tutete es in der Leitung. Leighton hatte einfach aufgelegt oder die Verbindung wurde unterbrochen. Gerade als ich sie zurückrufen wollte, erklang ihre Stimme hinter mir.

»Zum Beispiel genau jetzt?«

Erschrocken fuhr ich herum und schluckte bei ihrem Anblick. *Fuck. Fuck. Fuck.* Diese Frau gab mir keine Zeit, mich vorzubereiten.

»H-Hi«, stammelte ich plötzlich nervös.

»Na!« Leighton strahlte ein Tausend-Watt-Lächeln und steckte ihr Handy in ihre Handtasche, die über ihrer Schulter hing. Sie trug ihre Haare wieder offen, als wüsste sie genau, was sie dadurch mit mir anstellte. Ihre Beine steckten in einer hohen, schwarzen Skinnyjeans, ihre Füße in klassischen Vans. Um ihre Hüften hatte sie in weiser Voraussicht einen zusätzlichen Pullover geknotet und ihr Oberteil und ihre Jacke waren ohne viel Chi-Chi einfach nur schwarz. Und verdammt! Sie trug wieder diesen dunklen Lippenstift, der mich um den Verstand brachte.

»Du siehst einfach klasse aus«, sagte ich ihr frei heraus.

»D-Danke«, nahm sie das Kompliment auf süße Art verklemmt an und strich sich die Haare hinter die Ohren, wie sie es wohl immer tat, wenn sie nervös war. »Du auch.«

Ein leises Lachen drang aus meiner Kehle. »Danke.«

»So, und jetzt erfahre ich endlich, was du mit mir anstellst?«

»Ja. Ich gebe dir einen Tipp: 103.«

»103? Was soll das für ein Tipp sein?«

»Kein besonders guter anscheinend«, räumte ich ein und legte meine Hand an ihren unteren Rücken, um sie zum Laufen zu bewegen.

»Sag schon«, drängelte sie aufgeregt.

»Okay, Etage 103.«

»Hab ich schon gesagt, dass ich dich hasse?« Sie boxte mich gegen den Oberarm.

Nickend schaute ich auf sie hinab. »Das eine oder andere Mal, ja.«

»Das waren dann wohl nicht genügend Male«, murrte sie. »Warum müssen wir uns heute eigentlich meinen Ängsten stellen und nicht deinen? Und jetzt sag' nicht, du hast keine, du bist nicht Superman.«

»Das stimmt wohl. Ich trage meine Unterwäsche lieber drunter«, erwiderte ich schulterzuckend und wich so ihrer ersten Frage gekonnt aus.

»Das ist das einzige, das dir zu Superman einfällt?« Entrüstet kicherte sie.

»Das und sein schlechter Friseur.«

»Du weißt großartige Filmgeschichte nicht wertzuschätzen«, echauffierte sie sich.

»Großartige Filmgeschichte?« Ich tat so, als bekäme ich einen Hustenanfall.

»Mach dich nicht lustig«, bat sie grinsend.

»Wir sind da.« Ich zeigte auf den Eingang des Willis Towers.

»Oh mein Gott«, hauchte Leigh. »Wie groß ist die Chance, dass wir einfach nur essen gehen?«

»Die Chance besteht zu einhundert Prozent«, zwinkerte ich und ihre Schultern entspannten sich. »Nachdem wir auf dem Skydeck waren.«

»Du Fiesling«, murmelte sie.

»Na komm.« Wieder legte ich meine Hand an ihren unteren

Rücken und würde sie am liebsten nie wieder wegnehmen. Jeder kleinste Körperkontakt sorgte für diese tief sitzende Zufriedenheit und schüttete einen Kanister Glücksgefühle in mir aus.

Kapitel 13

Leighton

Memo an mich selbst: Ich werde niemals wieder irgendeinem Menschen von meinen Ängsten erzählen. Von keiner einzigen Angst, so klein diese auch schien. Was war nur in mich gefahren, Kaleb zu verraten, dass ich unter Höhenangst litt?

»Alles okay?« Kaleb grinste mich schelmisch an und ich schüttelte den Kopf.

»Nein. Arsch.«

Sein Lachen wirbelte die Schmetterlinge in meinem Inneren durcheinander.

»So schlimm?«

»Ja!« Ich hob den Kopf an, um ihm direkt in die Augen zu sehen. »Mir fallen spontan zwanzig Möglichkeiten ein, ein erstes Date souverän über die Bühne zu bringen.«

»Souverän über die Bühne bringen?«, wiederholte er eine Spur zu ernst.

Ich verdrehte die Augen. »Du weißt, wie ich das meine.«

»Für mich klingt es, als hättest du noch nie ein schönes Date gehabt.«

Ertappt zuckte ich mit den Schultern, wandte ruckartig meinen Blick ab und biss mir auf die Unterlippe. »Sind Dates nicht immer gleich?«, murmelte ich und fühlte plötzlich Kalebs Arm an meinem. *Körperkontakt – jetzt bloß nicht durchdrehen, Leighton Baker.*

»Das hoffe ich nicht«, sprach er mir leise ins Ohr und augenblicklich wurde meine Kehle trocken. Mit der Situation überfordert nickte ich nur und starrte dann meine Füße an. Mir war noch gar nicht in den Sinn gekommen, dass Kaleb wirklich wollte, dass ich heute Abend Spaß hatte. Dass es ihm wichtig war, dass es mir gefiel und dass ich mich wohlfühlte. Dass ich mich in seiner Gegenwart geborgen fühlte. Ich hatte bisher noch keinen Mann kennengelernt, der nicht zuerst an sein eigenes Wohlergehen gedacht hatte. Ob ich auf meine Kosten kam oder den Tag genießen konnte, hatte noch nie zur Debatte gestanden.

»Scheiße«, flüsterte ich und hob erschrocken den Kopf an, als mich Kalebs Hand erneut im unteren Rücken berührte.

»Was ist?« Der Druck an meinem Rücken verstärkte sich.

»Mir ist gerade … ach nichts«, winkte ich ab. *Hör auf, dich mental nackig zu machen, Leighton,* tadelte ich mich selbst stumm. Auch wenn ich nicht leugnen konnte, dass ich ihn sehr mochte, kannte ich ihn noch nicht lang genug.

»Sag' schon, Leigh«, bat Kaleb mich mit einem vorsichtigen Lächeln, bei dem seine dunklen Augen so schön strahlten. »Was ist los? Wenn du wirklich nicht da hochwillst, müssen wir natürlich nicht.«

Ich lachte betreten und wusste nicht, wie ich den Kloß in meinem Hals wegbekommen sollte. Warum sagte er genau das, was nicht nur meine Knie, sondern auch mein Gehirn weich machte? Wenn ich nicht langsam den Mund aufbekam, würde er mich noch stehen lassen. Da wäre er nicht der Erste gewesen.

»Es ist nur …« Wieder brach ich ab und schüttelte den Kopf.

Kaleb fasste mich am Handgelenk und zog mich aus der Menschenmenge heraus an den Rand. »Leighton, ich kann ja echt vieles, aber was nicht dazu gehört, ist Hellsehen.«

»Das enttäuscht mich jetzt aber«, witzelte ich vergebens. Ich erntete lediglich einen verständnislosen Blick von ihm.

»Mach es uns nicht so schwer«, murmelte er und plötzlich spürte ich seine Hand unter meinem Kinn. Als wären wir ein Schauspielerpärchen am Filmset, hob er meinen Kopf an, sodass ich ihm direkt ins Gesicht sah.

»Was meinst du damit?« Perplex fuhr ich mir mit den Händen über die Haare und atmete tief ein und aus, als dadurch die Berührung unterbrach, die mich nicht rational denken ließ.

»Leighton«, seufzte er. »Ich möchte nicht um den heißen Brei herumreden.«

»Mhm?« Was auch immer jetzt kam, ich war nicht bereit.

»Ich mag dich, okay? Sogar sehr und du bist manchmal wie eine Wundertüte.« Er lehnte sich lässig gegen die Wand und zog mich noch ein kleines Stückchen an ihn heran, außer Hörweite der anderen Leute. »Mein Gefühl sagt mir, dass ... dass du mich gar nicht so scheiße findest. Bitte verrate mir, wo die schlagfertige, witzige Leighton gerade hin ist?«

Ich starrte ihn an und klappte den Mund auf, nur um ihn sofort wieder zuzuklappen. »Ich bin nervös«, gab ich leise zu. »Und ja«, tief einatmend sammelte ich Mut, mich mental auszuziehen. »Ich hatte tatsächlich noch nie ein schönes Date.« Auf einmal fühlte ich mich klein. Klein, unbedeutend und ungeliebt. Diese Gefühle wollte ich niemals wieder zulassen, denn sie konnten in Windeseile zerstören, was ich mit jahrelangem Durchhaltevermögen aufgebaut hatte.

»Komm her«, hauchte er und fasste mich an beiden Handgelenken. Ehe ich mich versah, lag meine Wange an seiner Brust und ich spürte, wie seine Arme tröstend über meinen Rücken strichen. Sein Herz pochte wie wild und mein eigenes passte sich dem seinen an. »Glaubst du echt, ich wäre nicht nervös?«

»Sorry«, nuschelte ich in sein T-Shirt und realisierte, dass ich mich in sein Oberteil krallte wie Jack ans Holzbrett. Meine Beine begannen zu zittern und mein Oberkörper wankte, obwohl dieser wie erstarrt war. In den Arm genommen zu werden, war etwas, mit dem ich nicht zurechtkam. Es war etwas, das für jedes Kind selbstverständlich sein sollte. Genau genommen war es schwierig, sich an liebevolle Körpernähe zu gewöhnen, wenn man sie von klein auf kaum kennengelernt hatte. So blöd es klang: Ich musste immer noch lernen, wie man eine Umarmung genoss und dass dieses kribbelige Gefühl im Magen etwas Gutes bedeutete.

Ich hörte Kalebs ruhigen Atem und spürte, wie seine Hände zu meinen Oberarmen wanderten. »Wusstest du, dass man niemals zu alt ist, um etwas zum ersten Mal zu erleben?«, flüsterte er.

Überrascht schüttelte ich den Kopf. »Darüber habe ich nie nachgedacht.«

»Dann wird es eindeutig Zeit dafür.« Er strich mir aufmunternd über die Arme und stieß sich von der Wand ab, um mir kurz darauf seine Hand hinzuhalten. »Komm.«

Ich starrte seine Hand an, als wäre sie ein Schatz. Etwas Besonderes, wie die Kronjuwelen der Queen. Vorsichtig legte ich meine Hand schließlich in seine. Es war das erste Mal, dass dies auf diese Art und Weise geschah. Dies war einer der Momente, die man nicht verbocken durfte. So cool Kaleb auch war, hätte ich ihn zurückgewiesen, hätte er schlucken müssen. Niemand, ganz gleichgültig wie groß, beliebt, bekannt, wollte zurückgewiesen werden. Und wenn ich ehrlich zu mir selbst war, gab es gerade nichts Schöneres für mich, als seine große Hand um meine zu wissen.

»Du steckst voller Überraschungen Mr. Young.« Lächelnd blickte ich ihn von der Seite an und war unheimlich froh, meine Stimme wieder gefunden zu haben.

Verlegen fuhr er sich mit seiner freien Hand durch die kurzen Haare und zwinkerte mir zu. »Und das ist gerade Mal unser erstes Date.«

»Tja« grinste ich. »Du legst deine eigene Messlatte ganz schön hoch.«

»Es gibt ja auch etwas, das ich erreichen möchte.«

Ich zog eine Augenbraue hoch. »Ach ja?«

Als Antwort nickte er nur und ich beließ es dabei. Die nächsten Minuten konzentrierte ich mich darauf, meinem Atem etwas ähnliches wie Regelmäßigkeit beizubringen, und betete, dass meine Hand vor Nervosität nicht schwitzte.

»Der Nächste, bitte«, rief ein junger Typ mit hellblauem Poloshirt und einem hässlichen Käppi, der hinter einer Glasscheibe saß.

»Na endlich.« Kaleb ließ meine Hand los, um sein Portemonnaie aus seiner hinteren Hosentasche zu holen. »Zwei Personen, bitte.«

»Warte«, schaltete ich mich dazwischen.

»Willst du doch nicht hoch?« Er hielt mitten in der Bewegung inne.

»Doch, aber –«

»Wenn du jetzt sagst, dass du deinen Eintritt selbst zahlst, zahlst du meinen gleich mit.« Er legte den Kopf schief.

Ich begann aufgrund dieser skurrilen Situation zu lachen. »Was?«

»Emanzipation hin oder her – ich hab dich um dieses Date gebeten, also zahle ich.«

»Hallo?« Der Kassierer klopfte ungeduldig gegen die Glasscheibe.

Ich verkniff mir ein Lachen und biss mir auf die Unterlippe.

»Normal hoch oder mit Glasbalkon?«

Ich beobachtete, wie Kalebs Bewegung erstarrte und seine Mundwinkel nach oben wanderten. Er schielte zu mir und grinste breit, fast so, als wäre ihm gerade eine grandiose Idee gekommen. »Mit Balkon.«

»Das macht dann 120 Dollar.«

»Was?«, entfuhr es mir geschockt. Das war eindeutig das teuerste Date, das ich jemals hatte. »Ohne Balkon«, grätschte ich dazwischen und schnappte Kaleb die Kreditkarte aus der Hand.

»Leigh«, lachte er und zeigte auf die lange Schlange hinter uns. »Gib mir die Karte.«

Ich schüttelte den Kopf. »Bist du irre, oder was? 120 Dollar?«

Er presste seine Lippen aufeinander, um sich so ein Lachen zu verkneifen. »Oh glaub mir. Die werden es mir wert sein.« Blitzschnell griff er nach seiner Karte und legte sie auf das Lesegerät.

»Das ist übrigens voll unsicher«, informierte ich ihn und zeigte auf das Gerät. Was laberte ich hier eigentlich?

»Ich weiß, Sherlock.« Er nahm die Tickets entgegen und führte mich ein paar Meter weiter. »Ich habe eine Blocker Card.«

Ich versuchte, meine Unwissenheit zu verstecken. »Ach so.« Was zur Hölle war eine Blocker Card? »Was meintest du eigentlich damit, dass es dir die 120 Dollar wert sein wird?«

»Lass dich überraschen«, griente er.

»Du bist grausam und überhaupt kein bisschen cool.«

Er verstaute sein Portemonnaie wieder in seiner hinteren Hosentasche und griff nach meiner Hand, als wäre es das Normalste der Welt. »Ich weiß.«

»Ich werde nirgends herunterspringen.«

»Musst du nicht.«

»Meine Füße werden den Boden nicht verlassen.«

Er zuckte mit den Schultern. »Okay.«

»Gut.«

»Nein.«

»Komm schon.«

»Nein, du Irrer.« Mit verschränkten Armen stand ich in der Schlange. »Ich bin hier in der millionsten Etage und kann fast die Sonne küssen. Ich werde mich nicht auch noch am helllichten Tag in so einen blöden Glasbalkon stellen.«

»Was denkst du, könnte passieren?« Er knuffte mich in die Seite.

»Er wird abfallen.«

»Meinst du?«

Ich nickte todernst.

»Leighton?« Er senkte seinen Kopf zu mir herab und allein diese Bewegung sorgte dafür, dass sich meine Eingeweide zusammenzogen und die Ponys in meinem Bauch umher galoppierten.

»Ja?«, erwiderte ich atemlos und kam ihm kaum merklich näher. Sein Duft umhüllte mich und sorgte dafür, dass ich statt Angst aufgeregte Erregung verspürte. Ich zermarterte mir den Kopf, woher ich diesen Duft kannte. Es war ein Mix aus Minze, Rosmarin und noch etwas, das ich nicht zuzuordnen wusste.

»Zusammen, okay?«, sprach er an meinem Ohr und ich konnte seinen warmen Atem auf meiner Haut spüren. Eine wohlige Gänsehaut bedeckte augenblicklich jeden Zentimeter meiner Haut und ich nickte. Allein das Wissen, dass er ganz nah hinter mir stand, sendete eine warme Welle durch meinen Körper. Er schien mich zu hypnotisieren, anders konnte ich mir nicht erklären, dass ich mich gleich in einen dieser dämlichen Glaskästen stellen würde.

»Ich bin anscheinend lebensmüde«, kicherte ich leise und schüttelte den Kopf. Dabei lösten sich meine Locken und fielen mir ins Gesicht. Gerade, als ich sie wieder hinter meine Ohren streichen wollte, kam mir Kaleb zuvor.

»Oh Gott, sorry«, entschuldigte er sich. »Keine Ahnung, was gerade in mich gefahren ist.«

Ich drehte mich lächelnd zu ihm um. »Du wolltest mir die Haare hinter die Ohren streichen«, informierte ich ihn über das Offensichtliche.

Er biss sich auf die Unterlippe und rümpfte grinsend die Nase. »Anscheinend wollte ich genau das tun. Das ist schon ein bisschen gestört.«

Ich lachte. »Ein bisschen, ja. Aber auch ein klein wenig süß.«

Er pustete Luft aus, als wäre er einen Marathon gelaufen. »Leighton Baker findet mich süß, yes.«

Ich boxte ihn peinlich berührt gegen den Oberarm. »Du bist wirklich der größte Spinner, den ich je getroffen habe.«

»Die nächsten, bitte.« Ein mies gelaunter Mitarbeiter des *Skydeck Chicago* forderte das Paar vor uns auf, zum gerade frei gewordenen Glasbalkon zu treten, und urplötzlich kehrte meine Übelkeit zurück.

»Wir sind gleich dran«, murmelte ich mir selbst zu und versuchte, die in mir aufsteigende Panik zu unterdrücken. »Fuck, wir sind gleich dran.«

»Leigh?« Erschrocken legte Kaleb seine Hände auf meine Schultern. »Hyperventilierst du?«

Ich schüttelte den Kopf und hielt den Atem an.

»Du hältst die Luft an, das ist genau so schlecht. Atme normal.«

Ich versuchte den Drang, ihm den Mund zu verbieten, zu unterdrücken und zählte innerlich von zehn rückwärts. Langsam entschleunigte sich mein Puls und ich entspannte meine Hände, die ich unmerklich zu Fäusten geballt hatte. »Wieder gut.«

»Du wirst mir das richtig heimzahlen, oder?« Er hatte seine Hände in seinen Hosentaschen vergraben.

»Oh ja, da kannst du Gift drauf nehmen«, zischte ich und schenkte ihm ein teuflisches Lächeln. »Es wird dir noch so richtig leidtun, Kaleb Young.«

»Die nächsten, bitte.«

»Scheiße«, stieß ich lauter als beabsichtigt aus und erntete ein paar entrüstete Blicke von Eltern, die mit ihren Kindern hier waren, als wäre dies nichts weiter als ein Spielplatz.

»Komm, Stinktier.« Kaleb griff nach meiner Hand und zog mich hinter sich her. Wir folgten dem Mitarbeiter, der irgendetwas herunter ratterte. Vermutlich informierte er uns gerade über die Notausgänge oder wie wir uns bei einer Massenpanik verhalten sollten. »… Ihr habt 60 Sekunden Zeit, Fotos zu schießen.«

»Danke«, Kaleb nickte dem Typen zu und holte bereits sein Handy aus seiner Hosentasche. »Hast du gehört, Leigh?«

Ich schüttelte den Kopf. »Nein, ich versuche, nicht zu sterben, irgendwas mit einer Minute«, informierte ich ihn plump.

»Du wirst nicht sterben, kleine Dramaqueen.« Er lachte und zeigte auf eine Anzeige. »Dort wird unser Countdown herunterzählen. Es sind nur 60 Sekunden, dann müssen wir wieder raus.«

Ich schnaubte und bedachte ihn mit einem Blick, der ihm sagen sollte, was für unheimlich dummes Zeug er von sich gab. »Nur?«

Kaleb drehte sich gerade zu dem Mitarbeiter um, als ich meinen Griff um seine Hand verstärkte.

»Wenn du mich loslässt, rede ich nie wieder mit dir«, grummelte ich durch zusammengebissene Zähne. »Kein einziges Wort. Ich meine es ernst!«

Er senkte sich zu mir herab und plötzlich war sein Gesicht so nah an meinem wie noch nie. Fast glaubte ich, er würde mich küssen und die Brausepulverparty in meinem Inneren startete erneut. »Werde ich nicht, Leighton.« Ich glaubte ihm. Ich glaubte ihm, dass er mich nicht loslassen würde. Irgendetwas in seinem Blick verriet mir, dass er mich nicht anlog.

Ich schluckte und sah hinauf zum Countdown. »Okay.«

»Geht schon einmal hin«, bat uns der Mitarbeiter und zeigte

auf den Glasbalkon. Ich kniff die Augen zusammen, als Kaleb mich zum Balkon führte.

»Aua.« Ich hörte Kaleb lächeln und spürte, dass er mir sanft über den Handrücken streichelte.

»Sorry«, entschuldigte ich mich mit hoher Stimme und verringerte den Druck meiner Hand.

»Es geht los.« Die Stimme des Skydeck-Typen nahm ich nur am Rande wahr.

»Mach die Augen auf, Leighton«, bat mich Kaleb und mutig folgte ich seiner Bitte. »Schau erst einmal mich an.« Es lag so viel Geduld in seiner Stimme, dass mir beinahe die Tränen kamen.

Ich öffnete vorsichtig die Augen und realisierte, dass ich in der Luft stand. Um mich herum war nur Glas und es war, als klammerte mein Blick sich an ihn.

»Okay, okay, okay, okay, okay«, wiederholte ich immer wieder und holte tief Luft. »Ich werde jetzt woanders hinschauen, okay?«

Er nickte lächelnd. »Ich lass dich nur los, wenn du loslässt.«

Auf einmal durchfuhr mich eine Adrenalinwelle. Ich drehte meinen Kopf langsam nach links und der Ausblick verschlug mir den Atem. Ich befand mich über der Stadt, blickte auf andere Wolkenkratzer und der Lake Michigan glitzerte wunderschön in der Sonne.

»Wow«, entfuhr es mir. Vom Ehrgeiz gepackt, mich vollends meiner Höhenangst zu stellen, senkte ich den Blick ab und schaute auf unsere Füße, unter denen nichts als Glas war. Unter uns, mehrere hundert Meter tiefer lag Chicago. Da liefen Menschen, so klein wie Ameisen. Es fuhren Autos, die von hier aussahen, wie Matchbox-Autos und die Bahnen glichen Regenwürmern. Ich realisierte, dass man so viel Schönes verpasste, wenn man sich nicht seinen Ängsten stellte. Diese paar Sekunden brannten sich in meine Netzhaut und auch wenn mir die Angst im Nacken saß, genoss ich den Moment in vollen Zügen.

»Lass uns fix ein Foto machen«, flüsterte Kaleb und holte mich dadurch zurück in die Gegenwart. Ich nickte und schluckte, unfähig, etwas zu sagen, da ich so überwältigt war. Kaleb ließ meine

Hand keine Sekunde los, stellte sich allerdings so nah an mich heran, dass ich seine Wärme spüren konnte. Er senkte seinen Kopf zu mir herab und gemeinsam lächelten wir in die Kamera, das Miniatur-Chicago und der ruhige Lake Michigan unter uns. Kalebs Nähe erweckte erneut die Schmetterlinge in meinem Bauch und ich war in diesem Moment einfach nur glücklich.

Kaleb

»Lass uns fix ein Foto machen«, flüsterte ich Leighton zu, die komplett mit sich selbst beschäftigt war. Ich konnte ihr ihren Zwist aus Angst und Freude ansehen. Einerseits zerbrechlich, andererseits gestählt und mit dem Verlangen, sich selbst etwas zu beweisen. Ohne dass sie es wusste, gab sie mir in diesem Moment einen ungeheuren Mut.

Sie nickte mir zu und kurz überlegte ich, wie ich ein Foto von uns beiden machen sollte, ohne sie für eine Sekunde loszulassen. Immerhin hatte ich es ihr versprochen und ich wäre der größte Dummkopf der Welt, wenn ich in der jetzigen Situation mein Wort brechen würde. Also stellte ich mich so nah an sie heran, dass meine ganze Seite ihren Körper berührte. Ich inhalierte den Duft ihres Shampoos und genoss die Wärme.

Manchmal war es ein klitzekleiner Augenblick, der eine vermeintlich unüberwindbare Mauer durchbrechen konnte. Mir war, als hätte Leighton mir vor wenigen Sekunden erlaubt, einen kurzen Blick hinter ihre Fassade zu werfen. Sie machte mich süchtig, ich wollte noch viel mehr von ihr, wollte alles, und bekam langsam Angst vor meinem nagenden Verlangen nach ihrer Nähe. Auch wenn ich spürte, dass sie sich emotional zu mir hingezogen fühlte, gab es da die rationale Leighton, die ich noch nicht so recht einzuschätzen wusste.

»Die Zeit ist um.« Der Mitarbeiter kam auf uns zu und ich sah, wie das nächste Pärchen schon auf dem Weg zum Balkon war. Ich verstärkte meinen Griff um Leightons Hand, zog sie langsam aus dem Balkon heraus und führte sie an einen freien Platz. Auch hier waren die Fenster bodentief und man konnte weit über Chicago sehen, ganz ohne den Zeitdruck, den man in dem Glaskasten hatte. Hier würde uns niemand unterbrechen und sie konnte in Ruhe verarbeiten, was sie gerade geleistet hatte.

Ihr Schweigen begann mich zu verunsichern, doch wollte ich sie nicht in ihren Gedankengängen stören. Wie würde ich mich fühlen, wenn ich mich gerade meiner Angst gestellt hätte?

»Danke«, flüsterte sie plötzlich. Ganz langsam wandte sie ihren Kopf zum Fenster, um ebenfalls herauszuschauen.

»Wofür?« Vorsichtig ließ ich ihre Hand los, um den Arm über ihre Schulter zu legen und sie an meine Seite zu ziehen, was sie auch ohne Widerstand geschehen ließ. Es waren diese unschuldigen Berührungen, die das Vertrauen zwischen zwei Menschen nach und nach aufbauten.

»Dafür.« Sie wirbelte mit ihren Armen durch die Luft. »Für das alles hier.«

»Gern geschehen, Leigh«, murmelte ich und nahm all meinen Mut zusammen, um ihr einen Kuss auf den Scheitel zu drücken. Mein Herz klopfte wie wild und ich genoss das Gefühl, hier so eng umschlungen mit ihr zu stehen. Ich wollte die Zeit anhalten, um genau diesen Augenblick festzuhalten.

»Das war der Wahnsinn«, sinnierte sie plötzlich laut und fasste sich mit ihrer Hand an die Stirn. »Ich stand wirklich in diesem Kasten aus Glas.« Sie zeigte auf den Balkon, in dem jetzt zwei Mädels Selfies knipsten. In wenigen Sekunden war auch deren Zeit abgelaufen.

»Jepp.« Ich schmunzelte.

»Und ich lebe noch!« Euphorisch warf sie den Kopf in den Nacken.

Ein Lachen drang aus meiner Kehle. »Gott sei Dank.«

»Ich kann das gar nicht glauben, ich hätte das niemals gemacht, ich –« Ohne Vorwarnung drehte Leighton sich zu mir und ich spürte ihre Hände an meinem Gesicht, die mich zu ihr heruntergezogen. Sie drückte mir im Eifer des Gefechts einen Kuss auf die

Lippen und schnellte plötzlich von mir weg, als hätte sie sich verbrannt. Als hätte sie etwas Verbotenes getan.

»Oh nein, sorry. Ich –« Sie ging einen Schritt zurück, bis das Fensterglas in ihrem Rücken war und warf mir einen verlegenen Blick zu.

Ich konnte nicht schnell genug reagieren. Es waren nur ein paar Zehntelsekunden gewesen, trotzdem wirbelte etwas in mir durcheinander. Ich realisierte, dass Leighton mich wirklich geküsst hatte und spürte das Kribbeln auf meinen Lippen. Weder war das eine Einbildung noch ein dummer Zufall gewesen. Leighton war so emotionsgeladen, dass sie mich wahrhaftig geküsst hatte. Ohne darüber nachzudenken, ging ich einen Schritt auf sie zu und strich vorsichtig mit meinen Fingerspitzen über ihre Wange. Ihre Haut war so weich und ich bemerkte, wie sie zu zittern begann.

»Warum hast du aufgehört?«, fragte ich leise und kam ihrem Mund vorsichtig näher.

»Ich weiß nicht.« Ihre Stimme war nicht mehr als ein Hauchen und sie fuhr sich mit der Zunge über die Lippen, was mir den Verstand raubte.

Ich konnte ein leises Stöhnen nicht unterdrücken, als ich meinen Mund auf ihren legte und ihre Lippen spürte. Die Menschen um uns herum nahm ich nicht mehr wahr, keinerlei Geräusche drangen an mein Ohr. Zaghaft löste ich meinen Mund von ihrem und verharrte wenige Millimeter vor ihm. Leigh lehnte ihre Stirn gegen meine und ich konnte ihren Atem auf meinen Lippen spüren, inhalierte ihren Duft. Es war, als würde mein Körper auf ein eindeutiges Zeichen von ihr warten, sie noch einmal küssen zu dürfen.

Als ich ihre Hand fühlte, die zaghaft an meiner Hüfte landete, öffnete ich die Augen und blickte direkt in ihre. Sofort zog ich sie erneut an mich, um meine Lippen auf ihre zu drücken. In meinem Inneren explodierte ein Gefühl, als hätte ich soeben die Finals gewonnen. Meine ganz persönlichen Finals.

Sie kam mir entgegen, ich spürte, wie sie sich auf Zehenspitzen stellte und am liebsten hätte ich sie hochgehoben, damit sie die

Beine um meine Hüfte schlingen konnte. Aus zaghaft wurde mutig und als sie ihre Lippen leicht öffnete, biss ich ihr sanft in die Unterlippe, was sie mit einem leisen Japsen quittierte. Unsere Zungen fanden sich und mir wurde beinahe schwindelig vor Glück. Sie schmeckte nach Kaffee und Zimt und mein Puls beschleunigte sich vor Erregung. Auch Leightons Atem wurde schneller, als ihre Hand meinen Oberkörper hinauf wanderte und schließlich in meinem Nacken verharrte. Sie zog eine Spur aus Lava, ich konnte jede kleinste Berührung brennend heiß spüren.

»Kaleb«, wisperte Leigh zwischen zwei Küssen an meinem Mund, was so unglaublich sexy klang.

Ich lächelte und strich ihre Haare hinter ihre Ohren. »Ja?«

Als sie lachte, pustete sie mir ihren Atem ins Gesicht. Ganz langsam sank sie von ihren Fußspitzen herab und brachte so einen größeren Abstand zwischen uns. »Wir sollten vielleicht besser aufhören«, bedachte sie mich mit einem Nicken in Richtung der anderen Menschen. Die Art, wie sie sich verlegen auf die Unterlippe biss, ließ mich bereits ahnen, warum.

Langsam folgte ich ihrem Blick und stellte fest, dass wir Zuschauer hatten, in deren Gesichtern von Belustigung, über Ekel bis Neid alles abzulesen war. »Schade«, grinste ich breit. »Aber der Tag ist ja noch jung. Wollen wir gehen?«

Langsam drehte sie sich wieder der Glasscheibe zu, die uns von der lauten Welt da draußen abschirmte und zeigte mit ihrer Hand eine Fünf. Mir entging nicht, dass diese noch leicht zitterte. »Noch fünf Minuten – ich gewöhne mich gerade daran.«

»Woran? An die Höhe oder daran, mich zu küssen?« Ich umschloss ihren noch bebenden Körper mit meinen Armen, nachdem ich meine Hände links und rechts von ihr gegen das Fenster gestemmt hatte und sprach so leise, dass es niemand außer ihr hören konnte.

Leighton blieb mir eine Antwort schuldig, ließ sich aber wenige Sekunden später rücklings gegen mich fallen, was für mich als Antwort genug war. Leighton begann, sich fallen zu lassen, und ich genoss es mit jeder Faser, ihre Stütze sein zu dürfen.

Kapitel 14

Leighton

Ich hasste diesen selbstgefälligen, arroganten und snobistischen Vollidioten von Chef und wenn ich das hier alles nicht so dringend brauchen würde, hätte ich ihm schon längst ins Gesicht gespuckt. Verärgert schlug ich die Schranktür in der Redaktionsküche mit zu viel Wucht zu. Mich so dermaßen zu beherrschen, wenn ich ohne ersichtlichen Grund zur Schnecke gemacht wurde, fiel mir wirklich schwer. Und dann auch noch während des Teammeetings, bei dem alle anderen Reporter ebenfalls anwesend waren. Ich konnte mir nicht erklären, was Dougs verdammtes Problem mit mir war. Ich lieferte ihm mehrmals die Woche Artikel zu den *Windy City Bulls* und war nahezu bei jedem Spiel anwesend. Und selbst wenn nicht, bekam er seine scheiß Artikel pünktlich und bereits von Redakteuren lektoriert und korrigiert. Sollte ich mich vielleicht auch noch darum kümmern, dass der Satz erledigt wurde? Ich war eine studentische Aushilfskraft und keine Vollzeit-Reporterin.

»Hui Süße, was ist denn mit dir los?« Sardis belustigte Stimme ließ mich zusammenzucken. »Lass mich raten: Doug?«

Ich nickte mürrisch und stellte die Glaskanne mit einem lauten Knall in die Kaffeemaschine. Wenige Sekunden später begann diese sich bereits Tropfen für Tropfen zu füllen. »Er ist einfach … argh! Er hat mir gerade im Teammeeting vor allen an den Kopf geworfen, dass meine Artikel klingen, wie von einer Frau geschrieben und dass das niemand lesen möchte.« Ich raufte mir die Haare und lehnte mich gegen die Küchentheke.

»Lass dich bloß nicht von dem fertig machen. Er ist wirklich einer der *sehr* ungern gesehenen Mitarbeiter in dieser Redaktion.«

Ich schnaubte, um ein Lachen zu unterdrücken. »Und wie genau soll mir das jetzt helfen?«

»Gar nicht. Sorry.« Mit schiefgelegtem Kopf kam sie auf mich zu und strich mir aufmunternd über den Oberarm, ehe sie drei Tassen aus dem Schrank neben mir fischte.

Verzweifelt ließ ich meinen Kopf in den Nacken fallen. »Ich will wieder nur kopieren«, jammerte ich.

»Willst du gar nicht«, schmunzelte sie und tippte mir auf die Nase, als wäre ich drei Jahre alt. »Ich hab deine letzten Artikel alle gelesen. Sie werden immer besser, lass dir von Doug nicht den Spaß am Schreiben nehmen. Er wird nicht auf ewig dein Vorgesetzter bleiben.«

»Du hast sie echt gelesen?« Geschmeichelt biss ich mir auf die Unterlippe.

Sardi nickte. »Jepp. Wenn man bedenkt, dass du zuerst keine Ahnung von Basketball hattest, ist deine Lernkurve echt steil. Du schreibst irgendwie so, als würde es dir persönlich etwas bedeuten und bleibst dennoch sachlich.«

Ihrem Kompliment nicht gewachsen starrte ich auf meine Füße und murmelte ein leises *Danke*. Wenn sie nur wüsste. Natürlich bedeutete es mir mittlerweile etwas, mehr, als ich je zu hoffen gewagt hatte.

»Jetzt mach dir mal nicht gleich in die Hose, nur weil ich dich lobe.« Sie boxte mir gegen den Oberarm. »Du müsstest langsam gemerkt haben, dass ich mit Komplimenten nicht hinter dem Zaun halte.«

»Und du solltest langsam merken, dass es Menschen wie mich gibt, die Komplimente nicht einzuordnen wissen«, erwiderte ich lächelnd.

»Gewöhn dich dran, Süße. Ich stehe übrigens voll drauf, wenn du deine Haare so trägst«, zwinkerte sie mir zu und streckte mir die Zunge raus.

»Ach Sardi«, lachte ich und fasste mir mit einer Hand an einen meiner zwei Dutts, die ich tief am Hinterkopf trug. »Noch einmal: Danke.«

»Sehr, sehr gern geschehen, du kleine Schönheit.« Jetzt grinste sie so breit, dass mir der Glitzerstein auf ihrem Schneidezahn wieder auffiel und ich verspürte auf einmal das Verlangen, sie auf ihn anzusprechen. Beinahe so, als würde Sardis Art, Komplimente zu verteilen, ansteckend sein.

»Ich stehe voll auf deinen Glitzerstein.«

Sie zog eine Augenbraue hoch. »Hast du Fieber?«, piesackte sie mich.

Ich verschränkte bockig die Arme vor der Brust. »Okay. Keine Komplimente mehr für dich.« Ihr herzliches Lachen drang direkt in mein Innerstes und entlockte mir ein Grinsen.

»Ich sehe den Stein gar nicht mehr«, informierte sie mich schulterzuckend und fuhr fort, als sie meinen fragenden Blick sah. »Ich habe das Teil seit gut fünfzehn Jahren. Normalerweise hält so etwas höchstens zwei Jahre. Nun ja, meiner wird mir vermutlich noch am Zahn kleben, wenn der mir irgendwann ausfällt.«

»Nicht dein Ernst?«, prustend hielt ich mir die Hand vor den Mund. »Ich dachte schon, Glitzersteinchen kommen wieder in Mode.«

Augenrollend griff sie nach der Kaffeekanne, die sich mittlerweile bis zur Hälfte gefüllt hatte. »Tja. Dann bin ich zumindest sofort up to date.«

»Ich finde, sie sollten wieder modisch werden«, sinnierte ich laut.

»Du spinnst, süße, kleine Leighton Baker.«

»Nein, echt. Ich mag das«, beharrte ich und ergänzte mit leiser Stimme, »ich durfte früher nie so etwas haben.«

»Das tut mir leid, Süße.« Das Mitgefühl in ihrer Stimme haute mich beinahe um. Wie konnte ein Mensch nur so unglaublich empathisch sein? Und woher wusste sie, dass jetzt nicht der richtige Augenblick war, weiter darauf einzugehen? Sie füllte alle Tassen mit Kaffee und hielt mir eine davon hin. »Hier. Wie lange machst du heute? Wollen wir nachher was trinken gehen?«

»Danke«, murmelte ich und schüttelte den Kopf. »Ich muss nur noch etwas Kopieren und haue dann ab. Ich habe heute Abend noch eine Spätvorlesung.«

»Schade, dann demnächst, okay?«

Ich erwiderte ihr Lächeln und stieß mich von der Küchentheke ab. »Okay.«

Sardi griff nach den zwei anderen Kaffeetassen. »Bis morgen«, trällerte sie noch, als sie aus der Küche verschwand.

»Bis morgen«, nuschelte ich mehr zu mir selbst als zu ihr und starrte den Stapel Papiere, der nur darauf wartete, von mir kopiert zu werden, mit einem scharfen Blick an. Stöhnend griff ich danach und machte mich auf den Weg, in der großen Hoffnung, Doug heute nicht mehr begegnen zu müssen.

Im Kopierraum traf ich auf Violet, die mir zur Begrüßung einen schnellen Kuss neben die Wange hauchte. »Na? Alles klar bei dir?«

Ich nickte und ließ den Papierstapel mit Nachdruck auf dem Tisch fallen und fächerte mir Luft zu, weil es im Kopierraum immer besonders stickig war. »Jepp, nur noch diesen Stapel vervielfältigen, dann bin ich heute fertig«, seufzte ich.

»Oh, du Glückliche«, lächelte sie. »Ich hänge hier bis heute Abend fest – Meeting nach Meeting nach Meeting.« Bei jedem Wort ließ sie ihren Kopf nach rechts oder links fallen.

Ich widerstand dem Drang, ihr zu erklären, dass der Feierabend hier für mich noch lange kein Feierabend im eigentlichen Sinne bedeutete. Das Studium bewältigte sich nicht von allein. Heute Morgen hatte ich mit Erschrecken festgestellt, dass die nächste Prüfungsphase bald an die Tür klopfte und ich wirklich nachgelassen hatte. Die Uni, die Studentenzeitung, die *Tribune* und Kaleb unter einen Hut zu bekommen, war gar nicht so einfach. Ein Glück gab sich der *Maroon* mit weniger aufwendigen Artikeln zufrieden, Hauptsache die Seiten waren mit guten und korrekten Beiträgen gefüllt.

Beim Gedanken an Kaleb holte mich sofort wieder dieses Knäuel aus Emotionen ein. Das Glücksgefühl, das mir in die

Fingerspitzen schoss und dafür sorgte, dass alles in mir kribbelte, vermischt mit der Unsicherheit, wie es wohl mit uns weitergehen würde. Beim Gedanken an unseren Kuss auf dem *Skydeck* stieg mir die Hitze zu Kopf. Woher hatte ich nur den Mut genommen, ihn zu küssen? Er hätte mich zurückweisen können, was mich mit großer Wahrscheinlichkeit zurück in ein tiefes, schwarzes Loch gestoßen hätte.

Seit unserem Date war über eine Woche vergangen und es verunsicherte mich unheimlich, dass er nicht fragte, wann wir uns wiedersehen würden. Hatte ich ihm vielleicht falsche Signale gegeben? Dachte er womöglich, ich wollte ihn gar nicht wiedersehen?

»So ein Blödsinn«, nuschelte ich zu mir selbst. Vermutlich war er nur genauso beschäftigt wie ich.

»Was?« Violet lächelte mich verlegen an.

»Ach«, ich winkte ab. »Nichts, nichts, sorry. Ich bin zurzeit etwas durch den Wind.«

»Hat das vielleicht etwas mit einem Mann zu tun?« Sie wackelte mit den Augenbrauen.

»Wie kommst du darauf?« Ich versuchte, mir nichts anmerken zu lassen, und trank einen Schluck von meinem Kaffee, um meine Hände an irgendetwas klammern zu können.

»Im Club meintest du, ich solle in ein paar Wochen noch einmal fragen. So, hier bin ich und ich frage dich.« Ihr breites Grinsen entlockte mir ein leichtes Lächeln. Ich mochte Violet. Wirklich, sie war eine super liebe Kollegin. Aber in mir brodelte ein Gefühl, das es mir verbot, ihr von Kaleb zu erzählen. Nicht, weil ich ihr misstraute, sondern eher, weil sie nicht die erste sein sollte.

Ich schüttelte den Kopf und es kostete mich alle Kraft, ihr standhaft in die Augen zu schauen. »Nein, kein Mann.«

Sie gab sich mit meiner Antwort zufrieden und zuckte mit den Achseln. »Schade. Na gut, ich muss mal weiter.« Zum Abschied gab sie mir wieder einen Kuss auf die Wange und winkte mir beim Gehen zu.

Erleichtert atmete ich aus und verfrachtete den ersten Teil des Papierstapels in den großen Kopierer und drückte auf Start. Das quietschende Geräusch des Einzugs ertönte und erschöpft ließ ich mich gegen die Wand sinken, während der Kopierer seine Arbeit erledigte.

Ich zog mein Handy aus meiner hinteren Hosentasche und tippte eine Nachricht an Mads.

Ich: Hey Mads, heute Abendessen im Betty's?

Wenige Sekunden später surrte es in meiner Hand.

Madelyn: Direkt nach deiner Vorlesung?
Ich: Japp, das wäre super 😀
Madelyn: Alles klar, ich warte dann dort, hab heute eh Spätschicht im Tierheim.
Ich: Prima, bis dann!

Leighton

Der Weg von der Universität zum *Betty's* fühlte sich für mich so an, als würde ich geradewegs zur Schlachtbank rennen. Es war mir irgendwie peinlich, Mads von Kalebs und meinem Kuss zu erzählen, da es einfach etwas Neues für mich war. Es war das erste Mal, dass Gefühle im Spiel waren. Andererseits fürchtete ich mich vor ihrer Reaktion, da man bei Madelyn nie wissen konnte, wie diese ausfallen würde. Kaleb hatte mich einmal als Wundertüte bezeichnet. *Wenn er nur wüsste*, dachte ich und grinste in mich hinein. Madelyn war die größte Wundertüte der ganzen Welt. Komplett in Gedanken versunken lief ich beinahe am Café vorbei, blieb abrupt davor stehen und machte kehrt. Ich blickte unauffällig über meine Schulter, um mich zu vergewissern, dass niemand gesehen hatte, wie zerstreut ich war.

»Hey«, begrüßte mich meine beste Freundin und tunkte eine Fritte in den Vanilleshake, den sie bereits bestellt hatte.

»Hey du«, ächzend ließ ich mich in die Bank ihr gegenüber

nieder und ließ meinen Kopf mit einem Stöhnen gegen die hohe Lehne sinken. »Ich. Bin. So. Müde.«

Lachend schob sie mir die Pommes und den Shake zu. »Na dann stärke dich erst einmal, ehe du mir endlich erzählst, was mit dir los ist.« Sie hob auffordernd eine Augenbraue an.

Ihr einreden zu wollen, dass sich nichts verändert hatte, war zwecklos. Madelyn hatte dafür einen siebten Sinn. »Wie lange wartest du schon?« Ich lächelte sie verlegen an.

Grinsend klatschte sie in die Hände. »Ist das dein Ernst? Seit deinem Date mit Kaleb warte ich darauf, dass du endlich mit der Sprache herausrückst!«

Ich verschluckte mich beinahe an meiner Fritte. »Warum hast du nicht gefragt?«

Sie schenkte mir einen Blick, der mir zeigte, dass ich genau wusste, warum. »Du bist meine beste Freundin. Ich spüre, wann ich dich ungeniert ausquetschen kann und wann ich lieber warten sollte, bis du aus deinem Schneckenhaus gekrochen kommst. Ersteres gefällt mir übrigens besser.«

»Du bist fies, Mads«, gekränkt bewarf ich sie mit einer Fritte, die zu meiner Befriedigung in ihren Haaren hängen blieb.

Sie fischte sie heraus und stopfte sie sich direkt in den Mund, ehe sie ihre Beine unter ihren Po an sich zog und es sich in der Nische gemütlich machte. »*Ich* bin fies? Seit Tagen zucke ich jedes Mal zusammen, wenn mein Handy klingelt, weil ich hoffe, dass du mir schreibst.«

»Jetzt übertreibst du aber!« Nervös fummelte ich an meinen Dutts herum.

Sie schüttelte den Kopf und senkte geheimnisvoll die Stimme. »Ich hab Diana heute aus Versehen Hundefutter gegeben, weil ich nicht bei der Sache war.«

Ich verzog das Gesicht. »Okay, das ist eklig, armes Schweinchen.«

»Ja! Sie hat mich angeschaut, als wäre ich geisteskrank und hat mir dann stundenlang nur die kalte Schulter gezeigt.«

Bei der Vorstellung daran, wie Mads um die Liebe eines verwöhnten Minischweins buhlte, konnte ich ein Prusten nicht unterdrücken.

»Das ist gar nicht lustig! Hattest du es schon einmal mit einem bockigen Schwein zu tun? Es hatte mich drei Waffelpackungen gekostet, ihre Liebe zurückzugewinnen.«

»Drei gleich, ja? Das gab bestimmt eine Sauerei«, schmunzelte ich.

»Richtig. Und jetzt lenk nicht ab«, befahl sie mir. »Bestellt hab ich auch schon. Cheeseburger für uns beide. Los jetzt.«

Mist, Madelyn dachte echt an alles.

»Also gut«, tief einatmend setzte ich mich aufrecht hin und faltete meine Hände in meinem Schoß, damit sie nicht sehen konnte, wie nervös ich war. »Wir waren auf dem *Skydeck.*«

»Du?« Madelyn zwirbelte eine ihrer hellblonden Haarsträhnen zwischen ihren Fingern, wie sie es immer tat, wenn sie etwas kaum erwarten konnte.

»Ja.«

»Du hast Höhenangst.«

Ich nickte. »Ja, habe ich. Deswegen haben wir es gemacht. Es war seine Idee.«

»Du hast da echt mitgemacht?« Der Schock stand ihr ins Gesicht geschrieben.

Ich setzte ein teuflisches Grinsen auf. »Ich werde es ihm heimzahlen, darauf kannst du Gift nehmen!«

»Ich helfe sehr gern beim Pläne schmieden«, grinste sie mich an.

»Jedenfalls«, nervös wich ich ihrem Blick aus. »Jedenfalls war ich so überwältigt, dass ich –«

Gespannt wie ein Flitzebogen starrte Mads mich an. »Was? Was hast du?«

Ich kniff die Augen fest zusammen und brabbelte in Höchstgeschwindigkeit los. »Ich habe ihn geküsst. Ich weiß auch nicht, wie das passieren konnte. Ich war so überwältigt und alles war durcheinander. Und er war da, stand da und hielt mich fest, war mir so nah. Und dann riecht er auch noch so gut, dass es mir das

Gehirn vernebelt und dann hab ich ihn zu mir herunter gezogen und ihm einen ganz schnellen Kuss gegeben.«

Perplex starrte Madelyn mich an und ihr Gesichtsausdruck wechselte von verwundert zu geschockt über verwirrt bis hin zu aufgeregt. »*Du*. Hast. *Ihn*. Geküsst?« Ihre Augen strahlten, als hätte sie im Casino den Jackpot geknackt.

Ich nickte verlegen und versteckte mein Gesicht stöhnend hinter meinen Händen. »Es ging so schnell und hat nicht einmal eine Sekunde gedauert.«

»Bitte sag mir, dass er dich auch geküsst hat. Bitte, bitte, bitte.« Sie kniff die Augen zusammen wie ein Kind, das sich sehnsüchtig etwas wünschte, nachdem es die Geburtstagskerzen ausgepustet hatte.

Ich biss mir auf die Lippe, um zu verhindern, dass ich breit grinste. »Ja. Er hat mich gefragt, warum ich aufgehört hab und kam dann näher, hat mich wieder an sich gezogen und ja –«, atemlos griff ich nach dem Vanilleshake und drückte mir das kalte Glas gegen die Wange. »Ist das warm hier drin.«

»Scheiße, ist das romantisch.« Madelyn griff nach dem Shake. »Hör auf meinen Shake zu Brühe zu machen.«

»Sorry«, verlegen lachte ich. »Ich bin einfach so durcheinander.«

»War es denn schön?«

»Der Kuss?«

Sie nickte.

»Wunderschön, wirklich! Der Typ ist unglaublich. Und irgendwie schafft er es, immer im richtigen Zeitpunkt genau das zu sagen, was ich gerade brauche.«

»Ich freue mich so für dich, Leigh.« Ihr aufrichtiges Lächeln erwärmte mein Herz und ich bereute es, ihr nicht früher davon erzählt zu haben. Warum fiel es mir noch immer so schwer, mit ihr über meine Gefühle zu reden? Wenn nicht mit Mads, mit wem denn sonst?

Wie aufs Stichwort brachte uns die Kellnerin unsere Cheeseburger und wir machten uns gierig über sie her. Ich bemerkte erst jetzt, wie hungrig ich eigentlich war, denn den ganzen Tag hatte ich nichts als Kaffee zu mir genommen.

»Wann seht ihr euch wieder?« Mads sprach mit vollem Mund und ihr hing ein Stück vom Salatblatt aus dem Mund.

Geknickt zuckte ich mit den Schultern. »Ich weiß es ehrlich gesagt nicht. Er war nicht beim letzten Spiel, weil er einen Arzttermin hatte und wir haben noch nichts ausgemacht.«

Mads verzog ihre Lippen zu einer Schnute. Wahrscheinlich überlegte sie, was sie mir jetzt am besten raten konnte. »Frag ihn doch einfach?«

»Meinst du echt?« Unsicher pikste ich ein Blatt Salat von der Beilage auf meine Gabel und schob es mir in den Mund.

»Was soll schon passieren? Glaubst du echt, er wird nein sagen?«

Ich schüttelte den Kopf. »Bestimmt nicht.«

»Habt ihr denn noch Kontakt?«

Die Schmetterlinge in mir wirbelten wieder durcheinander. »Ja, wir schreiben täglich. Ich hätte auch keine Zeit gehabt für ein Treffen.«

»Das wird schon. Schreib ihm und frag einfach, wann ihr euch wiederseht.«

»Du wirkst manchmal so weise«, witzelte ich.

»Ich gebe dir einfach die Tipps, die ich gern bekommen hätte«, murmelte sie lächelnd. »Das hätte mir viele tränenreiche Nächte erspart.«

Erschrocken riss ich den Mund auf. »Ging es dir wirklich so schlecht?«

»In der Anfangszeit, ja.« Sie zuckte mit den Schultern.

»Das habe ich gar nicht gemerkt«, gab ich bedrückt zu und sofort verstummten die Schmetterlinge in meinem Bauch. Stattdessen pflanzte sich ein großer Kloß aus schlechtem Gewissen in meinem Hals.

»Tja«, sie lächelte traurig. »Du bist eben nicht die einzige hier, die ihre Gefühle für sich behalten kann.«

Ich biss mir auf die Unterlippe und bekam die nächsten Worte kaum heraus. »Wir sollten damit langsam echt mal aufhören.«

»Wir sind auf einem guten Weg.«

»Ich erkenne Sie kaum wieder.« Dr. Fuller schenkte mir ein verschmitztes Lächeln, während er die Blutdruckbandage zurück auf den Tisch legte. »Ihr Puls ist ruhig und Ihre Narben haben sich nicht gedehnt, was mir zeigt, dass Sie das Trainieren wirklich gelassen haben.«

Nickend verfolgte ich seine Worte und räusperte mich. »Ja, es war wirklich sinnvoll, das Training für eine Weile auszusetzen«, gab ich zu.

»Es ist immer schön, wenn meine Patienten selbst realisieren, was gut für ihre Genesung ist.«

»Es ist nicht so, als würde ich es nicht tierisch vermissen«, witzelte ich voller Hoffnung, so die Erlaubnis aus ihm heraus zu kitzeln. Immerhin hatte er gerade meinen Puls gelobt.

»Das glaube ich Ihnen natürlich. Wie stark machen Ihnen denn die Schmerzen in Ihren Knien, der Hüfte und der Schulter noch zu schaffen?«

Ich verdrehte die Augen und prompt verpuffte meine Hoffnung wie eine Seifenblase auf rauem Beton. »Die Schmerzen in meinen Knien prägen sich erst aus, nachdem ich eine Weile gelaufen bin. Meine Hüfte macht mir noch immer zu schaffen, wenn ich mich hinsetze oder aufstehe oder beispielsweise meine Schnürsenkel binde und die Schulter schmerzt ebenfalls erst bei Belastung«, zählte ich seufzend auf und sah meine Chance schwinden. »Bei der Proliferationstherapie mit meinem Physiotherapeuten sieht es genauso aus.«

»Sie verspüren keinerlei dauerhaften Schmerz mehr?« Dr. Fuller hackte irgendetwas in seine Tastatur, vermutlich bearbeitete er meine Krankenakte.

»Nein.« Ich schüttelte ehrlich den Kopf. »Erst bei lang anhaltender Bewegung oder Belastung.«

Mein Arzt runzelte die Stirn und ich sah ihm an, dass es gewaltig in seinem Kopf ratterte. Würde er mir vielleicht erlauben, wieder ein paar mehr Körbe zu werfen?

»Natürlich ist es nicht optimal, dass sie noch Bewegungs- und Belastungsschmerzen verspüren.« Er stockte und ich ballte meine Hände zu Fäusten. »Allerdings haben Sie bereits enorm an Muskeln abgebaut.«

Schnaubend verdrehte ich die Augen. »Das müssen Sie mir nicht unter die Nase reiben.«

Dr. Fuller überging meinen Einwand. »Ich gebe Ihnen die Erlaubnis, wieder zu trainieren und –«

»Wirklich?« Die Aufregung in meinem Magen wuchs zu etwas enorm Großem an und mein Körper begann zu beben. Am liebsten wäre ich sofort aufgesprungen und direkt zur Arena gefahren.

»Allerdings«, er erhob die Stimme und holte mich dadurch zurück auf den Boden der Tatsachen. Selbstverständlich gab es ein großes *Aber*. »Allerdings nicht länger als zwanzig Minuten. Sie werden Schmerzen verspüren, das ist ganz normal, wenn Knochen wieder zusammenwachsen. Sie kennen Ihren Körper selbst. Sobald etwas auf eine ungewohnte Art schmerzt, kommen Sie sofort zu mir.«

Ich nickte ergeben, konnte mir mein Grinsen aber nicht verkneifen. »Selbstverständlich.«

»Fangen Sie erst einmal mit dem Muskelaufbau an. Und das Training in der Gruppe ist nach wie vor gestrichen.«

Ich stöhnte auf und warf den Kopf in den Nacken. »Basketball ist ein Kontaktsport. Ein Mannschaftssport. Ein Teamsport.«

»Den Sie wieder spielen werden.« Lächelnd verschränkte er die Arme vor der Brust. Dr. Fuller besaß diese freundliche Autorität, die Ärzten auf seltsame Weise angeboren zu sein schien. Vielleicht lernte man das auch im Medizinstudium. »Es bringt Ihnen nichts, sich zu übernehmen. Wie ich Ihnen schon einmal sagte: Überschätzen Sie sich am Beginn ihrer Genesung, kann das fatale Folgen haben. Es braucht nur eine unbedachte Bewegung, einen Ellenbogen in Ihrer Hüfte und Sie müssen von vorn anfangen. Lassen Sie sich Zeit zu heilen, Mr. Young. Sie sind Sportler und haben daher die besten Voraussetzungen.«

Resigniert nickte ich. Er hatte meiner Euphorie einen gewaltigen Dämpfer gegeben. »Danke, Dr. Fuller.« Ich wollte gerade aufstehen, als er mich noch einmal zurückrief.

»Ich möchte, dass Sie erst einmal zwei Mal die Woche bei mir vorsprechen. Lassen Sie sich für nächste Woche bitte zwei Termine bei Miss Bennings geben.«

»In Ordnung.«

***

Als ich die Praxis verließ, war meine erste Handlung, das Handy im Gehen aus meiner Hosentasche zu fischen. Während meines Arztbesuchs hatte ich es stumm gestellt, denn sogar das Vibrieren jagte meinen Puls in die Höhe, was Dr. Fuller sicherlich beunruhigt und mir meine Mini-Trainings-Erlaubnis versaut hätte. Sobald ich das Display einschaltete, sprang mir eine neue Nachricht von Leighton entgegen und ganz automatisch hoben sich meine Mundwinkel zu einem Lächeln an. Es brauchte nicht mehr, als ihren Namen zu lesen. Ich dachte mindestens fünfhundert Mal am Tag an unseren Kuss und konnte es kaum erwarten, diesen zu wiederholen.

Leighton: Was sagt der Arzt?
Ich: Hast du dich in meinen Terminkalender gehackt? 😛

Keine zwei Sekunden, nachdem ich abgeschickt hatte, war Leighton online und begann sofort, zu schreiben.

Leighton: Also deinen einen Termin in der Woche kann ich mir gerade noch merken 😛
Ich: Wenn du es so formulierst, wirkt mein Leben wirklich trostlos
Leighton: Lenk' nicht ab

Das war so typisch Leighton. Ihr entging es nie, wenn ich unauffällig das Thema umschiffen wollte oder versuchte, ihren Fragen aus dem Weg zu gehen. Seufzend ließ ich meine Fingerspitzen über das Display gleiten.

Ich: Mein Arzt lässt mich jedes Mal Achterbahn fahren …
Leighton: Inwiefern?
Ich: Erst erteilt er mir die Erlaubnis, wieder trainieren zu dürfen und dann rudert er zurück.
Leighton: Echt jetzt? Wie gemein ☹
Ich: Naja, ich darf nicht in der Gruppe trainieren, aber wieder mit Muskelaufbau anfangen.
Leighton: Ist das denn nicht gut?

Damit hatte sie mich. Ich hatte einfach wieder zu viel von meinem Arztbesuch erwartet. Natürlich war es gut, dass ich wieder Sport machen durfte. Es war ein weiterer Schritt in die richtige Richtung.

Ich: Doch, ist es, hast ja Recht
Leighton: Hab ich immer, gewöhne dich dran 😃

Leighton schaffte es erneut, mir ein Lachen zu entlocken und dafür musste sie noch nicht einmal anwesend sein.

Ich: Echt süß deine Vondirselbstüberzeugung
Leighton: Meine was? Das Wort gibt es nicht 😃
Ich: Ich würde dir jetzt gern das Wort abschneiden
Leighton: Ach, das schaffst du nicht
Ich: Und wie ich das schaffen würde
Leighton: Ach ja?
Ich: jepp
Leighton: Und wie?
Ich: Das zeige ich dir, wenn wir uns das nächste Mal sehen

Leighton begann zu tippen, hörte auf und begann wieder. Manchmal wünschte ich mir die gute alte SMS-Zeit zurück, wo man weder sah, ob die Nachricht angekommen war, gelesen wurde und erst recht nicht, dass die Person am anderen Ende dabei war, zu antworten. Es war kein Wunder, dass die Menschen immer kontrollsüchtiger und vor allem misstrauischer wurden.

Leighton: Und wann wäre das?

Ich schmunzelte, denn das Wissen, dass auch sie wie auf rohen Eiern balancierte, bestärkte mich.

Ich: Hoffentlich ganz bald, ich weiß schon gar nicht mehr, wie du aussiehst 😉

Plötzlich war Leighton offline und mein Puls sprang mir beinahe aus dem Hals. Meine Hände wurden schwitzig und ich verdrehte die Augen über die Reaktion meines Körpers. »Alter, beruhige dich«, sprach ich zu mir selbst. »Sie wird dir schon gleich antworten.«

Gerade lief ich an einem Café vorbei und entschied, mir einen Frappé zu holen. Da kaum Wolken am Himmel waren, knallte die Sonne erbarmungslos in die kühle City.

Als ich mit meinem Getränk wieder auf die Straße trat, entschied ich, dem Lake Michigan einen Besuch abzustatten. Viel zu selten war ich dort, obwohl der Anblick der glitzernden Oberfläche zu den beruhigendsten Dingen gehörte, die ich kannte. Ich holte mein Handy wieder hervor, um mir bei Maps anzeigen zu lassen, wie lang der Fußmarsch zum See dauerte. Es wäre natürlich dumm, mich bei einem einfachen Spaziergang zu überanstrengen, direkt nachdem ich bei Dr. Fuller war. Dabei sah ich die neue Nachricht von Leighton. Ich Idiot hatte die Vibration nicht wieder eingestellt.

Ich öffnete unseren Chat und ein Foto begann zu laden. Es handelte sich um ein Selfie von ihr. Sie strahlte in die Kamera, saß auf ihrem Bett. Ihre Augen faszinierten mich erneut und ich konnte mich einfach nicht entscheiden, welches ich schöner fand.

Ihre Haare hatte sie heute streng zu einem hohen Zopf gebunden und sie trug sogar Eyeliner, was ihr einen strengen, sexy Ausdruck verlieh. »Wow«, hauchte ich, als ich das Bild anstarrte und das Kribbeln in meinen Fingern wurde immer stärker.

Ich: Das machst du mit Absicht

Ich wechselte zu Maps und checkte meinen Standort. Mir fiel auf, dass ich noch gar nicht wusste, wo Leigh wohnte. Leightons Antwort flog von oben auf mein Display ein und ich tippte sie direkt an, damit sich unser Chatfenster wieder öffnete.

Leighton: Was meinst du?
Ich: Mir Fotos zu schicken, damit ich dich noch mehr vermisse
Leighton: Ich wollte nur nicht, dass du wirklich noch vergisst, wie ich aussehe 😉
Ich: Oh glaub mir, das werde ich schon nicht
Leighton: Charmeur
Ich: Du siehst einfach fantastisch aus
Leighton: Okay, gut jetzt
Ich: Wirklich, weißt du eigentlich, wie sexy du heute aussiehst?
Leighton: Leighton Baker has left the building

Ich lachte aus vollstem Hals und klickte erneut das Foto an. Eine angenehme Erregung rieselte durch meinen Körper. Leighton ließ jeden Zentimeter meines Körpers zu Pudding werden. Neben ihr stand ihr Notebook und es lagen auch ein paar Bücher dort. Ich zoomte heran, um zu sehen, woran sie arbeitete und bereute sofort, am Strohhalm meines Frappés gesaugt zu haben. Ich prustete hinein und verteilte ein Viertel davon auf dem Gehweg und einige Spritzer auf meinem Shirt.

»Ist das ihr Ernst?« Schmunzelnd wechselte ich zurück zu unserem Chat.

Ich: Ist das dein Ernst? 😃
Leighton: Ja, ich bin weg. Wirklich. Für immer.
Ich: Das meine ich nicht 😃 😃
Leighton: Sondern?
Ich: Basketball für Dummies? 😃 😃 😃
Leighton: hahaha fuck
Ich: Ich hätte fast meinen kompletten Frappé auf dem Gehweg verteilt
Leighton: Jetzt übertreibst du aber und außerdem: Frappé? Bei dieser kalten Temperatur? Wir haben keinen Hochsommer.

Ich überging ihren Einwand zur Jahreszeit und knipste schnell ein Foto der befleckten Pflastersteine und meinem halb leeren Frappé und lud es in unseren Chat.

Ich: Basketball für Dummies hahaha
Leighton: Leighton Baker has left the building. AGAIN!
Ich: Ach komm, so schlimm ist das echt nicht!
Leighton: Ich kann mir kaum vorstellen, dass es noch schlimmer wird
Ich: Die Herausforderung nehme ich gern an
Leighton: Das wundert mich jetzt gar nicht
Ich: Warum nicht?
Leighton: Sind nicht alle Sportler so?
Ich: Wie?
Leighton: Na so wettkämpferisch?
Ich: Ist das ein Wort?
Leighton: Ja?
Ich: Ich denke nicht.
Leighton: Lenk jetzt nicht ab hier
Ich: Wovon?
Leighton: Jetzt hast du mich echt rausgebracht
Ich: 1:0 für mich
Leighton: Hey! Du spielst unfair.

Ich: Das würde ich niemals tun.
Leighton: Ach nein?
Ich: Taktische Fouls zählen nicht
Leighton: Ich tu dann mal so, als wüsste ich, wovon du da redest
Ich: hahaha ist das dein Ernst?
Leighton: Lach nicht! Das ist gar nicht lustig
Ich: Also falls du mal Nachhilfe brauchst, helfe ich dir gern 😉
Leighton: Warum finde ich den Smiley plötzlich so anzüglich?
Ich: Also ich kann nichts für das, was du denkst.
Leighton: Klar, du bist ein Unschuldslamm. Verstehe 😉
Ich: 😉
Leighton: 😉
Ich: 😀
Leighton: 😀😀
Ich: 😀😀😀
Leighton: ICH WUSSTE ES!
Ich: Was denn?
Leighton: Du kannst nicht verlieren!
Ich: Wie kommst du darauf? (😀😀😀😀*)*
Leighton: Das ist auch so ein Sportler-Ding, oder?
Ich: Vermutlich. Ein Sportler, der nicht gewinnen möchte, hat im Wettkampf nichts zu suchen.
Leighton: Da ist was dran
Ich: Basketball für Dummies 😀 *Sorry, das ist das Witzigste, das ich in den letzten Wochen gesehen habe.*
Leighton: Ich hoffe, du läufst gegen einen Baum. Gegen einen sehr großen, sehr harten Baum mit kratziger Rinde, die dir dein hübsches Gesicht zerkratzt.

Ich hob den Kopf an und realisierte, dass ich immer noch an genau der gleichen Stelle stand. Sie hatte mein Gesicht gerade hübsch genannt. War es normal, dass es mir etwas bedeutete?

Ich: Ich bin Downtown. Was für ein Baum?
Leighton: Irgendwann wirst du gegen einen Baum rennen. Und dann wirst du an mich denken.

Meine Finger flogen über die Tastatur und irgendwie fand ich nicht die richtigen Worte. Wann würden wir endlich den nächsten Schritt wagen? Also wählte ich ihren Namen an und hielt mir das Handy an mein Ohr. Sobald das Freizeichen ertönte, begann ich zu schwitzen, wie jedes Mal, wenn die Vorfreude mich übermannte.

»Hey, wehe du rufst nur an, um mich auszulachen.«

Ich konnte bildlich vor mir sehen, wie sie grinste. »Nein, ich höre aber viel lieber deine Stimme«, gab ich ohne Umschweife zu.

»Geht mir auch so«, nuschelte Leigh so schnell und leise, dass ich sie kaum verstehen konnte.

»Was machst du heute noch?«

Eine kurze Pause entstand, ehe Leighton sich räusperte. »Ich muss einen Artikel schreiben.«

»Dafür also das Buch?« Ich versuchte, mein Lachen zu unterdrücken.

Leighton seufzte ins Telefon. »Ja. Ich sende dir niemals wieder ein Foto. Das hast du dir soeben selbst versaut.«

»Soll ich dir helfen?« Ich schluckte und atmete ruhig ein und aus, um meinen Herzschlag zu beruhigen.

»Bei … dem Artikel?«

»Genau. Ich kenne mich ein bisschen mit Basketball aus.«

Sie lachte. »Ach, was du nicht sagst. Ehrlich gesagt wollte ich dich nicht –« Sie beendete ihre Aussage nicht.

»Was wolltest du nicht?«, hakte ich nach.

»Na ja, ich wollte dich damit nicht belasten«, druckste sie herum. »Weil du doch nicht spielen kannst und so.«

»Ich helfe dir gerne, Leigh. Erst recht, wenn das bedeutet, dass ich dich so wiedersehen kann. Außerdem liebe ich diesen Sport, daran hat auch mein Unfall nichts geändert.«

»Möchtest du vielleicht …« Ich hörte sie ausatmen. »Möchtest du vorbeikommen?« Ihre Stimme wurde am Ende hoch und plötzlich tutete es an meinem Ohr.

Verwundert nahm ich das Handy herunter und runzelte die Stirn. Leighton hatte einfach aufgelegt. Ich wählte ihren Namen erneut an und sie nahm den Anruf direkt entgegen.

»Leighton?«

»Ja?«

Ich schmunzelte. »Hast du gerade aufgelegt?«

»Ja.«

»Warum?« Ich biss mir auf die Unterlippe, um nicht zu lachen, und hoffte, man konnte es meiner Stimmlage nicht anhören.

»Aufgeregt ich und dann aus Reflex«, stammelte sie und plötzlich hörte ich einen dumpfen Ton.

»Leigh?«

Keine Antwort.

»Leighton?«

Keine Reaktion.

»Okay«, ich grinste. »Süße? Du hast nicht wirklich das Handy weggeworfen?«

»Doch«, hörte ich ihre Stimme blechern und sehr leise aus einiger Entfernung zum Mikrofon.

»Wie kann jemand so süßes in so einem sexy Körper stecken?« Ihre schüchterne Art sorgte dafür, dass ich plötzlich vor Selbstbewusstsein strotzte. Das Gefühl, dass Leighton wegen mir so nervös wurde, war unbeschreiblich schön.

»Lass das«, rief sie.

»Bitte nimm jetzt wieder dein Telefon in die Hand und sag mir, wo du wohnst, wann ich da sein soll und ob ich koreanische Burger, Pizza, oder Sushi mitbringen soll.«

Es vergingen ein paar Sekunden und ich hörte es rascheln. »Also«, begann sie. »Meine Adresse schreibe ich dir gleich und koreanischer Burger klingt gut. Um sechs?«

»In Ordnung«, lachte ich leise. »Ich freue mich auf nachher!«

Ich hörte sie einmal tief ein- und wieder ausatmen. »Ich mich auch.« Und schon tutete es wieder in meinem Ohr, was mir ein Lächeln entlockte.

Kapitel 15

Leighton

»Ähm Leigh?« Mads stand schmunzelnd im Türrahmen zu meinem Zimmer und kickte mit ihrem nackten Fuß einen leeren Karton zur Seite. »Ist hier eine Bombe eingeschlagen?«

»Hilf mir lieber«, bat ich sie verzweifelt und stemmte meine Hände in die Hüfte. Mein Blick glitt über die Unordnung, die ich in so kurzer Zeit erschaffen hatte.

Sie kam einen Schritt auf mich zu und zuppelte an ihrem schulterfreien, sonnengelben Oberteil. Sie war ein absoluter Sommermensch und verzichtete auch in der kalten Jahreszeit nicht auf ihre Sommerkleidung, sondern zog dafür lieber mehrere Schichten übereinander, um nicht zu frieren. »Wobei genau?«

»Ich habe vorhin mit Kaleb telefoniert.«

»So wie eigentlich jeden Tag?«, veräppelte sie mich.

»Ich habe mich benommen wie eine 13-jährige Teenagerin, die mit ihrem großen Schwarm redet.« In Erinnerung daran ließ ich mich falsch herum auf meinen Stuhl sinken, die Lehne zwischen meinen Beinen, und seufzte theatralisch.

»Ach«, Mads winkte ab. »Solange du nicht einfach weggedrückt oder gesprochen hast wie Yoda, kann es gar nicht so schlimm sein.«

Ich stöhnte laut auf und ließ meinen Kopf langsam auf die Lehne fallen. »Jackpot.«

Mads grunzte vor unterdrücktem Lachen. »Nicht wirklich? Was davon?«

»Beides«, gab ich jammernd zu. »Okay? Beides! Ich bin echt nicht gut im Verlieben.«

»Süße, das ist niemand. Und jetzt erkläre mir bitte, warum dein sonst so aufgeräumtes Zimmer plötzlich so aussieht wie –«

»– deins?«, fiel ich ihr lächelnd ins Wort.

»Jepp.«

»Ich habe etwas gesucht, weil Kaleb heute noch zu mir kommt«, murmelte ich.

Madelyn legte den Kopf schief und setzte sich auf mein Bett. Ich sah ihr an, dass sie mich zu Kalebs Besuch ausfragen wollte, glücklicherweise entschied sie sich dagegen. »Und hast du es gefunden?«

Ich schüttelte traurig den Kopf. »Nein, er ist weg.«

»Okay und wovon genau reden wir?«

Ich lehnte mich rücklings gegen meinen Schreibtisch und angelte ein gerahmtes Foto vom Fensterbrett. Als ich es in der Hand hielt, stand ich auf, lief zu Mads herüber und ließ mich neben sie fallen. »Schau, das ist meine Grandma.«

»Ich weiß.« Die Traurigkeit in Madelyns Stimme war beinahe ansteckend. »Wie lange ist sie jetzt schon tot?«

Ich schniefte. »Viel zu lange. Aber darum geht es gar nicht. Siehst du die Kette, die sie auf dem Foto trägt?« Ich reichte ihr den Bilderrahmen, damit sie genauer hinsehen konnte.

»Du meinst den Anhänger, der aussieht wie ein Papierkranich?« Sie fuhr mit ihrem Finger sachte über das Glas des Bilderrahmens.

Ich nickte. »Den suche ich. Ich war mir so sicher, dass ich ihn in einer der Kisten unter meinem Bett verstaut hatte.«

Mads strich mir mitfühlend über meinen Oberarm. Sie wusste nicht viel von meiner Vergangenheit oder meiner Familie, aber sie wusste, wie nah mir meine Grandma gestanden hatte. »Hast du auch ganz sicher alle Kisten durch?«

Ich zuckte nur mit den Schultern und ließ den Kopf hängen. »Eigentlich schon, ja.«

Madelyn schaute zur Wanduhr, die über meiner Zimmertür hing. »Morgen möchte ich alles über dein Telefonat mit Kaleb hören und wie es dazu kam, dass er herkommt. Wie viel Zeit hast du noch?«

Ich schielte ebenfalls zur Uhr und begann vor Aufregung zu zittern. »Fünfzig Minuten. Oh Gott. Nur noch fünfzig Minuten. Und er ist pünktlich.«

»Pluspunkt für ihn«, grinste sie. »Aber okay. Du gehst jetzt in die Küche oder auf den Balkon und beruhigst dich bitte.« Sie zeigte theatralisch und breit grinsend mit beiden Daumen auf sich selbst. »Ich bringe jetzt Ordnung in dein kleines Chaos und schaue noch einmal nach deiner Kette. Manchmal sieht man den Wald vor lauter Bäumen nicht.«

Wie angewurzelt blieb ich auf meinem Bett sitzen. Manchmal wusste ich nicht, womit ich Madelyn verdient hatte.

»Kusch kusch«, scheuchte sie mich und wedelte vor meiner Nase herum. »Worauf wartest du? Auf die Zahnfee?«

Sie schaffte es einfach immer, mir ein Lächeln zu entlocken. Ich tapste aus meinem Schlafzimmer. »Ich gehe ja schon.«

»Ich hab ihn«, kreischte Madelyn und kam aufgeregt in die Küche gestürmt. »Schau.« Sie hielt mir eine schmale Kette vor die Nase, an der mein geliebter Anhänger baumelte.

Aufgeregt sprang ich auf und umarmte sie. »Oh, danke. Jetzt kann nichts mehr schief gehen.« Sie hatte ihn wirklich gefunden! Sofort schwor ich mir, ihn niemals wieder in einer Kiste zu verstauen. Geliebten Schmuck musste man tragen, erst recht, wenn er von einer Person kam, von der man nichts mehr hatte. Von einer Person, die einen niemals wieder in den Arm nehmen und einem versichern konnte, dass das Leben schön war. Granny war der einzige Mensch in meiner Familie gewesen, der mich gesehen, der mich ernst genommen hatte. Schon als Kind zweifelte ich daran, jemals glücklich werden zu können, da meine Eltern mir jeden Silberstreif am Horizont schlechtredeten oder ihn davonziehen haben lassen, als wäre er niemals da gewesen. Warum nur hatte ich die abweisenden Worte meiner Eltern immer viel lauter gehört als die unterstützenden und aufbauenden meiner Großmutter?

»Konnte es vorher auch nicht, du Dummie«, erklärte Madelyn

überzeugt. »Ich weiß jetzt wieder, warum Aufräumen nichts für mich ist, ich bin unglaublich kaputt.«

Ich griff nach ihren Schultern und zog sie fest an mich, um ihr eine dicke Umarmung zu geben, wobei ich meine Tränen zurückhalten musste. So lange hatte ich verdrängt, dass ich diese Kette besaß, weil sie mir so viel emotionalen Ballast bescherte. »Danke, Madsy.«

»Keine Ursache«, flüsterte sie an mein Ohr. »Ich verschwinde jetzt in mein Zimmer und werde es bis morgen früh nicht mehr verlassen – versprochen!«

Ich begann zu lachen. »Du spinnst! Was, wenn du auf Toilette musst?«

»Dann werde ich das abpassen und mich so leise bewegen wie ein Ninja.«

»Du darfst ruhig herauskommen.« Ich verdrehte die Augen.

»Nein. Ich stelle mir einfach einen Eimer ins Zimmer und Kopfhörer werde ich auch aufsetzen«, grinste sie mich schelmisch an und kassierte dafür einen Schlag gegen den Oberarm von mir.

»Madelyn!«, rief ich empört aus. »Das hast du jetzt nicht wirklich gesagt.«

Mads zuckte mit den Schultern. »Ich meine ja nur. Ich wünsche euch auf jeden Fall ganz viel Spaß.« Während sie das sagte, wackelte sie mit ihren Augenbrauen, biss sich auf die Unterlippe und zwirbelte ihre Haarspitzen in der Hand.

»Okay. Du hast sie eindeutig nicht mehr alle, Mads. Ab in dein Zimmer und da bleibst du auch, bis ich dich wieder unter Leute lassen kann.« Energisch schob ich sie zu ihrem Raum, ehe ich zu meiner Zimmertür ging.

»Wow.« Mein kleines Reich sah picobello aus, so ordentlich hinterließ ich es nicht einmal selbst.

Der Ton unserer Haustürklingel sorgte dafür, dass mein Puls binnen einer Sekunde auf 180 war. Das nannte ich mal eine Punktlandung. Sofort begannen meine Hände zu schwitzen und ich verspürte eine enorme Übelkeit in der Magengegend. Mir war so unglaublich schlecht und ich hatte Sorge, dass ich sofort aufs

Klo musste. Wie peinlich! *Hi Kaleb, schön, dass du da bist. Moment bitte, ich muss aufs Klo, aber mach es dir schon einmal gemütlich?*

Nervös lief ich zur Wohnungstür, stellte mich auf Zehenspitzen und lugte durch unseren Spion. Da stand er. Kaleb. Mit zittrigen Fingern legte ich mir schnell die Halskette meiner Grandma um. Ich brauchte sie heute einfach.

Ich kniff kurz die Augen zusammen und atmete einmal tief ein und wieder aus. Meine Hand bebte, als ich öffnete.

»Hi«, begrüßte er mich mit breitem Lächeln, das nur noch mehr Aufregung in mir schürte, und hob eine Tüte eines koreanischen Take-aways in die Höhe. »Essen ist fertig.«

»K-komm r-rein«, stotterte ich und zog die Tür weiter auf, damit er eintreten konnte. Ich wandte mich kurz von ihm ab, um sie zu schließen, und verdrehte die Augen über meine Unfähigkeit, normal zu sprechen. »Stell d-deine Schuhe einfach dort hin.« Ich zeigte auf die freie Fläche unter Mads und meiner Knaufgarderobe.

Er schlüpfte wortlos aus seinen Sneakers. Dies war für mich schon immer ein seltsam intimer Moment gewesen. Sobald man bei jemand anderem die Schuhe auszog, überschritt man eine gewisse Grenze. Bei meinen Eltern hatte es das nie gegeben, dort hatten wir nie unsere Schuhe ausgezogen. Doch da Mads es hasste, mit Straßenschuhen durch die Wohnung zu laufen, hatte ich es mir ganz schnell abgewöhnt. Trotzdem reagierte ich anders auf Füße in Socken als die meisten.

Ich stand wie angewurzelt da und starrte ihm Löcher in die Brust, da ich mich nicht traute, ihm ins Gesicht zu blicken.

»Leigh?«, schmunzelte er und kam einen Schritt auf mich zu. Mein Herz pochte mir bis zum Hals und mir war plötzlich so heiß, dass ich befürchtete, bereits Schweißflecken unter den Armen zu haben. Gott sei Dank sah man dies bei schwarzer Kleidung nicht sofort. Ein Hoch auf meinen wenig kreativen Modegeschmack.

»J-ja?«

»Alles okay bei dir?«

Noch immer schaute ich ihm nicht in die Augen und nickte

nur. »Ja klar, alles prima.« Meine verräterische Stimme kam nahezu winselnd aus meinem Mund.

»Komm her.« Er lachte leise und beugte sich ein Stück zu mir herunter und schlang seine Arme um meinen Oberkörper. Sofort entspannte ich mich und legte meine Hände auf seinen Rücken.

»Ich hasse so was«, nuschelte ich.

»Was meinst du?«

»Begrüßungen, Verabschiedungen. Solche Momente in denen man sich benimmt wie der größte Volldepp.« Woher kam denn das plötzlich? Warum um Himmels Willen verriet ich Kaleb ständig Geheimnisse? Ich löste unsere Umarmung vorsichtig, auch wenn ich am liebsten für immer von seinen Armen gehalten werden wollte. »Aber egal, komm, wir essen in der Küche.« Hoffentlich würde ich mich beim Essen beruhigen. Kalebs Anwesenheit reduzierte mich zu einem Häufchen reinster Emotionen.

»Ich bin so pappsatt«, brummte ich und hielt mir meinen Bauch. Wir waren gerade von der Küche in mein Zimmer gegangen und ich hatte ihm angeboten, auf meinem Bett Platz zu nehmen. Unschlüssig, ob ich mich an den Schreibtisch oder zu ihm setzen sollte, blieb ich inmitten des Zimmers stehen.

»Leighton?« Kalebs Stimme drang direkt in mein Innerstes. Er klang so liebevoll und gleichzeitig selbstsicher.

»Ja?« Ich fummelte nervös an meinem Zopf herum.

»Komm her.« Er saß mit dem Rücken an der Wand und streckte eine Hand nach mir aus.

Mein gesamter Körper bebte vor Vorfreude, ihm gleich nah sein zu können, dennoch ließ ich zwischen uns Platz für einen Elefanten. Auf einmal kam mir meine Matratze viel zu weich vor. Da er um einiges schwerer war als ich, versank er darin und ich hatte Mühe, nicht zu ihm hinzurollen.

Sein leises Lachen ließ mir die Röte ins Gesicht steigen. »Leigh?«

»Ja?« Mutig blickte ich zu ihm auf und verlor mich beinahe in seinen Augen. Beim Essen hatte ich es auch geschafft, ihn anzuschauen. Neue Location, neue Angst?

»Näher.«

Ich stützte mich auf meinen Handflächen ab und stemmte mich ein bisschen näher zu ihm hin.

»Näher.« Er lachte und zwinkerte mir zu.

»Komm du doch näher«, entgegnete ich grinsend und genoss die Wärme, die mich durchströmte. So mochte ich mich selbst auch am liebsten: frech und selbstbewusst. Es nervte mich tierisch, dass dieser Teil von mir immer wieder herausgekitzelt werden musste.

Ohne eine Sekunde zu warten, bewegte er sich auf mich zu, sodass sich unsere Oberarme berührten. Kurzerhand hob er seinen Arm an, um diesen um meine Schultern zu legen, und mich noch näher an sich zu ziehen. »Perfekt«, flüsterte er an mein Ohr und jagte eine warme Welle durch meinen Körper. Seinen Atem an der empfindlichen Stelle zwischen meinem Nacken und meinem Ohr zu spüren bescherte mir eine Gänsehaut, die vom Nacken meinen gesamten Rücken herunterlief.

»Sitzt du gut?«, erkundigte ich mich.

Ich spürte einen warmen Luftzug auf meinen Haaren, als er lachte. »Ich sitze gut.«

»Gut.«

»Gut«, wiederholte er mich.

»Wollen wir uns an meinen Artikel machen?« Ich zeigte auf den Bücherstapel, der vor meinem Bett stand.

»Ich würde vorher gern etwas anderes tun«, flüsterte er an meinem Ohr und ich erstarrte zur Salzsäule. Da waren sie wieder: Die Ponys, die meine Magenwände auf- und abgaloppierten. Ich kniff die Augen kurz zusammen, da mich sein Duft so einhüllte und mir sämtliches Denkvermögen nahm.

»Was denn?«, fragte ich leise und drehte mein Gesicht zu ihm.

»Das hier.« Er hob langsam seine Hand zu meinem Gesicht und streichelte mir über den Kiefer, ließ mich währenddessen nicht aus den Augen. An der Stelle, an der er mich berührte, breitete sich eine Gänsehaut aus. Als er seinen Kopf absenkte und seine Lippen leicht öffnete, begann es in mir zu beben. In der Sekunde, in der er meine Lippen mit seinen streifte, explodierte ein Vulkan in mir. Er strich mir über die Wange und wanderte dann mit der Hand zu meinem Nacken. Der Druck auf meinen Lippen verstärkte sich und ich öffnete mutig meine Lippen ein Stück, gewährte ihm somit Einlass. Ein leises Stöhnen drang aus seiner Kehle, als ich meinen Oberkörper zu ihm drehte und meine Hand ebenfalls ihren Weg zu seinem Nacken fand. Langsam fuhr ich seinen Hals auf und ab, tippelte sanft mit meinen Fingerspitzen an seinem Haaransatz entlang. Als sich unsere Zungen berührten, glaubte ich, vor Intensität ohnmächtig zu werden. Es lag so viel Gefühl in diesem Kuss, dass es mir beinahe Angst bereitete. Während unsere Zungen miteinander spielten, zog ich vorsichtig meine Beine unter meinen Körper, damit ich ein Stück höher kam und somit unseren Größenunterschied ausgleichen konnte.

»Leighton«, knurrte er mit heiserer Stimme an meinen Zähnen und umfasste mich an der Hüfte, um mich näher an ihn zu ziehen. Mutig hob ich ein Bein an, um auf seinen Schoß zu krabbeln und schließlich rücklings auf ihm zu sitzen Ich vergrub meine Hände erneut in seinem Nacken, ehe ich ihm vorsichtig über den Oberkörper strich. Seine Hände verharrten jedoch auf meiner Hüfte. Der Kuss wurde immer drängender und ich wollte am liebsten niemals damit aufhören, japste leise, als er zaghaft seine Lippen von meinen löste.

»Wow, Leighton«, flüsterte er. Wir waren uns so nah, dass sich unsere Nasenspitzen berührten. »Was war das denn?«

Ich kicherte verlegen und legte meinen Kopf in seiner Halsbeuge ab. »Ein Kuss?«

»Nein.« Er schüttelte kaum merklich den Kopf. »Das war unglaublich.«

»Finde ich auch«, flüsterte ich und atmete tief seinen Duft nach Rosmarin und Minze ein. Er hatte recht. Dieser Kuss war viel unglaublicher gewesen als unser erster auf dem *Skydeck*. Er hatte so viele Gefühle in mir geweckt, die ich noch nie zuvor gespürt hatte. Mir war soeben klar geworden, dass Kaleb mir etwas bieten konnte, das mir mein ganzes Leben verwehrt geblieben war: Zugehörigkeit.

Kaleb

Leighton überraschte mich immer wieder.

Ich wusste während des gesamten Essens über, dass ich nur eins wollte: Leighton küssen. Ihre nervöse und aufgeregte Art gestern Abend war einfach nur unheimlich anziehend. Das klang vielleicht seltsam, aber da ich wusste, dass Leighton eigentlich kein piepsiges Mäuschen war, war es etwas anderes. Es musste an mir liegen, dass ihre Hände zitterten, als sie die Burger aus der Tüte holte. Oder dass sie sich den Kopf an der offenstehenden Küchenschranktür anstieß. Und auch, dass sie den Türrahmen der Küche mitnahm, als sie kurz ins Bad verschwand. So aufgewühlt und unsicher ich in meinem Inneren war, so stark brachte sie es zum Vorschein und dieses Wissen kribbelte mir bis in die Fingerspitzen. Es fühlte sich so verdammt richtig an!

Unser Kuss war so atemberaubend, dass ich meine Lippen nie wieder von den ihren lösen wollte. Dennoch klatschte sie arbeitswütig in die Hände, nachdem sie einige Minuten gegen meine Brust gelehnt hatte, während ich ihr sanft über den Rücken strich. Leighton krabbelte von mir herunter und holte ihr Notebook. Dann bückte sie sich, um die Bücher aufzuheben, wobei ihr Pferdeschwanz wippte. Die Strenge, die dieser ihr verlieh, jagte mir die heißesten Gedanken durch den Kopf. Es fiel mir nicht leicht, mich auf ihren Artikel zu konzentrieren, doch sie war so voller Tatendrang und Eifer, dass ich nicht anders konnte, als mich anstecken zu lassen. Ich spürte, dass Leighton ihren Job liebte und wollte mein Bestes geben, sie dabei zu unterstützen.

Auch ich lernte etwas dazu: Hinter jedem Artikel steckte Arbeit. Vielleicht konnte man nicht alle Reporter in einen Topf werfen, schwarze Schafe gab es ja bekanntlich überall. Leighs Herz schlug jedoch für den Journalismus, sogar wenn sie gezwungen war, über Basketball zu schreiben. Sie überraschte mich mit dem Wissen, das sie sich bereits angeeignet hatte und dem Wissensdurst, mit dem sie mich ausquetschte und sich meine Erläuterungen und Erklärungen mitschrieb.

Wir saßen so lang zusammen, bis ihr irgendwann die Augen zufielen und sie in einen tiefen Schlaf sank. Ich selbst lag noch ewig wach, was meinen verdammten Schlafstörungen durch die Medikamente geschuldet war, die ich immer noch einnehmen musste. Auch ich war irgendwann eingenickt und wurde mitten in der Nacht geweckt, da sich das Bett bewegte und Leigh aufstand. Sie flüsterte mir zu, dass sie kurz im Bad verschwinden würde, um sich abzuschminken und sich die Zähne zu putzen. Als sie wiederkam, hielt sie eine Zahnbürste für mich in der Hand. Mein Blick heftete sich allerdings nur auf ihre nackten Beine. *Holy Shit.* War das ihr Ernst? Sie trug plötzlich nichts weiter als ein langes Shirt und einen Slip, hatte ihren Pferdeschwanz gelöst und lächelte mich im Mondscheinlicht an. Vermutlich dachte sie, dass man im Dunkeln eh nicht viel sehen konnte. Was sie allerdings nicht bedacht hatte, war, dass die Fantasie einem im wahrsten Sinne des Wortes den Verstand raubte. Allerspätestens in diesem Augenblick wurde mir klar, dass ich mich in Leighton verliebt hatte. In rasender Geschwindigkeit und unaufhaltsam.

Verdammt! Wie angewurzelt blieb ich in der Küchentür stehen und überlegte, ob ich noch schnell die Flucht ergreifen konnte oder es zu spät war, und sie mich schon gesehen hatte.

»Oh. Hi«, sagte die Blondine, die in Leightons Küche saß und in einem Magazin blätterte, während sie aus einer riesigen Tasse einen Kaffee trank. Shit. Ich war zu laut gewesen.

»Hi. Madelyn?« Ich war mir eigentlich ziemlich sicher, dass es sich bei der Person um Leightons Freundin und Mitbewohnerin handeln musste, aber es erschien mir höflicher, mich zu vergewissern.

»Jepp«, grinsend kam sie auf mich zu, um mir ihre Hand hinzuhalten. »Holy Shit, ist die groß«, stellte sie fest, als ich ihre Hand nahm, um sie kurz zu schütteln. Auch Leightons Freundin scherte sich also nicht darum, in Gegenwart eines Fremden zu fluchen. Arme Leigh.

Ihre direkte Art ließ mich auflachen. »Ähm danke?«

Sie räusperte sich und zeigte auf eine Kaffeemaschine.

»Kaffee? Nimm dir einfach welchen, Tassen sind dort.« Mit ausgestrecktem Arm zeigte sie zu einem Regal. »Du wirkst überrascht.« Sie blätterte gleichgültig eine Seite um.

»Ich hatte ehrlich gesagt nicht gedacht, dich in der Küche vorzufinden«, gab ich schulterzuckend zu.

»Ich wohne hier.«

Lachend verdrehte ich die Augen, während ich zum Schrank herüberging. »Das weiß ich. Es ist dennoch seltsam.«

»Findest du?«

»Findest du denn nicht?«

»Ich weiß jetzt auf jeden Fall, wie sich Eltern fühlen, wenn das Kind das erste Mal jemanden über Nacht mit nach Hause bringt.« Auffordernd hielt sie mir ihre Tasse hin, damit ich sie auffüllen konnte.

»Solang du mir jetzt nicht sagst, dass ich dich Mom nennen kann.« Ich zwinkerte ihr zu, woraufhin sie lauthals lachte.

Genau in diesem Moment erschien Leighton im Türrahmen mit einem unsicheren Lächeln im Gesicht und hochgezogenen Augenbrauen. »Was ist denn hier los?«

»Ich mag ihn. Den kannst du behalten«, posaunte Madelyn direkt heraus und ich sah Leigh an, dass es ihr unangenehm war, doch mir gefiel Madelyns Euphorie.

»Richtig. Ich darf sie *Mom* nennen«, erklärte ich Leighton mit einem schiefen Grinsen und zeigte mit dem Daumen auf Madelyn, die versuchte, ihr Lachen hinter ihrer Tasse zu verstecken.

»O-kay.« Leigh ließ uns beide nicht aus den Augen, als sie zum Schrank herüberging, um sich ebenfalls eine Tasse zu nehmen.

Hinter ihrem Rücken warfen Madelyn und ich uns einen schnellen Blick zu und begannen zu kichern, wie Geschwister, die etwas ausheckten.

»Was?« Blitzschnell drehte Leigh sich zu uns um. Ihre Augen verengten sich zu Schlitzen, und sie wandte den Kopf abwechselnd von Madelyn zu mir.

»Nichts, nichts«, kam es uns wie aus einem Mund.

»Wehe, ich bereue es, euch bekannt gemacht zu haben«, drohte sie uns und wies mit ihrem Zeigefinger erst auf Madelyn und dann auf mich. Schließlich drehte sie sich um und goss sich Kaffee in ihre Tasse.

»Oh Süße«, griente Madelyn. »Das wirst du ganz bestimmt.«

Seufzend ließ sie sich auf einen freien Stuhl fallen. »Oh bitte nicht.«

Ich zog den Stuhl neben ihr hervor, um mich darauf nieder zu lassen. Ich schüttelte kurz ungläubig den Kopf darüber, wie schnell das Eis zwischen Madelyn und mir gebrochen war. »Oh doch, das denke ich auch«, neckte ich sie und boxte ihr sanft gegen den Oberarm.

»Oh fuck«, fluchte Leightons beste Freundin plötzlich und sprang von ihrem Stuhl auf, wobei sie ihre Tasse umwarf und der letzte Schluck Kaffee auf ihr Magazin lief. »Oh Mann, nein, fuck, fuck.« Schnell rannte sie zur Spüle, um nach einem Lappen zu greifen und die Sauerei aufzuwischen.

Leighton schien völlig unbeeindruckt und als sie meinen verdutzten Blick bemerkte, zuckte sie nur mit den Schultern. »Darf ich vorstellen? Mads. Immer zu spät und der Grund, warum wir keine Teppiche haben.«

Madelyn hielt inne und warf Leigh kurzerhand mit dem dreckigen Lappen ab. »Doofe Kuh«, lachte sie und ging hockend in Deckung, bevor Leighton ihr den Lappen ins Gesicht werfen konnte.

»Na warte, du Schweinchen!« Rachsüchtig zwinkerte sie ihrer besten Freundin zu. Sie war auf einmal ausgelassen und wirkte so zufrieden auf mich, dass es mir die Kehle zuschnürte. Ich wollte sie für immer so glücklich sehen. Doch wusste ich, dass da etwas war. Etwas, das sie immer begleitete und sie nicht den glücklichen Menschen sein lassen konnte, der sie insgeheim sein wollte.

Kapitel 16

Leighton

Ich fragte mich, warum es diese schwarzen Wolken geben musste, die sich erbarmungslos vor die Sonne schoben. Seit sich Mads und Kaleb kennengelernt hatten, waren zwei Wochen vergangen und mittlerweile war er Dauergast bei uns. Was nichts an dem Umstand änderte, dass mir das Herz jedes Mal in die Hose rutschte, sobald die Türklingel ertönte. Dennoch hatte ich genug Freiraum, um mich auf mein Ziel zu konzentrieren, das ich in letzter Zeit etwas aus den Augen verloren hatte.

Verdammt, ich war die beste Studentin meines Jahrgangs und ich wollte nicht, dass sich daran etwas änderte, also wälzte ich wieder meine Bücher und inhalierte jedes Wort meiner Dozenten regelrecht.

Ich wusste, dass es falsch war, mich klammheimlich davon zu schleichen. Aber was hätte es geändert? Ich musste hier allein durch.

Den Kopf an die schmierige Scheibe des *Greyhound* Busses gelehnt starrte ich nach draußen in die Dunkelheit. Es war mitten in der Nacht und ich wünschte, der Morgen würde nicht so bald anbrechen. Jede Sekunde, die verstrich, brachte mich den beiden Menschen näher, die ich nicht sehen wollte. Ich war viel zu sehr mit mir selbst beschäftigt und hoffte, die Kotztüte, die im Sitz vor mir steckte, nicht gebrauchen zu müssen. Mit Busfahren hatte ich keine Probleme, allerdings bereitete mir das Ziel Unbehagen. *Zuhause*. Ich verdrehte schnaubend die Augen, senkte meinen Blick auf das Notebook auf meinem Schoß und klappte es auf. Der Blick auf meine Armbanduhr verriet mir, dass ich schon viel zu viel Zeit damit verplempert hatte, mich vor dem Zusammentreffen mit meiner Familie zu fürchten.

Die Fahrt nach Detroit dauerte gute fünfeinhalb Stunden und ich hatte mir vorgenommen, drei Artikel für den *Maroon* sowie einen für die *Tribune* vorzubereiten. Außerdem wollte ich den Stoff der letzten Woche nachholen und mir schon einmal die ersten Probeprüfungen anschauen, die seit gestern im Online-Portal hochgeladen worden waren. Mir blieben jetzt nur noch vier Stunden und zu allem Überfluss überkam mich eine plötzliche Müdigkeit, der ich nur mit Kaffee entgegenwirken konnte. Bedauerlicherweise gab es keinen Coffeeshop im Bus und ich würde es sowieso bereuen, wenn mir eine halbe Stunde später die Blase platzte. Auf gar keinen Fall würde ich freiwillig auf die Toilette im Bus gehen. Auf der ganzen Welt gab es nicht genügend Desinfektionsmittel, um mich danach wieder sauber zu fühlen.

Gähnend tippte ich mein Passwort ein und öffnete meinen *Maroon*-Ordner, in dem ich alle bisher geschriebenen Artikel abgespeichert hatte. Mittlerweile hatten sich einige angesammelt und ich spürte einen winzigen Keim Stolz in mir, der allerdings sofort wieder plattgetrampelt wurde. Was hatte es schon zu bedeuten? Überhaupt nichts. *Was du tust, bringt niemandem etwas!* hörte ich die Stimme meiner Mom in meinen Ohren.

Ich fuhr mit meinem Finger über das Touchpad und tippte zwei Mal auf ein Dokument, in dem ich bereits die Vorbereitungen für die Artikel gespeichert hatte. An sich musste ich nur die Wörter aneinanderreihen, den größten Aufwand hatte ich schon betrieben. Doch ich fand einfach keinen Anfang. Es erinnerte mich an den Tag, an dem ich mit Mads spazieren gegangen war, weil mich diese üble Schreibblockade heimgesucht hatte.

Genau an diesem Nachmittag hatte ich die Zusage für die *Chicago Tribune* im Briefkasten. Ein Lächeln breitete sich auf meinem Gesicht aus und ich spürte wieder das erregende Kribbeln in meinen Eingeweiden. Diese Zusage hatte mich über die verquersten Umwege zu Kaleb gebracht. Zu dem einen Menschen, dem ich wirklich nah sein wollte und der es immer noch schaffte, mich zu einem schüchternen Mädchen zu machen. Und das durch seine bloße Anwesenheit. Ein Teil von mir konnte einfach nicht verstehen, wie seine Wahl tatsächlich auf mich fiel.

Ich wusste ja selbst nicht so genau, wer ich eigentlich war. Seit Kurzem hatte ich aber verstanden, dass das gar nicht schlimm war. Es war vollkommen okay, sich selbst mithilfe anderer Menschen kennenzulernen. Woher sollte man wissen, wer man war, wenn andere Menschen es einem nicht zeigten? Woher sollte man wissen, wie man in gewissen Situationen reagierte, wenn man nie mit diesen konfrontiert wurde?

Wie durch ein Wunder prasselten die Wörter auf mich ein und ich begann, diese blitzschnell zu einem Artikel zu formen, und fegte mit meinen Fingern über die gedämpfte Tastatur. Die Frau auf dem Sitz neben mir war mit Musik auf den Ohren eingeschlafen und rutschte stückchenweise auf mich zu, was mich aber nicht weiter störte. Wer wusste, warum die arme Frau so unglaublich müde war?

Kurz bevor wir Detroit erreichten, fuhr der Bus eine holprige Straße entlang und die Frau, deren Kopf mittlerweile auf meiner Schulter gelandet war, wachte auf.

»Oh«, erschrocken setzte sie sich auf. »Verzeihen Sie, bitte.«

»Gar kein Problem, wirklich.« Lächelnd zuckte ich mit den Schultern.

»Das ist mir aber ehrlich unangenehm«, stammelte sie und fasste sich mit der Hand ans Dekolleté.

Ich schüttelte nur mit dem Kopf. »Es hat mich nicht gestört«, versicherte ich ihr.

»Na gut. Danke«, lenkte sie ein.

Ich klappte mein Notebook zu und verstaute es in meinem Rucksack, ignorierte dabei mein Handy, das darin lag und blinkte. Ich wollte Kaleb noch nicht schreiben, wo ich war, da es nur einen langen Rattenschwanz an Fragen nach sich ziehen würde und ich dafür einfach noch nicht bereit war.

»Studieren Sie hier?« Die Frau neben mir, deren schwarze

Haare zu vielen Zöpfen geflochten war, die an ihrem Kopf verliefen und in einem dicken Zopf in ihrem Nacken mündeten, suchte das Gespräch. Vermutlich, weil ihr die Stille zwischen uns unangenehm war.

»Nein, nicht hier«, erklärte ich. »Ich studiere an der UChicago.«

Nickend nahm sie meine Antwort auf. »Kommen Sie aus Detroit?«

Ich war es nicht gewohnt, dass sich wildfremde Menschen für mich interessierten. Genau genommen war ich es nicht gewohnt, dass sich überhaupt jemand außer damals meiner Grandma für mich interessierte, Mads und Kaleb mal außen vor genommen. »J-ja, genau genommen aus Dearborn.«

»Ach?« Die Überraschung stand ihr ins Gesicht geschrieben und ich wusste sofort, was sie dachte. In Detroit lebten über 80 Prozent Afroamerikaner, in den Vororten hingegen war es genau umgekehrt. »Ich auch.«

Jetzt war ich die Überraschte von uns. Es gab also noch jemanden, der nicht die direkte Verbindung von Chicago nach Dearborn, sondern die günstigere nach Detroit wählte.

»Wissen Sie was?« Das Lächeln auf ihren Lippen wurde breiter. »Als Revanche nehme ich Sie gern mit nach Dearborn, mein Auto steht nicht weit von der Haltestelle.«

»Das müssen Sie nicht tun«, wehrte ich sofort ab, da ich von Natur aus ein misstrauischer Mensch war, und uns als Kindern schon eingetrichtert wurde, niemals zu Fremden ins Auto zu steigen. Andererseits hatte diese Frau gerade fast vier Stunden auf meiner Schulter geschlafen, sie war allein und ich konnte mir die öffentlichen Verkehrsmittel sparen.

»Ich mache es aber gern, überlegen Sie es sich einfach.«

Ich nickte als Antwort. »Ja, okay, danke.«

Sie lächelte und die letzten Minuten der Busfahrt verbrachten wir stumm jeder für sich.

»Ich danke Ihnen.« Waren meine letzten Worte an die Frau, die sich mir als Sally vorgestellt hatte, als ich die Tür ihres SUVs zuschlug.

Ich winkte ihr noch kurz hinterher, als sie losfuhr und lief los. Absichtlich hatte ich mich nicht direkt vor dem Haus meiner Eltern absetzen lassen, damit ich meine Gedanken sammeln und mich mental auf das Zusammentreffen vorbereiten konnte. Ich hasste die Tage, an denen ich nach Hause musste und dieser heute war der allerschlimmste von allen. Denn heute war der Todestag meiner Grandma und Mom und Dad bestanden darauf, dass wir alle gemeinsam zum Grab gingen. *Als Familie.* Wäre heute wenigstens nicht Samstag gewesen, hätte ich eine Ausrede finden können, was sollte ich am Grab von Grandma stehen? Noch dazu mit Menschen, für die der heutige Tag nur eine Last war. Ich dachte auch so an sie.

Meine zittrigen Finger suchten nach dem Kranich an meiner Halskette. Ich drückte ihn an meine Lippen und hauchte einen Kuss auf ihn. Irgendwie würde ich den heutigen Tag und die nächste Nacht schon überstehen. Gleich morgen früh würde ich nach Detroit aufbrechen, um von dort mit dem *Greyhound* Bus wieder nach Chicago zu fahren. Keine 24 Stunden musste ich es hier aushalten.

Der Weg zu meinem Elternhaus reichte nicht, um meine Nervosität verschwinden zu lassen. »Als ob er jemals lang genug wäre«, murmelte ich zu mir selbst, als ich die Schultern straffte und das schmiedeeiserne Gartentor öffnete, von dem aus ein schmaler Weg zur Haustür führte. Mir fiel sofort auf, dass die Veranda neu gestrichen war, sie strahlte in tadellosem Weiß, und der Vorgarten umgestaltet wurde. Alles musste perfekt aussehen. Außen hui, innen pfui. Immerhin hatte man in dieser Straße, in ganz Dearborn, einen Ruf zu verlieren. Nichts als Erdnussbutter im Kühlschrank, aber Hauptsache der Rasen war exakt geschnitten und leuchtete im sattesten Grün.

Ich fischte meinen Schlüssel aus meiner Jackentasche und versuchte, das Schlüsselloch zu treffen, was gar nicht so einfach war, da mein gesamter Körper bebte.

Ich stieß die Tür ein Stück auf und setzte vorsichtig den ersten Fuß in den Flur.

»Hey Lilli«, kam die Stimme meines Bruders aus Richtung der Treppenstufen und erschreckte mich fast zu Tode, dass ich kurz aufschrie.

»Du Hohlbirne hast mich erschreckt«, zischte ich ihm zu.

»Leighton?« Meine Mom kam herausgeputzt die Treppe herunter und schob sich gerade ihren Smaragdring auf den Finger, der perfekt zu ihrer braunen Haut passte.

Ich stellte meinen Rucksack auf der ebenfalls neuen Sitzbank ab. »Hallo Mom«, begrüßte ich sie mit einem aufgesetzten Lächeln.

»Nimm den Rucksack von der Bank, die ist neu. Wie siehst du bitte aus?«

Augenrollend griff ich nach meinem Rucksack und ließ ihn auf den Boden sinken. »Schön, dich zu sehen Leighton. Ich hoffe es geht dir gut, Leighton. Hattest du eine gute Fahrt, Leighton?«, pfefferte ich ihr wütend entgegen.

»Sei nicht so zickig. Du hast dich kein bisschen verändert, Miss Oberschlau.« Sie lief an mir vorbei zur Küche, ohne mich eines Blickes zu würdigen. Es waren ja auch nur mehrere Monate her, seit wir uns das letzte Mal gesehen hatten.

»Komm her!« Mein kleiner Bruder, der mittlerweile ein Mann geworden war, stand von der Bank auf und kam mit ausgestreckten Armen auf mich zu.

Seufzend ließ ich mich in seine Umarmung fallen. »Lass mich ja keine einzige Sekunde allein, okay?«

Er lachte auf. »Du weißt, dass du hier die große Schwester bist, ja?«, flüsterte er mir ins Ohr. »Lass sie reden, du weißt, wie's läuft.«

Ich nickte, schob ihn ein Stück von mir weg und pfiff anerkennend. »Warum wirst du so schnell erwachsen?«

Er errötete und winkte ab. »Glaub mir, wenn es schneller gehen würde, wäre ich mehr als dankbar.« Er boxte mir gegen den Oberarm und zeigte auf meine schwarze Jeans, die Boots und meinen einfachen Pullover. »Hast du –«, wollte er gerade vorsichtig ansetzen, bloß kam ich ihm zuvor.

»Schuhe und Kleid habe ich oben, falls mein Zimmer und mein Kleiderschrank noch existieren sollten.«

»Beides noch da«, murmelte er. »Sie gehen da nie rein. Als wärst du tot oder so.«

»Dean!« Jetzt war ich diejenige, die ihn boxte. »Sag' so etwas nicht!«

»Ist doch wahr.« Er zuckte mit den Schultern. »Beeil dich lieber.«

»Ich bin eine halbe Stunde eher da als angemeldet«, empörte ich mich und stemmte meine Hände in die Hüften.

»Lilli, wir machen grundsätzlich alles falsch«, flüsterte er grinsend. *Lilli.* Er war der einzige Mensch, der mich so nannte, was daran lag, dass er meinen Namen als kleiner Junge noch nicht aussprechen konnte und immer Lilli gesagt hatte. Er hatte niemals damit aufgehört und dieser Name bereitete mir viele entgegengesetzte Gefühle. Es war erstaunlich, wie gut er hier klarkam. Er war einfach zu schlau, um sich gegen unsere Eltern aufzulehnen, und ich war so unglaublich stolz auf ihn. Oft hatte ich Gewissensbisse, ihn hier allein gelassen zu haben, aber er hatte mir immer versichert, dass er es auch ohne mich schaffen und ich es irgendwann bereuen würde, nur wegen ihm hiergeblieben zu sein. Und ich wusste, dass er recht damit hatte.

Ich schüttelte den Kopf und griff nach meinem Rucksack, um ihn nach oben in mein Zimmer zu tragen. Kaum war ich am oberen Treppenabsatz angekommen, begegnete ich Dad im Flur.

»Hi Dad«, murmelte ich leise und spürte sofort dieses nervöse Kribbeln im Magen. Mein Verhältnis zu Mom war nie gut gewesen, diesbezüglich gab es keine Hoffnung mehr. Mit Dad hingegen hatte ich vereinzelte gute Tage erlebt, auch wenn ich diese an einer Hand abzählen konnte.

»Leighton.« Er nickte mir lediglich zu und scannte mich einmal von unten bis oben. »Zieh dich bitte um.«

Ohne mich eines weiteren Blickes zu würdigen, knöpfte er seine Manschettenknöpfe zu und lief Stufe für Stufe die Treppe herunter. Seine dunkelblonden Haare wechselten langsam ins Weiße. »Sitz hier nicht so auf der Treppe rum, dafür haben wir eine Sitzbank«, hörte ich ihn meinem kleinen Bruder befehlen und atmete einmal tief durch, ehe ich die Tür zu meinem Zimmer aufstieß.

»Willkommen Zuhause«, nuschelte ich zu mir selbst, als ich sie hinter mir ins Schloss drückte. Dieses Zimmer hier war mein Zufluchtsort gewesen. Hier hatte ich unzählige Tränen vergossen, die meisten aus Wut und Enttäuschung. Hier hatte ich gelernt und mir meine Ziele gesteckt. Hier hatte ich geplant, wie ich am schnellsten aus Dearborn, aus Detroit, verschwinden konnte. Einzig und allein wegen Dean war ich nicht weiter weg gegangen als bis nach Chicago. Sechs Stunden mit dem Greyhound fühlten sie immer noch viel zu nah an.

Ich spürte, wie sich meine Augen bereits mit Tränen zu füllen drohten, schluckte den Kloß in meinem Hals herunter und blinzelte schnell, um sie aufzuhalten. Ich stellte meinen Rucksack auf meinem alten Schreibtisch ab, an dem ich stundenlang gesessen und gelesen hatte und ging herüber zu meinem schmalen Bett. Alles in diesem Raum war weiß und unpersönlich, ich hatte sämtliche Poster und Fotos entfernt, als ich weggegangen war. Mein Kinderzimmer erinnerte eher an ein Hotelzimmer.

Emotionsgeladen riss ich das Shirt über meinen Kopf und streifte die Hose von meinen Beinen, nachdem ich meine Boots ausgezogen hatte. Ich warf meine Klamotten auf das Bett und lief nur in Unterwäsche zu meinem Schrank herüber, in dem fast ausschließlich Kleidung hing, die ich hasste. Bunte Kleider, die ich mir nie selbst ausgesucht hatte. Wenigstens durfte ich mich heute in Schwarz kleiden, also scannte ich den Schrank nach dem einzigen schwarzen Kleid ab, das sich darin befand.

Als ich es entdeckte, griff ich nach dem Bügel und hob es heraus. Es war bodenlang, aus einem Seidenstoff, der sich wunderschön auf der Haut anfühlte, und trägerlos. Die dazu passende

Stola hing direkt daneben. Glücklicherweise hatte ich heute Nacht, als ich aufgebrochen war, noch an meinen trägerlosen BH gedacht, sonst hätte meine Mom vermutlich einen Tobsuchtsanfall erlitten.

Als ich wenige Minuten später in schwarzen Keilpumps, die man durch das Kleid sowieso nicht sehen konnte, die Treppe herunterkam, stand meine Familie bereits an der Haustür, als hätte sie ewig auf mich warten müssen.

»Können wir dann endlich?«, murrte meine Mutter und schaute nachdrücklich auf die Wanduhr. Dad war bereits zur Tür raus und öffnete das Garagentor über die Zentralverriegelung.

Kurz überlegte ich, sie darauf hinzuweisen, dass ich planungsgemäß noch gar nicht hier wäre, entschied mich aber dagegen. Um zu überleben, musste ich den Weg des geringsten Widerstands gehen. Das hatte ich hier gelernt. Das, und auch, dass alles was ich tat, niemals genug sein würde.

»Ja, wir können los«, zischte ich zwischen zusammengebissenen Zähnen hervor und hakte mich bei meinem Bruder ein, der gar nicht ahnte, wie sehr er mich stützte.

Kaleb

Ich: Guten Morgen Stinktier ♡
Ich: Leeeeiiiightoooon?
Ich: Schläfst du etwa noch?
Ich: Na okay
Ich: Okay, jetzt ist es ein Uhr mittags, nie und nimmer pennst du noch!
Ich: Das macht keinen Spaß
Ich: Mein Selbstgespräch hier ergibt gar keinen Sinn, du liest es ja nicht einmal
Ich: Leigh?
Ich: Melde dich, bitte
Ich: Ich finde das echt nicht lustig

Mürrisch steckte ich mein Handy zurück in die Tasche meiner Jeans, die ich dann in meinen Spind legte und ihn abschloss. Ich war gerade in der Arena angekommen und das Training war bereits im vollen Gange. Mittlerweile trainierte ich wieder jeden Tag, allerdings nie lange. Mein Körper gewann langsam, aber sicher an alter Fitness zurück und dennoch erlaubte Dr. Fuller mir nicht, zusammen mit dem Team zu spielen. Das Gefühl, ein Aussätziger zu sein, war zwar nicht mehr so stark, aber dennoch vorhanden. Während ich also hörte, wie die Schuhe meiner Teamkollegen über das Parkett quietschten, saß ich im Geräteraum und stärkte abwechselnd meine Beine, meine Arme und den Rumpf, so, wie ich es mit meinem Physiotherapeuten abgesprochen hatte. Mein Team war auf dem Court und ich wollte mich zumindest wieder an die Trainingszeiten gewöhnen, also trainierte ich, wenn auch sie es taten.

Ich schleuderte mir mein Handtuch um den Nacken und verließ die Umkleide in Richtung des Sportraumes. Mein Smartphone hatte ich absichtlich nicht mitgenommen, da ich sonst alle paar Sekunden aufs Display starren würde. So blöd das klang, aber es stellte schlichtweg ein Verletzungsrisiko dar und wenn es etwas gab, das ich vermeiden wollte, dann einen erneuten Aufenthalt im Krankenhaus.

Das vertraute Geräusch von auf dem Boden dribbelnden Bällen und die Rufe von Mr. Hill drangen gedämpft an meine Ohren. Unglaublich, wie still die Arena ansonsten war, dass ich sie auch auf den Gängen hören konnte. Heute hatte die Presse keinen Zugang zur Arena, das erkannte man schon daran, dass Coach Hill lauter herumbrüllte. Ich erinnerte mich daran, wie oft er mich schon zur Schnecke gemacht hatte. Allerdings nie unbegründet. Man konnte schon sagen, dass er ein sehr guter Trainer war, der nur das Wohl der Spieler und den Aufstieg innerhalb der Liga vor Augen sah. Er schaffte es irgendwie, die Waage zu halten.

Als ich eine halbe Stunde später zu den Duschen ging, vernahm ich noch immer das Quietschen der Sohlen aus der Halle. Ich selbst hatte mich zwar nicht komplett verausgabt, war dennoch müde. Im Moment wäre ich wohl immer der letzte und außer Puste, wenn die anderen erst richtig aufdrehten.

Während des Duschens versuchte ich erfolglos, keinen Gedanken an mein Handy zu verschwenden. Als meine Neugierde, ob Leighton mir endlich geantwortet hatte, zu groß wurde, seifte ich mich in Höchstgeschwindigkeit ein, spülte meinen Körper ab und eilte zu meinem Spind, dennoch sehr darauf bedacht, nicht auszurutschen. Tropfnass griff ich in meine Hosentasche, nur um festzustellen, dass keine Nachricht eingegangen war.

Mit gerunzelter Stirn steckte ich das Handy weg und ließ mich geknickt auf die Bank nieder. Ich benahm mich schon wieder wie ein liebeskranker Idiot, dabei dachte ich, dass wir das hinter uns gelassen hatten. Die letzten zwei Wochen waren so unkompliziert verlaufen und ich hatte gewusst, woran ich war. Zumindest dachte ich, ich hätte es gewusst. Jetzt war es für mich, als stünden wir wieder ganz am Anfang.

»Was ist denn nur los?«, murmelte ich und griff nach einem zweiten Handtuch, um mir mein Gesicht abzutrocknen. Warum hatte mir Leighton nicht Bescheid gesagt, dass sie nicht erreichbar war?

Meine Glieder schmerzten und ich schob vorsichtig das Handtuch beiseite, um die Narben an meiner Hüfte zu begutachten, wie ich es jeden Tag machte. Dr. Fuller konnte mir erzählen, was er wollte. Ich glaubte nicht daran, dass ich irgendwann keine Zeichnung des Unfalls mehr am Körper tragen würde. Vielleicht würden sie eines Tages verblassen, doch so langsam begann ich sogar, sie zu akzeptieren, mich nicht mehr für sie zu schämen. Sie gehörten zu mir, wie der Unfall zu meinem Leben gehörte. Egal, was in der Zukunft passieren würde, der Unfall würde immer einen großen Raum einnehmen und das war auch okay.

Kurz überlegte ich, auf Karter zu warten, um mit ihm nach Hause zu fahren, entschied mich aber dagegen. Seitdem ich mich das erste Mal mit Leighton getroffen hatte, sprach er kaum noch ein Wort mit mir, was ich mir einfach nicht erklären konnte. Aber irgendwie war es mir auch egal. Vermutlich lag es auch daran, dass wir fast nie zu den gleichen Zeiten zuhause waren und ich jetzt auch oft bei Leighton übernachtete.

Ich zog mich an, schnappte mir meine Trainingstasche und verließ die Arena auf direktem Wege. Sobald ich den ersten Fuß auf den Asphalt gesetzt hatte, fischte ich mein Handy aus der Hosentasche, nur um festzustellen, dass sie mir immer noch nicht geantwortet hatte. Allerdings hatte sie meine Nachrichten mittlerweile empfangen und gelesen.

Ich: Ich wollte eigentlich gern nach dem Training zu dir fahren. Scheint aber so, als würdest du nicht gestört werden wollen, oder? Bis dann!

Ich sendete ab und fühlte einen Stich im Magen. Dass sie mir nicht geschrieben hatte, brachte etwas in mir zum Vorschein, das ich hasste: Unsicherheit. Auf einmal überlegte ich hin und her, ob es eine Situation gab, in der ich mich vielleicht falsch verhalten hatte.

»Genau so einen Scheiß wollte ich nicht haben«, brummte ich vor mich hin und kickte eine leere Getränkedose aus dem Weg. Ich würde einen Teufel tun und auf gut Glück zu ihr fahren, immerhin brauchte man mit den öffentlichen Verkehrsmitteln gute zwei Stunden von hier aus und das Taxi wäre eine Stunde unterwegs. Ich nahm das wirklich gern in Kauf, allerdings nicht, um vor verschlossener Tür zu sitzen.

Da ich überhaupt nicht wusste, wie spät es war, holte ich erneut mein Handy aus der Hosentasche und schaltete das Display ein. Sieben Uhr. Mein Magen knurrte, ich war davon ausgegangen, heute wieder mit den Mädels zu essen. Es war krass, wie schnell man sich an etwas Neues gewöhnte.

Genau in dem Moment, in dem ich das Display ausschaltete, vibrierte mein Handy einmal kurz in meiner Hand und sofort öffnete ich Leightons Nachricht.

Leighton: Sorry, ich bin nicht in der Stadt. Aber auf dem Rückweg

Ich: Das hattest du ja gar nicht erzählt
Leighton: weil der Grund auch einfach scheiße ist
Ich: Soll ich zu dir kommen?
Leighton: Nein, ich sitze noch vier Stunden im Greyhound.

»Was macht sie?«, stieß ich aus und merkte, dass ich stehen geblieben war. Ich sah mich um und entdecke wenige Meter weiter eine Bank, auf die ich zusteuerte und mich setzte. Ich hatte das Gefühl, das könnte jetzt länger dauern.

Ich: Du sitzt im BUS?
Leighton: Ja. Große Kiste, mehrere Räder, mehrere Menschen, schon mal gesehen?
Ich: Ich weiß, was ein Bus ist
Leighton: Sorry
Ich: Wo warst du denn?

Leighton begann zu tippen, stoppte, war offline.

»Fuck«, fluchte ich und ließ den Kopf in den Nacken fallen. Dieses ewige Hin- und Hergeschreibe ging mir einfach nur noch auf den Sack. Ich starrte ihren Namen an und wartete nur darauf, dass sie wieder online war. *Wie. Ein. Verdammter. Stalker.*

Dann, als ihr Name ein Stückchen nach oben rutschte, und das Wörtchen *online* wieder zu lesen war, das direkt von *schreibt…* abgelöst wurde, begann mein Herz zu rasen.

Leighton: Ich war bei meinen Eltern, bin vorzeitig wieder abgehauen und hab den letzten Platz im Bus ergattert
Ich: Ist alles okay?
Leighton: nein

Nein, nein, nein, nein. Wie zur Hölle sollte ich jetzt reagieren? Leighton war wie ein Zirkusclown. Immer für eine Überraschung gut und sehr gut darin, Emotionen vorzutäuschen. Auch sie schaffte es, ihr Lächeln nur aufzumalen und ich war noch nicht ganz zu ihr durchgedrungen, um immer hinter ihre Fassade zu blicken.

Mein Puls schoss in die Höhe, als ich meine Antwort absendete:

Ich: Komm zu mir, Leigh.
Leighton: Okay

»Gott sei Dank!« Ich merkte erst, dass ich die Luft angehalten hatte, als ich die Worte mit einem Schwall Luft ausstieß.

Ich: Wann und wo kommst du genau an?
Leighton: Ca. 23:00 Uhr – Bus Station in der 630 W Harrison St
Ich: Ich hole dich ab
Leighton: Danke

Und schon wieder überraschte sie mich. Wenn Leighton eins war, dann unabhängig. Sie wollte niemandem zur Last fallen. Ich hatte ehrlich geglaubt, Überredungskunst leisten zu müssen, um sie abzuholen. Anscheinend ging es ihr so beschissen, dass sie einfach nur froh war, dass ich für sie da war. Zumindest hoffte ich Letzteres.

Kapitel 17

Leighton

Keine zehn Stunden.

Nicht einmal acht Stunden hatte ich es in der Nähe meiner tyrannischen Mutter ausgehalten. Erst war es meine Kleidung gewesen, die ich sowieso hatte tauschen wollen. Dann, kaum dass wir im Auto saßen, war es mein Parfum. Mein Dad bekäme Kopfschmerzen davon. Nachdem er das Auto auf dem Parkplatz vor dem Friedhof geparkt hatte, war es die Art gewesen, wie ich aus dem Auto stieg. Angeblich hätte man dabei meinen Slip sehen können. Also ich hatte noch nie gesehen, wie bei einem bodenlangen Kleid die Unterwäsche hervorblitzen konnte. Und außerdem trug ich eine blickdichte Strumpfhose.

Keine Stunde und ich drohte schon wieder unter den Worten meiner Mom zu zerbrechen. Ich würde es nicht aushalten, schon gar nicht heute am Todestag meiner Grandma. Ich hasste mich selbst dafür, dass ich nicht stark genug war, mich gegen sie zu wehren. Dieses Mal überschritt sie Grenzen in Rekordgeschwindigkeit. Es tat mir leid für Dean. Er musste jetzt den ganzen Abend meinen Abgang ausbaden, da war ich mir sicher, doch kein Geld der Welt hätte mich dazu überreden können, noch eine Minute länger die gleiche Luft wie meine Mom zu atmen.

Seit drei Stunden saß ich nun im *Greyhound*, der mich zurück nach Chicago brachte und hatte seitdem weder an meinen Artikeln gearbeitet noch gelernt. Ich hasste, dass meine Familie die Macht besaß, meine Gedanken zu kontrollieren. Wenn man sich schlecht fühlte, gab es kaum Raum für etwas Anderes und es war beinahe unmöglich, aus dem Brunnen herauszuklettern, der sich nach und nach mit schlechten Gefühlen füllte.

»Das wird nichts mehr«, flüsterte ich fast lautlos und verstaute meinen Laptop wieder in meinem Rucksack. Ich zog mein Handy daraus hervor und angelte nach meinen Kopfhörern, deren Kabel sich wieder um die Ringe meines Spiralblocks gewickelt hatten. Stöhnend zog ich beides heraus und machte mich daran, das Wirrwarr zu beseitigen, damit ich mir schließlich Musik auf die Ohren hauen konnte.

Nachdem ich eine Playlist mit Songs aus den späten 90ern und 2000ern ausgewählt hatte, öffnete ich noch einmal den Nachrichtenverlauf mit Kaleb. Er würde mich abholen und ich wusste, dass dies keine Selbstverständlichkeit war, und spürte eine große Welle Dankbarkeit durch meine Adern fließen. Meine Angst davor, mich ihm Stück für Stück ein bisschen mehr zu öffnen, wurde immer geringer. Ich nahm mir bereits auf der Rückfahrt vor, ihm zu erklären, warum ich nicht erreichbar gewesen war. So viel war ich ihm das schuldig, denn niemand hatte es verdient, einfach so ignoriert zu werden. Erst recht nicht, wenn dieser jemand einem etwas bedeutete.

Durch das sanfte Schaukeln im Bus und die leise Musik auf meinen Ohren, überkam mich eine Müdigkeit und ich entschied, sie einfach zuzulassen. Wenn ich jetzt schlief, würde ich wenigstens keine Gedanken mehr an den katastrophalen Tag verschwenden. Ich stellte mir noch schnell den Wecker auf meinem Smartphone, damit ich nicht meine Station in Chicago verschlief, ehe ich meinen Kopf an die Scheibe lehnte und wegdämmerte.

Als mich mein Handy gute drei Stunden später aus dem Schlaf riss, spürte ich erst, wie gerädert ich war. Das war kein Wunder, da ich seit vielen Stunden auf den Beinen war. Meine Muskeln waren steif und mein Nacken schmerzte, was eindeutig die Nachwirkungen der Reise waren. Innerhalb des letzten Tages hatte ich immerhin fast zwölf Stunden in einem Reisebus gesessen und nicht wirklich geschlafen.

Der Greyhound fuhr in die Bus Station ein. Hinter einer Glasscheibe sah ich Kaleb auf den unbequemen Stahlplätzen sitzen und bei seinem Anblick verwandelte sich mein Innerstes wieder in einen Vulkan. Ihn hier zu sehen und wirklich zu sehen, dass er auf mich wartete, ließ mein Herz doppelt so schnell schlagen.

Ich griff nach meinem Rucksack und reihte mich in den Ansturm auf die Bustür ein. Normalerweise blieb ich immer bis zum Ende sitzen und machte mich über die Personen lustig, die anscheinend Angst hatten, dass der Bus einfach mit ihnen weiterfuhr. Heute war ich aber so aufgeregt, dass ich mich zu den Verrückten und Nervösen gesellte.

»Hi«, murmelte ich neben Kaleb, der mich noch nicht bemerkt hatte und nun erschrocken zusammenfuhr.

»Leigh«, keuchend fuhr er sich über sein müdes Gesicht. »Du hast mich erschreckt.«

Mit schief gelegtem Kopf versuchte ich mich an einem Lächeln. »Sorry.«

»Alles gut.« Er stand auf und sofort überragte er mich um mehr als einen Kopf. Seine große Erscheinung jagte mir einen angenehmen Schauder über den Rücken und mich umhüllte das Wissen, sicher bei ihm zu sein. Als hätte er geahnt, dass ich das jetzt brauchte, griff er nach meinen Schultern und zog mich an seine Brust, strich mir vorsichtig über den Rücken. »Willkommen zurück«, flüsterte er an mein Ohr. Ich drehte mein Gesicht nach oben, damit ich ihm in die Augen schaute.

»Danke«, flüsterte ich zurück und griff mit meinen Händen nach seinem Gesicht, um es zu mir herunter zu ziehen, damit ich ihm einen Begrüßungskuss schenken konnte. Ich wollte nicht, dass der heutige Tag wie ein Damoklesschwert über uns schwebte und uns einen Schritt zurückwarf. Ihn zu küssen durfte auf keinen Fall wieder zu etwas werden, das ich mich nicht traute. Und ich hoffte, dass er wusste, dass zwischen uns alles wie vorher war, wenn er es wollte.

»Ich möchte wissen, warum, Leigh.« Zärtlich, aber bestimmt schob er mich ein Stück von sich weg und griff nach meiner Hand, ehe wir uns in Gang setzten und auf den Ausgang zuliefen.

»Ich weiß«, seufzte ich und schielte verlegen zu unseren ineinander verschränkten Händen. Jeder hier konnte sehen, dass wir einander etwas bedeuteten. Es war zwar nicht das erste Mal, dass er meine Hand nahm, doch konnte er sich nicht vorstellen, wie viel diese Geste mir bedeutete. Er sagte damit nicht nur, dass ich zu ihm gehörte, sondern auch, dass er ein Teil von mir sein wollte.

»Hübsches Kleid, du siehst wunderschön aus.« Ich spürte seine Blicke auf meinen Schultern, meinen Brüsten, meiner Hüfte, einfach überall. Seine Stimme klang rau. »Allerdings wüsste ich gern, warum zur Hölle du ein Ballkleid unter deiner Winterjacke trägst.«

Ich kicherte leise. »Im Hause Baker ist das alles, aber kein Ballkleid«, schmollte ich und hob den Stoff ein Stück an. Ich mochte das Kleid wirklich gern, aber für meine Mutter war auch das noch zu casual. Es bestand zwar größtenteils aus Seide, war aber dennoch viel zu schlicht. Ohne irgendwelche Perlen, Steinchen oder teure, in den Stoff gewebte Fäden, war es nichts weiter als ein Lappen für meine Mom.

»Auf jeden Fall bist du vermutlich die bestangezogenste *Greyhound* Passagierin in der Geschichte des Busunternehmens«, witzelte er und stieß mich an der Schulter an.

Ich lachte und warf den Kopf in den Nacken. »Das könnte tatsächlich sein. Ich bin so schnell aufgebrochen, dass ich mich nicht einmal mehr umgezogen hab. Ich habe meine Kleidung noch nicht einmal eingepackt und mitgenommen.«

»Auf diese Geschichte bin ich wirklich sehr gespannt.«

Leighton

»Alles okay bei dir?« Kaleb stieß die Tür zu seinem Schlafzimmer mit einem Fuß hinter sich ins Schloss und kam mit zwei Gläsern auf mich zu. »Hier.«

Dankend nahm ich ihm eines ab und trank einen Schluck. Die letzten Wochen war er fast täglich bei Mads und mir gewesen und irgendwie war mir gar nicht in den Sinn gekommen, dass er auch eine Bleibe hatte. Ich hatte mich einfach so schnell daran gewöhnt, dass er abends auf der Matte stand und seine Zeit mit Mads, mir und zwei Mal sogar schon Parker verbrachte. Erstaunlich, wie schnell etwas Neues zu etwas Normalem werden konnte. Etwas Normalem, das man nicht mehr missen mochte.

Während der Fahrt von der Busstation zu ihm nach Hause über hatte ich mit mir gehadert, inwieweit ich ihm von meiner Familie erzählen sollte. Ich wusste, dass es nicht fair wäre, ihn weiterhin im Dunkeln tappen zu lassen, allerdings war es meine Entscheidung, ob und wie viel ich ihm erzählte.

»Leighton, deine Denkerfalte geht bald nicht mehr raus«, neckte er mich, als er sich neben mich auf sein Bett setzte.

»Hm? Ach so, ja sorry. Ich …«, stammelte ich ertappt und rieb mir über die Stirn, wie um die Falte instinktiv zu glätten.

»Was geht in deinem Lockenkopf vor?«, fragte er mich geradeheraus und drängte mich damit ein wenig in eine Ecke.

»Es ist albern«, wehrte ich ab und spürte, wie mein Puls zu rasen begann. Es gab weitaus schlimmere Traumata als meines. Was, wenn er es nicht verstand? Wenn er mit den Augen rollte und mir sagte, ich sollte mich nicht so haben? So, wie bisher all die wenigen Menschen, von denen ich dachte, ihnen vertrauen zu können.

»Was auch immer dich belastet, ich denke wirklich nicht, dass es albern ist«, bestärkte er mich und nahm mir mein Wasserglas aus der Hand, um es zusammen mit seinem auf dem Nachttisch abzustellen und dann in die Mitte des Bettes zu robben. »Komm her.« Seine Stimme war fest und zeitgleich so weich. So mitfühlend und doch stark, dass ich nicht anders konnte, als mich gegen seinen ausgestreckten Arm sinken zu lassen.

Langsam schlang er auch den anderen Arm um mich und ließ sich gemeinsam mit mir nach hinten fallen. Noch nie hatte ich auf diese Art und Weise im Bett meiner Freunde gelegen. In den Armen von jemandem, der mich einfach nur trösten wollte und keine Hintergedanken hegte. Ich fühlte mich nicht, als müsste ich mich dafür revanchieren und spürte die Dankbarkeit ihm gegenüber mit jeder Sekunde immer größer werden.

»Ich weiß nicht genau, wie ich anfangen soll«, gestand ich leise und räusperte mich, da mir die Stimme versagte.

»Dann fang einfach ganz von vorn an.«

Kaleb gab mir wieder einmal den Mut, den ich brauchte. »Mein Name ist Leighton Baker und ich wurde als erstes von zwei Kindern in eine super verkorkste Familie hineingeboren.« Ich spürte Kaleb sanft beben und strafte ihn mit einem empörten Blick. »Lachst du etwa?«

Sofort schüttelte er den Kopf. »Nein. Na gut, ein bisschen vielleicht. Ich mag es, wenn du Tatsachen so direkt auf den Tisch haust.« Er drückte mir einen Kuss auf den Scheitel und begann langsam, mit seiner Hand meine Seite auf- und abzufahren.

»Es ist echt schwer, Worte zu finden, die es nicht so absolut lächerlich darstellen«, murrte ich und hob den Kopf an, um ihm in die Augen zu blicken.

Seufzend atmete er aus. »Leigh, ich werde dich nicht verurteilen, okay?« Er wartete auf mein Nicken.

»Ich war einfach nie …« Ich schloss die Augen und atmete einmal tief durch. »… genug. Ich war nie genug.«

»Wie meinst du das?« Sein sanfter Tonfall und seine Hand, die mich berührte, jagten mir eine Gänsehaut über den Körper.

»Es ist immer egal gewesen, wie gut ich war. Meine Eltern hat es nie interessiert. Sie haben all meine Erfolge immer nur heruntergespielt«, sprudelte es plötzlich aus mir hervor und ich versuchte krampfhaft, die Tränen zurückzuhalten, die mir bereits in den Augen brannten. »Ich war die beste Tänzerin in meiner Ballettgruppe und auch später in der Hip-Hop Dance Gruppe. Ich hätte professionelle Tänzerin werden können. Seit der Vorschule gab es kein Jahr, in dem ich nicht Klassenbeste war. Klassensprecherin, später sogar Schulsprecherin.« Ich schluchzte wütend. »Ich hasse es, diese Dinge über mich zu sagen, sie klingen so abgehoben und angeberisch.« Eine Träne kullerte über meine Wange und flüsternd fuhr ich fort. »Dabei wollte ich nur ein einziges Mal hören, dass ich etwas gut gemacht hatte. Ein einziges Mal wollte ich nicht nur von meiner Grandma, sondern von meinen Eltern gelobt werden.«

Kalebs Hand hielt inne. Schließlich legte er sie auf meine Hüfte und zog meinen bebenden Körper noch näher an sich heran, insofern dies überhaupt möglich war. »Niemals?«, fragte er ruhig.

Ich schüttelte den Kopf. »Nein, niemals. Wenn ich mal einen Fehler gemacht habe, wurde dieser lang und breit diskutiert. Aber alles, was ich erreicht hatte, war nicht wichtig. Es war nie etwas wert und sowieso das Mindeste.«

Er atmete einmal tief ein und knurrte. »Ist das dein Ernst?«

»Für Mom und Dad kam nie etwas anderes infrage. *Selbstverständlich* war ich die Beste in allem. Etwas anderes als die Spitze hätten sie niemals akzeptiert«, schnaubte ich sauer. Ich spürte, wie sich bei der Erinnerung an all die Gemeinheiten, die meine Eltern mir an den Kopf geworfen hatten, die Wut in mir zu einem großen Ball formte.

»Weißt du, was deine Eltern getan haben?«

Verunsichert schüttelte ich den Kopf.

Er nickte langsam. »Sie haben versucht, dich zu kontrollieren, indem sie dich kleinhalten.«

Mir blieb die Luft im Brustkorb stecken und ich fasste mir erschrocken über seine Aussage ans Dekolleté. »Wie? Woher? Was meinst du damit?«, stotterte ich, unfähig, einen vernünftigen Satz zu formulieren.

»So klingt es für mich, Leighton. Ich hatte von Anfang an das Gefühl, dass du dich versteckst. Du versteckst deine Talente und ich verstehe jetzt, dass du selbst weiterführst, was deine Eltern mit dir gemacht haben.«

Völlig verwirrt setzte ich mich auf und rieb mir über das Gesicht. »Was redest du da?«, zischte ich. »Was soll das?«

Er stemmte sich ebenfalls hoch und wollte seine Hand auf meine Schulter legen, doch ich schüttelte sie ab. »Leigh«, erschrocken riss er die Augen auf. »Fuck, ich meinte es nicht böse.«

»Ich weiß gerade nicht, was du meinst oder nicht meinst. Auf jeden Fall bin ich nicht wie meine Eltern.« Verärgert verschränkte ich die Arme vor meiner Brust und ballte die Hände zu Fäusten, damit er nicht sehen konnte, wie diese zitterten.

»Das habe ich nicht gesagt und würde so etwas auch niemals denken. Ich bin gerade unglaublich wütend auf sie, glaub mir das.«

»So siehst du aus, wenn du wütend bist?« Ich zog eine Augenbraue hoch.

»Leigh«, seufzte er über meinen Versuch, lustig zu sein. »Bist du stolz auf dich?«

Ich kniff die Augen zusammen und presste meine Kiefer aufeinander. »Was auch immer das hier für ein Psychospielchen wird, ich mache da nicht mit. Scheiße, warum habe ich dir das nur erzählt?« Ich war gerade im Begriff aufzustehen, als er mich an der Hand zurückhielt. Warum zum Teufel schoss jedes Mal ein Blitz durch meinen Körper, wenn er mich berührte?

»Antworte mir«, bat er nachdrücklich und ließ mich sofort los, als hätte er sich verbrannt.

Seufzend ließ ich meine Schultern hängen. »Nein.« Auf einmal rannen mir die Tränen unaufhaltsam über die Wangen und mein Körper begann vor lauter Schluchzern zu beben. »Nein, bin ich nicht«, gab ich japsend zu. »Weil ich es nie von meinen Eltern gelernt habe.«

»Dann hör mir jetzt zu.« Kaleb hob die Arme an, überließ mir jedoch die Entscheidung, ob ich ihm wieder näherkommen wollte. Nach kurzem Überlegen rutschte ich zu ihm und ließ mich in seine Umarmung fallen. Es wäre dumm von mir gewesen, ihn wegzustoßen, nur weil ich mit mir selbst nicht im Reinen war. Im Augenblick war er der einzige Mensch, den ich um mich haben wollte. »Ich habe mit Madelyn gesprochen«, erzählte er und prompt wollte ich mich ihm entziehen, allerdings hielt er mich fest.

»Was hast du?« Ich zog die Augenbrauen zusammen und starrte ihn finster an. Unsere Gesichter waren sich so nah, dass ich seinen Atem auf meiner Wange spüren konnte. Ich konzentrierte mich auf seinen Herzschlag, den ich an meiner Seite spüren konnte.

»Sie hat … mich abgefangen.«

»Jetzt wird es spannend. Vermutlich werde ich sie umbringen«, murmelte ich.

Kalebs Kehle entwich ein leises Lachen. »Nein, bitte nicht.

Madelyn ist einer der Menschen in deinem Leben, die du auf keinen Fall umbringen solltest, Stinktier.«

»Warum?«, knurrte ich und ignorierte den wenig schmeichelhaften Spitznamen, den er einfach immer wieder benutzte.

»Weil sie dich liebt und verdammt stolz auf dich ist«, flüsterte er eindringlich.

In meinem Magen entstand ein seltsames Kribbeln, das ich nicht zuzuordnen wusste. Es war beinahe wie das Gefühl, das ich verspürte, wenn Kaleb mich küsste.

»Woher willst du das denn wissen?« Nuschelnd wich ich seinem Blick aus und griff nervös in meine Haare, da ich nicht wusste, was ich mit meinen Händen anstellen sollte.

Lachend zog er mich an sich und drückte mir wieder einen Kuss auf den Scheitel. Gott, wie ich das liebte, wenn er das tat. »Weil sie es mir gesagt hat.«

»Sie hat es dir gesagt?«, wiederholte ich ihn wieder.

»Ja. Und sie hat mir auch gesagt, warum.«

Überfordert biss ich mir auf die Unterlippe und zuckte mit den Schultern. »Okay?«

»Du bist also Jahrgangsbeste, ja?«

Ich spürte Panik in mir emporsteigen. *Nein, nein, nein, nein.* »Kann sein, ja.«

»Du arbeitest als Reporterin bei der Studentenzeitung und hast einen Studentenjob beim *Tribune*«, zählte er weiter auf.

»Ja, aber das ist nichts Besonderes«, winkte ich verlegen ab.

»Doch, verdammt!« Er führte seine Hand unter mein Kinn und schob es hoch, dass ich gezwungen war, ihm in die Augen zu blicken. »Du belegst mehr Kurse, als du müsstest und schließt immer als eine der besten ab. Madelyn sammelt alle deine Artikel in einer Mappe und hat sie mir gezeigt. Du hast Ahnung und Talent.«

»Mads hat bitte was für eine Sammlung?«, warf ich erschrocken ein.

»Manchmal müssen es nicht die eigenen Eltern sein, die stolz auf einen sind«, erklärte er leise.

»Aber –«, wollte ich widersprechen.

»Kein Aber. Vergiss es. Es gibt Menschen, denen man es niemals recht machen kann. Wenn deine Eltern zu diesen Idioten gehören, ist es scheiße, ja. Aber es wird Zeit, dass du lernst, auf dich selbst stolz zu sein. Denn mindestens zwei Menschen und ein Hausschwein sind es schon.«

»Ich weiß nicht, wie das geht«, murmelte ich geknickt.

Er grinste mich an. »Du bist so pfiffig, das lernst du schnell. Irgendwann kannst du vielleicht sogar Komplimente annehmen, du wunderschöne Frau.«

Ich lachte und spürte, wie mir Hitze ins Gesicht stieg. »Ach meinst du, ja?«

Als Antwort griff er sanft in meinen Nacken, um mich an sich zu ziehen und mir einen langsamen Kuss auf die Lippen zu drücken. »Ich bin stolz auf dich«, hauchte er zwischen zwei Küssen und wischte mir dabei die Tränen von der Wange.

»Wovor hast du solche Angst, Leighton?«, flüsterte er an meinem Mund.

Ich öffnete die Augen und die Intensität seines Blicks verscheuchte sämtliche Zweifel. »Davor, zu versagen.«

Noch nie in meinem Leben hatte ich es ausgesprochen. Noch nie hatte ich genug Vertrauen zu einem Menschen geschlossen, um mich ihm derart zu öffnen. Und noch nie wurde ich aufgefangen, als ich weinend zusammengebrochen war.

Kapitel 18

Kaleb

Die letzte Nacht hatte etwas zwischen Leighton und mir verändert. Wir waren nicht mehr einfach nur Kaleb, der Basketballer, und Leighton, die Reporterin, die etwas für einander übrighatten.

Zwischen uns war etwas gewachsen, das ich nicht benennen konnte. Es war wie ein Band aus Vertrauen und Zuversicht, das sich um unsere beider Handgelenke gewunden hatte, um uns miteinander zu verbinden. Ich spürte Leightons Angst, sich mir zu schnell anvertraut zu haben. Wenn sie glaubte, ich merkte es nicht, besah sie mich mit einem durchdringenden Blick. Die Fähigkeit, aus dem Augenwinkel so viel mehr wahrzunehmen, hatte ich beim Sport gelernt. Man konnte seine Augen zwar nicht überall haben, aber dennoch lernen, alles mitzubekommen. Es war das erste Mal gewesen, dass ich diese Fähigkeit an einem anderen Ort brauchte als auf dem Court.

Leighton hatte in der letzten Nacht so viele Tränen vergossen, dass sie unmöglich noch mehr davon horten konnte. Noch nie zuvor in meinem Leben war ich einem gebrochenen Menschen so nahe gewesen und noch nie zuvor zerriss es mir so sehr das eigene Herz. Ich kannte ihre Eltern nicht persönlich und war daher erschrocken, wie groß meine Wut auf sie war. Leightons Erzählungen schürten ein Feuer aus Wut in mir, das ich nicht zu löschen wusste.

Kaum zu glauben, dass Leighton diese Unterdrückung all die Jahre ausgehalten hatte. Sie war so stark und schwach zugleich und ich wusste, dass sie diese innere Zerrissenheit nicht auf ewig ertragen würde. Kein Mensch konnte das. Sie war schwach, weil sie nie gelernt hatte, den Worten ihrer Eltern kein Gewicht zu geben und es doch immer wieder aufs Neue versuchte, ihnen gerecht zu werden. Trotz allem war es der gleiche Grund, der sie zu einer starken Person machte. Einer Person, die immer wieder aufstand, wenn sie zu Boden geworfen wurde und immer einhundert Prozent gab.

Ja. Letzte Nacht hatte meine Bewunderung für Leighton ihren Höhepunkt erreicht und auch wenn sie es nicht ahnte, war sie mir in der kurzen Zeit, die ich bisher mit ihr verbringen durfte, auf gewisse Weise ein Vorbild geworden. Aufgeben hatte es für sie nie gegeben, sie fand in jedem dunklen Raum einen Riss, durch den Licht hereinkam. Man musste nur selbst nach und nach beginnen, die Mauer einzureißen, um sich aus seinem dunklen Albtraum zu befreien.

Leigh war früh am Morgen aufgebrochen, da sie etwas in der Universitätsredaktion zu erledigen hatte. Es war mir unheimlich schwergefallen, sie gehen zu lassen, aber ich würde niemals auf die Idee kommen, ihr im Weg zu stehen. Nicht, solange ihr Erfolgsstreben nicht in Besessenheit umschlug, wie es bei meinem Bruder mittlerweile der Fall war.

Als Leighton und ich in aller Früh mein Schlafzimmer verlassen hatten, um in der Küche ein schnelles Frühstück für sie vorzubereiten, schlug mir der Puls bis zum Hals. Bei jedem kleinsten Geräusch verkrampfte sich mein Körper und ich hielt den Atem an. Ich wollte nicht, dass Karter sie sah. Nicht, weil ich mich für sie schämte, nein. Sondern damit sie sich seinen vernichtenden Blicken nicht aussetzen musste. Nicht heute. Nicht nach dieser Nacht und nicht, nachdem sie mich in ihr Innerstes hatte blicken lassen. Hoffentlich hatte sie nicht bemerkt, wie zum Zerreißen angespannt ich gewesen war. Ich konnte mir die Anspannung wegen Karter nicht einmal selbst erklären.

Sobald sie gegangen war, hatte ich mir einen grünen Smoothie gemixt und es mir auf dem Sofa gemütlich gemacht, auf dem ich jetzt noch immer saß. Irgendwann hatte ich nach der Fernbedienung gegriffen und ließ nun ein paar zusammenfassende Videos der letzten Spiele aus der NBA über den TV laufen.

»Was hatte sie hier zu suchen?« Karters Stimme und sein angepisster Tonfall ließen mich erschrocken hochfahren. Ich hatte nicht gehört, wie er in die Wohnküche gekommen war.

»Was soll das?«, blaffte ich ihn an. »Warum erschreckst du mich absichtlich?«

Er schnaubte. »Oh bitte, mach dir nicht ins Hemd, Kal.« Er stolzierte regelrecht zur Kücheninsel, legte sein Tablet darauf ab und nahm sich sein Proteinpulver aus dem Küchenschrank. Er trug Shorts, einen Pullover, seine Laufschuhe und hatte sich ein Stirnband auf den Kopf gezogen, was mir verriet, dass er gleich Laufen gehen wollte. *Gott sei Dank ist er gleich weg.*

Meine Kiefer mahlten und ich zog die Augenbrauen zusammen, verfolgte jeden seiner Schritte mit meinem Blick. »Was ist eigentlich los mit dir, Kart?«, knurrte ich und versuchte, ruhig zu bleiben. Unser Zusammenleben war Stück für Stück zu einem Tanz auf einem Minenfeld geworden.

»Was los ist?« Er drehte sich zu mir um und in seinem Gesicht prangte ein ekelhaftes Grinsen, das mir einen eiskalten Schauer über den Rücken jagte. »Du vögelst die kleine Reporterin, die Unwahrheiten über mich ins Netz gestellt hat. *Das* ist mit mir los.«

Ruhig griff ich nach einem Kissen und krallte meine Hände hinein, um meine Wut nicht auf etwas Zerbrechliches oder gar meinen Bruder zu richten. »Das hast du gerade nicht wirklich gesagt«, zischte ich.

Angriffslustig hielt er meinem Blick stand. »Soll ich es für dich wiederholen?«

»Nimm das zurück, sonst vergesse ich mich«, drohte ich ihm und war verwundert über meine Reaktion. Noch nie zuvor hatte ich ihm gegenüber eine derartige Wut verspürt.

Belustigt zog er eine Augenbraue hoch, schüttelte den Kopf und wandte sich wieder seinem Shake zu. Er setzte den Becher an seinen Mund, trank diesen in einem Zug leer und stellte ihn zurück auf die Kücheninsel. »Ich gehe laufen«, informierte er mich gleichgültig und verschwand, ohne mich eines weiteren Blickes zu würdigen. Ich erkannte Karter nicht wieder, was bitte war seit den letzten Wochen in ihn gefahren?

Das Vibrieren meines Smartphones lenkte mich ab und ich rieb mir erschöpft über die Augen.

Leighton: Bin in der Redaktion angekommen 😃
Ich: Sehr schön 🙂 *Steht heute sehr viel auf deinem Plan?*
Leighton: Das kommt auf den weiteren Verlauf dieses Gesprächs an!
Ich: hahaha – wollen wir heute Abend essen gehen?

Leighton tippte, hörte auf, tippte wieder. Es war mittlerweile zur Gewohnheit geworden, dass ich diesen Vorgang beobachtete. Ich konnte sie genau vor mir sehen, wie sie sich jetzt gerade auf die Unterlippe biss, weil sie sich eine Antwort überlegte.

Leighton: Gern, wann und wo?

Erleichtert atmete ich aus und die vielen Schmetterlinge in meinem Bauch bescherten mir ein Lächeln.

Ich: Italienisch? Pizza, Pasta?
Leighton: Pizza, Pasta, Antipasti, Rotwein? Bin dabei 😉
Ich: Ich kenne da ein hübsches, kleines Lokal und reserviere uns einen Tisch. Passt dir acht Uhr?
Leighton: Oder sieben? Bis acht Uhr hängt mir der Magen in den Kniekehlen.
Ich: Alles klar, zu sieben. Ich hole dich ab!
Leighton: Wie bei einem richtigen Date 😃 *Aber das brauchst du nicht, ich muss vorher noch mal in die Redaktion und komme dann direkt hin!*
Ich: (Das überlese ich jetzt einfach mal!) Okay, dann sende ich dir die Adresse

Leighton

»Wo zur Hölle warst du? Und warum hast du auf keine meiner Nachrichten reagiert und bist nicht an dein bescheuertes Handy gegangen?« Madelyns ungewohnt laute Stimme erreichte meine Ohren, kaum, dass unsere Wohnungstür hinter mir ins Schloss fiel.

Verdattert und auch ein wenig überfordert strich ich mir meine Haare hinter die Ohren und seufzte, als sich unsere Blicke trafen. »Mads, bitte«, nuschelte ich und hoffte, dass sie mich nicht weiter ausfragen würde. Bisher hatte es immer funktioniert mit unserem Akzeptieren der Privatsphären.

»Was *Mads, bitte*?«, äffte sie mich nach und stemmte wütend ihre Hände in ihre Hüfte. *Oh Oh.* Mads war wirklich sauer. *Shit.* Ich bemerkte, wie sie mich verwundert musterte. Immerhin trug ich nicht oft ein bodenlanges Kleid mit passender Stola im Alltag. Genau genommen nie.

»Es tut mir leid, okay?«, stöhnte ich leise, ließ meinen Rucksack unter der Garderobe stehen und ging langsam auf sie zu.

»Ich habe keinen Bock mehr auf unser *Wir-respektieren-den-Freiraum-des-Anderen.*« Ihre Augen füllten sich mit Tränen und ich blieb abrupt stehen. Dieses Mal war das eine Mal, das das Fass zum Überlaufen gebracht hatte. Es war wohl endgültig vorbei mit *Ich-habe-meine-Probleme-und-du-deine-und-wir-haben-uns-dennoch-lieb.*

Über meinen Schatten springend überbrückte ich den letzten Meter zwischen uns und schloss sie einfach in meine Arme. »Es … es tut mir wirklich leid, Mads«, flüsterte ich reuevoll und plötzlich kamen mir Kalebs Worte von gestern in den Sinn. Ich erinnerte mich, dass er mir verriet, wie stolz Madelyn auf mich war. »Ich mache das nicht mehr, okay?«

Schniefend nickte sie und zeigte stumm auf unseren Esstisch, nachdem wir uns voneinander gelöst hatten.

Ich wusste, was das hieß. Nämlich, dass ich gar keine andere Wahl hatte, als mich zu erklären. Und zwar sofort. Der Esstisch oder das *Betty's* waren die Orte geworden, an denen unsere Freundschaft jedes Mal auf eine Probe gestellt wurde und dann noch inniger wurde.

»Haben wir Eistee?« Ich zeigte auf unseren Kühlschrank.

Nickend lief sie zur Spüle, um zwei saubere Gläser zu holen. Ich schlurfte zum Kühlschrank, um die Karaffe mit Eistee auf den Tisch zu stellen.

»Also?« Mit vor der Brust verschränkten Armen starrte sie mich an, ohne die Miene zu verziehen. Mist, sie war *wirklich* wütend.

»Mads, ich fühle mich wie vor Gericht.«

»Ich mich auch«, pflichtete sie mir bei. Nur, dass ich mich wie eine Angeklagte und nicht wie ein Richter fühlte.

»Ich war in Detroit. Gestern ... gestern war Grandmas Todestag und ich war mit meiner Familie an ihrem Grab«, erklärte ich mit leiser Stimme, da sich ein fetter Kloß in meinem Hals gebildet hatte. Ich wollte heute nicht mehr daran denken. Nicht an Grandmas Tod und nicht an Mom oder Dad.

»Oh nein«, hauchte sie und sofort veränderte sich ihr anklagender Blick in etwas Weiches. »Fuck, es tut mir leid. Ich meinte es nicht so. Ich wollte dich nicht überfallen, so verstehe ich das natürlich«, redete sie sich um Kopf und Kragen und hörte erst auf, als ich die Hand anhob.

»Hör auf«, bat ich sie und versuchte, zu lächeln. »Du hast allen Grund und auch das Recht dazu, wütend auf mich zu sein. Einfach abzuhauen ist scheiße. Das weiß ich jetzt und es wird nicht mehr vorkommen. Wirklich nicht«, versprach ich. »Ich habe nicht auf deine Anrufe reagiert und dir auch nicht zurückgeschrieben, weil ich mit mir selbst beschäftigt war und ich weiß, dass es egoistisch von mir war. Es tut mir wirklich leid. Okay?« Ich suchte ihren Blick und war erleichtert, als sie verständnisvoll nickte.

»Okay«, raunte sie. »Wie geht es dir?«

Ich schluckte, denn wer antwortete auf diese allseits bekannte Frage schon mit der Wahrheit? Rein aus Gewohnheit wollte ich mit *Gut* und einem Schulterzucken antworten, was gelogen gewesen wäre. Stattdessen entschied ich, dass es endlich an der Zeit war, mich ihr ein weiteres kleines Stückchen zu öffnen. Madelyn hatte es verdient, mich kennenzulernen. Und zwar alles von mir. Was hatte ich schon zu verlieren?

»Ganz ehrlich?« Ich atmete tief durch, stemmte meine Ellenbogen auf den Tisch und ließ meinen Kopf mit der Stirn voran in meine Handflächen sinken. »Ich bin durcheinander. Ich glaube, ich war noch nie so emotional verwirrt.«

Mads griff nach der Karaffe und schenkte uns beiden ein, schob mir mein Glas zu, sodass es mir wieder die Kehle zuschnürte. »Was ist passiert? Ist etwas passiert?«, wollte sie wissen.

Ich schüttelte den Kopf und nickte gleich darauf und versuchte, das Wirrwarr an Gedanken zu vernünftigen Worten zu formen. »Meine Eltern sind … nicht gerade Mustereltern«, begann ich meine Erzählung. »Kurz nachdem mein kleiner Bruder Dean geboren wurde, sind wir von Detroit nach Dearborn gezogen.«

Madelyn legte den Kopf schief. »Ich wusste nicht einmal, dass du einen kleinen Bruder hast, Leigh«, stammelte sie leise und traurig.

»Ich weiß. Größtenteils versuche ich einfach, nicht an meine Familie zu denken.«

Sie nickte. »Haben sie …« Madelyn suchte nach den richtigen Worten. »Haben sie dir wehgetan?«

»Nein. Zumindest nicht körperlich.« Traurig schüttelte ich den Kopf. »Sie waren nie stolz auf mich. Gott, das klingt zu lächerlich.« Ich gab einen Laut von mir, der sich beinahe wie das klägliche Jaulen eines Hundes anhörte.

»Erklär es mir.«

Ihr mitfühlender Blick kurbelte den Drang in mir an, mich ihr endlich anzuvertrauen, und schon sprudelten die Worte aus mir heraus.

»Es gab an sich keinen Tag, der unbedingt schlimmer als die anderen war. Es gab keinen besonders einprägsamen Moment, vor dem ich flüchte. Es ist eher so, dass viele kleine, vermeintlich nichtige Dinge, das große Ganze ergeben.« Nervös pfriemelte ich am Stoff meines schwarzen Kleides herum und atmete tief ein und wieder aus, um mich zu sammeln. »Selbst wenn ich die Beste war, war es doch nie gut genug. Immer hätte ich noch besser sein sollen. Als ich Klassensprecherin wurde, hat meine Mutter nur die Nase gerümpft und mir erklärt, dass ich mich noch mal melden solle, wenn ich Schulsprecherin werde. Als ich Schulsprecherin wurde, hieß es, dass es ein Jahr zu spät war.« Ich verdrehte die Augen. »Wenn ich mich nicht schminkte, hieß es, ich ließe mich gehen. Wenn ich mich schminkte, sagte sie mir, ich sähe aus wie eine Prostituierte. Meine Röcke waren entweder zu lang oder zu kurz«, zählte ich weiter auf. »Wenn ich auf Feiern, die meine Eltern gaben, ein Glas Wein ablehnte, sagte meine Mutter mir nach, dass ich mich für was Besseres hielt oder zu prüde war. Wenn ich es annahm, zischte sie mir leise ins Ohr, dass ich eine Säuferin wäre.«

»Bitte was?« Madelyn stand der Schock ins Gesicht geschrieben und ich zuckte mit den Schultern. Plötzlich flogen immer mehr Erinnerungen an die verschiedensten Situationen vor meinem geistigen Auge herum, dass mir schwindelig wurde.

»Das Schlimme an der ganzen Sache ist, dass sie es auch mit Dean machen. Und anders als ich damals hat Dean keine Großmutter mehr, die ihm zumindest ein kleines bisschen Rückhalt gibt.« Ich spürte, wie mein Körper zu beben begann, und legte meine Handflächen um mein kühles Trinkglas, um das Zittern etwas zu kontrollieren. »Mein Bruder ist jetzt siebzehn und Schulsprecher, wie ich es war. Ich glaube, er hat es mittlerweile noch schwerer als ich, aber er ist auch … so viel stärker als ich.« Meine Augen begannen sich mit Tränen zu füllen und ich schluckte, um sie zurückzuhalten.

Zögerlich schob Madelyn ihre Hände über den Tisch und legte sie über meine. »Was ist gestern passiert?«

Ich schüttelte den Kopf. »Ich habe die Schikane einfach nicht mehr ertragen.« Schniefend zählte ich ihr alle Situationen auf, die mich schließlich dazu brachten, früher abzureisen. Begonnen bei der Begrüßung, die keine war, über meine angebliche Verspätung und das falsche Aussteigen aus dem Wagen, bis hin zu der Beleidigung meiner Kleidung, meiner Haare und der Art, wie ich meine Augen betont hatte.

»Leigh?«, piepste Madelyn.

»Hm?«

»Du weißt, dass du nichts auf die Meinung dieser Menschen geben musst, bloß, weil sie dich in die Welt gesetzt haben, oder?«

Hatte sie sich mit Kaleb abgesprochen? Oder sahen die beiden etwas, das ich nicht erkennen konnte? Langsam atmete ich durch. »Es ist verdammt schwer, immer alles zu geben und dennoch niemals perfekt zu sein«, flüsterte ich.

»Leighton«, donnerte Madelyn plötzlich, sodass ich zusammenzuckte. »Perfekt? Hast du gerade wirklich gesagt, dass du *perfekt* sein möchtest?«

Ich hauchte ein lautloses Ja und zuckte mit den Schultern, wich ihrem Blick aus.

»Perfekt gibt es nicht, Leighton. Und danach muss man auch nicht streben.«

Verwirrt schaute ich in ihre eindringlichen Augen. »Wieso nicht?«

Sie seufzte. »Weil man dann viel zu viel Zeit damit vergeudet, es anderen recht machen zu wollen. Zeit, die man beispielsweise dafür nutzen könnte, glücklich zu sein. Ganz einfach glücklich zu sein.«

Kaleb

Leighton: Bin gleich da ☺

Ein Lächeln stahl sich auf mein Gesicht und die Vorfreude, Leighton in wenigen Minuten wiederzusehen, jagte einen Wirbelsturm durch meinen Magen. Ich hätte sie gern abgeholt, *wie zu einem richtigen Date*, wie Leighton es genannt hatte. Aber ich fing langsam an zu akzeptieren, dass zwischen Leighton und mir nichts dem Standard entsprach. Und Gott, genau *das* genoss ich so.

Ich: Ich bin schon da, warte vorm Restaurant auf dich ♡
Leighton: Echt jetzt?
Ich: Was?
Leighton: ICH bin FÜNFZEHN Minuten zu früh dran und DU BIST SCHON DA?

Lachend warf ich den Kopf in den Nacken und tippte meine Antwort.

Ich: Ich kann es halt kaum erwarten
Leighton: Oh ja, ich habe auch Hunger

Ich stöhnte frustriert auf. Hatte sie die Anspielung wirklich nicht verstanden oder veräppelte sie mich nur?

Ich: Das meinte ich jetzt eigentlich nicht.
Leighton: Ich weiß 😀
Leighton: Ach so:
Leighton: ♡

Dieses kleine Herzchen von Leighton war wie Weihnachten und Ostern zusammen.

Ich steckte das Handy zurück in meine Hosentasche und versuchte, mich unauffällig in der Spiegelung des Restaurantfensters zu betrachten. Mir fiel auf, dass sich meine Haltung wieder verbessert hatte. Coach Hills Ansage, dass ich diese bewahren sollte, hallte immer noch in mir nach. Man wusste erst später, welche Worte einem lange im Gedächtnis bleiben würden. Zu dem Zeitpunkt, in dem sie ausgesprochen wurden, waren es oft einfach nur Worte. Worte, die erst mit der Zeit an Bedeutung gewannen.

»Na? Sitzt alles?«

Ertappt fuhr ich herum und sah in Leightons strahlendes Gesicht. »Äh«, begann ich. »Japp. Du kannst dich wirklich gut anschleichen.«

»Nur, wenn derjenige vertieft ist, wie du gerade«, erwiderte sie. »In sein eigenes Spiegelbild.« Sie kniff die Lippen aufeinander, um sich ein Lachen zu verkneifen.

»Du bist grauenhaft, Leigh«, schmunzelte ich und beugte mich zu ihr herunter, um meine Lippen auf ihren Mund zu drücken. »Und dennoch könnte ich dich den ganzen Tag nur küssen«, murmelte ich leise.

»Trotzdem? Oder gerade deswegen?«, hauchte sie lächelnd an meinen Mund.

Ich bewegte den Kopf, dass mein Kinn ihre Wange strich, und flüsterte ihr ins Ohr. »Das werde ich dir nicht verraten, du kleines Stinktier.«

Ihr Lachen jagte eine warme Welle durch meinen Körper und ich griff nach ihrer Hand, verschränkte meine Finger mit ihren.

»Lass uns reingehen.« Ich nickte in Richtung des Eingangs.

»Oh ja, bitte. Ich komme gleich um vor Hunger.« Um ihre Aussage zu unterstreichen, rieb sie sich über ihren Magen und schenkte mir ein Lächeln.

»Meine Prüfungen stehen bald an«, jammerte Leighton zwischen zwei Bissen. Sie hatte sich Spaghetti Carbonara bestellt und haute rein, als hätte sie seit Ewigkeiten nichts mehr zwischen die Zähne bekommen.

»In welchem Semester bist du eigentlich?« Ich schnitt mir ein weiteres Dreieck aus meiner Pizza mit Parmaschinken, Rucola und Parmesankäse heraus und biss genüsslich hinein.

»Im vierten. Mein zweites Jahr«, nuschelte sie und wich meinem Blick plötzlich aus.

Ich ging auf Tuchfühlung. »Leigh?«

»Hm?«

»Warum wendest du den Blick ab, wenn ich etwas Direktes über dich, dein Studium oder deine Arbeit frage?« Mir war es schon lange aufgefallen, dass sie sich unwohl fühlte, sobald ich etwas wissen wollte, das nur sie betraf.

Seufzend ließ sie das Besteck auf ihrem Teller liegen und stützte den Kopf auf ihre Hände. »Ich rede nicht gern über mich.«

»Ich möchte dich aber kennenlernen, Leigh. Da gehört es dazu, über sich selbst zu reden.« Ich sah, wie sie sich zwang, mir in die Augen zu schauen. Als würde sie eine Wette mit sich selbst geschlossen haben, die sie nur gewinnen konnte, indem sie standhielt.

»Dass sich jemand wirklich für mich interessiert, geht einfach nicht in meinen Kopf herein«, gab sie zu und zuckte mit den Schultern. »Aber ich glaube, so langsam legt sich der Schalter in mir um«, murmelte sie mir leise zu. »Mads und du geben Vollgas.«

»Glaub mir. Ich möchte *alles* über dich wissen und es wird mich nicht langweilen. Ich interessiere mich für dich und könnte dich tagelang über dich reden hören.«

Sie grinste und bewarf mich mit ihrer Serviette. »Du übertreibst, du Charmeur.«

Ich fing die Serviette geschickt auf. »Könnte sein. Aber es ist nicht gelogen.«

»Gut gefangen«, quittierte sie meinen Fang.

»Wenn ich etwas kann, dann fangen«, lachte ich und schleuderte die Serviette blitzschnell zurück zu ihr. »Und zielen.« Der Stoff landete direkt in ihrem Gesicht und fiel in ihre Spaghetti. »Genau genommen bin ich ein Freiwurf-Ass«, lobte ich mich selbst mit einem Augenzwinkern.

Geschockt vorwurfsvoll blickte sie mich an, klappte den Mund auf und schließlich wieder zu. Während sie nach Worten für eine passende Erwiderung suchte, ließ ich den Blick durchs Restaurant schweifen. Ein gedrungener Mann, der von draußen durch die große Scheibe ins Restaurant stierte, gewann meine Aufmerksamkeit. Irgendetwas an der Art, wie er uns erst taxiert und dann blitzschnell weggesehen hatte, bescherte mir ein mulmiges Gefühl, doch versuchte ich, es zu ignorieren, und wandte mich wieder Leighton zu, die gerade mit spitzen Fingern ihre Serviette aus den Nudeln fischte.

»Alles okay«? Ich zog eine Augenbraue hoch und schmunzelte.

»Du hast mir gerade nicht wirklich eine Stoffserviette ins Gesicht geworfen?«, fragte sie amüsiert und flüsterte leise weiter. »In einem italienischen Restaurant?«

Grinsend nickte ich. »Doch, warum auch nicht? Hätte ich das lieber beim Koreaner machen sollen?«

»Hier sind noch andere Leute, was sollen die denn denken?«, pikierte sie sich gespielt, beugte sich über den Tisch und schaute heimlich von links nach rechts.

»Zum Beispiel, dass wir Spaß und keinen Stock im Arsch haben?«

Sie grinste. »Du gefällst mir immer mehr, Kaleb Young.«

Lachend griff ich nach meinem Wasserglas und bemerkte aus dem Augenwinkel, wie der Glatzkopf sich erneut blitzschnell vom Fenster abwendete und sich schließlich vom Restaurant entfernte.

»Kal? Hast du einen Geist gesehen?«, feixte Leighton, während sie wieder zu ihrem Löffel und der Gabel griff.

Verwundert schüttelte ich den Kopf und schnitt mir ein weiteres Pizzastück zurecht. »Nein. Nein, aber da war ein komischer Kerl. Irgendwie kam es mir so vor, als hätte der uns beobachtet.«

Sichtlich unbehaglich rutschte Leigh auf ihrem Stuhl hin und her. »Echt jetzt?« Sie reckte den Hals, um ebenfalls aus dem Fenster gucken zu können, aber der Typ war schon nicht mehr zu sehen.

Ich winkte ab. »Wer weiß, was ich da gesehen habe.«

»Genau«, stimmte Leighton mir überzeugend zu. »Da war bestimmt gar nichts.«

»Jetzt ist es schon so weit«, seufzte ich gespielt theatralisch. »Ich bin verrückt geworden.«

Leighton kniff die Augen zusammen. »Ich warne dich! Wenn du jetzt *verrückt nach dir* sagst, kommt mir die Carbonara wieder hoch.«

Auf ihren todernsten Gesichtsausdruck war ich nicht vorbereitet und fing prustend an zu lachen. Glücklicherweise hatte ich meinen Bissen gerade heruntergeschluckt, das hätte sonst sehr peinlich werden können.

»Keine Sorge. Ich bin vielleicht ein Charmeur, aber auch ich habe meine Würde«, zwinkerte ich ihr zu.

»Ach, die kann man ganz leicht verlieren.« Sie grinste und biss sich auf die Unterlippe, was mich beinahe um den Verstand brachte. Sie flirtete immer hemmungsloser mit mir und wurde sich mit jedem Treffen sicherer. Als würde sie endlich die Leighton ans Tageslicht lassen, die sie sonst in den Tiefen ihres Selbst versteckt hielt.

Kapitel 19

Leighton

Da ich gerade zum wiederholten Male das falsche Papier in den Drucker gepackt hatte, bereute ich immer mehr, letzte Nacht so lang wachgeblieben zu sein.

Nachdem wir unsere Pizza und Pasta aufgegessen hatten, fuhren wir ins *Beatnik*. Eigentlich hatte ich nach Hause gehen wollen, doch schaffte Kaleb es mit den Worten *›Nö, ich möchte noch nicht, dass der Abend endet‹* ganz schnell, meinen Plan über den Haufen zu werfen.

Sobald man das *Beatnik* betrat, war man in einer anderen Welt. Schummriges Licht, Sofas, ganz viel Holzvertäfelungen und Kronleuchter, die von der Decke hingen, wurden gemixt mit verrückten, bunten Fliesen und so viel Pflanzen, dass ich mich fühlte, wie im Dschungel.

Aus einem Cocktail wurden zwei und aus gelegentlichen Berührungen wurde ein im-Arm-halten. Wenn ich jetzt an ihn dachte, stellten sich mir die Härchen auf den Armen auf und die Ponys in meinem Bauch galoppierten um die Wette.

Gestern war der mit Abstand beste Abend gewesen, den ich jemals gehabt hatte. Dates konnten *doch* schön sein. Man musste sie nur mit der richtigen Person haben. Die besten Abende sind nicht die, an denen es einem egal wird, dass man am nächsten Tag früh raus muss. Nein. Es sind die, an denen man schlichtweg vergisst, an morgen zu denken und einfach nur das Jetzt genießt.

»Fuck«, fluchte ich, da ich schon wieder zum falschen Papier gegriffen hatte. Wenn das jemand mitbekam und mich verpfiff, würde ich womöglich noch die Kosten tragen müssen. Blitzschnell brach ich den Kopiervorgang ab und schredderte, was der Kopierer bisher ausgespuckt hatte.

Eine Viertelstunde später verließ ich den Kopierraum mit einem auffälligen Gähnen und den Gedanken bei Kaleb.

»Leighton!«, donnerte Doug und kam auf seinen kurzen Beinen zu mir gestapft. Sein Gesicht und seine Glatze waren rot angelaufen und er schnaufte wütend.

»J-Ja?« Ich zog eine Augenbraue hoch und klammerte mich an den Stapel Papiere in meinem Arm. Was war denn schon wieder in ihn gefahren?

»Mitkommen«, befahl er mir und lief voraus. Er blickte sich nicht einmal nach mir um, sondern ging einfach davon aus, dass ich brav gehorchte. Wieder stieg mir vor Wut die Galle hoch und schlagartig war ich wach. Was auch immer er Dämliches von mir verlangen würde: Ich nahm mir fest vor, ihm endlich die Stirn zu bieten. Seit Wochen behandelte er mich wie einen Fußabtreter und seinen persönlichen Sklaven. Kopieren hier, kopieren da, Kaffee bringen, seine private Post versenden und sogar einmal seinen Mantel aus der Reinigung holen. Verdammt noch mal, ich war zwar eine studentische Aushilfskraft, aber nicht seine Leibeigene. Denn Doug würde mich immer weiter schikanieren, wenn ich ihm nicht endlich Einhalt gebot.

Ich presste meine Kiefer aufeinander und folgte ihm wild entschlossen. Zwar pochte mir das Herz bis zum Hals und meine Finger zitterten, aber das musste endlich ein Ende haben.

Ich betrat hinter ihm sein Büro und atmete tief durch, wollte gerade das Wort ergreifen, als er mir zuvorkam.

»Schließ die Tür!«

»Warum?« Das Wort kam leiser aus meinem Mund, als ich es mir gewünscht hätte.

»Was?«, blaffte er und setzte sich in seinen Sessel, der einen quietschenden Laut von sich gab. »Ich hab gesagt, du sollst die Tür zu machen.« Die Warnung in seiner Stimme war nicht zu überhören.

Ich nahm all meinen Mut zusammen. »Und ich habe gefragt, warum«, presste ich hervor. Mein gesamter Körper war zum Zerreißen angespannt. Es gab keinen Zweifel: Doug jagte mir Angst ein, wie er dort auf seinem Stuhl saß und mir einen drohenden Blick zuwarf.

Er setzte ein so teuflisches Grinsen auf, dass mir übel wurde. »Glaub mir, kleine Leighton«, zischte er. »Du solltest die Tür wirklich schließen.«

Ich schaffte es nicht länger, ihm in die Augen zu sehen, drehte mich schließlich um und legte meine Hand auf die Klinke. Mit der anderen presste ich noch immer den Papierstapel an meine Brust. Ich musste das nicht tun, das wusste ich. Es wäre richtig gewesen, sein Büro einfach zu verlassen. Er hatte kein Recht, mich dazu zu zwingen, mit ihm allein in einem Raum zu sein. Trotzdem tat ich es, obwohl mir unwohl dabei war. Kurz kniff ich die Augen zusammen, straffte die Schultern und schloss die Tür, drehte mich zu ihm um und wartete angespannt.

»Setz dich doch.« Er zeigte mit seinen Wurstfingern auf einen der zwei Stühle, die vor seinem Schreibtisch standen. Alles in mir sträubte sich dagegen, ich wollte ihm keinen Zentimeter näher sein, darum schüttelte ich den Kopf.

»Nein, danke. Ich stehe lieber.« Meine Stimme zitterte und in seinen Augen blitzte es.

Seine Mundwinkel verzogen sich zu einem überlegenen Grinsen und er lehnte sich gelassen in seinem Stuhl zurück. »Nun gut«, säuselte er und faltete seine Hände vor, oder eher auf, seinem Bauch zusammen.

Bei seinem Anblick wurde mir kotzübel. Ich ekelte mich vor ihm, das wurde mir erst jetzt so richtig bewusst.

»Leighton Baker«, stieß er meinen Namen aus und ließ seine Stimme eine Oktave höher steigen. »Studentische Aushilfe bei der *Chicago Tribune*.«

Angespannt schluckte ich und wartete stumm. Was wollte er nur von mir? Was hatte ich getan, dass ich diesen Augenblick durchleben musste?

»Nutzt ihre Chance aus, als Reporterin im Sport Ressort zu arbeiten «, spie er hervor und taxierte mich, zog eine Augenbraue hoch. Er beendete den Satz nicht, um mich absichtlich zu quälen.

»Was wollen Sie von mir?«, zischte ich ängstlich und wütend zugleich. »Wovon reden Sie hier?«

»Du weißt ganz genau, wovon ich rede«, donnerte er plötzlich wütend und auf seiner Stirn bildeten sich Schweißperlen.

»N-Nein, tu ich nicht«, hielt ich dagegen und spürte das Blut in meinem Hals pulsieren.

»Oh doch. Aber ich werde dir einen Deal vorschlagen.« Überlegen rollte mit seinem Stuhl einen Meter nach hinten und griff nach einem Stapel Zeitungen, die im Schrank hinter ihm lagen. Als er sich streckte, rutschte sein Hemd aus seiner Hose und entblößte seinen käseweißen, behaarten Wanst. Ich musste ein Würgen unterdrücken.

»Was? Was soll das hier?«, presste ich hervor. Ich verstand nur Bahnhof und meine Angst und mein Ekel vor Doug schlugen langsam in Wut um.

Als Antwort klatschte er den Stapel Zeitungen auf den Tisch, legte sie nebeneinander und zeigte mit dem Zeigefinger auf mich und dann auf die Zeitungen. »Was siehst du hier?«

Unsicher, ob ich mich ihm nähern sollte, blieb ich erst wie angewurzelt stehen.

»Beweg' dich endlich her«, knurrte er und ließ seine Faust auf den Tisch fallen. Doug hatte ein Aggressionsproblem und ich konnte mir selbst nicht erklären, dass ich gehorchte und auf den Tisch zuging. Es war, als würde ich freiwillig in einen Pool springen, in dem der weiße Hai auf mich wartete, um mich zu zerfleischen.

Ich erkannte sämtliche Artikel über die Windy City Bulls und plötzlich fiel der Groschen. Jedem dieser Artikel lag ein Foto bei. Und auf jedem Foto prangte Kalebs Bruder Karter. Karter Young, der aktuelle Star der Mannschaft.

»Und?« Ich hob den Kopf an und sah Doug mutig in die Augen. »Das ist Karter Young, was ist mit ihm?«

Er ließ seinen Kopf in den Nacken fallen und lachte künstlich.

Er senkte seine Stimme. »Du brauchst mir nichts vorzumachen. Ich habe euch gestern gesehen.«

Ich schüttelte verwirrt den Kopf. »Was? Nein, ich kenne Karter nicht … persönlich.« Beinahe wäre mir herausgerutscht, dass er ihn mit Kaleb verwechselte, allerdings hielt mich irgendetwas zurück. Vielleicht hatte ich Angst, zugeben zu müssen, dass auch ich die beiden zuerst verwechselt hatte.

»Lüg' mich nicht an«, blaffte er wütend. »Was meinst du, wie gern es bei der *Tribune* gesehen wird, wenn unsere studentischen Aushilfen ihren Reporterstatus ausnutzen, um sich an Stars und Sternchen heranzumachen?«

Plötzlich fiel es mir wie Schuppen von den Augen. Er wollte mich erpressen. Bei der Erkenntnis rieselte ein Eisschauder meine Wirbelsäule herab und ich spürte, wie meine Handflächen nass wurden.

»Ich habe mich an niemanden herangemacht«, zischte ich wütend. »Sie lügen!«

»Wie bitte?«, empört hob er beide Augenbrauen an. »Machen wir es kurz: Du besorgst mir Informationen über Karter Young, *private* Informationen, und ich werde nichts über euer Techtelmechtel verraten.«

Geschockt ließ ich den Papierstapel fallen und sämtliche Blätter verteilten sich um mich herum. »Was? Nein! Wie ich schon gesagt habe: Ich kenne ihn nicht«, beharrte ich verzweifelt und schickte stumme Stoßgebete gen Himmel, dass er mir glauben würde.

Er schlug erneut mit der Faust auf seinen Tisch und ich zuckte vor Schreck zusammen. »Ich habe euch gesehen. Gestern, mit meinen eigenen Augen. Entweder du besorgst mir Informationen, die eine Sensation wert sind, oder du kannst dir deine Karriere abschminken. Und jetzt sammel' deinen Scheiß auf und raus aus meinem Büro«, befahl er im harschen Ton und zeigte auf meine Füße.

Ich war wie gelähmt, konnte keinen Schritt machen und spürte, wie mein gerade erst neu gewonnener Mut in sich zusammenfiel wie ein instabiles Kartenhaus. Ich spürte, wie sich mir die Kehle zuschnürte, und schluckte meine aufkommenden Tränen herunter. Sollte das wirklich alles gewesen sein? All meine harte Arbeit umsonst? Für nichts? War meine Karriere hier und jetzt wirklich aus und vorbei? Wie konnte es nur passieren, dass ich in so eine Situation geriet? Die Versagensangst kroch meinen Körper hinauf und klammerte sich wieder in meinem Nacken fest. Ich machte auf dem Absatz kehrt und rannte aus Dougs Büro, direkt auf die Damentoilette, um mich in einer der Kabinen einzuschließen. Was Doug mir hinterherrief, nahm ich nicht mehr wahr.

Kaleb

Leighton: Ich weiß nicht, ob ich es heute schaffe

Leighs Nachricht verwunderte mich. Stöhnend ließ ich mich rücklings auf mein Bett fallen und hob das Handy über meinen Kopf, um ihre Nachricht wieder und wieder zu lesen. Ich hatte seit unserer Verabschiedung heute Morgen auf Wolke Sieben geschwebt, war mit meinen Gedanken die ganze Zeit bei unserem gestrigen Date gewesen. Während des Trainings verfehlte ich ständig den Korb, bis ich mich schließlich dazu zwang, Leighton zumindest für zwanzig Minuten aus meinem Kopf zu verbannen.

Am späten Nachmittag hatte ich versucht, sie zu erreichen, aber sie ging nicht an ihr Handy. Zuerst gab ich dem kein Gewicht, vermutlich hatte sie einfach zu tun. Als ich auch am Abend noch nichts von ihr gehört hatte, rief ich sie an, doch zu meiner Verwunderung klickte sie mich weg. Es war eine Sache, einen Anruf nicht anzunehmen, aber eine weitaus fiesere, ihn abzulehnen. Stirnrunzelnd hatte ich mein Display angestarrt und gehofft, dass es gleich klingeln würde. Es musste ein Versehen gewesen sein! Warum sollte sie mich nicht sprechen wollen? Zwischen uns war rein gar nichts vorgefallen, das ihr Verhalten rechtfertigen konnte. Ich verfluchte die Situation, es war fast genau wie an dem Tag, an dem sie mucksmäuschenstill nach Detroit zu ihrer Familie verschwunden war.

Hatte sie mir nicht versprochen, dass so etwas nicht wieder vorkommen würde? Angefressen schmiss ich mein Handy auf meinen Nachttisch und boxte wütend in mein Kopfkissen.

»Was für eine dämliche Scheiße«, brummte ich wütend. Warum ließ ich sie so mit mir umgehen? Leightons Dämonen hin oder her: Sie war meine Freundin, verdammt, und ich war ihr Freund. Dieses sprunghafte Verhalten würde mir noch einmal den Verstand rauben. Da dachte ich in einem Moment, dass alles wunderbar war und nicht besser werden könnte. Und schon im nächsten Moment suchte ich nach Gründen dafür, dass sie mich ausschloss. Es pisste mich einfach an. Wild entschlossen, sie zur Rede zu stellen, griff ich nach meinem Handy, um ihr zu antworten.

Ich: Was soll das, Leigh? Dieses Hin und Her geht mir langsam echt auf den Sack. Sehen wir uns heute oder nicht?

Ich klickte auf Senden und stieß pustend die Luft aus. Kurz überlegte ich, die Nachricht zurückzuziehen, aber nein, ich hatte einfach keine Lust mehr darauf, sie nur mit Samthandschuhen anzufassen. Sie war nicht die Einzige hier, die ihr Päckchen mit sich herumtrug. Ich *wollte* für sie da sein. Wollte ihr helfen, ihre Vergangenheit aufzuarbeiten. Aber *sie* musste mich auch lassen. So einfach war das.

Unter Leightons Profilbild erschien das kleine, zerstörerische Wörtchen *online* und augenblicklich pulsierte das Blut in meinem Körper. Ich bebte und erkannte, dass ich Angst vor ihrer Antwort hatte.

Leighton: Morgen, ja?

Ich seufzte. Zu gern hätte ich ihr in meiner eigenen Verzweiflung die Pistole auf die Brust gesetzt. Heute oder gar nicht mehr, aber das wäre dämlich gewesen, denn immerhin wollte ich Leighton nicht verlieren, nur weil ich gerade emotional aufgewühlt war. Ich stand vom Bett auf und lief in meinem Schlafzimmer auf und ab. Das Richtige war, jetzt rational zu denken und zu handeln. Also flogen meine Finger über die Tastatur, um ihr zu antworten.

Ich: Ich hätte dich lieber direkt heute gesehen. Aber okay, wann morgen?
Leighton: Abendessen? Bei dir?

Erleichtert stieß ich die Luft aus. Warum hielt ich eigentlich jedes Mal den Atem an, wenn sie tippte?

Ich: okay. Wo bist du gerade?

War es zu früh, solche Fragen zu stellen? Sie könnte es in den falschen Hals bekommen und glauben, ich würde sie kontrollieren. Dabei wollte ich einfach nur wissen, ob es ihr gut ging.

Leighton: Ich bin gerade nach Hause gekommen …

Fuck. Drei Punkte hießen nie etwas Gutes.

Ich: Sorry, soll nicht wie ein Verhör klingen.
Leighton: Ich weiß ☺

Warum kaufte ich ihr den Smiley nicht ab? Ich hasste diese dämliche Schreiberei. Ich wusste nie, wie man geschriebene Worte interpretieren sollte.

Ich: Hast du heute noch viel zu tun?
Leighton: Nein, ich bin nur sehr müde und gehe früh schlafen.

Vor meinem geistigen Auge blitzte eine riesengroße, leuchtendblinkende Anzeige auf, dass sie log. Dass sie mir etwas verschwieg. Irgendetwas war und warum auch immer: Sie wollte es mir nicht erzählen, das spürte ich einfach. Ich konnte jetzt entweder eine ehrliche Antwort verlangen, oder ihr den Freiraum geben. Mit mir hadernd schwebten meine Daumen über dem Display und mein Blick war auf ihre Worte geheftet.

Ich: Dann schlaf gut, Stinktier. Ich freue mich auf dich morgen ♡

Ich Weichei.

Leighton: ♡

Unzufrieden legte ich das Handy auf meinem Tisch ab und rieb mir über das Gesicht. Das Gespräch war überhaupt nicht so verlaufen, wie ich mir das vorgestellt hatte.

Leighton

Ich fühlte mich unfassbar schlecht und warf mein Handy zurück auf mein Bett. Zwar hatte ich nicht direkt gelogen, denn ich war wirklich müde. Allerdings wusste ich, dass ich diese Nacht keinen Schlaf finden würde. Wie denn auch?

Den gesamten Tag war ich wie eine Hülle meiner selbst durch Chicago gelaufen. Ohne auf Sardi oder jemand anderes zu reagieren, war ich aus der Redaktion gelaufen, direkt zur Uni. Auf dem Weg dorthin nahm ich nichts wahr und konnte von Glück reden, unversehrt angekommen zu sein. Ich konnte mich nicht daran erinnern, auf Ampeln oder Autos geachtet zu haben.

In der Uni saß ich nur da und schrieb nichts mit. Welche Themen waren heute eigentlich durchgenommen worden? Ich wusste es nicht. Meine Gedanken schwebten die ganze Zeit wie eine schwarze Gewitterwolke über meinem Kopf und ließen mir keine Möglichkeit, rational zu denken. Alles drehte sich nur um den *Deal*, wie Doug seine Erpressung genannt hatte.

Doug würde dafür sorgen, dass ich niemals die Karriere starten könnte, auf die ich mein Leben lang hingearbeitet hatte. Sollte wirklich all meine harte Arbeit umsonst gewesen sein?

Was waren die Wochen mit Kaleb schon wert im Vergleich zu all den Jahren, die ich investiert hatte?

Mir war übel, mein Körper war schlaff und meine Hände zitterten ununterbrochen. Ich verspürte weder Hunger noch Durst und wollte niemanden sehen. Ich musste mit mir selbst allein sein, um mir zu überlegen, was ich tun sollte. Wie ich es tun sollte. Nie zuvor war ich mit einer derartigen Situation konfrontiert worden und es lag ausschließlich an mir, einen Ausweg zu finden. Ich brauchte gar nicht erst versuchen, mit Kaleb darüber zu reden. Zum einen wusste ich nicht, was ich sagen sollte und zum andern wusste ich auch nicht, was ich selbst tun wollte. Wäre ich wirklich in der Lage, private Informationen über Karter zu meinen Gunsten zu verkaufen? Wollte ich so eine Art Journalist sein? So eine Art Mensch? Schlummerte tief in mir eine derartig egoistische Persönlichkeit? War ich dazu fähig, meine eigenen Bedürfnisse über die anderer zu stellen?

Ich entledigte mich meiner Jacke und pellte mich aus meiner Jeans, warf sie achtlos auf den Boden vor meinen Kleiderschrank und hielt inne. Mein Blick heftete sich auf das schwarze Kleid, das ich auf einen Bügel an meinen Schrank gehangen hatte. Dieses Kleid verkörperte so viel, das ich hinter mir lassen wollte. Wenn ich mich auf den Deal mit Doug einließ, war ich nicht besser als Mom und Dad. Es war nicht das Gleiche, aber es wäre egoistisch und schlecht. Ich wollte nicht wie meine Eltern nur an mich selbst denken, hatte das noch nie gewollt.

Ich kannte Karter zwar nicht wirklich und es sollte mir egal sein. War es aber nicht. Karter war Kalebs Bruder. Mein Herz zog sich zusammen und ich schmeckte salzige Tränen zwischen meinen Lippen, die mir stumm über die Wangen rannen. Die Erkenntnis traf mich wie ein Faustschlag mitten ins Gesicht. Ich konnte es nicht tun. Ich konnte nicht auf Dougs Deal eingehen. Meine Karriere würde beendet sein, ehe sie begonnen hatte. Aus einem ganz simplen Grund: Das erste Mal in meinem Leben war mir etwas wichtiger als mein Erfolg. Ich hatte mich in Kaleb Young verliebt.

Ich: Bist du wach?

Die letzten Stunden hatte ich so viel geweint und nachgedacht, dass mir der Schädel brummte, als hätte ich auf einem Festival neben den Boxen gestanden und mindestens 500 Liter Bier getrunken. Vom ganzen Hin und Her meines Gedankenstrudels wusste ich nur eins: Dass ich überhaupt nichts wusste. Ich hatte keine Ahnung, was ich tun sollte. Aber eines war mir klar geworden: Kaleb auszuschließen, ihn von mir zu weisen, war nicht richtig. Ich schielte zu meinem Wecker, der mir anzeigte, dass es drei Uhr nachts war. Ich hatte noch keine Sekunde geschlafen und noch immer pochte mein Herz in einem viel zu schnellen Takt. Außer Puste stemmte ich mich von meinem Bett hoch und tapste im Dunkeln zu meinem Schreibtisch, um meine kleine Stehlampe anzuschalten. Es war sinnlos, einfach nur dazuliegen und zu hoffen, dass ich irgendwann einschlief. Ich vernahm das surrende Geräusch einer eingehenden Nachricht und sprintete regelrecht zurück zu meinem Bett.

Vanilla Mocha: Ja.

Mist, er war sauer. Verständlicherweise. Und auch er war noch wach – etwa wegen mir? Das hatte ich nicht gewollt.

Ich: Sorry

Vielleicht würde dieses eine Wort schon reichen? Ich konnte ihm einfach nicht erklären, was heute passiert war, denn immerhin betraf es ihn auch. Ich wollte ihn einfach nicht in die Sache hereinziehen. Irgendwie würde ich das Problem mit Doug schon lösen. Ich musste einfach. Auch wenn ich zum jetzigen Zeitpunkt absolut keine Ahnung hatte wie.

Vanilla Mocha: Was ist passiert?

Ich schluckte. Meine Hände begannen erneut unkontrolliert zu zittern, da ich nicht ehrlich zu ihm sein konnte und mir das gewaltig gegen den Strich ging.

Ich: Ich hatte einen wirklich beschissenen Tag in der Redaktion. Sorry, ich wollte dich nicht verärgern.

Grundsätzlich war an dieser Aussage nichts gelogen.

Vanilla Mocha: Dein Chef wieder?

Ich verdrehte die Augen und versuchte, das Pieken in meinen Händen und meinem Kiefer zu ignorieren. Allein beim Gedanken an Doug spielte mein Körper verrückt und ich hatte das Gefühl, mich übergeben zu müssen.

Ich: Er ist nicht mein Chef … Aber ja. Lass uns nicht darüber reden
Vanilla Mocha: Okay

Stöhnend ließ ich mich auf meinem Bett nieder, das Handy in meiner Hand, und starrte aufs Display. Ein-Wort-Antworten hießen, dass der Gegenüber noch angefressen war. Vielleicht war er aber auch einfach nur müde.

Ich: Ich wollte dich nicht wecken. Schlaf gut, Kaleb.

Vermutlich war es das Beste, das Gespräch erst einmal zu beenden. Was hatte ich mir überhaupt dabei gedacht, ihm mitten in der Nacht zu schreiben? Selbstverständlich dachte er jetzt erst recht, dass irgendetwas nicht in Ordnung war. Ich war nicht mehr zurechnungsfähig und übernächtigt. Zu meiner Überraschung vibrierte das Handy in meiner Hand und zeigte mir an, dass er mich anrief.

»Hi«, murmelte ich ins Mikrofon.

»Leigh, was ist los?«, hakte er nach und bei seiner ruhigen Stimme schnürte es mir die Kehle zu. Ich wünschte mir sofort nichts sehnlicher, als in seinen starken Armen zu liegen. Wenn ich bei ihm war, war es, als könnte nichts Böses jemals zu mir durchdringen.

»Ich bin … durcheinander«, schniefte ich und wünschte mir so sehr, er würde nicht weiter nachfragen.

Er seufzte. »Ich höre, dass es dir nicht gut geht, Stinktier.«

Bei seinem Spitznamen für mich drang ein leises Stöhnen aus meiner Kehle, gemixt mit einem Japsen. »Bitte Kaleb, ich hatte einfach nur einen wirklich blöden Tag. Es ist soweit okay.«

Nach einer kurzen Stille hörte ich ihn sich räuspern. »Okay. Ich wüsste dennoch gern, was genau dir den Schlaf raubt.«

»Dass ich dich heute so abgewiesen habe«, log ich. Zumindest war es nicht die ganze Wahrheit. Es war nur ein kleinerer Krümel des ganzen Kuchens.

»Na, wenn das so ist«, hörte ich ihn schmunzeln. »Wenn ich dir jetzt sage, dass du es wieder gut machen kannst, kannst du dann schlafen?«

Ein Lächeln bahnte sich seinen Weg auf mein Gesicht und das flaue Gefühl in meinem Magen wurde von Schmetterlingen abgelöst. Es war einfach unglaublich, was für eine Macht er über meine Emotionen hatte. »Das kommt ganz darauf an, wie.«

»Ich überlege mir etwas«, sprach er gedämpft ins Telefon. »Mach dich auf etwas gefasst«, drohte er mir neckend und ich konnte hören, dass er lächelte.

»So kann ich nicht schlafen, du dumme Nuss«, lachte ich.

»Nächstes Mal lass mich zu dir kommen, wenn es dir scheiße geht, hörst du?« Seine Stimmlage war sanft und ich realisierte, wie sehr ich mich nach ihm sehnte.

»Okay«, piepste ich gerührt und gähnte.

»Du bist müde, Süße. Ich bin dir nicht böse, versuch zu schlafen und morgen sehen wir uns. Nach dem Spiel kommst du mit zu mir. Es wird schon alles werden.«

Es stimmte. Ich war unheimlich müde und mein Körper schmerzte von Kopf bis Fuß. Der wenige Schlaf letzte Nacht und der gestrige Tag forderten gerade seinen Tribut. Wenn Kaleb sagte, dass alles gut werden würde, warum sollte ich ihm nicht einfach glauben? Zumindest jetzt, für diese Nacht. Denn ich konnte heute eh nichts mehr ausrichten oder etwas ändern. Niemand hatte die Fähigkeit, die Zeit zurückzudrehen. Man konnte nur lernen, mit der Vergangenheit umzugehen und alles zu geben, dass die Zukunft nicht so schwarz war. Und ich musste nicht allein kämpfen. Nicht mehr.

Kapitel 20

Kaleb

»NEIN! DECKUNG! DECKUNG, VERDAMMT!«, brüllte Coach Hill und rannte wieder einmal an der Seitenlinie auf und ab wie ein Eichhörnchen auf Speed. Das Spiel lief nicht gut. Was sogar noch freundlich ausgedrückt war, denn genau genommen lief es grottenschlecht. Es war, als hätte unser Team verlernt, wie man dribbelte und den Ball passte. Was mein Team heute aber perfektioniert hatte, war das Foulen. Insbesondere Karter spielte aggressiv und rempelte mehrmals die Gegenspieler an, kassierte Foul nach Foul. Und zwar dort, wo es wehtat. Mr. Hill hätte ihn längst vom Court holen sollen, doch zu allem Übel war er heute wieder sein bester Mann. Wenn er ab jetzt nicht herunterdrehte, würde er disqualifiziert werden.

Ich starrte in Karters wutverzerrtes Gesicht und war erschrocken darüber, wie er einfach alles und jeden anbrüllte. Dabei war er selbst nicht in Höchstform, er war beim Dribbeln über seine eigenen Füße gestolpert, wodurch wir nicht nur einen Ballverlust erlitten, sondern das Gegnerteam zu allem Übel einen Dreier warf.

Ich versuchte, das Spiel aufmerksam zu verfolgen, und schaute dem Ball hinterher, allerdings wanderte mein Blick immer wieder zum Pressebereich, in dem auch Leighton saß.

Es war unglaublich, wie professionell sie agierte, mit ihrem Block, ihrem Aufnahmegerät und ihrer ungeteilten Aufmerksamkeit. Nicht ein einziges Mal hatte sie zu mir herübergeschaut, was mir einen kleinen, albernen Stich versetzte.

Ich schaute hoch zum Würfel. Das Spiel war gleich vorbei und sowieso schon verloren. Niemals würden die *Windy City Bulls* noch 36 Punkte aufholen.

Die Luft in der Halle war dick, die ersten Zuschauer schwirrten bereits zu den Ausgängen und die Ränge lichteten sich. Hier gab es heute nichts weiter zu sehen als eine Niederlage. Ich strich mir über das Gesicht und wartete ungeduldig, bis der Buzzer ertönte und das vernichtende Spiel vorbei war. Was gleichzeitig hieß, dass ich Leighton einsammeln und mit nach Hause nehmen konnte. Ich schmunzelte über die Formulierung und verkniff mir schnell mein Grinsen. Es war eher unpassend zu lachen, wenn der eigenen Mannschaft haushoch der Arsch versohlt wurde.

Als der Buzzer endlich das Ende verkündete, schaute auch Leighton das erste Mal an diesem Abend zu mir. Unsere Blicke trafen sich und eine Vorfreude so groß wie der Lake Michigan fesselte mich. Ich hob die Hand und winkte sie zu mir heran, aber sie schüttelte nur den Kopf und zeigte auf den Ausgang auf ihrer Seite. Verwundert hob ich die Schultern an und legte den Kopf schief. Leighton griff nach ihrem Rucksack, kramte darin herum und hielt ihr Handy kurz in die Höhe, damit ich es sah. Sie begann etwas zu tippen und gleich darauf vibrierte es in meiner Hosentasche.

Leighton: Ich muss noch mal auf Toilette, wir treffen uns in 15 Minuten am Ausgang

Ich zog eine Augenbraue hoch und schrieb blitzschnell zurück.

Ich: Auf meiner Seite des Spielfeldes gibt es auch Toiletten … 😛
Leighton: Hol du deine Sachen, bis gleich

Was war das denn? Als ich meinen Kopf aufrichtete, um zu ihr herüberzusehen, verschwand ihr Lockenkopf bereits auf dem Weg zum Ausgang. Sie hatte heute niemanden nach dem Spiel interviewt. Was vermutlich auch besser war. Aus dem Augenwinkel sah ich, wie ein armer Reporter versuchte, meinem wutentbrannten

Bruder seine Meinung zum Spiel aus der Nase zu ziehen. Was für Idioten.

»Seltsam«, murmelte ich und stand von der Bank auf, um meine Sachen zu holen. Erst auf halbem Weg zur Umkleide fiel mir auf, dass ich schmerzfrei aufgestanden war. Meine Hüfte zwickte immer seltener. Kaum zu glauben, dass ich vor einigen Monaten nicht einmal laufen konnte. Vielleicht lag es auch daran, dass sich meine Gedanken nicht mehr ausschließlich um meine Schmerzen drehten.

»Hey«, begrüßte Leighton mich, als ich zum Presseausgang kam, und schulterte ihren Rucksack genau in den Moment, als ich mich zu ihr beugte und ihr einen Kuss geben wollte.

»Hey«, antwortete ich gedehnt und zog eine Augenbraue hoch. »Alles okay?«

Sie nickte energisch und wandte sich zum Gehen. »Jepp. Klar. Alles klar.«

Ich fasste sie am Handgelenk, damit sie stehen blieb. »Ähm Kuss?«

Sie biss sich auf die Unterlippe und strich sich nervös die Haare hinter die Ohren. »Sorry, ja«, nuschelte sie und stellte sich auf die Zehenspitzen, um mir einen Kuss zu geben, der kaum meine Lippen berührte. Es ging so schnell, dass ich gar keine Zeit hatte, zu reagieren.

»Ist wirklich alles okay?«, wiederholte ich mit gerunzelter Stirn. Die Vorfreude von vorhin wurde gerade von Unmut niedergetrampelt.

»Was? Ja, natürlich.« Sie schenkte mir ein unechtes Lächeln und richtete ihren Blick wieder auf die Straße. Allerdings war mir nicht entgangen, dass ihr Blick durch die Gegend schweifte, als würde sie nach jemandem Ausschau halten.

»Suchst du jemanden?«

»Hm?« Sie riss die Augen auf und presste die Lippen aufeinander. »Nein, nein«, winkte sie ab und schaute auf ihre Armbanduhr.

Leighton benahm sich eindeutig seltsam. Was war nur in sie gefahren? Erst schaute sie beim Spiel kein einziges Mal zu mir, was allerdings nichts heißen musste. Dann wollte sie nicht zu mir kommen und gab mir keinen Kuss.

»Hier entlang«, wies ich sie zum Taxistand und versuchte, dass man mir nicht anhören konnte, wie angepisst ich gerade war. »Wir können ein Taxi nehmen.«

»Okay«, erwiderte sie mit unnatürlich hoher Stimme und verschränkte die Arme vor der Brust, als müsste sie sich vor irgendetwas schützen. Es verletzte mich, dass sie nicht meine Hand nahm und ihre Körperhaltung es kategorisch ablehnte, dass ich ihr näherkommen durfte. Waren wir wirklich wieder an diesem Punkt angekommen?

Ich entschied, sie nicht zu drängen. Ich hatte die ganze Nacht Zeit, sie zum Reden zu bringen. Als ein Taxi anhielt, um uns einzusammeln, öffnete ich die Tür und bedeutete Leighton mit einem Handwink einzusteigen, doch sie blieb wie angewurzelt stehen.

»Leigh?«

Sie schüttelte den Kopf und fuhr sich durch die Haare. »Das ist keine gute Idee.« Ihr Blick war noch immer auf den Boden gerichtet. Warum zur Hölle schaute sie mir nicht in die Augen?

Ich verstand sie nicht. »Was? Was ist keine gute Idee?«

»Dass ich heute mit zu dir komme«, murmelte sie, blickte zu Boden und fummelte nervös am Ärmelsaum ihres Pullovers herum.

»Wie bitte?« Ich wandte mich dem Taxifahrer zu und hob die Hand. »Warten Sie bitte kurz«, bat ich ihn und er nickte gelangweilt, woraufhin ich die Tür wieder schloss.

»Vielleicht sollte ich lieber nach Hause fahren?« Ihre Stimme war leise.

In mir begann es zu brodeln und es kostete mich höchste Anstrengung, nicht aus der Haut zu fahren. »Verdammte Scheiße, Leigh. Was soll das? Warum? Nenn' mir einen guten Grund, warum meine Freundin heute nicht bei mir übernachten sollte«, donnerte ich und realisierte, was ich da gerade gesagt hatte.

Erschrocken blickte sie mich an und ich sah an ihren Kiefermuskeln, wie angespannt sie war. »Was hast du gesagt?«, fragte sie mit brüchiger Stimme.

Ich legte verzweifelt den Kopf in den Nacken, ehe ich den Abstand zwischen uns überbrückte und mich direkt vor sie stellte. So nah wirkte sie noch viel kleiner und zerbrechlicher. Ich legte meinen Zeigefinger unter ihr Kinn und hob es an. »Dass ich meine Freundin heute gern bei mir hätte«, flüsterte ich und schaute ihr in die Augen, auf der Suche nach Zustimmung. Ich wollte in diesem Augenblick Alles oder Nichts.

Sie schluckte und zwinkerte Tränen weg. Erst schüttelte sie langsam den Kopf, was mein Herz zu zerbrechen drohte. Auf einmal überkam mich eine scheiß Angst, dass sie es sich anders überlegt hatte und mich nicht wollte. Dass sie mich nicht brauchte. Kurz darauf nickte sie, biss sich auf die Unterlippe und strich sich wieder ihre Locken hinter die Ohren. Ohne ein Wort zu sagen, griff sie nach dem Autotürgriff und schlüpfte ins Innere des Taxis. Erleichtert atmete ich aus und folgte ihr. Das musste mir vorerst reichen. Es war nicht Alles, aber es war auch nicht Nichts. Manchmal war es taktisch klug, sich selbst zu belügen.

Die Stille im Taxi spannte meinen Nerven zum Bersten an. Leighton klammerte sich an ihren Rucksack und blickte abwesend aus dem Fenster. Ich hatte so gehofft, dass sie gestern nur einen schlechten Tag gehabt hatte, aber es war unverkennbar, dass sie etwas belastete, das sehr viel schwerer wiegen musste. Das Schlimme war, dass ich damit nicht umzugehen wusste.

Vorsichtig hob ich meine Hand an, um ihr sanft über den Oberarm zu streichen. In dem Moment, in dem ich sie berührte, zuckte sie erschrocken zusammen und sah mich an wie ein Reh im Scheinwerferlicht eines Autos.

»Leighton?«, flüsterte ich verwirrt.

Als Antwort schüttelte sie nur den Kopf und kniff die Augen zusammen. »Nein, nicht hier«, stammelte sie und schaute wieder aus dem Fenster.

Ich hasste die Mauer, die sie gerade wieder um sich herum aufbaute. Die Mauer, die es mir erschwerte, zu ihr durchzudringen und sie von derselben zu befreien. Ich wollte mich nicht abweisen lassen, das war doch albern. Mutig hob ich erneut die Hand und griff nach ihrer. Sie drehte den Kopf und starrte auf ihre Hand in meiner. Ein Schluchzen drang aus ihrer Kehle und sie schüttelte erneut den Kopf, schluckte und starrte wieder aus dem Fenster. Sie entzog sich mir nicht. Leighton ließ zu, dass ich ihre Hand hielt und erwiderte mein sanftes Streichen über ihren Handrücken mit einem kurzen Drücken.

Leighton

Seine Blicke brachen mir das Herz.

Die Art, wie er meine Hand hielt, ließ mich entzwei fallen.

Warum konnte er nicht eins dieser Arschlöcher sein, die mich fallen ließen, wenn ich blockte?

Woher nahm er die Geduld, immer wieder aufs Neue zu mir durchdringen zu wollen?

Ich war nicht dumm.

Ich wusste, dass meine abweisende Art scheiße war.

Aber ich konnte nicht aus meiner Haut.

Ich konnte nicht lächeln, obwohl ich nur weinen wollte.

Ich konnte nicht Ja sagen, obwohl alles in mir Nein schrie. Warum nur sagte Kaleb in Momenten, in denen ich zweifelte, immer genau das Richtige? Warum berührte er mich, wenn ich es brauchte, obwohl meine Körperhaltung signalisierte, dass er es lassen sollte? Woher nahm er den Mut, sich über Regeln der Zwischenmenschlichkeit hinweg zu setzen?

Ich tat mir heute Abend selbst keinen Gefallen, indem ich mit zu ihm fuhr. Zu dem Haus, in dem auch Karter lebte. Der Mensch, dem ich aus dem Weg gehen sollte. Der Mensch, der mir vor Augen führte, dass ich womöglich alles verlor, was mir etwas bedeutete.

Denn eines würde ich niemals tun: Jemanden vorsätzlich verraten, nur um mich selbst zu retten. Niemals. Ich war nicht der Typ, der im Müll anderer kramte. Meine Tonne war selbst voll genug.

Wie gern hätte ich jetzt mit Grandma gesprochen. Ihr waren niemals die Weisheiten ausgegangen und sie hätte gewusst, was ich tun sollte. Ich vermisste sie in diesen Augenblicken noch viel mehr als sowieso schon. Wenn sie doch nur hier wäre, um mir den Weg zu zeigen. Mir war gar nicht aufgefallen, wie sich die Finger meiner freien Hand um meinen Papierkranich-Anhänger gelegt hatten.

»Wir sind da«, murmelte Kaleb leise und ich erschrak. »Komm.« Er stieg aus, lief um das Auto herum und reichte mir seine Hand.

Zittrig legte ich meine Hand in seine und seufzte, als er mir den Halt gab, den ich so sehr brauchte. Kaleb bezahlte den Taxifahrer über eine App und dann gingen wir stumm nebeneinander her. Das Gartentor quietschte leise, als er es öffnete und hinter mir schloss. Es war zwar nicht das erste Mal, dass ich bei ihm war, allerdings sah ich seit gestern alles mit einem anderen Filter. Alles war mit einem Grauschleier überzogen. Ich fühlte mich beobachtet und schielte unauffällig über meine Schulter zur Straße. Doug sorgte dafür, dass ich paranoid wurde. Überall vermutete ich ihn. Angst kroch mir die Wirbelsäule herauf. Was, wenn er mir wirklich folgte? Mich beobachtete? Kontrollierte, ob ich wirklich auf seinen Deal einging?

»Hast du noch Hunger?«, fragte Kaleb mich, als wir das Haus betraten und in der großen, weißen Wohnküche standen. Erst, als er die Tür hinter uns geschlossen hatte, entspannten sich meine Schultern ein wenig.

»Ich denke nicht«, verneinte ich kopfschüttelnd. Hunger? Ich wusste nicht, wann ich das letzte Mal etwas gegessen hatte, aber Nahrung war das Letzte, woran ich dachte.

»Du denkst nicht?« Er hob eine Augenbraue an und musterte mich sorgenvoll.

»Vielleicht sollte ich etwas essen«, gab ich erschöpft nach, um ihn nicht zu beunruhigen, und stellte meinen Rucksack auf den Fliesen ab.

»Ich mache uns Sandwiches, okay?« Er kam einen Schritt auf mich zu, um sich zu mir herunter zu beugen, und mir einen vorsichtigen Kuss auf die Stirn zu hauchen.

Ich schloss die Augen, schluckte und nickte.

»Setz dich aufs Sofa, wenn du willst«, schlug er mir vor und zeigte auf seine Couch.

»Okay.« Langsam setzte ich einen Fuß vor den anderen.

Mir fiel ein großer Briefumschlag auf, der mitten auf dem Wohnzimmerboden, zwischen Couch und Sofatisch lag. Ohne groß darüber nachzudenken, hob ich ihn hoch und einige lose Blätter segelten heraus. Schnell bückte ich mich, um alles wieder einzusammeln. Ich *wollte* nicht lesen, was auf den Papieren stand, doch war es, als würde eine höhere Macht mich dazu zwingen. Stirnrunzelnd betrachtete ich die Dokumente, die von Kontoauszügen über medizinischen Gutachten bis hin zu Reparaturkosten eines Autos reichten. Und überall sprang mir der Name *Karter Young* ins Auge.

Meine Fingerspitzen begannen zu kribbeln, mir wurde heiß und in meinem Magen drohte ein Wirbelsturm zu entfachen. *Fuck*. Was hatte ich hier bitte in den Händen? Mein Verstand zwang mich, den Umschlag samt Inhalt einfach wieder zurück auf den Boden zu legen, alles andere in mir schrie mich an, ihn schnell unter dem Sofa zu verstecken, ehe Kaleb etwas bemerkte. Und genau das tat ich auch, nachdem ich mich mit einem Blick auf ihn versichert hatte, dass er nichts mitbekam. Es war falsch. Es war so verdammt falsch. Aber mein Bauchgefühl sagte mir, dass Karter die Papiere suchen würde. Und das er bereuen würde, sie verloren zu haben.

Mein Puls schlug mir bis zum Hals und ich versuchte, meinen Atem zu regulieren, damit Kaleb nichts bemerkte. Nervös zitterten meine Finger und sogar meine Zähne klapperten aufeinander.

»Salami oder Pastrami?«, rief er mir aus der Küche zu und ich fuhr blitzschnell zu ihm herum.

»Äh ja«, antwortete ich, ohne den Sinn seiner Frage richtig verarbeitet zu haben.

»Beides?«, schmunzelte er.

Ich nickte lediglich und setzte mich auf meine schweißnassen Hände. »J-Ja, lecker Sandwich.« Scheiße. War ich durch. Ich wandte mich ab und verdrehte die Augen über mein auffälliges Benehmen.

»Willst du hier essen oder oben?« Er holte gerade zwei Teller aus seinem Schrank, als er mich das fragte.

»OBEN«, brüllte ich und sprang auf, als hätte mir das Sofa in den Hintern gebissen.

Er zog wieder eine Augenbraue hoch und blickte zur Seite. »Geht es dir auch wirklich gut?« Mit gerunzelter Stirn kam er einen Schritt auf mich zu. Ich wedelte mit den Händen, damit er keinen weiteren Schritt in meine Richtung tat.

»Japp klar, Hunger. Hmm lecker, Sandwich. Komm, lass uns hochgehen«, plapperte ich plötzlich wirr vor mich hin. Ich griff nach meinem Rucksack und stolperte zur Treppe ins Obergeschoss. Weit weg von dem Umschlag, an dem ich mir nur meine Finger verbrennen würde. Weit weg von der Möglichkeit, schwach zu werden und der Gefahr, etwas zu tun, das ich auf ewig bereuen könnte.

Leighton

Nachts, wenn es stockfinster und man mit seinen Gedanken allein war, bestand die Gefahr, dass man zu einem anderen Menschen wurde. Dass man Dinge tat, die man nicht tun wollte oder sollte. Ich hasste mich dafür, wie ich Kaleb von mir wies und das in seinem eigenen Haus. Zwar ließ ich mich von ihm in den Arm nehmen und genoss es, ihm so nah zu sein. Trotzdem schwieg ich weiterhin.

Ich hatte Angst davor, zu sprechen, denn was auch immer ich ihm erzählte, ich würde es nicht zurücknehmen können. Wer weiß, ob ich es irgendwann bereute, ihm von Dougs Erpressung zu erzählen? Das war das Problem an gesprochenen Worten: Sie waren gefährlich. Man konnte an einer Formulierung festgenagelt werden oder nicht die richtigen Worte finden. Man konnte sich verplappern oder lügen, auch wenn sich alles in einem dagegen sträubte. Daher entschied ich, zu schweigen. Kein einziges Wort kam mir über die Lippen.

Aber ich versuchte, Kaleb auf körperlicher Ebene zu zeigen, dass er mich nicht loslassen durfte. Ich schmiegte meinen Körper an seinen, legte meinen Kopf in seiner Halsbeuge ab und sog gierig seinen Duft nach Rosmarin und Minze ein, den ich mittlerweile so sehr liebte und der jedes Mal eine heiße Welle durch meinen Körper jagte.

Vorsichtig legte ich meine Hand auf seinem Bauch ab und wanderte langsam hinauf zu seiner Brust, krallte mich in sein Shirt. Als Antwort drückte er mir einen Kuss auf den Scheitel und zog mich noch näher an sich, legte seinen Arm um meinen Oberkörper. Ich spürte seinen starken Herzschlag an meinem. Kaleb verstand vielleicht nicht, warum ich mich heute in Schweigen hüllte, aber er akzeptierte es. Und das war so unglaublich viel wert und bestärkte mich nur in dem Willen alles zu tun, damit er nicht verletzt werden würde.

Irgendwann war Kaleb eingeschlafen. Sein Atem wurde lauter und regelmäßiger, sein Arm auf meiner Hüfte immer schwerer. Ich schloss ebenfalls die Augen und versuchte vergeblich, Schlaf zu finden. Auch nach gefühlten Stunden, die ich wach lag, konnte ich meine Gedanken nicht von dem großen Briefumschlag weglenken, den ich unter das Sofa geschoben hatte. Ich war wie besessen von dem geheimnisvollen Inhalt.

Vielleicht hatte ich zu viel über Kriminalfälle in diversen Zeitungen gelesen. Ohne dass ich es wollte, braute sich in meinem Kopf etwas zusammen, das ich entweder bestätigt oder widerlegt wissen wollte. Ich hoffte so sehr, dass ich lediglich von Hirngespinsten heimgesucht wurde. Dass das, was ich vermutete, bloß eine dämliche Einbildung war, die Dougs Gehirnwäsche geschuldet war. Dass ich mich verlesen hatte.

Ja. Nachts wurde man zu einem anderen Menschen. Die Sehnsucht nach der Wahrheit ließ einen wider seiner Vorsätze handeln. Nachts traf man Entscheidungen, zu denen man im Tageslicht nicht fähig gewesen wäre. Und so rückte ich vorsichtig von Kaleb ab, schälte mich aus der Bettdecke und setzte meine Füße lautlos auf dem Fußboden auf.

Ein plötzliches Kältegefühl überkam mich und ich strich mir vorsichtig über meinen nackten Oberarm. Ich trug lediglich ein dünnes Top mit schmalen Trägern und einen Slip. Ich streckte mich zum Nachttisch, um nach meinem Handy zu angeln. Meine Zähne begannen zu klappern, wobei ich nicht sagen konnte, ob vor Kälte oder vor Angst. Ich konnte kaum etwas erkennen, als ich mich zur Zimmertür tastete, lediglich das silberne Licht des Mondes drang durch einen schmalen Spalt der Vorhänge und half mir bei der Orientierung. Vorsichtig legte ich meine Hand auf die Türklinke und warf einen Blick über meine Schulter. Mit angehaltenem Atem horchte ich in die Stille. Kaleb schlief tief und fest. Dennoch musste ich mich beeilen. Das Wissen, dass er hier war und mich auf frischer Tat ertappen könnte, ließ meine Gliedmaßen taub werden.

Während ich die Klinke herunterdrückte, kniff ich die Augen zusammen und achtete auf jedes noch so kleine Geräusch. Ich zog die Tür auf und steckte meinen Kopf hinaus auf den düsteren Flur, ehe ich meinen Körper hinterherschob. Unter Karters Schlafzimmertür drang kein Licht hindurch, also ging ich davon aus, dass auch er schlief. Gebückt lief ich zur Treppe und hangelte mich dabei an der Wand entlang. Alles an mir war angespannt, meine Schultern begannen zu schmerzen und die Hand, mit der ich mein Handy umklammerte, kribbelte. Als nach einer gefühlten Ewigkeit die Treppe vor mir lag, tastete ich nach dem Geländer und setzte einen Fuß auf die erste Stufe. Mir wurde schwindelig und ich bemerkte, dass ich die Luft angehalten hatte. Kurz hielt ich inne, um so leise wie möglich ein- und wieder auszuatmen, ehe ich die Treppe Schritt für Schritt herunterschlich.

Unten angekommen kniff ich die Augen zusammen, um die Umrisse der Wohnküche zu erkennen. Nachts wirkten selbst die schneeweißen Küchenmöbel schwarz. Ich versuchte, mich an die ungefähre Entfernung von der Treppe zum Küchenblock zu erinnern, und lief mit ausgestreckten Armen los. Als meine Finger das Holz berührten, lief es mir eiskalt den Rücken herunter. Ich fuhr mit der Hand am Holz entlang, bis der Block endete und wandte mich nach rechts. Ich fühlte mich ein wenig wie damals als Kind, als ich mit meinen Freunden Blinde Kuh gespielt hatte. Nur, dass ich mich noch nie durch ein fremdes Haus geschlichen hatte, um etwas herauszufinden. Noch nie hatte etwas mir auf so drängende Art keine Ruhe gelassen. Wenn ich mich jetzt nicht vergewisserte, dass ich mir alles nur eingebildet hatte, würde mich die Ungewissheit um den Verstand bringen.

Ich machte winzige Schritte, bis ich das Polster des Sofas an meinem Bein spürte, hielt mich an der Couch fest, als ich langsam in die Hocke ging und blind unter ihr nach dem Umschlag tastete. Als meine Hände diesen berührten, überzog meinen Körper eine Gänsehaut, und ich spürte, wie sämtliches Blut aus meinen Gliedmaßen floss. Mir war eiskalt und kurz überlegte ich, abzubrechen und schnell wieder zu Kaleb unter die sichere Decke zu schlüpfen. War es denn wirklich so schlimm, in Ungewissheit zu leben?

Ich schüttelte den Kopf und biss die Zähne aufeinander, holte den Umschlag hervor und kniete mich hin, zog den Kopf ein. Ja, es wäre schlimm und ich würde es bereuen. Ich lauschte erneut in die Stille hinein und als ich mir sicher war, dass niemand hier war, schaltete ich mein Handy ein. Sofort erhellte das Display den gesamten Raum und der Puls schlug mir bis zum Hals. Ich legte mein Handy auf dem Teppich ab, damit ich die Dokumente aus dem Umschlag ziehen konnte. Das Geräusch des raschelnden Papiers sorgte dafür, dass ich immer wieder den Kopf hob und den Blick durch die Wohnküche gleiten ließ. Schnell überflog ich die Papiere und stellte mit Erschrecken fest, dass nichts von dem, was ich vorhin gesehen hatte, eine Einbildung gewesen war.

»Fuck«, flüsterte ich leise und musste meine Tränen zurückhalten. Hier in meinen Händen hielt ich die Beweise dafür, dass Kalebs Unfall womöglich gar kein Unfall gewesen war.

Kapitel 21

Kaleb

Ich wachte auf und fühlte mich sofort wie von einem Laster überrollt. Mit noch geschlossenen Augen tastete ich das Bett ab und fand nichts weiter vor als meine Bettdecke und die Kissen.

»Leigh?«, krächzte ich müde und schlug die Augen auf. Sie war nicht da.

Mit steifen Gliedern stemmte ich mich hoch und lehnte mich gegen meinen Bettrahmen, rieb mir über die Augen. Ich kugelte meinen Kopf vorsichtig von links nach rechts, wobei es in meinem Nacken knackte. Mit zusammengekniffenen Augen suchte ich den Raum nach Leightons Sachen ab und stellte erleichtert fest, dass ihr Rucksack noch auf dem Boden stand. Ich spitzte die Ohren und hörte das leise Rauschen des Wasserstrahls im Badezimmer. Mein Herzschlag verlangsamte sich und ich rutschte wieder unter die warme Bettdecke. Die ersten, frühmorgendlichen Sonnenstrahlen schienen durch die Vorhänge und ich stellte überrascht fest, dass ich wieder einmal durchgeschlafen hatte. Aber warum war ich dann so unglaublich müde und erledigt? Meine Muskeln schmerzten und es fühlte sich für mich beinahe wie ein Kater an. Vielleicht hatte mich das miserable Spiel gestern doch mehr mitgenommen als gedacht.

Das Plätschern der Dusche verstummte abrupt und ich lauschte Leightons Bewegungen. Ich hörte, wie sie die Duschkabinentüren auseinanderschob und vernahm das leise Quietschen der beweglichen Handtuchstange, als sie nach einem Handtuch griff.

Allein das Wissen, dass sie hier bei mir war, beruhigte mich und schenkte mir ein wohliges Gefühl. Einerseits wollte ich ihr letzte Nacht den Kopf abreißen, da sie einfach nicht mit mir gesprochen hatte, andererseits fühlte ich ihre Zuneigung mit jeder Faser. Leighton schenkte mir auf unerklärliche Weise Ruhe und diese spezielle Geborgenheit, die einem dabei half, einzuschlafen.

Ich bemerkte es sofort, als sich die Türklinke nach unten bewegte und begrüßte Leighton mit einem Lächeln. Doch dieses währte keine weitere Sekunde. Kaum, dass ich in ihr Gesicht geschaut hatte, war es, als spränge ich in einen Pool aus Eiswasser. Es lief mir eiskalt den Rücken herunter und ein Unbehagen breitete sich in meinen Eingeweiden aus. Ihre Augen waren rot und blutunterlaufen, sie zitterte und biss sich auf die Unterlippe, als sie mich sah.

»Leighton, fuck, was ist denn mit dir los?« Blitzschnell versuchte ich, mich von der Bettdecke zu befreien, in der ich mich komplett verheddert hatte. Ich robbte ungelenk zum Bettrand und riss sie von mir, um aufzustehen.

»Es tut mir so leid«, flüsterte sie und eine einzelne Träne rann ihre Wange herab bis zu ihrem Kinn, von wo sie in die Tiefe stürzte, wie ein Stein in den Abgrund.

»Was tut dir leid?«, verwirrt runzelte ich die Stirn und räusperte mich. Ihr Anblick verschlug mir die Sprache.

»Ich muss …«, sie schluchzte. »Ich muss dir etwas erzählen.«

»Du machst mir gerade wirklich Angst«, beharrte ich und streckte die Hand aus, um nach ihr zu greifen, aber sie wich einen Schritt zurück.

»Du solltest dich vielleicht besser hinsetzen«, flüsterte sie mit gesenktem Kopf und ich gehorchte ihr.

»Geht es dir gut?« Vor meinem geistigen Auge spielten sich alle möglichen Dramen ab und ich wünschte, dass keines davon in den nächsten Augenblicken zur Realität werden würde.

Leighton nickte und strich sich verzweifelt über die Stirn und ihre Haare. »Ja. *Mir* geht es gut.« Ein heiseres Lachen drang aus ihrer Kehle.

»Was ist los?«, drängte ich sie und starrte ihr ins Gesicht. Da ihre Augen so rot waren, fiel es noch mehr auf, dass sie verschiedenfarbig waren.

»Ich weiß gar nicht, wie ich anfangen soll«, stammelte sie und setzte sich, allerdings weit von mir entfernt, auf das Bett.

»Egal wie, bitte fang einfach an, du bereitest mir gerade Höllenqualen«, presste ich hervor und bemerkte, dass meine Hände zu Fäusten geballt waren vor Anspannung.

»Ich habe gestern, als du Sandwichs gemacht hast, einen Umschlag auf eurem Fußboden gefunden«, begann sie leise zu erzählen.

»Okay, und?« Ich verstand nicht, was daran so schlimm war.

»Als ich ihn aufhob, fielen Papiere heraus«, schniefte sie und biss die Zähne zusammen.

»Was für Papiere?«, knurrte ich ungeduldig.

Sie schüttelte den Kopf. »Ich wollte eigentlich gar nicht so genau hinsehen, ehrlich. Aber es war gut, dass ich es getan habe, denke ich.«

Ich boxte auf die Matratze neben mir. »Jetzt rede nicht um den heißen Brei herum, verdammt, Leighton.« Ich hatte wirklich versucht, meine Wut im Zaum zu halten. Doch reagierte ich wie so viele Menschen mit Zorn, wenn ich Angst hatte. Dass ich ihr auch noch jedes einzelne Wort aus der Nase ziehen musste, würde mich noch zur Weißglut treiben.

»Ich habe schnell alles wieder in den Umschlag gestopft und ihn unter das Sofa geschoben. Letzte Nacht, als du tief und fest geschlafen hast, habe ich mich nach unten geschlichen, um mir die Dokumente genauer anzuschauen. Um … sicherzugehen.« Sie senkte den Blick und ihre Stimme wurde mit jedem Wort brüchiger und leiser.

»Was für Dokumente?«, wiederholte ich meine Frage sinngemäß. Ich hatte absolut keine Ahnung, worauf das hier hinauslaufen würde. Ich wusste nur, dass mir eine Übelkeit die Kehle hochstieg.

»Kontoauszüge, medizinische Gutachten, Reparaturrechnungen«, zählte Leighton auf und schluckte. »Und überall –«, sie stockte, hob den Kopf an und schaute mir direkt in die Augen. »Überall stand der Name deines Bruders drauf.«

»Was hat das zu bedeuten?« Verwirrt stand ich auf, rieb mir über das Gesicht und lief vor meinem Bett auf und ab. »Was willst du mir hier gerade weismachen, Leighton?« Ich dämpfte meine Stimme, obwohl ich kurz vorm Platzen war.

»Ich wünschte so sehr, ich würde mich irren«, flüsterte sie.

»Irren? Was redest du da? Was, Leighton? Was?«, verlangte ich Klartext von ihr und spürte, wie mein gesamter Körper bebte.

»Karter ist schuld an deinem Unfall. Er hat ihn inszeniert.«

Meine Welt erschütterte und brach in sich zusammen. Plötzlich trugen mich meine Beine nicht mehr und ich drohte, zu fallen. Nicht nur mit dem Leib, sondern auch mit der Seele. Mit letzter Kraft machte ich einen Schritt auf mein Bett zu und ließ mich darauf nieder.

»Du lügst«, flüsterte ich und schluckte, drängte meine Tränen zurück. Wie konnte Leighton nur etwas Derartiges behaupten? Ich wusste nicht mehr, wem ich glauben sollte. Alles schien gerade über mir zusammenzubrechen und es war mir nicht mehr möglich, klar zu denken.

»Nein, Kaleb, ich –«, ergriffen streckte ihren Arm nach mir aus, doch ich schlug ihn zurück. Ich sah, wie sich Tränen in ihren Augen sammelten.

»Nein. Was auch immer du da gefunden hast, es gibt eine andere Erklärung dafür«, verzweifelt schüttelte ich den Kopf. »Es muss eine andere Erklärung dafür geben.« Was war nur in Leighton gefahren? In was für einen Menschen hatte ich mich da nur verliebt? Das konnte einfach nicht ihr Ernst sein.

»Lass es mich dir zeigen«, flüsterte sie flehend und wankte zu ihrem Rucksack.

»Nein«, blockte ich mit eiserner Stimme ab. Ich wollte nichts von dem sehen, was sie da umschlungen und für irgendwelche Beweise hielt.

»Bitte, Kaleb«, schluchzte sie, krallte ihre Finger in den Umschlag.

»Steht dort schwarz auf weiß, was du behauptest?« Ich war selbst erstaunt darüber, wie hart meine Stimme klang.

Sie schüttelte den Kopf und das war mir Antwort genug. »Dann stimmt es auch nicht. Karter ist mein großer Bruder, Leighton. Was für kranke Gedanken hast du eigentlich? Glaubst du ernsthaft, er würde mir so etwas antun?« Ich presste die Kiefer aufeinander.

Sie lief einen Schritt rückwärts und prallte gegen meinen Schrank. »Aber –«, wollte sie erwidern, doch ich unterbrach sie.

»Kein Aber, Leighton. Vielleicht würde deine Familie dir so etwas antun, aber Karter niemals. Niemals, Leighton.« Ich realisierte erst, was ich da gesagt hatte, als die Worte bereits über meine Lippen gekommen waren. Ich war in dem Augenblick so außer mir gewesen, dass ich es noch nicht einmal bereuen konnte. Vielleicht war Blut nicht immer dicker als Wasser, aber was Leighton da behauptete, war eine Nummer zu krass. Meinen Bruder und mich verband immerhin unsere gesamte gemeinsame Vergangenheit, die so viel inniger war als bei vielen anderen Geschwistern. Vielleicht war es in letzter Zeit etwas angespannt, aber es war … okay. Niemals würde er mich vorsätzlich verletzen.

»Bitte geh«, presste ich hervor und richtete meinen Blick direkt auf sie. In diesem Augenblick lernte ich das Gefühl kennen, das einen ereilte, wenn man jemandem das Herz brach. Und das eigene gleich mit.

Leighton

Alles, was ich wollte, war Kaleb zu beschützen.

Alles, was ich dadurch erreicht hatte, war zurückgewiesen zu werden.

Ich war so dumm gewesen. Wie konnte ich nur für eine Sekunde hoffen, dass er meinen Worten Glauben schenken würde? Mir, einem emotional verschlossenen Mädchen, statt seinem Bruder, dem er schon sein Leben lang vertraute.

Noch immer unter Schock stehend lief ich durch die Straßen Chicagos. Ich war einfach in eine Bahn gestiegen, die mich in die Innenstadt brachte, irgendwo würde ich schon ankommen. Als Kaleb mich gebeten hatte zu gehen, stopfte ich den Umschlag zurück in meinen Rucksack, griff nach meiner Jacke und verschwand aus seinem Haus, wie ein getretener Hund.

Er hatte mich nicht zurückgehalten. Er hatte mich einfach gehen lassen. Ohne ein weiteres Wort miteinander zu wechseln, hatten sich unsere Wege getrennt. Ich fuhr weder zur Uni, zur Redaktion, noch nach Hause, denn ich hätte es nicht ertragen, irgendjemandem meinen Zustand erklären zu müssen. Ein wenig Zeit blieb mir noch, um selbst zu realisieren, was in den letzten zwei Tagen alles geschehen war, ehe ich es in Worte verpacken konnte.

Der Blick auf meine Armbanduhr verriet mir, dass ich bereits seit Stunden auf den Beinen war, ohne etwas gegessen zu haben, und so rastete ich in einem kleinen Café. Ich versteckte mich in der hintersten Ecke in einem Sessel und trank mit zittrigen Fingern meinen Kaffee. Bissen für Bissen quälte ich mir ein Schokoladencroissant hinunter, was meine Übelkeit allerdings nur nährte.

Erneut griff ich nach meinem Rucksack und holte die Beweise heraus. Vorsichtig zog ich alle Papiere auf einmal daraus hervor und legte sie auf den kleinen Tisch vor mir ab, direkt auf den Umschlag.

Die Kontoauszüge zeigten hohe Summen, die von Karters Konto abgingen, an einen gewissen Bryce Arrens. Einen Verwendungszweck gab es nicht. Ich atmete tief ein. Warum sollte Karter diesem Kerl so viel Geld überweisen? Irgendetwas daran war faul, das konnte ein Blinder mit Krückstock sehen. Ich sortierte die Papiere, sodass alle Kontoauszüge aufeinanderlagen und überschlug die Summe kurz im Kopf. Mehr als Dreißigtausend Dollar. Ich stieß die Luft aus meinen Wangen. Karter hatte eindeutig Dreck am Stecken. Wie sonst sollte man diese Geldflüsse erklären?

Als Nächstes hielt ich mehrere ärztliche Gutachten in den Händen, die allesamt an Kaleb adressiert waren. Karter musste sie abgefangen haben. Aber warum? Warum nur? Wusste Kaleb überhaupt von diesen Berichten? Hatte er diese gar nicht erwartet und wunderte er sich nicht, dass er sie nie erhalten hatte?

Erst die letzten Dokumente manifestierten meinen Verdacht. Eine Rechnung einer Autowerkstatt irgendwo außerhalb von Chicago. War Kaleb nicht von einem Auto angefahren worden? Und hatte der Fahrer nicht Fahrerflucht begangen? Alles hatte sich zu einem grausamen Puzzlebild zusammengesetzt, an dem ich krampfhaft festhielt.

»Scheiße«, flüsterte ich verzweifelt und warf den Kopf in den Nacken, um meine Tränen zurückzuhalten. Vielleicht hatte Kaleb aber auch recht? Vielleicht bildete ich mir das alles nur ein und hielt an einem Hirngespinst fest? Braute ich mir hier gerade selbst ein Problem zusammen? Natürlich stand hier nirgends schwarz auf weiß, dass Karter seinen Bruder außer Gefecht setzen wollte. Oder sogar Schlimmeres geplant war. So dumm war niemand, solche Beweise gab es nicht.

Es fiel mir unheimlich schwer, Karter mit anderen Augen zu sehen. Ich selbst hatte ihn nur als aggressives Arschloch kennengelernt, das sich benahm wie die Axt im Walde. Spielte meine persönliche Meinung über ihn meinem Gehirn einen Streich? *Wollte* ich so denken?

Unüberlegt griff ich nach meinem Handy und tippte eine Nachricht an Kaleb. Zu meiner Enttäuschung, so von ihm abgewiesen worden zu sein, gesellte sich langsam Wut. Wut darüber, dass er mir keine Sekunde gegeben hatte, um ihm wenigstens zu zeigen, was ich gefunden hatte.

Ich: Bitte lass uns darüber reden.

Wenige Sekunden später antwortete er mir bereits.

Vanilla Mocha: Nein!
Ich: Bitte, Kaleb!

Nein. Ich wollte mich jetzt nicht einfach so abspeisen lassen. Kaleb musste erfahren, was sein Bruder für ein Spiel spielte. Auch wenn es ihm das Herz zerreißen würde, er hatte nicht nur das Recht, es zu erfahren, sondern es war meine Pflicht, ihn aufzuklären.

Vanilla Mocha: Halt dich ab sofort von mir fern, Leighton!

Wow. Das saß. Ein Schluchzen drang aus meiner Kehle und ich hielt mir eine Hand vor den Mund, die ich schließlich zur Faust ballte und hineinbiss, um nicht laut zu weinen.

Ich: War es das jetzt?

Ich tippte diese Worte unter Tränen und bereute es so sehr, nicht zu Hause in meinem Zimmer zu sein, wo ich so laut in mein Kissen schreien konnte, wie ich es gerade brauchte.

Vanilla Mocha: Ich denke ja
Vanilla Mocha: Das hast du dir selbst zuzuschreiben

Plötzlich drehte sich vor meinen Augen alles und ich fühlte mich wie in dem Moment, in dem eine Achterbahn blitzschnell nach unten raste. Kaleb zog mir den Boden unter den Füßen weg.

Mein Zorn nahm immer mehr Raum ein und auf einmal war es, als würde sich ein Schalter in mir umlegen. Als würde mich die Situation auf ein neues Level befördern. Auch wenn es keine beschissenere Situation gab, so schaffte Kaleb es erneut, die Stärke in mir hervor zu kitzeln.

Ich: Es tut mir wirklich leid, dich so überrumpelt zu haben, aber ich MUSS dir zeigen, was ich gefunden habe.
Vanilla Mocha: Was verstehst du nicht an NEIN?

Ich presste die Kiefer aufeinander. Nein. Ich war nicht bereit, aufzugeben. Vielleicht hatte Kaleb gerade alles beendet und in ein paar Stunden, wenn ich das kapiert hatte, würde ich alles bereuen. Doch jetzt wollte ich nur, dass er mich anhörte.

Ich: Ich habe keine Lust mehr darauf, behandelt zu werden, als wäre ich ein Nichts. Glaubst du etwa, ich denke mir das nur aus?

Mit einem lauten Knall pfefferte ich das Handy auf den Papierstapel und ballte meine Hände zu Fäusten, dass meine Fingerknöchel weiß hervortraten und sich die Nägel schmerzhaft in meine Handflächen bohrten. Ich starrte auf das Display. Wartete darauf, dass er begann zu tippen, was er kurz darauf auch tat. Mein Blick schnellte immer wieder zur Uhrzeit. Es verging erst eine Minute, dann noch eine weitere, in der er durchgängig tippte.

Mein Herz rutschte mir mit jeder weiteren Sekunde, die verstrich, in die Hose und der Kloß in meinem Hals wuchs zu einem großen Ballon an. Ich bekam Angst vor seiner Antwort.

Vanilla Mocha: Habe ich dich nur ein einziges Mal behandelt wie ein Nichts, Leighton? Nein! Seit Wochen versuche ich, dir das Selbstbewusstsein zu geben, das irgendwo tief in deinem Inneren schlummert. Seit Wochen rede ich mit einer scheiß Wand, die dich regelmäßig wieder einmauert. Ich habe keine Lust mehr darauf, immer wieder auf deine Befindlichkeiten achten zu müssen. Bis heute weiß ich nicht, woran ich bei dir war, was ich für dich war. Was das zwischen uns war. Und was du heute Morgen behauptet hast, ist die unterste aller Schubladen. Was kann ich dafür, dass du so eine verkorkste Familie hast, der völlig egal ist, was du erreichst oder nicht erreichst? Ich wollte dich wirklich kennenlernen, alles von dir. Aber deine Lüge heute Morgen hat mir bestätigt, dass ich meine Energie anders aufwenden sollte.

Ich hatte nicht bemerkt, wie mir stumm die Tränen über das Gesicht flossen, während ich Kalebs vernichtende Nachricht gelesen hatte. Dachte er wirklich, dass ich *neidisch* auf ihn war, weil *er* Eltern hatte, die ihn liebten, egal was er tat und einen Bruder, der die gleiche Leidenschaft mit ihm teilte? Glaubte er, ich wäre so krank, ihn durch solch eine Lüge an mich zu binden? Mir war in meinem Leben schon so oft unrecht getan worden. Trotzdem hatte Kaleb soeben alles bisher Dagewesene übertrumpft. Fassungslos griff ich nach meiner Tasse, in der der Kaffee bereits kalt geworden war und schüttete ihn hinunter. Ich griff nach den Unterlagen und stopfte sie zurück in den Umschlag, ohne darauf zu achten, ob sie dabei knickten.

Danke, dass du mir soeben dein wahres Gesicht gezeigt hast., tippte ich rasend ins Handy. Ich wollte schreien und hätte am liebsten den kleinen Bistrotisch kurz- und klein gehackt. Ich hatte noch nie zu Gewalt geneigt, aber just in diesem Moment verspürte ich nichts als zerstörerische Wut auf einen Menschen, der mich dazu gebracht hatte, ihn zu lieben.

Vanilla Mocha: Gleichfalls

Ich konnte das, was da in mir brodelte nicht benennen. Vielleicht war es Groll oder Enttäuschung, vielleicht auch Liebe oder Reue. Mit Wucht pfefferte ich mein Handy ins Hauptfach meines Rucksacks, in dem ich bereits den Umschlag verstaut hatte. Unglaublich, wie stur Kaleb sein konnte. Und wie unfassbar unfair. Er benahm sich wie ein riesengroßes Arschloch und ich war so erschrocken darüber. Ich hatte die leise Hoffnung gehabt, in Kaleb den Menschen gefunden zu haben, bei dem ich ich selbst konnte und der mich niemals zurückweisen würde. Und nun war er doch nur einer von vielen, mit dem Unterschied, dass mir mein Herz schmerzte.

Gerade, als ich meinen Rucksack aufsetzen wollte, spürte ich die Vibration meines Handys.

»Fuck«, murmelte ich. Meine Neugierde gewann und ich spürte einen kleinen Funken Hoffnung in mir aufleuchten, dass Kaleb sich womöglich entschuldigen würde. Stattdessen zeigte mir mein

Handy an, dass eine Nachricht von einer mir unbekannten Nummer eingegangen war. Stirnrunzelnd tippte ich darauf und als ich die Worte las, gefror mein Blut zu Eis und meine Beine gaben unter mir nach.

Unbekannte Nummer: Ich warte auf Informationen. Entweder du lieferst bis Morgen ab oder ich mache mein Versprechen wahr.

Das war der Moment, der mich das tun ließ, was ich mir niemals zugetraut hatte. Ich ging über Leichen. Vielleicht war meine große Wut auf Kaleb daran schuld, dass ich es tat, vielleicht auch nicht. Ich konnte nicht mehr rational und an mögliche Konsequenzen denken, sondern handelte lediglich.

Mit zittrigen Händen griff ich nach dem Umschlag, holte ein letztes Mal für heute die Papiere daraus hervor und fotografierte jedes einzelne, ehe ich sie unkommentiert an die unbekannte Nummer sendete, hinter der Doug stecken musste.

»Scheiße, was habe ich getan?«, flüsterte ich zu mir selbst und unterdrückte eine aufsteigende Übelkeit. Die Reue zerfraß mich augenblicklich und ließ meinen Körper beben. Ich begann zu schwitzen und spürte plötzlich dieses Kribbeln in meinem Kiefer, das ankündigte, dass ich mich gleich übergeben würde. Schnell griff ich nach meinen Sachen, stopfte alles willkürlich in meinen Rucksack und rannte zu den Toiletten, um mir wortwörtlich die Seele aus dem Leib zu kotzen.

Ich schämte mich und wusste nicht, ob und wie ich das jemals wieder gutmachen konnte. Vielleicht hatte ich soeben den größten Fehler meines Lebens begangen.

Kaleb

Mir war so unglaublich kalt seit Leightons Abgang. Nicht nur, weil sie auf einmal so grausame Behauptungen über Karter in die

Welt gesetzt hatte, sondern auch, weil sie eine Seite von mir zum Vorschein gebracht hatte, die ich hasste. *Eiskalt, zornig, kompromisslos.* All dies waren Eigenschaften, die in einer gesunden Beziehung nichts zu suchen hatten. Andererseits, was hatte bei Leighton und mir schon dem Standard entsprochen? Wir waren das beste Beispiel dafür, dass es für Beziehungen keine Anleitung gab, die man mal eben downloaden konnte.

Ich griff nach meinem Handy und las noch einmal, was meine letzten Worte an sie gewesen waren. Es handelte sich um die vernichtendsten Worte, die ich jemals an einen Menschen gerichtet hatte. In meinem Magen bildete sich ein großer, brennender Stein, dessen Flammen sich bis in sämtliche Organe ausweiteten und mich von innen zu verbrennen drohten. Fühlte sich so Reue an? Angst?

Meine Wut auf sie, auf die sinnlose Verurteilung meines Bruders, hatte mich gesteuert. Kein Funken Rationalität hatte in diesem Moment in mir geglüht. Dessen ungeachtet war ich nicht in der Lage, auch nur ein einziges Wort zurückzunehmen. Denn das würde zwangsläufig bedeuten, dass ich Karter verriet. Dass ich ihm tatsächlich zutrauen würde, die Grausamkeit in Person zu sein. Niemals hätte ich ansatzweise geahnt, dass ich mich zwischen zwei Menschen entscheiden müsste. Denn so sehr mein Herz auch für Leighton schlug, so stark war die Liebe zu meiner Familie, zu meinem Bruder. Mom und Dad hatten keinen von uns zu einem Monster erzogen.

Seit ich Leighton gebeten hatte zu gehen, hatte ich mein Zimmer nicht verlassen. Noch immer lag ich auf meinem Bett und dachte pausenlos über das nach, was sie mir hatte weismachen wollen. Immer wieder hallte ihre Stimme in meinen Ohren nach und ich konnte das Zittern ihres Körpers förmlich in meinem eigenen Knochen spüren, als wäre sie noch bei mir.

Mein Magen grummelte und zwang mich dazu aufzustehen. Ob Karter noch da war oder nicht, hatte ich nicht mitbekommen. Ich war seit Stunden in mir selbst gefangen und wusste nicht mehr, was ich denken und fühlen sollte. So emotional verwirrt war ich noch nie gewesen und augenblicklich hasste ich, Leighton so nah an mich herangelassen zu haben. Alles wäre so viel einfacher, wenn sie mir egal wäre. Wenn es mich nicht interessieren würde, was sie gerade tat und wenn mein Herz und mein Körper sich nicht schmerzhaft nach ihrer Nähe verzehrten.

Ich setzte mich in meinem Bett auf und musste kurz die Augen schließen, um einen plötzlichen Schwindelanfall unter Kontrolle zu bringen.

»Ich Idiot«, brummte ich und schlug wütend auf meine Matratze ein. Ohne nachzudenken, hatte ich auf ihre Frage, ob es jetzt vorbei wäre, mit *ja* geantwortet. Dabei wollte ich das gar nicht. Sie zu verlieren, war das Letzte, das ich wollte. Leighton hatte mich langsam wieder zu dem Menschen werden lassen, den ich verloren geglaubt hatte. Warum nur musste sie heute Morgen alles kaputt machen? Warum brachte sie mich in solch einen Zwist? Warum zerstörte sie, was wir in wochenlanger Arbeit aufgebaut hatten? Oder eher, was ich glaubte, aufgebaut zu haben?

Ich war nie eine Frostbeule gewesen, daher konnte ich es mir selbst nicht erklären, warum ich so fror. Es war, als würde mein Körper gegen mich reagieren. Als würde er mir klarmachen wollen, dass ich mich jetzt schlecht zu fühlen hatte. Als würde er mir eine Lektion erteilen, mir zeigen, dass ich ihr Unrecht getan hatte. Oder zumindest, dass ich andere Worte an sie hätte richten sollen. Oft war es mehr die Art, *wie* man etwas sagte, die verletzte, statt der Sinn der Worte selbst. Und scheiße, ich war ein Arschloch gewesen und hatte den Beweis dafür schwarz auf weiß in meinem Handy, sodass ich mich immer wieder daran erinnern konnte, was für ein ekelhafter Charakterzug in mir lauerte.

Ich streckte mich vorsichtig und kreiste den Kopf, um meinen verkrampften Nacken etwas zu lockern, ehe ich langsam zur Tür ging.

Als ich diese nur einen winzigen Spalt aufgezogen hatte, vernahm ich bereits die wütende, sonore Stimme von Karter, die aus unserem Wohnzimmer nach oben drang.

Stirnrunzelnd zog ich die Tür weiter auf, doch irgendetwas ließ mich stocken. Mein Bauchgefühl schrie mir förmlich zu, auf gar keinen Fall nach unten zu gehen. Es war eine Eingebung, die ich nicht erklären konnte, der ich aber folgte. Wie erstarrt krallte ich meine Hand um die Türklinke und lauschte.

Es war schwierig, ihn genau zu verstehen, doch allein wegen seines zornigen Tons stellten sich mir die Nackenhaare auf. Karter klang unglaublich aufgebracht. Was war es nur, das diese Wut in ihm formte? Würde er sich jemals wieder beruhigen können? Seit Monaten verschloss ich meine Augen vor seinen Wutanfällen. Das musste ich mir langsam selbst eingestehen. Es war nicht so, dass ich etwas sah, das nicht da war, sondern dass ich etwas ignorierte, das immer schlimmer zu werden drohte, wenn man dem keinen Einhalt gebot.

»Er ist nicht hier«, hörte ich ihn sagen. »Ja, ich bin mir sicher.«

Ich runzelte die Stirn. Mit wem sprach er da? Redete er über mich? Warum? Ich hielt angespannt die Luft an.

»Er ist heute früh mit seiner kleinen Reporterin gegangen, ich habe sie gehört.«

Das Blut in meinen Adern gefror augenblicklich zu Eis. Karter sprach über mich und Leighton. Er klang angewidert, als hätte ich mich mit der Pest eingelassen. Mir wurde schlagartig so schlecht, dass ich mich beinahe übergab. Mucksmäuschenstill atmete ich ein und wieder aus, um wieder halbwegs klar denken zu können.

Es lag in der Natur des Menschen, zu lauschen, wenn es sich bei dem Gespräch der anderen um einen Selbst handelte. Vorsichtig setzte ich einen Fuß vor den anderen und war froh, keine Schuhe zu tragen, da es sich auf nackten Füßen leiser schlich. Karter zu belauschen, bereitete mir nicht nur körperlichen, sondern auch seelischen Schmerz. Es war eine Grenze, die ich überschritt, doch blieb mir nichts Anderes übrig, wenn ich die Wahrheit erfahren wollte. Denn eines wurde mir soeben klar: Ich würde sowieso als Verlierer aus dieser Sache herausgehen. Entweder würde ich meinen Bruder verlieren oder die Frau, die ich liebte.

Kurz überlegte ich, einfach herunterzugehen und so zu tun, als hätte ich ihn gar nicht gehört. Sofort hatte ich Leightons Warnung in meinem Ohr. In mir kroch eine Kälte hoch, die sich in meinem Nacken festsetzte. Ich wollte nicht, dass sie recht hatte. Das war einfach unmöglich.

»Ich weiß nicht, wo er ist, verdammt«, zischte Karter und ich hoffte inständig, dass er nicht den Umschlag meinte. Noch immer schlummerte die Hoffnung in mir, dass es eine andere Erklärung für das gab, was Leighton gefunden hatte. Und was Karter gerade zu suchen schien.

»Nein, ist es nicht.«

Stille.

»Ich werde das schon hinkriegen.«

Erneute Stille.

»Scheiße, verdammt, geh' mir nicht auf den Sack. Ich werde den Umschlag schon finden und selbst wenn nicht: Nichts darin könnte uns überführen.«

FUCK! Mit wem sprach er da und worüber? Warum setzten sich vor meinem geistigen Auge gerade Puzzleteile des Horrors zusammen? *Nein, nein, nein, nein, nein.* Ich schüttelte den Kopf und hielt mir die Hand vor den Mund, um nicht laut zu keuchen. Alles, was ich geglaubt hatte, worauf ich vertraut hatte, brach gerade zusammen wie ein klappriges Kartenhaus.

»Mir ist scheißegal, dass dort dein Name steht, Bryce!«, brüllte Karter jetzt durch das Wohnzimmer und ich hörte seine Schritte immer lauter werden. Er war auf dem Weg zurück in sein Schlafzimmer. Das Herz pochte mir bis zum Hals und für mich gab es nur zwei Möglichkeiten: Entweder ich blieb hier stehen und stellte ihn zur Rede. Oder ich machte auf dem Absatz kehrt, um zurück in mein Zimmer zu flüchten.

Kapitel 22

Leighton

In dem Moment, ich dem ich den Schlüssel ins Schloss steckte, erwartete ich fast, dass Madelyn bereits auf der anderen Seite wartete, um mir den Kopf zu waschen. Ich bildete mir ein, dass man es mir mit Sicherheit ansah, was ich heute getan hatte. Als würde auf meiner Stirn das Wort Verräter in fetten, roten Großbuchstaben leuchten.

Ich schämte mich mehr denn je. Niemals hatte mein Erfolg auf Verrat beruht. Ich hatte sogar noch nie bei einer Prüfung geschummelt, verdammt. Obwohl ich es in der High School locker hätte tun können. Alle spickten und bis auf ein paar Ausnahmen, hatten es eh alle Lehrer ignoriert. Denn einen Schüler auf frischer Tat zu ertappen, brachte nur Mehrarbeit, welche wiederum keinen pünktlichen Feierabend bedeutete.

Ich hoffte inständig, noch ein paar Stunden für mich zu haben, in denen ich mich sammeln und in meine Kissen weinen und schreien konnte. Meine Nerven waren zum Zerreißen gespannt und mein Herz krampfte sich bei jedem Herzschlag zusammen, dass es schmerzte. Diesen seelischen und körperlichen Schmerz hatte ich mir selbst zuzuschreiben und irgendwie verdiente ich ihn auch. Es verstrich keine Sekunde, in der ich nicht an Kaleb dachte und daran, was ich heute Morgen angerichtet hatte. Ich fing an, alles zu bereuen. Meinen Job bei der *Chicago Tribune*, den Umstand, dass ich damals fälschlicherweise in Dougs Redaktionsmeeting gelandet war und am allermeisten, dass ich Doug das Gefühl gegeben hatte, mich erpressen zu können. Zwar wusste ich, dass ich Kaleb vermutlich auf keinem anderen Wege begegnet wäre, doch hätte mir das auch den großen Schmerz erspart. Bei diesem Gedanken rannen mir erneut die Tränen über die Wangen und ich wischte sie mit meinem Handrücken weg.

»Hör auf, dich selbst zu belügen«, schalt ich mich leise. Die letzten Wochen waren die Besten, die mir hätten passieren können. Kaleb war zu meinem Anker geworden, er hatte mich gefordert, versucht, das Beste aus mir herauszuholen und mir gezeigt, was für Qualitäten unter meiner Haut schlummerten. Heute Morgen hatte ich mich selbst zurück in das tiefe, dunkle Loch geschleudert, aus dem ich mühsam hervorgekrochen war.

Ich realisierte, dass ich noch immer wie erstarrt vor unserer Wohnungstür stand, den Schlüssel fest im Griff. Ich drehte ihn herum und das Geräusch drang laut in meine Ohren ein. Mein Puls wurde schneller und in meinen Gliedmaßen begann es zu kribbeln. Langsam schob ich die Tür auf und blickte in unseren leeren Flur.

Ein Schluchzen drang aus meiner Kehle, als ich erkannte, wie sehr ich mich immer wieder belog. Gerade noch hatte ich mir eingebildet, Mads Gegenwart noch nicht ertragen zu können. Doch realisierte ich jetzt, dass ich mir genau das insgeheim gewünscht hatte: Madelyn. Ich wollte, dass sie wie mein Ritter in eiserner Rüstung auf mich wartete, um mich zu beschützen. Bedingungslos.

Mit hängenden Schultern betrat ich die Wohnung, schob die Tür hinter mir leise ins Schloss und trottete wie ein getretener Hund in mein Zimmer. Ich stellte meinen Rucksack auf meinem Stuhl ab, schleuderte meine Boots von meinen Füßen und entledigte mich meiner Kleidung. Ich entschied, erst einmal duschen und Zähne putzen zu gehen, denn ich fühlte mich so unglaublich schmutzig. Zwar bezweifelte ich, dass die Dusche etwas daran ändern konnte, einen Versuch war es aber immerhin wert.

Gerade, als ich mit Handtuchturban auf dem Kopf in meinen weißen, flauschigen Homewear Jumpsuit schlüpfte, hörte ich, wie

Madelyn den Schlüssel im Schloss herumdrehte. Ich kniff die Augen zusammen und eine plötzliche Eiseskälte erfasste mich mit einer Wucht, die meinen ganzen Körper zittern ließ. Meine Zähne klapperten aufeinander und erneut drohte die Übelkeit, mich zu übermannen. Ich richtete meinen Blick auf, um mich selbst im Spiegel meines Kleiderschranks zu betrachten, und musste schlucken. Meine Augen waren blutunterlaufen und meine Haut aschfahl.

Mads' Schritte hallten wie ein Erdbeben in meinem Inneren wider, als sie an meiner Tür vorbeilief. Ich wusste, dass ich über meinen Schatten springen musste. Die Last, die ich mir heute Morgen aufgeladen hatte, würde ich nicht selbst stemmen können. Ich brauchte meine beste Freundin mehr denn je, also taumelte ich zu meiner Zimmertür, drückte die Klinke herunter und öffnete sie einen Spalt.

»Mads?«, murmelte ich in den leeren Flur hinein, die Augen fest auf ihre offenstehende Tür gerichtet.

»Ja?« Ihr Kopf erschien im Türrahmen und ihr Blick wechselte in rasender Geschwindigkeit von unbekümmert zu sorgenvoll. »Scheiße«, presste sie hervor und schlug sich die Hand vor den Mund. »Leigh. Was ist denn los?«

»Ich habe alles kaputt gemacht«, flüsterte ich von Schluchzern unterbrochen und krallte mich an meinen Türrahmen. Auf einmal wich alle Kraft aus meinem Körper, die mich noch aufrecht stehen ließ, und ich sank langsam auf den Boden.

Sofort war Mads an meiner Seite und griff mir unter die Achseln, um mich wieder hochzuziehen. »Komm«, flüsterte sie und stützte mich.

Gemeinsam liefen wir in unsere Küche, wo sie mich auf einen Stuhl verfrachtete. »Hast du etwas gegessen?«

Ich schüttelte lediglich den Kopf. »Keinen Hunger.«

»Was auch immer passiert ist, Pancakes helfen.« Sie schenkte mir ein schüchternes Lächeln, das ich nicht fähig war zu erwidern, und begann, die Zutaten zusammenzusuchen.

»Kaffee«, murmelte ich und stemmte mich am Esstisch hoch.

»Ich mache uns Kaffee.« Es war Nachmittag und wir machten Frühstück. Dieses Verquere passte so perfekt zu uns, doch mir schnürte sich die Kehle zu. Ich würde ihr gleich erklären müssen, was vorgefallen war. Musste ihr beichten, was ich getan hatte. Ich wusste, dass Madelyn mich unterstützen würde. Und doch hatte ich eine riesengroße Angst davor.

Madelyn hatte recht: Nachdem ich mühsam einen Pancake mit Butter gegessen hatte, ging es mir langsam besser. Mein Magen hatte etwas zu tun und versorgte meinen Körper mit der Energie, die ich jetzt brauchte.

»Leigh?« Madelyn legte ihr Besteck beiseite und durchschnitt die Stille zwischen uns. Sie hatte gewartet, bis ich aufgegessen hatte.

Ich schloss kurz die Augen und legte meinen Kopf in den Nacken, wobei ich tief ein- und ausatmete, um meine Gedanken zu ordnen. Womit sollte ich nur anfangen?

»Ich glaube, Kaleb möchte mich nie wiedersehen«, schniefte ich und fand ihren Blick, in dem sich Verwirrung breitmachte.

»Was? Warum?« Mit gerunzelter Stirn biss sie sich auf die Unterlippe. Ich erkannte, dass es in ihr brodelte und sie mir zuliebe versuchte, ihre Wut im Zaum zu halten. Ich wusste, dass sie am liebsten aufgesprungen wäre, um eine Schimpftirade über Kaleb loszulassen.

»Es ist eine Aneinanderreihung von beschissenen Ereignissen«, seufzte ich und spürte ein nervöses Kribbeln in meinem Magen. »Du weißt ja, dass ich Kaleb anfangs mit Karter verwechselt hatte, oder?«

Sie nickte. »Ja, die sehen sich aber auch verdammt ähnlich.«

Die Anspannung in mir nahm jeden Winkel meines Körpers ein. Es war ein seltsames Gefühl, mich jemandem komplett anzuvertrauen. Noch während ich von dem komischen Typen am Restaurantfenster, erzählte, graute es mir bereits vor ihrer schlussendlichen Reaktion. »Am nächsten Tag in der Redaktion zitierte Doug mich wie ein Feldwebel zu sich ins Büro. Oh, ich bereue so sehr, seiner Anweisung gefolgt zu sein«, stöhnte ich auf.

»Du machst mir ein wenig Angst, Leighton«, sprach Madelyn. »Wenn du mir jetzt sagst, dass er dir wehgetan hat, hab ich schneller die Polizei gewählt, als du *Minischwein* sagen kannst.«

Ich schüttelte den Kopf. »Nein. Nein, er hat mich nicht angefasst«, beruhigte ich sie und mir wurde übel bei der Vorstellung.

Sie entspannte sich sichtlich. »Gut.«

»Er donnerte Zeitungsausschnitte von den *Windy City Bulls* und insbesondere Karter auf seinen Schreibtisch, um mich aus der Reserve zu locken. Ich verstand rein gar nichts und sagte ihm das auch. Dann wurde er noch viel wütender und brüllte, dass ich ihn nicht für dumm verkaufen sollte. Er hätte uns am Vorabend gesehen.«

»Hä?«, Madelyn strich sich nervös die Haare hinter die Ohren. »Dich und Karter?«

Ich nickte. »Er dachte es wäre Karter gewesen. Verstehst du? Er hat die beiden verwechselt, so wie ich damals.«

»Okay, selbst wenn …« Sie sprach den Satz nicht zu Ende.

Seufzend ließ ich die Schultern hängen. »Er drohte mir, mich zu verraten. Er drohte mir damit, der Chefetage zu stecken, dass ich meinen Journalistenstatus absichtlich ausgenutzt hätte, um mich an den Starspieler heranzumachen.«

»Was für ein mieses Arschloch!« Madelyn stand auf und ging in der Küche auf und ab.

»Ja. Ich war so geschockt. Er verlangte von mir, dass ich ihm private Informationen von Karter beschaffen sollte, ansonsten sorgt er dafür, dass ich niemals in irgendeiner Redaktion Fuß fassen kann.«

»Er erpresst dich?« Sie blieb wie angewurzelt stehen, die Augen weit aufgerissen. »Ist das dein Ernst?«

Traurig nickte ich und griff nach meiner Kaffeetasse, um mich an irgendetwas klammern zu können. »Ja.«

»Hast du ihm gesagt, dass du nicht mit Karter, sondern mit Kaleb zusammen bist?«

»Nein«, gab ich zu. »Ich weiß nicht, warum. Ich stand so unter Schock, aber das hätte sowieso keinen Unterschied gemacht.«

Madelyn dachte nach. »Das stimmt vermutlich. Fuck, Leighton. Was für eine beschissene Situation.«

»Japp«, seufzte ich. »Gestern nach dem Spiel konnte ich kein Wort zu Kaleb sagen, ich hätte nicht gewusst, wie. Ich wusste nur, dass ich nicht zu so einem Menschen werden wollte«, schluchzte ich nun und meine Augen füllten sich bereits wieder mit Tränen.

»Ich verstehe nicht«, murmelte Mads. »Was ist passiert? Was hast du getan?«

Bei ihrer letzten Frage zuckte ich zusammen. Was ich getan hatte? Das Schlimmste überhaupt. »Bitte raste jetzt nicht aus«, bat ich sie leise.

Es verstrichen einige Sekunden, in denen sie mich mit ihrem Blick fast durchlöcherte, ehe sie nickte und sich wieder auf den Stuhl mir gegenübersetzte.

»Kurz gesagt: Ich habe in Kalebs und Karters Haus einen Umschlag gefunden, der Karter gehört.«

»Was für ein Umschlag?« Mads ließ mir kaum Zeit, meine Gedanken zu ordnen.

»Dort drin befinden sich … Beweise dafür, dass«, ich stockte erneut, »dass Kalebs Unfall gar kein Unfall gewesen ist. Karter hat ihn inszeniert.«

»Was?« Mads fiel aus allen Wolken und ballte die Hände zu Fäusten. »Ist das dein Ernst?«

Ich nickte. »Leider, ja.«

»Was hast du genau gefunden?«

»Seltsame Kontoauszüge von Karter, medizinische Gutachten, die an Kaleb adressiert waren, Karter musste sie abgefangen haben, und Rechnungen von einer Autowerkstatt.«

Madelyn stieß Luft aus. »Und dabei kann es sich nicht um einen blöden Zufall handeln?«

Ich schüttelte den Kopf. »Ich hoffe es so sehr, aber nein. Ich denke nicht.«

»Scheiße Leigh, wo bist du da nur hineingeraten?«, murmelte sie.

»Das frage ich mich auch. Ich habe Kaleb heute Morgen damit

konfrontiert.« Meine Stimme zitterte. »Er glaubt mir nicht, er hört mir nicht zu. Dafür hat er mir die fiesesten Dinge an den Kopf geworfen. Die Worte übertrumpfen beinahe die meiner Eltern und ich war so wütend, Mads. So so wütend.« Eine Träne rann über meine Wange.

»Was hast du getan, Leigh?«, flüsterte Madelyn mit leiser Stimme, in der keinerlei Vorwurf mitschwang.

»Genau im falschesten Moment aller Momente hatte Doug mir geschrieben, dass er Informationen verlangte, und bei mir ist eine Sicherung durchgebrannt«, begann ich mit zitternder Stimme und legte schließlich mein Geständnis ab.

Madelyn blieb still. Diese Stille zerriss mir beinahe das Herz. Schließlich räusperte sie sich. »Es besteht die Möglichkeit, dass Doug nichts mit den Fotos anfangen kann, oder?«

Ich zuckte mit den Schultern. »Ich weiß nicht. Doch, ich denke schon. Er ist ein Journalist der schlimmen Sorte. Selbst wo es keine Schlagzeile gibt, bastelt er sich eine zusammen. Das Einzige, was er will, ist Anerkennung von oben und immer mehr Macht, darüber spricht die gesamte Redaktion, nur die Chefetage scheint das nicht zu sehen. Mit einer Enthüllungsstory ist er dem sehr nahe.«

»Ich hasse, dass es solche Menschen gibt«, murmelte Madelyn und ich nickte.

»Ich habe Karter verraten, Mads«, schluchzte ich. »Ich habe ihn verraten, weil ich nur an mich gedacht habe.«

»Was? Nein!«, geschockt sprang sie auf und kam auf mich zu, hockte sich vor mich hin und legte ihre Hände auf meinen Knien ab. »Du standest unter Schock. Jeder Mensch entscheidet sich mal falsch oder tut etwas, das er sofort darauf bereut. Jeder Mensch macht Fehler, Leighton. Bitte rede dir nicht ein, dass du ein schlechter Mensch bist. Das bist du nicht.«

Ich presste meine Kiefer aufeinander. »Warum habe ich es dann getan?«

»Muss ich dir das wirklich erklären?« Sie legte den Kopf schief.

Ich runzelte die Stirn. »Ich denke schon.«

Seufzend griff sie nach meiner Hand. »Leighton. Zum einen hattest du Angst. Und ich glaube nicht, dass es nur die Angst davor war, dass deine Karriere einen Dämpfer bekommt. Wir beide wissen, dass dies nicht geschehen wird. So viel Macht kann Doug gar nicht haben. Du hast es in erster Linie für Kaleb gemacht«, versuchte sie, mir zu erklären.

»Für ihn?«, wiederholte ich.

Sie nickte. »Du wolltest Kaleb beschützen, auch wenn dies bedeutete, seinen Bruder zu verraten.«

»Er hat mich rausgeschmissen«, erinnerte ich sie schluchzend.

»Richtig. Wie hättest du reagiert? Wenn dir jemand sagen würde, dein geliebter Bruder hätte den Unfall, bei dem du beinahe drauf gegangen bist, absichtlich inszeniert?«

»Ich weiß es nicht. Vermutlich hätte ich unter Schock gestanden und es nicht geglaubt?«, gab ich zu.

»Genau. Gib Kaleb einen Moment Zeit, setze ihm nicht die Pistole auf die Brust«, bat sie mich und drückte meine Hände. »Ich bin für dich da, Leighton.«

Eine weitere Träne rann über meine Wange und ich spürte Erleichterung. Erleichterung darüber, das Geheimnis nicht mehr allein tragen zu müssen. Erleichterung darüber, dass Mads mich nicht verurteilte, sondern sogar verstand, warum ich es getan hatte. Vielleicht hieß sie es nicht gut, aber sie konnte meine Handlung nachvollziehen. Sogar eher, als ich selbst.

»Danke«, murmelte ich leise und geknickt.

Kaleb

Was unternahm man, wenn man so durcheinander war, dass man kaum geradeaus schauen konnte? Seit ich Karter belauscht und realisiert hatte, dass ich Leighton gegenüber im Unrecht war, saß ich in meinem Schlafzimmer. Mein Magen grummelte und mir wurde schon fast schwarz vor Augen, weil ich so hungrig war. Karter war gegangen, daher war es albern, dass ich mich nicht aus meinem Zimmer heraus traute. Es war, als wäre ich sicher vor all den Konsequenzen, solange ich nicht diesen Raum verließ. Innerhalb von wenigen Stunden war mein Schlafzimmer zu meinem persönlichen Panikraum geworden.

Ich wusste nicht, wie oft ich in den letzten Stunden mein Handy in die Hand genommen hatte, nur um es wieder auszuschalten, ohne Leighton zu schreiben und es schließlich aus meiner Reichweite zu werfen. In meinem Kopf war ein Kampf entstanden, der viel zu laut und schnell war. Vor meinen Augen drehte sich mein Zimmer und mir wurde noch schlechter. Es war, als würde in meinem Magen immer wieder eine Lawine losbrechen.

»Das bringt doch alles nichts«, stöhnte ich und stemmte mich hoch. Ich würde jetzt mein Zimmer verlassen und etwas essen. Vielleicht bestand die Chance, dass ich danach klarer denken konnte. Ich griff im Vorbeigehen erneut nach meinem Smartphone, atmete tief ein und aus und lief angespannt die Treppe herunter in die Wohnküche.

»Sandwich«, murmelte ich zu mir selbst und sofort zogen sich meine Eingeweide zusammen. Erst gestern hatte ich für Leighton und mich Sandwichs gemacht. Es kam mir bereits so weit entfernt vor. Und ich dämlicher Idiot war auch noch selbst daran schuld, dass ich jetzt allein hier war.

Warum war es mir nicht möglich gewesen, rational zu denken? Warum hatte ich sie nicht einmal ausreden und mir diese verdammten Dokumente zeigen lassen? Ganz einfach: Weil ich ein dämlicher Idiot war, der von irrationalen Gefühlen gesteuert gehandelt hatte. Wie gern würde ich die Worte zurücknehmen, die ich ihr an den Kopf geworfen hatte, doch war dies unmöglich. Einmal über die Lippen gekommen, waren sie nun einmal da.

Wie in Trance schmierte ich mir meine Brote und begann im Stehen zu essen. Ich fischte mit meiner freien Hand mein Handy aus der Tasche meiner Shorts und legte es vor mir auf der Kücheninsel ab, schaltete es ein und entsperrte den Bildschirm. Wie von allein wanderten meine Finger zur Galerie und öffneten meinen Leighton-Ordner. Ich schnaufte und schüttelte den Kopf. Ich hatte sogar einen eigenen Galerieordner für die Frau, der ich vor ein paar Stunden gesagt hatte, dass sie verschwinden sollte. Mit schwitzigen Fingern scrollte ich zu meinem Lieblingsfoto von uns: Das auf dem Skydeck. Der Stolz in ihren Augen ließ meinen ganzen Körper vor Aufregung kribbeln. Wie glücklich ich war, dass sie es geschafft hatte, dank mir über ihren Schatten zu springen und ihre Angst zu überwinden. Das war im Moment nur leider überhaupt nichts mehr wert.

Ein schlimmer Moment hatte die Macht, all die guten auszulöschen.

Ich verließ die Galerie und wählte unseren Nachrichtenverlauf an, las zum hundertsten Mal, was ich da von mir gegeben hatte. »Ich elendiger Hornochse«, schalt ich mich selbst. Ich hatte ihr nicht ernsthaft zwischen den Zeilen an den Kopf geworfen, neidisch auf mich und meine Familie zu sein? Das hatte schon nichts mehr mit Unsensibilität zu tun, sondern war das Verhalten eines Arschlochs. Wenn man mit einer Situation überfordert war, wurde man persönlich und bereute es danach. Und wie ich es bereute.

Die Worte von Karter echoten die ganze Zeit in meinem Kopf. Auf einmal war es mir nicht mehr möglich, den Karter von früher zu sehen. Da war kein kleiner Junge mehr, der mir zeigte, wie ich den Ellenbogen halten sollte. Kein großer Bruder mehr, der so lange mit mir Freiwürfe geübt hatte, bis ich keinen mehr verfehlte. Nein, das Einzige, das ich jetzt noch in ihm sah, war ein kranker, von Neid und Missgunst zerfressener Sportler, der für seinen eigenen Erfolg über Leichen gehen würde. Der über meine Leiche gegangen wäre.

Ich spürte, dass ich meine Kiefer wütend aufeinandergepresst hatte und mein Körper bebte. Meine Finger krallten sich um das Handy und zitterten. Karter brauchte dringend Hilfe und vor meinem geistigen Auge liefen all die Situationen wie ein Film ab, in denen ich einfach weggesehen hatte. Ich hatte ignoriert, was für ein Mensch aus ihm geworden war, hatte mir selbst immer wieder eingeredet, dass es nur eine Phase wäre. Jetzt wusste ich, dass ich schon längst etwas hätte tun sollen. Nur leider erinnerte ich mich nicht mehr so ganz an die Zeit vor dem Unfall. War er da auch schon so drauf gewesen? Die Zeiten verschwommen zu einem großen Ganzen, das ich nicht mehr differenzieren konnte. Hatte er das alles womöglich über Wochen geplant und ich hatte nichts bemerkt?

Ich wollte nicht glauben, dass mein eigener Bruder mich aus dem Weg räumen wollte, doch musste man irgendwann den schrecklichsten Dingen ins Gesicht blicken.

»Fuck«, fluchte ich und ließ meine Faust auf die Kücheninsel fallen. »Fuck, fuck, fuck«, brüllte ich nun aus vollem Hals. Ich musste mich beruhigen. Die Wut durfte mich jetzt auf keinen Fall dominieren, denn dann tat ich vielleicht noch irgendetwas Unüberlegtes, das ich später bereuen würde.

»Leigh«, seufzte ich und holte tief Luft. Als Allererstes musste ich die Sache mit ihr geradebiegen.

Ich entsperrte also erneut das Handy und navigierte direkt zu unserem Nachrichtenverlauf. So gut es eben ging, ignorierte ich das bisher Geschriebene und ließ die Tastatur aufploppen.

Nach ewigem Hin und Her, gelöschten und hinzugefügten Worten, sendete ich eine Nachricht ab, von der man niemals erwarten würde, dass sie mir eine Viertelstunde abverlangt hatte.

Ich: Ich bin ein Arschloch. Darf ich zu dir kommen, bitte? Ich sehe jetzt klarer und möchte gern persönlich alles zurücknehmen, was ich dir an den Kopf geworfen habe.

Diese Nachricht war alles andere als perfekt. Ich war unsicher und hatte solch eine Angst davor, sie bereits verloren zu haben. Einige Minuten später, die mir wie Stunden vorkamen, vibrierte das Handy in meiner Hand und ihre Antwort gab mir einen Dämpfer.

Leighton: Ich muss selbst erst einmal klarkommen. Noch nicht.

Noch nicht? Was hieß das? Morgen? In zwei Stunden? In einer Woche? Ich konnte nicht warten. Eigentlich war mir schon beim

Absenden meiner Nachricht klar gewesen, dass ihre Antwort mich nicht aufhalten können würde. Zielstrebig hastete ich nach oben, um mich anzuziehen und wenige Minuten später das Haus zu verlassen.

Auch wenn sie mich nicht sehen wollte: *Ich* wollte *sie* sehen. Wollte mich bei ihr entschuldigen und für wenigstens eine Sekunde vergessen, in was für einem Scherbenhaufen ich stand.

Leighton

»Okay, dein Magenknurren bereitet mir so langsam mehr Hunger als dir selbst«, stöhnte Mads, die neben mir auf ihrem Bett lag.

Ich wollte einfach nicht allein sein und mich gleichzeitig ablenken, also kuschelten wir uns in unsere Decken und schalteten Netflix an. Zugegeben: Ich hatte absolut keinen blassen Schimmer, was dort auf dem Fernseher überhaupt passierte, aber die ununterbrochene Geräuschkulisse machte es mir einfacher, meinen eigenen Gedanken etwas zu entfliehen.

»Sorry«, nuschelte ich und legte meine Hand auf dem Bauch ab. »Ich hätte vermutlich mehr als nur einen Pancake essen sollen.«

Mads nickte lachend. »Oh ja, das hättest du! Schon allein, weil ich dann nicht die anderen sieben gegessen hätte.«

Ich lächelte vorsichtig, doch kam es nicht richtig in meinem Herzen an. »Ein Wunder, dass du schon wieder etwas essen könntest«, piesackte ich sie und als Antwort knuffte sich mich in die Seite.

»So«, ächzend pellte sie sich aus ihrer Decke und stand auf. »Ich verschwinde kurz nach unten und hole uns Pommes und Milkshakes vom Diner um die Ecke.« Ich verzog das Gesicht und Mads stemmte die Hände in die Hüfte. »Ich weiß, es ist nicht das Betty's, aber für heute müssen die labbrigen Pommes eben reichen, verstanden?«

Seufzend setzte ich mich in ihrem Bett auf. »Na okay. Ausnahmsweise«, zwinkerte ich ihr zu und war gerade im Begriff aufzustehen. »Ich zahle!«

»Du Blödknolle, alles gut«, winkte sie ab und schlüpfte bereits in ihre Jeans. »Bin gleich wieder da.«

Erschöpft ließ ich mich wieder in die Kissen sinken und schloss die Augen, als Mads im gleichen Moment aufschrie. Erschrocken warf ich meine Decke auf den Boden und hastete in den Flur.

Als ich sah, warum sie so laut gequiekt hatte, sank mir das Herz in die Hose und der Kloß in meinem Hals wuchs zum Mount Everest an. Mindestens.

»Hi«, räusperte Kaleb sich und hob langsam die Hand hoch.

»Bist du jetzt ein Stalker, oder was?« Madelyns zornige Stimme hallte im Hausflur wider.

Kaleb stützte sich auf der Stufe ab, auf der er saß, und stemmte sich hoch. »Nein«, war seine schlichte Antwort. Er sah Madelyn nicht einmal an. Sein Blick durchbohrte meinen und irgendwie schaffte ich es nicht wegzuschauen.

»Schon okay«, raunte ich Mads zu. Ich ballte die Hände hinter meinem Rücken zu Fäusten, damit die beiden nicht bemerkten, wie stark ich zitterte.

Ich wollte auf Kaleb zu rennen und mit meinen Fäusten auf ihn einschlagen und mich gleichzeitig in seinen Armen wiegen. Die ganze Situation hatte ein emotionales und inkonsequentes Wrack aus mir gemacht. Meine Knie wurden schwach und da war es wieder: Dieses aufgeregte Gefühl, das ich bisher immer für etwas Gutes gehalten hatte. Jetzt verursachte es nichts als Übelkeit und Verwirrung.

»Wirklich?« Madelyn drehte sich zu mir um und schaute mich durchdringend an. Endlich schaffte ich es, meinen Blick von Kaleb zu lösen.

Nickend holte ich Luft. »Ja, wirklich. Es ist okay.« Vielleicht hätte ich ihr von Kalebs Nachricht vorhin erzählen sollen. Vermutlich würde ich es nie lernen. Andererseits hätte das jetzt auch nichts an der Situation geändert.

»Danke«, murmelte Kaleb. »Darf ich reinkommen?«

Madelyn stand ihm immer noch im Weg. Genau jetzt war sie mein Ritter in eiserner Rüstung, den ich mir heute Vormittag gewünscht hatte. Auf meine beste Freundin war immer Verlass. Als ich nickte, trat sie einen Schritt zur Seite und bedeutete Kaleb gestikulierend, einzutreten.

»Hört mal«, räusperte sie sich. »Ich fahre wohl doch zum Betty's und bringe Pommes und Milkshakes für drei.«

Ich formte ein lautloses *Danke* in ihre Richtung. Sie warf mir ein stärkendes Lächeln zu und formte die Worte *Ich hab dich lieb* mit ihren Lippen. Das erste Mal schaffte ich es, wieder ehrlich zu lächeln.

Madelyn zog die Tür hinter sich ins Schloss und ließ mich somit mit Kaleb allein in unserem Flur zurück.

»Leigh«, seufzte er und ließ die Schultern hängen. »Ich saß seit Stunden in eurem Hausflur, weil ich nicht weiß, was ich sagen soll.«

»Okay«, war meine einzige, nichtssagende Antwort.

»Scheiße«, stöhnte er. »Es tut mir leid, Leighton. Wirklich, es tut mir so scheiße leid.« Er fuhr sich mit den Handflächen über den Kopf und das Gesicht. »Ich konnte heute Morgen nicht klar denken und würde so gern alles, was ich gesagt habe, zurücknehmen.«

Ich zuckte mit den Schultern und presste die Kiefer aufeinander, um nicht auf der Stelle loszuheulen. Ich hatte einfach keine Lust mehr, zu weinen. Ich starrte ihm lediglich ins Gesicht und wartete. Wenn er nur wüsste, wie sehr es *mir* leidtat.

»Ich weiß, das ist eine schwache Ausrede, aber ich kann dir jetzt glauben. Ich hätte dir sofort glauben sollen.«

»Warum tust du es … jetzt plötzlich?«, wollte ich wissen und strich mir nervös die Haare aus dem Gesicht.

»Karter hat … sehr laut telefoniert. Er dachte, ich wäre nicht im Haus.«

Ein eiskalter Schauer lief mir den Rücken herunter.

»Was hat er gesagt?« Angst schnürte mir beinahe die Kehle zu.

»Dass er den Umschlag sucht und –« er holte tief Luft und

schloss die Augen. Es fiel ihm sichtlich schwer, weiter zu sprechen. »Dass *nichts darin uns überführen könnte*«, wiederholte er die Worte seines Bruders und zeichnete Anführungszeichen in die Luft.

»Nein«, japste ich. »Dann stimmt es wirklich?« Meine Stimme war unglaublich leise. Ich hatte noch die winzig kleine Hoffnung gehabt, falsch zu liegen. Es mir nur durch ein Hirngespinst zusammengereimt zu haben. Jetzt von ihm zu hören, dass Karter wirklich etwas so Grausames getan hatte, ließ mich frösteln.

»Ich denke ja«, flüsterte er und in seinen Augen bildeten sich Tränen. »Ich fühle mich gerade so verdammt verloren, Leigh.«

Das war der Moment, der mich seine bösen Worte wie auf Kommando vergessen ließ. Sie hatten keinen Platz mehr in meinem Gedächtnis, waren nicht mehr wichtig. Die Tränen in seinen Augen und die Verzweiflung in seinem Blick zeigten mir, dass er gerade drohte, vor mir zusammenzubrechen. Kaleb, ein fast zwei Meter großer, starker Mann, stand gebrochen vor mir und wusste nicht, was er tun, was er fühlen sollte. Und natürlich verstand ich ihn. Ich machte einen zaghaften Schritt auf ihn zu, streckte meine zitternde Hand nach ihm aus.

Er haderte nicht lang, griff mit seinen Händen nach mir und zog mich in seine Arme, begann, in meinen Nacken zu schluchzen. Von außen sah es vielleicht so aus, als würde ich Trost bei ihm suchen, doch machte es mich gerade auf unerklärliche Weise glücklich, ausnahmsweise mal für *ihn* da sein zu können.

»Schsch, alles gut«, murmelte ich beruhigend und strich ihm langsam über den Rücken. »Komm«, flüsterte ich in sein Ohr und zog ihn langsam in mein Zimmer, wo er sich auf mein Bett setzte und sich mit dem Unterarm über die Augen fuhr.

»Gott, das ist eine Weile her«, versuchte er verlegen, seine Tränen herunterzuspielen.

»Kaleb?« Ich zog eine Augenbraue hoch.

»Hm?«

»Es ist okay«, versicherte ich ihm. Warum war es Kerlen so unangenehm, wenn sie mal weinen mussten? Frauen waren Menschen, Männer waren Menschen, wir alle waren Menschen und Menschen weinten nun einmal, wenn die Emotionen sie überwältigten.

»Es tut mir so leid. Alles, was ich gesagt und geschrieben habe«, versicherte er mir erneut.

»Ich weiß«, hauchte ich. »Ich habe es schon vergessen.«

»Stinktier«, schluchzte er und hielt mir die Hand hin, damit ich auf ihn zuging.

»Das ist der blödeste Spitzname der Welt«, jammerte ich, als ich mich von ihm auf seinen Schoß ziehen ließ. Ich legte meinen Kopf an seiner Halsbeuge ab und wusste, dass ich es ihm nun erzählen musste.

»Ich muss dir … etwas beichten, Kaleb«, flüsterte ich stammelnd und hob den Kopf an, um ihm direkt in die Augen zu blicken.

»Beichten?« Er runzelte die Stirn, ehe er diese sanft gegen meine fallen ließ.

»Ich habe heute etwas getan, das ich zutiefst bereue«, begann ich und spürte, wie sein Körper sich augenblicklich anspannte. Er sagte jedoch nichts, wartete nur ab, dass ich weitersprach. »Ich gebe dir die Kurzfassung, okay?«

»Gut.«

»Erinnerst du dich an den Typen, den du durch das Restaurantfenster gesehen hattest?« Kaleb nickte aufmerksam. »Es hat sich herausgestellt, dass das mein Chef Doug war. Er … er hat mich erpresst. Er hat dich für Karter gehalten, was in Anbetracht dessen, dass ich euch anfangs auch verwechselt habe, einfach nur ein schlechter Witz sein kann. Jedenfalls wollte er, dass ich ihm –«, stockend hielt ich die Luft an, um mich zu sammeln.

»Dass du ihm *was*, Leigh?« Seine Anspannung war förmlich greifbar. »Hat das Schwein dir etwa wehgetan?«

Erschrocken zuckte ich zusammen, als ich realisierte, worauf er hinauswollte. »Nein! Gott nein, er hat mich nicht angefasst.«

Erleichtert atmete er aus. »Was wollte er dann von dir?«

»Er verlangte von mir, ihm private Informationen über Karter zu besorgen, oder er würde dafür sorgen, dass ich niemals wieder einen Fuß in die Tür irgendeiner Redaktion setzen würde.«

»Was für ein Arschloch«, knurrte Karter mit tiefer Stimme. Ich kannte ihn mittlerweile gut genug, um zu wissen, dass er versuchte, nicht laut zu werden.

»Er hat mir, genau nachdem du mir geschrieben hast, dass es … dass es *aus* ist, eine Nachricht geschickt und mir die Pistole auf die Brust gesetzt«, beschämt senkte ich den Kopf, löste meine Hände von ihm und umschlang meinen Oberkörper. »Ich hatte solche Angst und war so durcheinander und wütend, dass ich die Dokumente abfotografiert und ihm gesendet habe.«

»Fuck«, flüsterte Kaleb und der große Knall, vor dem ich mich so gefürchtet hatte, blieb aus. Ich hatte fest damit gerechnet, dass er aufspringen und mich anschreien würde. Zu meiner Überraschung fasste er mir wie so oft schon unter das Kinn, um meinen Kopf anzuheben, damit sich unsere Blicke trafen. »Ich bin dir nicht böse«, flüsterte er.

»Was?«, ungläubig biss ich mir auf die Unterlippe. »Warum nicht?«

»Weil ich verstehen kann, dass man unter Schock Dinge tut, die man niemals tun wollte«, murmelte er.

»Kaleb«, flüsterte ich, krallte mich in seine Schulter und hauchte ihm einen Kuss auf die Lippen, der all meine Gefühle widerspiegelte. Reue, Dankbarkeit, Liebe. Es dauerte keine Sekunde, bis er den Kuss erwiderte und mich fester in seine Arme zog.

In diesem Moment realisierte ich, dass meine größte Angst gewesen war, ihn von mir gestoßen, ihn verloren zu haben.

»Zeigst du mir die Dokumente?«, fragte er ein paar Minuten später. Ich stand nickend auf und lief herüber zu meinem Rucksack, als ich das Geräusch von Madelyns Schlüssel im Schloss hörte. »Weiß sie es schon?«

»Ja. Alles«, gab ich zu.

»Dann hol sie einfach mit her«, bat er leise. »Wir können die Meinung einer außenstehenden Person gut gebrauchen.«

Stirnrunzelnd fixierte ich ihn mit meinem Blick. »Was?«

»Es besteht immer noch die Möglichkeit, dass Doug mit den Dokumenten rein gar nichts anfangen kann, oder?«

Verwirrt bewegte ich meinen Kopf hoch und runter. »Das … könnte sein, ja.«

»Siehst du. Wir finden schon eine Lösung. Und glaub mir, die wird für Doug nicht gut ausgehen«, versprach er mir mit fester Stimme und Überzeugung im Blick.

Sprachlos rüttelte ich mich aus meiner Starre und legte meine Hand auf die Türklinke, um den Kopf in den Flur zu stecken, wo ich sofort in Madelyns Gesicht blickte. »Kommst du zu uns?«

Madelyn druckste und hielt die Take-away Tüte vom Betty's in die Höhe. »Äh. Das ist eine sehr seltsame Frage.«

Ich legte den Kopf schief. »Wir sind alle angezogen, du kleines Schweinchen.«

Mads zog ihre Jacke aus, hängte sie an einen der Knäufe und kam mit Pommes und Milkshakes bewaffnet zu mir ins Zimmer. Es war an der Zeit, einen Ausweg aus diesem großen Labyrinth zu finden. Gemeinsam.

Kapitel 23

Kaleb

»Und du kannst dich an gar nichts erinnern?«, hakte Madelyn zum dritten Mal nach. Seufzend schüttelte ich den Kopf und erklärte ihr erneut, dass ich keine Erinnerung mehr an den Unfall hatte und auch nicht wusste, wann diese wieder einsetzen würden.

»Nein. Ich weiß nicht mehr, was ich an dem Tag gegessen oder getrunken habe oder welche Sportkleidung ich trug«, zählte ich ihr auf. »Ich weiß auch nicht mehr, ob ich an dem Tag ein erfolgreiches Training oder am Abend noch etwas vorhatte«, grinste ich sie an und verdrehte die Augen. »Wie gesagt, in meiner Erinnerung gibt es nur das typische Hollywood-Setting: Lichter, ein Knall, ein Knacken und nichts weiter.«

»Sorry«, murmelte Mads eine Entschuldigung und griff erneut nach einem der Papiere, um es stirnrunzelnd zu lesen.

»Was meinst du, Mads?«, hakte Leigh nach. »Kann man ohne Hintergrundwissen einen Zusammenhang zwischen den Dokumenten herstellen?«

Mads holte dramatisch Luft und pustete diese dann gedehnt aus ihren Wangen. »Auf jeden Fall kann man herauslesen, dass Karter Dreck am Stecken haben *könnte*«, sie betonte das letzte Wort absichtlich laut, »und dass Kaleb in Behandlung bei einem Unfallchirurgen ist. Aber das ist ja an sich kein Geheimnis. Dein Unfall war den Medien anfangs doch sowieso bekannt, oder? Da wird sich Doug bestimmt keine Story stricken.«

»Und die Werkstattrechnung?«, murmelte Kaleb.

»Die ist auch nichts Ungewöhnliches, jedes Auto hat mal Lackschäden. Immerhin weiß Doug nicht, dass du alles gebündelt in einem Umschlag gefunden hast, oder?«

Leighton schüttelte als Antwort lediglich den Kopf.

»Es besteht durchaus die Chance, dass er mit keinem der Dokumente etwas anfangen könnte. Und Karter ist nicht die Queen, bei der sich die ganze Welt geschockt die Hand vor den Mund hält«, nuschelte Madelyn weiter.

»Wenn er das selbst mal wüsste«, knurrte ich und versuchte mir nicht anmerken zu lassen, wie angespannt ich wegen der ganzen Sache war.

»Okay«, sagte Leigh plötzlich und beugte sich in ihrem Schneidersitz nach vorn, um sämtliche Papiere zu einem Haufen zusammen zu schieben. »Und jetzt?«

Die beiden Mädels hockten auf dem Boden, während ich auf Leighs Bett an die Wand gelehnt saß. So gern ich es verleugnen würde, doch vom Boden aufstehen fiel mir noch immer schwer und zwickte sowohl in meinem Knie, der Hüfte und der Schulter.

»Was meinst du?«, hakte ich nach und griff nach einem Kissen, um es mir in den Nacken zu legen.

»Äh«, meldete Madelyn sich zu Wort. »Wir zeigen Doug an und stellen Karter zur Rede?« Sie zog eine Augenbraue hoch und besah uns mit einem Blick, der zeigte, dass es für sie gar keine andere Möglichkeit gab.

Leighton hatte mit Sicherheit Angst, dass es schiefgehen und Doug sein Versprechen wirklich wahr werden lassen könnte. Und auch mir gefiel der Gedanke nicht, meinen Bruder zu stellen. Ganz einfach, weil ich jegliches Vertrauen in ihn verloren hatte. Innerhalb von wenigen Sekunden war alles, das uns verband, in sich zusammengebrochen. Karter war nicht mehr mein Bruder. Er war ein fremder Mensch geworden, den ich nicht kannte und den ich nicht einschätzen konnte. – Wie würde er reagieren? Vielleicht sogar gewalttätig? Ich für meinen Fall war nicht fähig, ihm gegenüber handgreiflich zu werden, auch wenn ich in den letzten Wochen oft kurz davorgestanden hatte.

»Ich rede mit meinem Trainer«, murmelte ich mit gesenktem Kopf und starrte die Finger in meinem Schoß an.

»Wird er dir glauben?«, hauchte Leighton und aus dem Augenwinkel sah ich, dass sie aufstand, um zu mir herüberzukommen.

Ich hob den Kopf an und begegnete ihrem Blick. Sie hatte sich neben mich auf ihr Bett gekniet und sah mich eindringlich an. »Das hoffe ich«, seufzte ich. »Und wenn nicht, kann ich Karter immer noch selbst zur Rede stellen.«

»Stimmt«, pflichtete Madelyn mir nahezu euphorisch bei. Auch sie stand auf, klopfte sich imaginären Dreck von der Jeans und setzte sich rücklings auf Leightons Schreibtischstuhl. »Und wir kümmern uns um Doug!« Sie zeigte mit ihrem Zeigefinger erst auf Leighton und dann auf sich selbst.

»Mmh … okay«, stammelte Leigh unsicher. »Und wie?«

»Ganz einfach: Wir reden mit Dougs Chef!« In die Hände klatschend besiegelte sie ihren Vorschlag.

Leighton hingegen wedelte sofort mit ihren Armen durch die Luft. »Auf gar keinen Fall. Hallo? Sein Chef ist niemand Geringeres als der Herausgeber der *Chicago Tribune*?«

Mads zuckte gleichgültig mit der Schulter. »Na und?«

Leigh lachte hysterisch. »Äh, der hat nicht mal eben Zeit, um sich das Gejammer einer seiner studentischen Aushilfskräfte, deren Namen er noch nie gehört hat, und ihrer Freundin anzuhören?«

»Woher willst du das wissen?«, forderte sie Leighton heraus.

»Das ist so.«

»Inakzeptable Antwort«, entgegnete sie. »Der ist auch nur ein Mensch und kocht und spült mit Wasser.«

»Oh Mads«, jammerte Leighton. »Du kannst einen mit deinem ständigen Optimismus echt fertig machen.«

Als Antwort warf sie Leighton einen Luftkuss zu und stand vom Stuhl auf. »Morgen, Leigh. Wir lassen keine Zeit verstreichen, ich sage meine Schicht im Tierheim ab und wir versohlen Doug den Arsch, dass er niemals wieder in einer Redaktion sesshaft werden kann.«

Geschockt sprang Leighton auf und ich beobachtete die beiden mit einem leichten Lächeln im Gesicht. Ich liebte, wie sie miteinander umgingen, spürte aber auch dieses Stechen in der Magengegend. Früher einmal war Karter mein bester Freund gewesen. Durch die G-League hatte ich all meine alten Freunde vernachlässigt und höchstwahrscheinlich mittlerweile verloren.

»Nein, du brauchst nicht absagen«, entgegnete sie, aber Mads winkte nur ab.

»Ich hab so viele Überstunden, das macht gar nichts. Außerdem wollte ich –« Mads stockte und ein schelmisches Grinsen schlich sich auf ihr Gesicht.

»Wolltest du was?«, fragte Leighton gedehnt.

»Diana mal wieder mitbringen«, trällerte Mads und verschwand blitzschnell aus dem Raum und zog die Tür hinter sich zu, dass Leighton gar nichts mehr erwidern konnte.

»Oh nein«, jammerte sie und drehte sich zu mir um.

»Wer ist Diana?«, fragte ich amüsiert.

»Diana ist ein waffelliebendes Hausschwein, das auf nichts und niemanden hört und binnen Sekunden pures Chaos veranstaltet.«

»Klingt süß«, lachte ich und hielt ihr meine Hand hin. »Komm her«, bat ich sie und zog sie schließlich eng an meine Brust.

Unsere Blicke trafen sich und auf einmal schlug mein Herz aus dem Takt. Mein Puls wurde immer schneller und ich senkte meinen Kopf zu ihr herab, um ihr einen zaghaften, vorsichtigen Kuss zu geben. Unsere Lippen berührten sich kaum, da explodierte es in mir wie damals bei unserem ersten Kuss.

»Leighton?«, flüsterte ich an ihren Mund und sie öffnete die Augen, um mich anzublicken.

»Hm?«

»Ich liebe dich.« Meine Stimme war nicht mehr als ein Hauchen und das Herz sprang mir beinahe aus der Brust. Drei kleine Worte, die mich so erschöpft zurückließen, wie es noch kein einziges Training geschafft hatte.

Leighton verzog den Mund zu einem Lächeln und senkte den Blick. »Ich liebe dich auch«, flüsterte sie.

Die Schmetterlinge in meinem Inneren wirbelten wie wild durcheinander und so beschissen die ganze Situation gerade auch war, wünschte ich mich in diesem Augenblick nirgendwo anders hin.

Leighton

»Um Himmels Willen, atme bitte, Leigh.« Mads besorgter Tonfall ging mir direkt unter die Haut.

»Warum tu' ich das nur? Warum tu' ich das nur?«, faselte ich leise vor mich hin wie ein Mantra. Ja, *warum* tat ich das? Warum lief ich gerade mit Madelyn an meinem Arm durch die Redaktion? Jeder Schritt fühlte sich für mich an, als würde ich barfuß über Lava schreiten. Ganz langsam, damit auch wirklich jeder Quadratmillimeter meine Haut schmerzhaft verbrannte.

»Du weißt genau, wieso«, versuchte Mads, mich zu motivieren. »Damit diesem Ekel von Chefredakteur ein Riegel vorgeschoben wird.«

Ich nickte und presste die Kiefer aufeinander. Ich spürte die verwunderten Blicke meiner Kollegen auf mir lasten. Es hatte uns einige Überredungskunst am Empfang gekostet, dass Madelyn mit mir in die heiligen Hallen der Redaktion treten durfte, normalerweise war das nicht einmal Angehörigen der Mitarbeiter erlaubt. Milos Gesichtsausdruck hatte sofort von konsequent zu zornig umgeschlagen, als Mads Dougs Namen fallen ließ. Milo war unser Sicherheitsbeamter, der den Eingang hütete wie eine Löwenmama ihr Baby. Wenn hier jemand seinen Job ernst nahm, dann er. Umso erleichterter waren wir, als er Madelyn tatsächlich einen Besucherausweis ausstellte. Allein hätte ich es noch nicht einmal geschafft, diesen Weg zum Fahrstuhl, welcher zur Chefetage führte, zu beschreiten.

»Was, wenn er uns ... wenn er mir nicht glaubt? Ich bin doch nur eine Aushilfe und Doug ein langjähriger Mitarbeiter, der direkt unter ihm steht.«

»Nein, Leigh, so denken wir jetzt nicht. Wir gehen dorthin und du wirst ihm alles erzählen. Was er mit den Informationen anfangen wird, liegt nicht mehr in deiner Macht. Aber du *musst* deinen Part erfüllen und es ihm sagen.«

Meinen Part erfüllen. Madelyn hatte recht und doch schnürte die Sorge mir die Kehle zu. Die nächsten Minuten waren entscheidend. Es würde kein Dazwischen geben, sondern nur Alles oder Nichts.

Ich schluckte. »Okay. Ziehen wir es durch.«

Mads bemerkte, dass ich noch immer mit mir haderte. »Leighton? Was lässt dich so zweifeln?«

»Glaubst du echt, Mr. Campbell hat einfach mal eben Zeit für uns? Ich meine, er ist nicht irgendwer«, stammelte ich nervös los und blieb stehen. »Er hat einen verdammten Pulitzerpreis, ist Journalist, der oberste Chefredakteur und Herausgeber einer der besten Zeitungen des Landes.«

Unbeeindruckt starrte Mads mich an. »Und?«

Ich stöhnte laut auf. »Und? Madelyn, der Typ ist eine Legende.«

»Ja. Und?« Sie legte den Kopf schief und ich sah, dass ihr Mundwinkel zuckte.

»Und?«, echote ich ungläubig.

»Ja, und! Dann ist er vielleicht eine Legende, hat sonst was für Preise erhalten und sonst was für Verantwortungen. Macht ihn das denn so unnahbar?«

»Äh, ja?«

»Blödsinn«, wies sie mich in die Schranken. »In diesem Moment ist er vor allem eines: dein Chef. Und ein Chef hat die Pflicht, sich um das Wohlergehen seiner Mitarbeiter zu kümmern.«

»Dafür gibt es die Personalabteilung«, nuschelte ich im letzten Versuch, Mads davon zu überzeugen, dass es wirklich eine große Nummer war, mal eben bei Mr. Campbell an die Tür zu klopfen.

»Anders geht es nicht«, insistierte sie, fasste mich ans Handgelenk und zog mich weiter. »Komm, jetzt. Du bist nicht allein hier, ich stärke dir den Rücken.«

Ich atmete tief ein und aus, ehe ich den Weg wieder fortsetzte.

Als wir den Fahrstuhl betraten, der in das Stockwerk fuhr, in das ich noch keinen Fuß gesetzt hatte, überkam mich eine leichte Panik. Mein Herz begann, wie wild zu schlagen, und ich wusste nicht, was ich mit meinen zitternden Händen anstellen sollte.

Das *Ping*, das ertönte, als sich die Fahrstuhltüren öffneten, holte mich aus meiner Schockstarre. »Okay. Okay. Okay«, nuschelte ich atemlos.

»Komm«, Madelyn schubste mich sanft aus dem Fahrstuhl und wir liefen den breiten, hellen Gang nebeneinander her auf das Chefbüro zu.

»Hier, das muss es sein«, quietschte ich aufgeregt und zeigte auf das Schild, das auf Augenhöhe neben einer dunkelbraunen Tür hing.

Jackson L. Campbell
Chefredakteur
Herausgeber

Verwundert zog Madelyn die Stirn kraus. »Hat er denn gar kein Vorzimmer?«

Unwissend zuckte ich mit den Schultern. »Vielleicht ist das ja dahinter?«

»Ist ja auch egal. Lass uns anklopfen«, ermutigte Madelyn mich.

Ich nickte und ballte meine rechte Hand zur Faust. Ich starrte für einige Sekunden auf das dunkle Holz, ehe ich die Hand auf Brusthöhe anhob, um anzuklopfen. Gerade, als meine Faust wenige Millimeter von ihr entfernt war, hörte ich meinen Namen aus einem mir verhassten Mund donnern.

»Leighton! Was hast du hier zu suchen?« Zornig und mit erstaunlich schnellem Schritt kam Doug auf uns zu gelaufen.

»Fuck«, hörte ich Mads neben mir fluchen.

»I … I … Ich … Ich wollte …«, stotterte ich eingeschüchtert und spürte, wie die Angst nicht nur meine Worte, sondern auch meinen ganzen Körper lähmte. Ich traute mich nicht, mich auch nur einen Zentimeter zu bewegen, und starrte ihn verängstigt an.

»Verschwinde sofort von hier«, fuhr er mich an und kam mir bereits zu nah. Er stand in meinem Wohlfühlbereich und ich konnte ihn riechen. Der Gestank nach abgestandenem Zigarettenrauch, kaltem Kaffee und Donuts stieg mir in die Nase und dieses Mal konnte ich ein Würgen nicht unterdrücken.

»Nein!« Madelyns feste Stimme ertönte neben mir. Ich konnte nicht glauben, dass sie ihm widersprach.

»Wer bist du?« Doug spuckte beim Brüllen. Er versuchte, uns durch Lautstärke einzuschüchtern, was bei mir auch wunderbar funktionierte. Doch Mads tickte anders, reagierte anders. Ich realisierte, dass ich sie genau jetzt und genau hierfür brauchte. Denn Madelyn ließ sich nicht von den Worten schlechter Menschen oder deren Gebrülle einschüchtern.

»Das geht *Sie* einen Scheiß an.« Sie sprach weder zu leise noch zu laut. Niemals würde sie sich auf das Niveau von Doug begeben. Wer schrie, überspielte Angst.

»Ich rate euch, sofort zu verschwinden, sonst –«

Plötzlich öffnete sich die schwere Holztür in meinem Rücken und ich stolperte nach hinten. Ich hatte gar nicht bemerkt, wie ich mich haltsuchend dagegen gelehnt hatte.

»– sonst was, Doug?« Eine ruhige Stimme, die von Überlegenheit nur so strotzte, drang direkt in meine Ohren.

»Jackson!« Erschrocken zuckte Doug zusammen und ich sah, wie sein Gesicht und seine stoppelige Glatze rot anliefen. »Ich habe diese beiden hier oben erwischt und wollte sie gerade darum bitten, wieder nach unten zu gehen.«

Ich drehte mich zu Mr. Campbell um, der keine Miene verzog, als er sich erst Madelyn und schließlich mir zuwandte. »Haben Sie sich verlaufen, Madam?«

Madam? Sie? Mr. Campbell sprach mit mir wie ein Gentleman und besaß dabei eine Autorität, die mir einen Schauder über den Rücken jagte. Ich schluckte erneut und räusperte mich. »N-nein, Sir«, erwiderte ich und spürte, wie jedes kleine Wort mir mehr Mut verlieh. »Genau genommen wollte ich mit Ihnen reden.«

Mr. Campbell schaute mir für einige Sekunden in die Augen

und ich versuchte standhaft, seinem Blick nicht auszuweichen. »Kommen Sie herein«, bat er mich und hielt mir und Mads die Tür zu seinem Büro auf.

Geschah das gerade wirklich? Madelyn nahm kurz meine Hand und drückte sie, um mir Mut zu machen. »Danke, Sir«, sagte sie zu Mr. Campbell.

Er folgte uns und ich hörte das leise Klicken der Tür hinter uns, als er sie hinter sich ins Schloss drückte. Ich drehte mich um und sah, dass er Doug nicht hereingebeten hatte. Er lief um seinen Schreibtisch herum, der vor einer großen Glasfront stand, hinter der man einen atemberaubenden Blick auf Chicago hatte. Das mulmige Gefühl, das mich immer überkam, wenn ich mich in einer mir ungewohnten Höhe befand, schlich sich in meinen Magen.

»Setzen Sie sich.« Er zeigte auf zwei Sessel, die vor seinem Schreibtisch standen und Mads gab mir einen kleinen Schubs.

»Danke«, murmelte ich.

»Also, wie heißen Sie und worüber wollten Sie mit mir sprechen?« Er kam ohne langes Herumgerede sofort auf den Punkt. Was vermutlich auch daran lag, dass er nicht ewig Zeit hatte.

»Mein Name ist Leighton Baker, ich arbeite seit mehreren Wochen als studentische Aushilfe für Sie«, erklärte ich ihm und ich meinte, in seinem Blick erkannt zu haben, dass mein Name ihm etwas sagte.

Er nickte. »Sportressort, *Windy City Bulls*, richtig?«

Mir fiel die Kinnlade herunter. »Ja, Sir.«

»Und Sie?« Er richtete seine Aufmerksamkeit auf Madelyn.

Sie griff direkt zu ihrem Besucherausweis und zeigte ihm diesen. »Ich bin Madelyn Cooper und arbeite nicht hier. Ich … ich helfe nur meiner besten Freundin Leighton.«

Mr. Campbell nickte nur und wandte seinen Blick wieder zu mir. »Okay, Miss Baker. Was liegt Ihnen auf dem Herzen?«

Ich musste träumen. Mr. Campbell war ein freundlicher Typ Mann – warum nur hatte ich so daran gezweifelt? »Ich weiß nicht genau, wie ich anfangen soll«, gab ich zu und setzte mich auf meine Hände, damit ich nicht nervös an meiner Kleidung herum pfriemelte. »Es geht um Doug.«

Als ich seinen Namen sagte, seufzte Mr. Campbell auf. »Das habe ich mir beinahe gedacht.«

»Ja, er. Er hat mich erpresst.« Als diese Worte meinen Mund verlassen hatten, spürte ich eine ungeheure Erleichterung.

Das erste Mal erkannte ich eine Gefühlsregung in seinem Blick. Er nickte und schloss kurz die Augen. »Erzählen Sie es mir, bitte.«

Er schien mir wirklich zu glauben und so ratterte ich die ganze Geschichte herunter. Ich ließ nicht außen vor, wie ich in das Team gelangt war, dass ich Karter und Kaleb selbst verwechselt hatte, und gab zu, mit Kaleb Young zusammen zu sein. Allerdings erwähnte ich mit keinem Wort den Unfall. Ich erzählte ihm lediglich, dass ich ihm Material hatte zukommen lassen, eben weil er mich erpresst hatte.

»Nun.« Mr Campbell stand aus seinem Chefsessel auf und lief herüber zur Fensterfront. »Leider ist dies nicht die erste Beschwerde über ihn. Und leider ist es nicht so einfach, ihn anzuklagen.«

Die Angst, nichts erreicht zu haben, schnürte mir die Kehle zu.

»Ich kann Ihnen auf jeden Fall zwei Dinge zusichern, Miss Baker«, begann er und drehte sich zu Mads und mir um. »Erstens: Dass kein Artikel erscheinen wird, der irgendetwas mit den Dokumenten zu tun hat, die Sie Doug geschickt hatten. Und zweitens: Dass Doug Ihrer Karriere nicht im Weg stehen wird. Wenn Sie weiterhin hart arbeiten, werden Ihnen auch weiterhin alle Türen dieser Welt offenstehen.«

Meine Augen füllten sich mit Tränen der Erleichterung und ich nickte dankbar. »Vielen, vielen Dank Mr. Campbell.«

»Wir alle haben Glück, dass ich vorhin gesehen habe, wie Doug mit Ihnen gesprochen hat. Es war das erste Mal, dass ich mitbekommen habe, was für eine Wut in ihm steckt. Ich werde mich kümmern. Sie können unbesorgt sein, Miss Baker.«

Madelyn griff nach meinem Arm und ich drehte mich zu ihr um. Sie lächelte aufmunternd und stand auf.

Ich tat es ihr gleich. »Noch einmal vielen Dank Mr. Campbell«, murmelte ich.

Er nickte lediglich zur Antwort und wir verließen sein Büro. Meine Beine zitterten unter meinen Schritten und vor Erleichterung steckte mir die Luft im Hals fest.

»Atmen, Leigh«, flüsterte Madelyn und führte mich zurück zum Fahrstuhl. »Du hast es geschafft. Ich bin stolz auf dich.«

Mads konnte nicht ahnen, wie viel mir diese Worte bedeuteten. Sie konnte nicht ahnen, dass dieser Moment einen Schalter in mir umgelegt hatte. Denn ja. Das erste Mal in meinem Leben, war auch ich stolz auf mich selbst.

Kaleb

Der Gang durch die Halle, hin zu Coach Hills Büro war mir noch nie so kurz vorgekommen. Den ganzen Weg von Leighton bis zur *Sears Centre Arena* hatte ich genutzt, um mir die richtigen Worte zurechtzulegen. Mit dem Ergebnis, dass ich überhaupt nicht mehr wusste, was ich sagen sollte.

Mir kam der Gedanke, dass ich vielleicht als Erstes mit unseren Eltern hätte sprechen sollen. Mom und Dad waren immer für uns da gewesen, aber es war mittlerweile Monate her, dass sie mich wegen des Unfalls besucht hatten. War Karter damals schon so exzentrisch gewesen? Hatte er sich damals bereits zu diesem unberechenbaren Mann entwickelt? Ich wusste nur eines: Karter brauchte Hilfe.

Ich wollte ihn nicht an den Pranger stellen, trotz allem, was er angerichtet hatte. Das Einzige, das ich wollte, war ihm zu helfen.

Es gab Menschen, die dem Druck nicht gewachsen waren und es auch niemals sein werden. Die niemals aufgaben, bis die ganze Welt über ihnen zusammenbrach und unter den Trümmern vergraben wurden. Trotz allem wollte ich für meinen Bruder ein Stützpfeiler sein, der ihn rettete. Doch konnte ich das nicht allein sein. Ich wollte nicht, dass er unter Millionen von Menschen verloren war, sondern dass er seinen Weg fand. Seinen Weg, weit entfernt von dem Druck, der die große NBA in uns pflanzte. Denn ich hatte erkannt, dass mein Bruder dem nicht mehr gewachsen war. Vielleicht war er es auch nie gewesen.

Schwäche wurde in der Gesellschaft nicht akzeptiert, doch gab es sie in jedem Menschen. In jedem Einzelnen von uns schlummerte sie. Menschen unterschieden sich in der Art, wie sie mit ihr umgingen. Es gab die, die sich einigelten und die, die stumm nach Hilfe schrien. Und es gab die, die sie nicht akzeptieren wollten. Wieder andere lebten mit ihren Schwächen. Es war für jeden Menschen ein langer Weg dorthin, seine Schwächen als seine Stärken kennenzulernen.

Ich fuhr mir mit den Händen durch die Haare und verschränkte sie hinter meinem Kopf, legte diesen in den Nacken und schloss noch einmal kurz die Augen, um mich zu sammeln.

Ich ließ meine Arme wieder neben meinen Körper fallen, ehe ich einen anhob, um an Coach Hills Tür zu klopfen.

»Herein«, hörte ich unseren Coach brummen. Er saß an seinem Schreibtisch, unzählige Papiere vor ihm ausgebreitet. »Kaleb.« Er nickte mir zu und bedeutete mir, einzutreten. Sein Büro war dunkel und einfach nur braun. Man hätte meinen können, dass es sich hier um das Büro eines High-School-Trainers handelte und sich nicht in einer großen Arena befand. Das kleine Fenster spendete kaum genug Licht, sodass er am helllichten Tag seine Schreibtischlampe eingeschaltet hatte.

»Coach«, begrüßte ich ihn und tippte mir mit zwei Fingern an die Stirn.

»Was führt dich zu mir, Junge?« Er legte seinen Stift hin, zeigte auf einen freien Stuhl und lehnte sich in seinem Drehsessel zurück.

Ich räusperte mich, zog den Stuhl zu mir heran und ließ mich darauf nieder. Ich schluckte und atmete tief ein und aus.

»Gibt es erfreuliche Nachrichten von deinem Arzt?« Er lächelte mich an und mir sank das Herz in die Hose.

»Nein«, murmelte ich. »Leider ist das, was ich mit Ihnen besprechen muss, ganz und gar nicht erfreulich.«

»Oh«, seufzte er. »Sag' schon, Junge. Ich bin ganz Ohr.« Er änderte seine lockere Haltung und setzte sich aufrecht hin, die Hände ineinander verschränkt auf seinem Tisch abgelegt.

»Es geht um Karter und ich überlege seit Stunden, wie ich es Ihnen erklären soll.«

Mr. Hill räusperte sich. »Es gibt keine richtige Art, schlechte Neuigkeiten zu erzählen. Sie schocken, verletzen oder betrüben immer. Also sei einfach geradeheraus.«

Ich schnaubte lachend und nickte. »Ich habe herausgefunden, dass …« Die Worte wollten mir einfach nicht über die Lippen kommen.

»Dass was?«, hakte er nach. Ich merkte an seinem Blick, dass auch er immer angespannter wurde.

Ich holte tief Luft. »Dass Karter meinen Autounfall inszeniert hat. Er ist krank, Mr. Hill und braucht dringend Hilfe.«

Das leise Klicken des Sekundenzeigers der Wanduhr hallte in meinen Ohren wider wie ein Erdbeben. Ich spürte, wie eine schwere Last von mir fiel und gleichzeitig eine Angst meinen Rücken hinaufkroch. Coach Hill könnte mir nicht glauben.

»Das ist eine sehr schwere Anschuldigung, Kaleb«, sprach mein Coach leise, aber mit fester Stimme.

»Ich weiß«, geknickt ließ ich den Kopf hängen und blickte auf meine Hände, die ich in meinem Schoß zu Fäusten geballt hatte. »Ich weiß.«

»Wie kommst du darauf?« Mr. Hill setzte seine Lesebrille ab, die noch immer auf seiner Nase saß und fuhr sich mit seinen Händen über sein Gesicht. Erst jetzt fiel mir auf, wie erschöpft er aussah.

»Ich habe Dokumente gefunden, aus denen man es herauslesen kann und ich habe ihn bei einem Telefonat belauscht, in dem er darüber sprach«, gab ich zu und schämte mich augenblicklich für Letzteres.

»Dein Bruder ist mein bester Mann auf dem Court«, seufzte Coach Hill und ich nickte.

»Ich weiß«, wiederholte ich mich selbst erschöpft. »Ich glaube, er ist dem Druck nicht mehr gewachsen.«

»Das sind die Wenigsten«, erklärte er mir mit einem traurigen Lächeln. »Aber ja. Selbstverständlich ist mir Karters aggressives Spiel aufgefallen.«

»Helfen Sie mir, Coach?«

Er nickte traurig. »Wir werden gemeinsam mit ihm reden müssen. Das ist dir bewusst?«

Ich presste die Kiefer aufeinander und schloss die Augen. »Ja.«

»Ich bin kein Freund davon, Dinge aufzuschieben«, murmelte er. »Wärst du jetzt bereit dafür?«

Die Alarmglocken in mir schrillten laut. »Jetzt? Sofort?« Die Luft blieb mir weg.

»Jetzt«, bestätigte Mr. Hill nickend. »Das Training beginnt gleich, die Jungs müssten alle schon da sein. Bleib hier, Kaleb. Ich werde Karter holen.«

»Fuck«, flüsterte ich. »Okay.«

Coach Hill stand auf und legte mir im Gehen die Hand auf die Schulter. »Du bist verdammt stark, Kaleb. Nicht jeder würde das tun.«

Ich hob und senkte nur den Kopf und schluckte den großen Kloß in meinem Hals herunter. In wenigen Minuten würde meine Welt stillstehen.

»Was soll das?«, wetterte Karter, als er Coach Hills Büro betrat und mich auf dem Stuhl sitzen sah.

»Kart«, seufzte ich. Ihn zu sehen, in seinem Trainingstrikot und seinen geliebten Schuhen, zerriss mir beinahe das Herz. In seinen Augen brannte nichts als Zorn. Das waren nicht mehr seine Augen. Das war nicht Karter.

»Was soll der Scheiß, Kaleb«, knurrte er und ich erkannte Angst. Er war ein Löwe im Käfig, bereit anzugreifen.

»Setz' dich, Karter«, ertönte Coach Hills autoritäre Stimme hinter ihm. Er schloss die Tür und zeigte auf den Stuhl neben meinem.

Karter verdrehte die Augen, kam der Aufforderung aber nach. »Was wird das hier für ein Kaffeekränzchen? Ich muss trainieren.«

»Nein«, widersprach Mr. Hill und die Zornesfalte auf Karters Stirn wurde immer tiefer.

»Nein? Was? Was heißt das?«, echauffierte er sich.

»Karter«, begann Coach Hill und räusperte sich. »Hast du etwas mit dem Unfall von Kaleb zu tun?«

Ich zuckte zusammen und spürte, wie mir sämtliches Blut aus den Körperteilen wich. Meine Hände wurden eiskalt und eine Gänsehaut überzog meinen Körper. Auf einmal überkamen mich Zweifel. Zweifel an der ganzen Sache, an allem, was ich über ihn dachte. Bestand nicht immer noch die allerkleinste Möglichkeit, dass es eine Erklärung gab?

Karter erstarrte auf seinem Stuhl. Augenblicklich veränderte sich etwas an ihm und ich wusste, dass es wahr war. Statt einer Antwort sackte er in sich zusammen wie ein nasser Sack.

»Karter?« Mr. Hill ging auf ihn zu und hockte sich vor ihn hin. Ich selbst saß noch immer geschockt neben meinem Bruder.

»Ich kann nicht mehr«, hauchte mein Bruder gebrochen. Und anders, als ich es erwartet hatte, brüllte er nicht los und stritt es ab. Er drehte den Kopf zu mir herum und sprach vier Worte, bevor er die Augen verdrehte und bewusstlos vom Stuhl glitt. »Verzeih mir, kleiner Bruder.«

»Scheiße«, fluchte Coach Hill und wies mich an, einen Krankenwagen zu rufen, doch ich saß erstarrt und mit gebrochenem Herzen einfach nur da, unfähig mich zu bewegen. »Verdammt, Kaleb!«, brüllte er nun und rannte selbst zu seinem Telefon, um Hilfe zu ordern.

Ich bemerkte nur am Rand, wie die Rettungskräfte wenige Minuten später ins Büro stürmten, Karter auf eine Trage betteten und ihn mitnahmen.

»Er hat auch einen Schock erlitten«, hörte ich Mr. Hills leise Stimme, die für mich klang, als würde er unter Wasser sprechen. »Ja, bitte, kümmern Sie sich auch um ihn«, sagte er zu irgendwem.

»Mr. Young?«, sprach eine ruhige, männliche Stimme auf mich ein und fasste mich an den Schultern. »Kommen Sie«, bat er mich und ich gehorchte, folgte ihm, ohne irgendetwas wirklich zu sehen oder zu hören. Ich war in mir selbst gefangen und Karters Worte hallten immer wieder in mir nach.

Verzeih mir, kleiner Bruder.

Er hatte es wirklich getan. Karter war unter der Last zusammengebrochen und ich erinnerte mich an meine Worte: Ich wollte ihm ein Stützpfeiler sein. Und in diesem Augenblick erkannte ich, dass ich ihm irgendwann verzeihen konnte.

Epilog

Kaleb

Hier war ich nun. Zurück auf dem geliebten Holz, das mir mal die Welt bedeutet hatte. Leighton und auch Karter hatten mich auf wunderbare und auch schmerzhafte Weise gelehrt, dass es eben nicht *alles* war. Jeder durfte nach etwas streben, Träume und Ziele verfolgen. Doch niemals sollte man sich dabei selbst verlieren, wie es meinem Bruder passiert war.

Die letzte Zeit war die härteste, aber auch schönste in meinem Leben gewesen. Es war schrecklich, meinen gebrochenen Bruder zu sehen. Mitzuerleben, wie das, was er krankhaft geliebt hatte, ihn zerstört hatte. Leighton konnte erst nicht verstehen, dass ich ihn besuchte, obwohl Karter und ich kein Wort miteinander gesprochen hatten. Wir waren noch nicht so weit gewesen.

Er sollte bloß wissen, dass ich für ihn da war. Dass er, trotz allem, nicht allein mit der ganzen Scheiße klarkommen musste. Wenn ich ihm nicht verzieh, wie sollte er sich jemals selbst verzeihen können?

Karter verbrachte zwei Wochen im Krankenhaus, um sich zu erholen, viel zu viel hatte er von sich abverlangt. Seit Wochen war er zudem in stationärer Behandlung und fand langsam wieder zu sich zurück. Ich erfuhr erst von Coach Hill, dass Karter seinen Vertrag mit der G-League und somit die Chance auf die NBA gekündigt hatte. Irgendwann würde er bestimmt so weit sein, mit mir über alles zu reden. Ich würde ihn nicht drängen. Doch natürlich spukte der Name Bryce Adams in meinem Kopf herum. Wer war er und was hatte Karter mit ihm zu tun gehabt? War er es, der mich angefahren hatte? Um meinen Bruder vor einer schwerwiegenden Strafe zu bewahren, hatten Leighton und ich die Dokumente gut versteckt, auch wenn sie es nicht guthieß. Immerhin war ich vorsätzlich verletzt worden. Es war eine Situation, mit der ich noch nicht umzugehen wusste und vor der ich noch immer die Augen verschloss.

Heute war der erste Tag, an dem ich wieder ein aktiver Part des Teams sein durfte. Mir das Trikot über den Kopf zu ziehen und ohne jegliche Schmerzen meine Schnürsenkel zu binden, war wie einen Meilenstein zu erreichen.

Zusammen mit meinem Team stand ich in der Halle und ließ den Blick über die Ränge gleiten, die schon gefüllt waren. Laute Musik drang aus den Arenaboxen und die Cheerleader sprangen auf dem Feld auf und ab, tanzten voller Leidenschaft ihre Choreografie, um die *Windy City Bulls* anzufeuern.

Mein Blick glitt zum Pressebereich und prompt sah ich direkt in ihre Augen. Leighton saß mit ihrem Block, Stift und Aufnahmegerät im Schoß auf der Bank, ihren Rucksack hinter ihren Füßen verstaut.

Grinsend winkte sie mir zu, hielt beide Daumen in die Höhe und formte mit ihren Lippen ein *Ich liebe dich.*

»Ich liebe dich auch«, murmelte ich, sodass sie es von meinen Lippen ablesen konnte.

»Kaleb, hör auf zu träumen, sonst sitzt du gleich wieder auf der Bank«, donnerte Mr. Hill und starrte mich mit in die Hüften gestemmten Händen an.

»Sorry«, lachte ich und fuhr mir verlegen mit der Hand über den Hinterkopf.

»Willkommen zurück«, mein Teamkollege Matt boxte mir freundschaftlich gegen den Oberarm, als wir uns in Kreisformation aufstellten, damit Coach Hill uns wie so immer motivierend anschreien durfte.

Ich konnte mich kaum auf das konzentrieren, was mein Coach sagte, weil ich viel zu überwältigt war. Irgendwie war es unwirklich. Noch vor einem halben Jahr hätte ich niemals gedacht, dass dieser Tag überhaupt jemals kommen würde.

»Es geht los, auf Position«, rief Mr. Hill und wenige Sekunden später drang bereits die Stimme des Stadionsprechers aus den Boxen. Es war so weit. Gleich würde ich meinen Namen hören und als Teil der *Starting Five* auf das Feld auflaufen.

»… und welcooome baaaaack Kaleb Young! …«, hallte es durch die Halle, die Fans der *Windy City Bulls* klatschten und jubelten.

Und da stand ich wieder auf dem Court. Fast so, als wäre ich niemals fortgewesen.

Leighton

Immer, wenn ich die Halle betrat, realisierte ich, dass dies der Ort war, an dem mein zweites Leben begonnen hatte. Ein Leben, in dem ich gelernt hatte, mich geliebten Menschen anzuvertrauen und auf mich selbst stolz zu sein. Es war der Ort, an dem ich das erste Mal mit Kaleb gesprochen hatte.

Ich stellte meinen Rucksack auf dem Boden ab und setzte mich auf meinen liebsten Platz auf der Pressebank, von dem man den besten Blick auf den Court und den Würfel hatte. Noch vor gar nicht so langer Zeit zerfraß mich die Angst, meinen Reporterjob verloren zu haben. Doug schikanierte mich weiterhin und fing sogar an, meine Artikel nicht mehr drucken zu lassen. Ich befürchtete schon, dass Mr. Campbells Worte lediglich leere Phrasen waren, bis zu dem Tag, an dem ich Dougs Büro leer vorfand. Er hatte angeblich gekündigt. Doch wir alle wussten, dass er *gegangen worden war*, wie man es so schön sagte. Es war kein Verlust für uns gewesen.

Ich entdeckte Kaleb bereits auf der anderen Seite des Feldes, aber er war so in Gedanken, dass er mich noch nicht bemerkte. Bei seinem Anblick durchströmte mich wieder dieses Glücksgefühl, das sich noch immer so komplett neu für mich anfühlte.

Wie immer, wenn mich diese warme Welle erfasste und ich mich genau im richtigen Moment zur richtigen Zeit fühlte, griff ich nach dem Papierkranich-Anhänger an der Kette von meiner

Grandma und drückte einen Kuss darauf. Hätte ich nur schon früher verstanden, was sie mir vor so vielen Jahren mit diesem Anhänger sagen wollte. Der Papierkranich stand für ein langes, glückliches Leben und das war es, was sie sich für mich wünschte. Doch ich war mir sicher, dass sie in diesem Moment genau wusste, wie dankbar ich ihr war.

Natürlich wäre es gelogen, wenn ich sagen würde, dass von der alten Leighton Baker nichts mehr übrig war. Man legte seine Ängste nicht über Nacht ab und verwandelte seine Schwächen nicht von einem auf den anderen Tag in Stärken.

Es würde noch ein langer Weg für mich sein, mich selbst so zu lieben und zu sehen wie Kaleb und Mads. Doch das Wichtigste war bereits geschehen: Es hatte Klick gemacht und ich hörte die vernichtenden Worte meiner Eltern immer seltener in meinem Kopf widerhallen. Ich gab ihnen keinen Raum und keine Macht mehr über mich. Sie würden mich nicht mehr kleinkriegen.

Ich verstand jetzt, was mir Madelyn und Kaleb bereits vor Monaten versucht hatten, zu erklären: Dass die Menschen, die einen bedingungslos unterstützten und aufbauten, nicht die eigenen Eltern sein mussten. Jeder, der seit der Kindheit von seiner Mom und seinem Dad in den Arm genommen und dem immer gut zugesprochen wurde, durfte sich glücklich schätzen. Es war nicht selbstverständlich, dass die eigenen Eltern jubelnd in der ersten Reihe saßen, wenn man seine erste Ballettaufführung hatte und dabei grottenschlecht war. Mein Leben lang hatte ich mir genau das gewünscht und erst jetzt erkannt, dass ich das bekommen hatte, wonach ich mich so lang gesehnt hatte. Menschen, die nicht nur stolz auf mich waren, sondern mir auch zeigten, wie ich selbst stolz auf mich sein konnte.

Nein, ich war kein neuer Mensch geworden. Aber eine neue Version von mir selbst, die sich endlich selbst eingestehen konnte, dass sie gut war. Und nie wieder allein.

Danksagung

Wie immer gilt mein erster Dank meiner Mutter. Danke, Mama, dass du in allem, was ich getan habe, immer stolz auf mich warst. Du hast dir keinen meiner Auftritte entgehen lassen und immer am lautesten geklatscht.

Danke, dass du meine eigenen Entscheidungen nie beeinflussen wolltest und mich in keine Richtung gedrängt hast. Denn nur so konnte ich zu einem Menschen werden, der stolz auf sich selbst sein kann. *Ein Vogel hat niemals Angst, dass der Ast unter ihm brechen könnte. Nicht weil er dem Ast vertraut, sondern seinen eigenen Flügeln.* Danke, dass du mir Flügel gegeben hast.

Danke Pauli! Wenn ich dich nicht hätte, wäre diese Geschichte so niemals entstanden, denn dann hätte ich überhaupt keinen Bezug zum Basketball. Ich habe dich vor über sechs Jahren schon als kleinen NBA-Freak kennengelernt und wer hätte gedacht, dass deine Begeisterung auf mich überspringt? Es war unglaublich hilfreich, mit einem wandelnden, sprechenden NBA-Lexikon zusammen zu leben. Und danke für die emotionale Unterstützung! Manchmal regst du dich so doll über Dinge auf, dass ich diese schon gar nicht mehr schlimm finde. Das machst du bestimmt mit Absicht.

Danke an meine Testleser Wiebi und Stephie! Ihr beide habt meine Rohfassung auf Herz und Nieren geprüft, was mir eine unglaubliche Hilfe war. Ihr könnt euch nicht vorstellen, wie glücklich es mich macht, dass ihr die Geschichte so sehr lieb gewonnen habt und sofort verstandet, was ich mit ihr sagen möchte. Ich konnte mich auf euch verlassen und das ist keine Selbstverständlichkeit, danke.

Danke an meine Oachkatzlgang Michi, Wiebica und Jacky. Ich weiß gar nicht mehr, wer von euch auf den *Read! Love! Sport!*-Wettbewerb aufmerksam geworden ist. Wir haben alle teilgenommen und uns täglich gegenseitig in den Hintern getreten, dass wir es pünktlich zur Deadline schafften, abzuliefern. Ohne euch und unsere gemeinsame Leidenschaft zum Schreiben hätte ich es nicht geschafft. Ihr habt mich motiviert und dafür gesorgt, dass ich die Chance ergreife. Ohne euch gäbe es keine Leighton und keinen Kaleb.

Selbstverständlich danke ich auch Piper Gefühlvoll, die es mir und vielen anderen ermöglicht haben, dass unsere Geschichten in der *Read! Sport! Love!*-Reihe einen Platz gefunden haben. Ich bin immer noch ganz aufgeregt!

Und dann danke ich euch! Dafür, dass ihr meine Bücher lest, Rezensionen schreibt und mich schon mit so unglaublich viel Liebe überschüttet habt. Ich danke jedem Einzelnen von euch.